十月終結戰

勞倫斯・萊特
王道還 譯

LAWRENCE WRIGHT

A NOVEL

本書獻給
為公共衛生奉獻了生命的男男女女
表揚他們的勇氣與創意

這個傳染病無藥可治；死神在每個角落肆虐；如果勢頭一如既往，再幾個禮拜全城的人就會死絕，任何生靈都難逃一劫。每個地方的人都開始絕望；嚇得魂不附體；由於極度痛苦，不惜孤注一擲，他們滿臉是對死神的恐懼。

——丹尼爾．狄福（Daniel Defoe, 1660-1731）《大疫年紀事》（*A Journal of the Plague Year*, 1722）

「但是它的意義咧，瘟疫？接受吧，還能怎樣。」

——卡繆（Albert Camus, 1913-1960）《瘟疫》（*La Peste*, 1947）

目次

Contents

第一部　恐溝里

第二部　大疫

第三部　在海底

第四部　十月

第一部

恐溝里

1 日內瓦

日內瓦，一個大會議廳內，各國公衛官員齊聚一堂。下午，最後一場集會，主題是新興傳染病。出席者有些不耐煩，畢竟開了一天會，又得擔心趕飛機的事。羅馬發生的恐怖攻擊讓每個人的神經都繃得緊緊的。

「印尼一個難民營發生了不尋常的死亡事件：死者中有不少青少年。」倒數第二位講者正在台上說。他的名字是漢斯什麼的。來自荷蘭。個兒很高，傲慢，一看即知每天膏粱厚味。他脖子上的灰金頭髮沒有修剪過，擠出了領子，肩上的棉絨在簡報投影機的光束下閃爍。

投影幕上是一張印尼地圖。「西爪哇，恐溝里第二難民營，在三月的第一個禮拜，開出了四十七張死亡證明書。」漢斯以雷射筆指出地點，接著幾張投影片展示了一貧如洗的難民，他們生活在髒得嚇人的環境中。這個世界充滿了失根的人，幾百萬人塞入了匆匆搭建起來的難民營，四周以圍籬封鎖，當他們犯人似的；飲食不充分，醫療設施更稀缺。難怪大疫會從那種地方爆發，泛濫四方。霍亂、白喉、登革出血熱——熱帶總是會醞釀出什麼來。

「高燒，出血，傳染快速，致死率極高。但是這一批死者引起我們注意，是因爲，」漢斯說，接著放出了一張圖表，「死者年齡的中位數。通常傳染病病人的世代分布是隨機的，但是恐溝里這個例子，人口中最強健的年齡層卻是最主要的受害者。」

大會堂中的公衛官員都在認眞研究那張異乎尋常的圖表。大多數致命疾病殺害的是孩童與老人，也就是U型分布，但是這個印尼的案例卻大致像W型，死亡年齡平均二十九歲。「根據疫情剛爆發時獲得的粗略報告，我們估計致死率是百分之七十。」漢斯說。

正當大夥兒因苦思而陷入沉默的當兒，「幼童或新生兒……？」馬莉亞．沙鳳納插嘴問道，她是世界衛生組織流行病學主任。

「大部分都確診。」漢斯回答。

「會不會是因爲性接觸？」一位日本醫師問道。

「不大可能。」漢斯說。他正在自得其樂。現在他的臉逐漸移進投影，在下一張投影片上投下了巨大的陰影。「接下來幾週，死亡病例的病徵維持不變，但是全體病例數大幅下降。」

「也就是說，那是一次性事件。」那位日本女醫師結論道。

「留下四十七具屍體？」漢斯說：「太放縱了吧！」

日本醫師臉紅了，一面咯咯地笑，一面以手掩口。

「好吧，漢斯，你逗弄夠了吧。」馬莉亞不耐煩地說。

漢斯環視全場，得意洋洋。「志賀菌。」他說，台下一片不敢置信的呻吟。「要不是顚倒的死亡年齡分布，你們也會想得到。我們也被它困住了。志賀菌是貧窮國家常見的病菌，牠引起的食物中毒案例不計其數。我們詢問雅加達的公衛機構，他們的結論是：在缺乏食物的環境中，只有年輕人身體強健得足以搶到有限的食物資源。在恐溝里，身體強健要了他們的命。我們的團隊推測，病菌的來源是生牛乳。我們發表這個案例，是想請大家引以爲鑑，刻板印象會讓人對明顯的事實視而不見。」

漢斯在敷衍的掌聲中走下講台，同時馬莉亞唱名最後一位報告人上台。他剛開口說：「威斯康辛州曲狀桿菌——」突然有人以命令的口吻打斷了他：

「一種嚴重的出血熱，在一個禮拜內殺死了四十七個人，然後就消失無蹤了？」

會堂裡兩百來人都把頭轉向那宏亮的男中音來源。光聽聲音，你會以爲亨利．帕森斯身材高大。錯了。他又矮又瘦，因爲小時候患了佝僂症，身子不夠挺，整個人有些畸形。因此他的長相以及教授口吻，讓人產生不匹配的古怪感覺。但是亨利的丰神並沒有受體態的影響，展現的是自信。在行內他是個傳奇，知情的人談到他，敬畏、不失頑皮，背後管他叫 Herr Doktor（德語：醫師大人），或「小鞭」。他會修理實習生，令他們淚流滿面——要是他們沒有正確地製作標本，或是沒有察覺到事實上只有他才認爲有意義的症狀。但是，二〇一四年西非爆發伊波拉疫情，率領一支國際團隊到當地調查的，是亨利．帕森斯。他追出了第一位因感染伊波拉而就醫的病人——所謂的指示病例[1]——是幾內亞一個十八個月大的男孩。他是由果蝠傳染的。這樣的故事還有不少，他沒有向外界透露的更多。對抗新興疾病的戰爭絕不會有終戰之日；在這一戰役中，亨利．帕森斯可不是個小人物。他是巨人。

叫漢斯的傢伙瞇著眼搜尋，找到較高席位上的亨利，那裡比較昏暗。「也不是那麼不尋常，帕森斯醫師，如果你將環境因素考慮進去的話。」

「你的報告提到『傳染』。」

漢斯笑了，很高興能繼續逗引大家。「印尼公衛機構一開始懷疑病源是病毒。」

「是什麼改變了他們的想法？」亨利問道。

馬莉亞已經感興趣了。「你認爲是伊波拉？」

「假如是伊波拉，我們就會觀察到疫情向都市中心蔓延。」亨利說：「但是沒有。想讓感染病消失，只要根除汙染源就可以了。」

「你親自去過那個難民營嗎？」亨利問道，「例如採集標本？」

「印尼政府一直十分合作，」漢斯不屑地說：「現在無國界醫師有一個小組已抵達當地，我們很快就會接到報告，證實我們的結論。別指望會有意外的發現。」

漢斯等了一會兒，但是亨利坐下了，用一根手指輕點嘴唇，若有所思。下一位報告人恢復報告。「密爾瓦基一家屠宰廠……」他說，幾位很在意時間的聽眾迅速低下頭朝出口走去。機場必然提高了安檢層級。

「我討厭你那麼做。」馬莉亞說。他們剛走入她的辦公室——明亮、又有格調，可以看見白朗峰的美景。一群白鸛正在日內瓦湖旁盤旋，準備落地。牠們從尼羅河谷歸來，越過阿爾卑斯山脈，日內瓦湖是返鄉繁衍下一代的第一個休息站。

「做什麼？」

1 所謂的○號病人。

馬莉亞身子後傾，以一根手指輕拍嘴唇，模仿亨利呢。

「那是我的習慣動作？」亨利問道，把手杖支在她的桌旁。

「只要看見你那麼做，我就知道有事要我擔心了。哪一點讓你懷疑漢斯的研究的？」

「急性出血熱。非常可能是病毒引起的。怪異的死亡分布，完全不符合志賀菌感染。而且它爲什麼會突然——」

「消失了？我不知道，亨利，你告訴我。又是印尼？」馬莉亞說。

「他們隱匿過疫情。」

「這次不像是上次腦膜炎疫情的重演。」

「當然不是。」亨利管不住自己，再度不由自主地輕拍嘴唇。馬莉亞等著。「我不應告訴妳做什麼，」最後亨利說：「也許漢斯是對的。」

「但是……？」

「致死率。太驚人了。萬一他錯了，後果不堪設想。」

馬莉亞走向窗口。雲氣四合，遮蔽了壯觀的山峰。她正想說什麼的時候，亨利打斷了她的思緒。「我得走了。」

「那正是我的想法。」

「我是說回家。」

馬莉亞點點頭，表示她聽到了，也明白，但是她美麗的義大利眼睛透露的憂慮表情，傳達的卻是不同的訊息。「給我兩天。我知道我在爲難你。我應該派一個小組去的，但是我找不到信得過的人。

漢斯說無國界醫師在那裡，因此他們可以協助你。只要採取檢體就好。你回亞特蘭大的途中，出入一趟印尼就成了。」

「馬莉亞……」

「求你了，亨利。」

他們是老朋友了，亨利好像看見了那位年輕的流行病學家，正在海地研究非洲豬瘟疫情，滿面憂容。老朋友的記憶中才會不時冒出那種瞬間。那時馬莉亞所屬的團隊主張的防疫策略是：殺光原住民的豬，根絕這種疾病。海地幾乎每一家戶都養豬；豬不但是主要的食物來源，還扮演通貨的角色，豬圈就是農民的銀行。在一年之內，由於美國政府與獨裁總統「娃娃醫生」杜華利[2]的支持，海地特有豬種滅絕了[3]，這是巨大的成功，幾乎史無前例。根絕行動終止了一種無法治療的疾病。但是海地的農民本來就很窮，根絕之後更窮了——鬧飢荒。美國提供的替換豬種，大部分都被腐敗的菁英階層據爲己有，可是那些豬太嬌嫩了，無法適應當地環境，飼養成本又太高。由於資源稀少，海地民眾轉而生產木炭，不久森林就被砍伐殆盡。海地從未恢復。當初是不是該採用「殺豬政策」，其實有辯論的餘地。亨利想，當年的我們是多麼有信心的理想主義者呀。

「兩天，絕不超過，」亨利說：「我答應吉兒會回家爲泰迪慶生。」

「我會請秘書爲你訂到雅加達的機票，紅眼航班。」馬莉亞保證會打電話給美國疾病管制暨預防

---

2 Jean-Claude Duvalier（1951-2014），綽號 Baby Doc（娃娃醫生）。

3 一九八二年。

中心（CDC）表達歉意——亨利是CDC主管感染疾病的副主任。這是馬莉亞基於職責提出的緊急請求。

「對了，」亨利離開的時候說：「羅馬那邊有新消息嗎？妳家人還好吧？」

「我們不知道。」馬莉亞不抱希望地說。

羅馬恐攻行動發生在嘉年華[4]期間——大齋節之前，全義大利都會舉行一連幾天的節慶。羅馬人民廣場擠滿了人，來看化妝遊行以及著名的馬術表演。那個早上的新聞充斥了美麗動物的撕裂屍體，散落在死去的神父、以及雙子教堂的瓦礫之間。「羅馬有幾百人死亡，清點仍在進行，」美國福斯新聞網主播說：「義大利會採取什麼反應？」

年輕的首相是民族主義者，兩側的頭髮修剪得服服貼貼，頭上留了長髮，席捲歐洲的新法西斯主義者都喜歡的髮型。用不著說，他提議大規模地驅逐穆斯林。

吉兒．帕森斯聽到孩子轟隆轟隆的下樓腳步聲，就關掉電視，聽到了孩子在拌嘴。原來泰迪要與朋友到樂高樂園去玩，海倫想問可不可以一起去？其實海倫對樂高積木根本不感興趣。

「誰要鬆餅？」吉兒開心地問。孩子都沒有反應，仍然陷在沒有意義的爭執中，連家裡的救生犬皮伯斯都驚動了，蹣跚地走過來調停。皮伯斯是混種的救生犬，眼睛周圍有黑色補丁，像貓熊一樣。

「這是『我的』生日。」泰迪氣憤地說。

「我生日那天，我讓你到六旗樂園。」海倫應聲道。

「媽，她偷我的鬆餅！」泰迪嚎啕大哭。

「我只咬了一小口。」

「你『碰了』它！」

「海倫，吃自己的麥片。」吉兒不帶感情地說。

「太溼軟了。」

海倫大刺刺地又咬了一口泰迪的鬆餅。他憤怒地大喊起來。皮伯斯也來幫腔。吉兒嘆起氣來。只要亨利出城去，家裡就會一團亂。她正在心裡責罵亨利的時候，她的 iPad 響了起來，是亨利用 FaceTime 打過來的視訊。

「你有讀心術嗎？」吉兒問：「我剛剛才用念力召喚你。」

「我根本狀況外。」亨利說，聽到孩子吵嘴，以及背景中的狗吠。

「我剛才正要咒你，因爲你不在家裡。」

「讓我跟他們來說。」

泰德與海倫的情緒立即平復下來，變得可愛萬分。吉兒想，這是一種魔法，亨利對他們下了咒。

皮伯斯搖著尾巴表示崇拜。

「爹地，你什麼時候回家？」泰德盤問爸爸。

「禮拜二晚上，會很晚。」亨利說。

---

4 二〇二〇年羅馬嘉年華在二月二十至二十五日舉行。

「媽說你明天就回來了。」

「我本來是這麼打算的，但是我的計畫突然改變了。別擔心，我會趕回來陪你過生日的。」

泰德好開心，海倫拍起手來。眞不是蓋的。吉兒從不能像亨利一樣將孩子擺平。也許我太愛挖苦人了，她想。一定是因爲亨利對孩子說話的神態太誠懇，孩子給折服了。不知怎的，孩子知道可以信賴他。吉兒自己也有那種感覺。

「我做了一個機器人。」泰德向爸爸報告，拿起iPad展示由塑膠零件、電子線路，以及一具舊手機組合成的一個玩意兒。他要拿去參加科學展覽。機器人的面龐上，裝了一對相機鏡頭當眼睛。吉兒認爲看來像墨西哥的亡靈節娃娃。

「你自己做的？」亨利說。

泰德點點頭，臉上洋溢著驕傲。

「你叫它什麼？」

泰德轉向機器人。「機器人，你的名字是什麼？」

機器人的頭略歪了歪。「主人，我叫亞伯特，」它說：「我屬於泰德。」

「天哪！太棒了！」亨利說：「它叫你『主人』？」

泰德咯咯地笑，收起下巴，一副正經八百的樣子，他眞正開心的時候就會那樣。

「換我了！」海倫說，搶過iPad。

「哈囉，我漂亮的女兒，」亨利說：「妳今天一定有球賽吧。」

海倫是六年級女生足球隊的隊員。「他們要我當守門員。」她說。

「那很棒，對吧？」

「很無聊。你只是站在那兒。他們要我當守門員，只因爲我個兒高。」

「但是每一次你救了一球，你就是英雄。」

「要是沒有成功，他們都會恨我。」

這是典型的海倫，吉兒想。令泰德滿眼陽光的地方，海倫只見黑暗。她流露的悲觀主義賦予她一種奇異的力量。吉兒注意到，她的同班同學有一點怕她的點評。那種素質，加上細緻的五官，使她成爲女孩的愛慕對象，對青春期的男生而言，則是教人心煩的尤物。

「我聽到你說不回家的部分。」吉兒說，終於等到再次說話的機會。亨利看來很疲倦。在iPad螢幕上他輪廓鮮明，像一幅十九世紀奧匈帝國貴族的畫像，圓型眼鏡之後的眼神非常銳利。她還可以聽見背景中呼叫乘客登機的廣播。

「也許根本沒事，但是，要是有事的話，就是大事。」亨利說。

「這次是在哪裡？」

「印尼。」

「啊，我的天。」吉兒說，不禁憂從中來。「孩子們，趕快吃完早餐，校車要來了。」然後對亨利說：「你還沒有睡過覺，對吧？我希望你吃一顆佐沛眠，晚上好好睡一覺。藥帶了嗎？一上飛機就要吃。」亨利自己是醫師，可是卻不喜歡吃藥，這讓吉兒很反感。

「我感到妳在我身邊的時候，就能再入睡。」他說過一些教她愛得發狂的情話，這是其中之一，它會一直在她耳中迴盪，直到他回家。

「不要冒險。」吉兒說，明知說了也白說。
「我從不冒險。」

2 藍夫人

在飛機上，亨利可以看見蘇門答臘島上的熊熊火光。放火燒掉森林與泥炭地，是當地人開拓種植地的手段。超市裡的包裝產品，大約有一半——從花生醬到唇膏——都使用了那些農場生產的椰子油。每一年，大火釋放的煙霾籠罩東南亞，在某些季節造成的人命損失高達十萬，同時推升全球暖化、逼近臨界點。亨利走出雅加達機場，站在計程車招呼站，就覺空氣沉重得令鼻孔難受；望著熙熙攘攘的旅客，心想：氣喘、肺癌、肺病各有殘酷的獨門殺招。這是職業本能吧：不管到哪裡，他都會以病理學眼光觀察周遭。

正是季風季節。烏雲滿載雨水，街道上前次降雨的積水還未退。雅加達是貧民窟之城，也是摩天樓之城，正在迅速下沉。持續增長的人口不斷抽取地下水，導致地層下陷，而四周的海平面正在上升。不啻全民自殺，亨利想。

「第一次到雅加達？」司機問道。

亨利有些神情不屬。雨又開始下了，交通打結，陷在沮喪的嘈雜中。一輛小男孩拉的驢車在人行道上超過了他們，車上是雞籠，堆了三米高。

「我來過許多次。」亨利說。印尼是疾病的溫室，是流行病學者施展長才的好地方。政治幫不上忙。印尼才爆發了一波痲疹疫情，部分原因是抵制疫苗的伊斯蘭聖令，說是疫苗含有源自豬的成分。愛滋病毒在印尼散播得比世界其他地區都快，政府正好當作藉口，迫害同志與跨性別人士。

司機身材肥胖，心情不錯，戴著印尼穆斯林偏好的圓形無邊帽。一枝茉莉花吊在後視鏡上，花香瀰漫悶熱的車廂。亨利在後視鏡裡瞥見司機的面孔。他戴著墨鏡，儘管正在下雨，現在大雨如注，雨點像子彈一般打在擋風玻璃上。

「想來一趟古爪哇之旅嗎，老闆？」

「我只待一天。」

到了印尼衛生部附近，交通略爲順暢一些，但是雨勢並不稍歇。亨利看得很清楚，等他走到入口的遮雨棚下，他已全身溼透。

「等一下，老闆，看我的。」司機打開後車廂，拿出亨利的手提箱，然後打了一把傘送亨利走到大門。「你來過印尼許多次，但是在季風季節卻不帶把傘。」他揶揄道。

「這一次我得到教訓了。」

「你要我等你嗎？」

「我不知道我會待多久，」亨利說：「也許一小時。」

「我等你，老闆。」司機遞給亨利一張名片：「班邦・伊德里斯樂意爲您服務。」亨利用他知道的唯一一句印尼話向班邦道謝。

三小時後，亨利仍然坐在部長接待室裡，那裡還有十二個人昏昏欲睡地等著陳情。茶僮看著他，以爲他也會打盹兒，但是亨利毫無睡意，而且已不耐煩。回家是唯一重要的事。他以手機再度查了他的航班資訊。還有時間到難民營採取檢體，然後趕回機場。時間太緊湊了。八小時之後，他就要登上飛往東京的午夜班機。要是錯過了，就會錯過泰德的生日。都怪這無聊的官僚作派——耍官威。

上一次亨利在同一間接待室久等，是二〇〇六年。那時的部長是蘇帕瑞。她拒絕分享H5N1禽流感病毒標本。那是一種致死率極高的病毒，已有六百人由禽鳥傳染，超過一半死亡，大部分是印尼人。如果它能夠人傳人，大約只消幾週就會席捲全球，後果不堪設想。各國流行病學者都不敢掉以輕心，可是印尼卻緊抓著病源病毒不放，聲稱那是國有資源，如同金礦或油田。蘇帕瑞部長宣布這一新政策，稱之爲「病毒主權」。其他國家跟著起鬨，例如印度，很快主張國家擁有本土病源的專利權。

當年亨利參與了這一爭論。他指出，扣留資訊是荒唐的。科學無界，當然不受國界限制。疾病也無界，特別是禽流感——乘著禽鳥的翅膀飛越國界。沒有疾病的標本，世界社群就無法抵禦新奇的病源。全球健康的整個基礎可能會受侵蝕。印尼的理由是，其他國家會利用印尼的標本製作疫苗，印尼卻負擔不起。印尼要求，以印尼標本研發出來的疫苗，印尼需要多少就有多少。由亨利調停達成的協議是：凡是印尼病毒的科研產物，印尼都可以分潤「共享利益」（shared benefit）；並沒有完全向印尼屈服。

哪裡知道協議達成後，爭論變得極其複雜。荷蘭鹿特丹伊拉斯莫醫學中心的病毒學者佛契爾，在實驗室裡對印尼（禽流感）病毒動手腳，賦予它新的本事，包括透過空氣傳播以及在哺乳類之間傳染的能力。美國威斯康辛大學的河岡義裕，以越南的病毒株做了類似的實驗。這兩位專家的目的是製作開發疫苗的模板，那是未雨綢繆，爲未來可能出現的人傳人病毒株做準備。但是正當他們即將公布研究成果——包括方法——的時候，美國《紐約時報》發表社論責備他們從事這種「末日」實驗。這種改造病毒「要是逃出實驗室或是被恐怖份子偷走，可能殺害的人命數以百萬計。」[5] 美國的國家生物安全科學顧問委員會決議中止實驗，但那是在新的問題產生之前——誰「擁有」動過手腳的病毒？（智財權屬於誰？）美國與荷蘭政府的主張，與印尼先前提出的如出一轍。二〇一二年二月，亨利在世界衛生組織主持了一場國際會議，出席者是各國公衛官員，他們決議兩個團隊的研究論文應全文發表，毋須保留。亨利的理由是，知識是危險的，但是無知更糟。印尼政府指控亨利欺騙了他們。看來他們對亨利仍然心懷怨懟。

接待員再一次走向亨利，這次她的臉上掛著緊繃、做作的微笑。「安妮薩部長很遺憾，她今天無法見你，」她低聲說，免得亨利在旁人面前難堪，「她保證明天——」

「太遺憾了。」亨利說。

「是的。」接待員說，亨利的音量令她一時手足無措，「她非常遺憾。」

「我很遺憾我非得動用違約條款不可。她可以現在見我，不然明天她就要面對國際查核員。就看她了。三點以前她必須做出決定。」

接待員瞥了一眼時鐘。距三點整還有四十五秒。她遲疑片刻，然後匆匆走入部長辦公室。秒針正掃過鐘盤上方，部長辦公室的門開了。

安妮薩部長是個冷眼官僚，她的笑容掩藏不了內心的焦慮。亨利認識她的時候，她是峇里島的公衛官員，當地發生了狂犬病疫情。那時她最關心的事是控制媒體，而不是控制疾病。蘇帕瑞部長因受賄而入獄時，她因為打點得當而接任部長。最近她裹起了頭巾，那是印尼朝宗教保守主義偏移的指標。她看來就是一個瓦哈比派[6]的官僚。

「啊，亨利，你總是出人意表，」部長說：「你大可早一點知會我的。我們正忙著為朝覲者辦理健康證明。沒必要召喚警察的。」

「部長，不會花你多少時間的。我到這兒來，只是想讓你知道我來了，依規定我必須這麼做。我要到恐溝里的這個難民營去採取檢體。然後我就走了。」

「真的嗎？亨利，要你做這種小事？我很驚訝大人您竟會不辭遠行，花那麼大功夫——」

「我不負責政策，我只是收集資訊。」

「我們已經將檢體交給荷蘭人了。他們會做出他們的分析結論，所以我們才想知道你所為何來。恐溝里並沒有再出現問題。」

「那容易，我們聽檢體的分離物怎麼說。」

「分離物，噢。沒必要這樣吧。」

部長拿起遙控器，打開電視。那是一部墨西哥肥皂劇，配音是印尼語，但是她沒有理會演員在說什麼。她調高電視音量，直到亨利幾乎聽不到她的聲音。部長指出辦公室裡裝了竊聽裝置的地方。

---

5 刊登於二〇一二年三月三日。

6 瓦哈比派是伊斯蘭基本教義派之一。

「亨利，你教我好難做，」她說：「我必須私下告訴你一件事，讓你不必再追究這事。」

「不拿到檢體我不回家。」

部長不出聲地笑了。「這就尷尬了，你知道嗎？他們根本沒有生病。」

「他們死了。」

「因爲我們逮捕了他們，把他們斃了。」

「革命份子。叛亂份子。不受歡迎的人。難民營裡盡是這些傢伙。你們西方人不了解我們在這個地方必須面對的是什麼人。用不著說，我們完全不會報導這種行動。我們提供其他理由。法醫，也許他會編個故事。因此，我很抱歉你大老遠跑來的收穫是我們的小祕密。拜託，幫我個忙，別對人說。你會讓我陷入非常危險的境地。」

難民營裡的那些死者，要是部長透露的死因是事實，那麼她對亨利洩漏實情就是陷自己於不義。不忠會遭到嚴厲懲罰的。然而——

「我仍然要去一趟。」他說。

安妮薩部長突然站起來，眼神激動。「你別想了！有安全風險。那裡管事的人是武裝份子。他們以綁架維生。你不能進去。想也別想。」

「我願意冒險。」

「這不是你說了算！」部長說。她的聲音裡透露著歇斯底里。「這麼說吧，假定那裡是傳染病窩，我們的資源那麼稀少，能做什麼？你把我們變成賤民，避之唯恐不及，觀光客就不來了。我們爲什麼必須受這種折磨？」

「謝謝你，部長，我會交報告給你。」

「我不准！」她喊道，亨利已起身離開。

班邦立即接聽了手機。「是的，老闆，我在這兒，還在等。就在附近，我在這兒。」

亨利站在雨棚下。雨勢已歇，成爲毛毛雨。不久一輛摩托三輪車噗噗地過來。班邦下車，撐著雨傘，帶著不好意思的微笑。這個小車子的塗裝青春洋溢，亨利也會認爲賞心悅目，只可惜來得不是時候。

「你的豐田車呢？」

「我的姊夫，他要回去了。」班邦將亨利的袋子放入狹小的車廂。「這車在車流中跑得更快。」

這話堵住了亨利的嘴。

亨利可以感到自己正在磨牙。這一趟可容不得半點差池。他希望那些法國醫師幹練又俐落，而且已經採取了檢體。他從衛星照片上取得恐溝里的經緯度，但是班邦知道那個地方。「那是同志去的地方。」他說。

「你是什麼意思？」

「同性戀，他們集中在那裡。政府說，是爲了他們好。不然民眾會鞭打他們，也許會吊死，有些人被扔出大樓。極端份子會這麼做。因此，政府把他們藏在這些拘留營裡。」

「但是每個人都知道他們在那裡？」

「當然。」他愉快地說。

他們經過淹水的稻田。季風雨和上升的海平面正在淹沒這個國家，水從天降、從海面湧入，像馬桶裡的水一般將土地沖走。五年後，十年，最多二十年，海岸地區就會淹沒。現在沒有人大驚小怪了。每個人都接受了現實，知道災難正在前面等著。

坑坑窪窪。站在牆柱上的蜂鷹。一群水牛堵了路，班邦不斷按喇叭，直到那群畜生移動到路旁，一條沒有標誌的路，大門，警衛亭，班邦轉進那條路，一位軍人匆匆走出，生氣地趕他走。

「他們說不許進去。」班邦告訴亨利。這輛三輪車是凱蒂貓的行動廣告，亨利從粉紅、嫩綠相間的車廂出來，硬著頭皮擺姿勢。他揮著識別證件與馬莉亞具名的公函。「衛生官員！」他說，聲音裡注入了他所能動員的最大氣勢。「看到了嗎？世界衛生組織。聯合國的機構！聯合國！」

警衛退回崗哨，打電話。亨利無意中聽到令人困惑的叫囂聲，不一會兒，警衛走出崗哨，打開大門。

三輪車經過坦克與軍用卡車，一個小軍營部署在水塔四周。不久就到了一堵很高的柵欄，上端有帶著銳利刀刃的鐵絲網。亨利可以看見裡面有幾百個人。拘留營之前是一片雜草叢生的教練場。一間小屋的門廊上站著一位身材修長的軍官，兩手插在臀部。這裡的主管。

「先生，請回吧，」那位軍官說：「這兒是禁區。」

「你不知道，」亨利想講理，「我有權進入任何有公衛之虞的地方──」

「不關你的事。你請回。」

亨利想把他的證件與馬莉亞的公函拿給軍官，在前一個門那兩份文件似乎就很有用。但是那位軍官掉頭就走回屋裡。

亨利站在那兒，苦思下一步該怎麼辦。幾米之外，拘留營裡的人也在看著他，表情絕望又困惑，等待亨利的決定。又開始下雨了，但是沒有人移動。他開始走向拘留營，但是接著他聽到了子彈上膛的聲音。附近一輛吉普車上的衛兵，以手上的槍作勢要亨利回到三輪車上。

這時傳出了宣禮員的聲音，原來是禮拜時間[7]到了。衛兵立即撤退，拘留營裡的人回到散落的帳篷、陋屋，以及斜倚陋屋外牆的小棚子，找個乾燥的地方做禮拜。班邦從坐墊底下取出禮拜毯，正準備在泥濘的教練場上攤開，那位修長的軍官又出現在門廊上，招手讓他進去。

亨利坐在三輪車上，不知所措。他束手無策。他失敗了。其他的人都在祈禱。也許那是最後一招，他想。

不久，禮拜結束，班邦匆匆冒雨返回。

「我們到機場去吧，」亨利說：「多留無益。」

「不，老闆，事成了，我們達成了協議。」班邦指指門廊上的軍官。

「你賄賂喔？」

「不是我。是你。」

亨利暗暗詛咒自己。他從來沒想到花錢就能了事。班邦將一捲美鈔飛快塞給那軍官，他拿到屋裡點數，然後出來，向吉普車上的衛兵點點頭。

7 晡禮，下午四至五點之間。

班邦堅持爲他打傘，跟著他進去，說這是說好的。

「太危險了。」亨利說。

「你是我的責任！」班邦驕傲地回答。

亨利只帶了一件防護衣，但是他給了班邦兩雙乳膠手套（亨利堅持一次戴上兩副），以及一個罩住口鼻的口罩，並告誡他不要碰觸任何人。大門在他們身後關上。

調查任何未知病源總會遇上危險。疾病有許多來源，包括病毒、寄生蟲、細菌、眞菌、阿米巴（變形蟲）、毒素、原生生物、以及普里昂（傳染性蛋白顆粒），每一種都有一套求生策略。感染病有許多種散布途徑，嚴重的疾病可能化身爲常見且大致無害的症狀。頭痛可能是鼻竇炎的一個症狀，也可能是中風的前兆。發燒、倦怠、肌肉痠痛可能是流感引起的，也可能是腦膜炎。儘管亨利是疾病偵探，要他一個人進入田野，而且是陌生的環境，只帶了起碼的資源，仍然是最冒險的任務。另一方面，致命疾病爆發的危險太大，足以令亨利願意冒險。他早就承認，從事這種冒險，運氣不可靠又不可或缺。

亨利與班邦進入拘留營後的第一次接觸，是一群年輕男人，大多二、三十來歲，加上幾個青少年。他們看來憔悴，但不是營養不良；衣衫襤褸，但是整了整衣服才走過來。亨利感到他們多少是團結的。也許因爲他們大部分人生都在陰影中度過，在這裡憑本能就重建了自己的地下社群。

一個人走向亨利，手裡拿著開山刀像是權杖。他有一個金鼻釘，長髮披肩。頭髮染成金黃色，但是黑髮又長出來了。亨利做了快速心算——將黑髮長度換算爲拘禁時間——六個月大約長三英寸（七．六公分）。

「他想知道你是不是從人權機構來的，」班邦爲亨利翻譯，「他說他們一直要求會見人權工作者，但是政府拒絕接受他們的陳情。」

「不是，跟他們說我很遺憾。我只是一個醫師，喔——」

「醫師」這個詞立即引起了騷動。「醫師！醫師！」有人出聲喊叫。有些人開始哭泣、跪倒在地。許多人面孔溼膩、瞳孔放大，明顯地是在發燒。

「好久沒有像你一樣的外人到這裡來了。」班邦說。

「他們沒有受到任何醫療照護嗎？」

班邦問那位手持開山刀的年輕人。

「法國人，他說。他們來過，但是都死了。」

「這裡有多少人死了？」

「很多人。沒有人埋他們了。每個人都嚇壞了。」

一位年輕人對班邦悄悄說了什麼，看來很要緊。

「他說他們爲你祈禱過，老闆。他們看見你在門口，就向安拉祈禱，希望你是前來拯救他們的醫師。他們說祈禱應驗了。」

亨利知道他能爲他們做的極其有限。他們身在「熱區」之中，每個人都被感染了。他注意到營區後方有一部小怪手，看來那是政府承認疫情爆發的唯一證據——迅速挖掘集體埋葬溝的工具。亨利很好奇：挖墓人在哪裡？

手持開山刀的年輕人引領他走上泥濘小徑，亨利以手杖穩住步伐。班邦跟在後頭，撐著傘，可是遮不了雨。骯髒的營區是臨時搭建的，以硬紙板、塑膠袋、以及一片片帆布當建材，毫無章法，也可以說創意十足。有些屋頂以壓扁的可樂罐子砌成。一隻鴨子浮在一小屋旁的水窪上，脖子上還有拴繩。與那些骯髒簡陋的住所相比，無國界醫師的帳篷像是鶴立雞群，兩側都是醒目的ＭＳＦ[8]標誌。

亨利小心地拉起雨簾。死亡的惡臭令人作嘔。

「你回去吧。」亨利說。

班邦看見了其中景象，滿眼驚恐，仍然勇敢地說：「我保護你。」儘管有點口吃。

「不。我沒事。但是聽我說。不要碰任何東西。清洗身體，你懂嗎？我要花一點時間在這裡做我的工作。你在外面等我。」他又問一遍，「你懂嗎？不要碰任何東西！」

班邦的身子僵了一會兒。亨利可以看出他受到的驚嚇可不小，可是他把傘遞給亨利。「你拿著，」亨利下令：「走吧。」

亨利以嚴厲的眼神看著帳篷四周的人，他們有禮地後退，沒入雨幕。

亨利早就習慣了腐敗的香氣。帳篷裡有十來張病床，大部分都是死屍。一位病人以眼珠跟著亨利，此外什麼都做不了；他太虛弱了。病歷放在病床靠走道的那一端，亨利拿起掃視，然後爲他的靜脈點滴吊了一袋新的葡萄糖。那是他能做的唯一有用的事。病人喉嚨裡發出「臨終嘎音」，表示他不久就會安靜下來。

三位醫師都死了，以怪異的扭曲姿勢躺在小診間裡。亨利在世界各地見過不知多少無國界醫師，死去的醫師與他們一樣，都是年輕人，完成住院醫師訓練不久。亨利知道，面對看不見的敵人需要多大的勇氣。趕赴沙場、義無反顧的勇士，遇上疾病爆發都會逃之夭夭。疾病比軍隊還要有力。疾病比恐怖主義還要任性任意。疾病比人的想像力還要殘酷。然而這些年輕醫師願意面對大自然最致命的力量，以性命相搏。

現在，他們也死了。

亨利點燃煤油燈，照亮一位女醫師的面龐，她的頭靠在檢查檯上一灘乾涸的血裡。亨利推測她是非洲人或海地人；許多黑人醫師擔任無國界醫師。但是他意識到她面孔的膚色不是黑的。是藍的。

亨利見過紫紺。通常是因爲血液的氧合程度降低。通常表現在唇、舌，或是手指腳趾。他從沒見過全身都發紫的病例。霍亂，他想，藍色死神。那就說得通了。拘留營的衛生情況很糟，天知道飲水打哪兒來的。但是醫師都知道如何治療霍亂，而且無國界醫師出發前一定注射過疫苗。他掃視一個田野小櫃的內容，裡面是一些基本的診斷儀器：聽診器、數位溫度計、繃帶、血壓計、擴張器、一個耳鏡組——這樣的組合，適合一個非外科醫療小組、治療局部感染、一星期左右之所需。藥鎖在一個結實的箱子裡，箱門是很厚的樹脂玻璃。胰島素、肝素（抗凝血劑）、米適泄（利尿劑）、氣喘藥、廣效抗生素、阿奇黴素（抗生素），但是亨利看見的主要是對付反轉錄病毒的藥[9]。

很明顯，他們是醫師，不是實驗室科學家。他們沒有帶分析儀器，即使發現情況不對，就算巧婦也難爲無米之炊。他們帶來的海報與小冊子，主題是安全性行爲。看來這個小組到這兒來只是想對疫

8 MSF是「無國界醫師」（Médecins Sans Frontières）的法文縮寫，一九七一年在西非成立；一九九九年獲頒諾貝爾和平獎。

9 愛滋病毒是反轉錄病毒。

情做一快速調查，並以抗病毒藥物治療拘留營中的愛滋病毒感染者，同時對所有的人做衛教。他們並未打算長期抗戰。一個小食物櫃裡只有麥片與乾巴巴的可頌。他掃視垃圾桶，看見許多四環素（廣效抗生素）的空瓶。這些醫師必然和他當初想的一樣，認爲是霍亂。他身旁的工作檯上有一部筆記型電腦，他找到一個法蘭絲．香佩醫師的檔案夾，其中都是病歷。他假定法蘭絲就是他面前的年輕女性，早已死去。亨利發現她寫病歷一絲不苟。還有一封沒有發出的長篇電郵，收信人是無國界醫師組織的巴黎主任呂克．巴赫。亨利的法文不錯，可以明白信裡寫的是什麼。「呂克，呂克，我們需要你的協助！」她這麼開頭。

我們正在熱區內，這裡的情況前所未見！我們到這個疾病窩不過一個禮拜，就有幾十個人感染。我已透過本地機構將檢體送給你。你收到了嗎？我們在這裡面對的到底是什麼，我們一點頭緒都沒有。致死率極高。我們需要裝備！我們需要病理醫師！就憑我們三個人，打不贏它的。呂克，我嚇壞了。

接著她寫道：

糟糕！信怎麼發不出去？網際網路不通、電話也打不出去，我想他們不讓我們走了。

接著，她必然把電子郵件程式一直開著，隨時記錄所見所思，一旦網路通了可以立即發出。亨利捲起郵件視窗，直到最後一則：

三月十九日，進入第三個禮拜了。帕布羅昨天死了。我爲他的家人心碎，他們什麼時候才會收到他的死訊？可愛的人。安通與我都病了。我們躺在死去的夥伴身邊。我覺得與他們無比地親近，一個死了，一個病重垂死。我從來沒有愛過任何人愛得這麼深。我感激這種情感，這種親密。但是我也非常憤怒。我們被這個怪物擊敗了，我一想到她，就想到怪物。對的，怪物。一種我們看不見的生物，因爲我們沒有看穿細胞的工具，因此她能藏身，嘲笑我們，現在殺害我們。爲什麼——

信斷了，問題沒有寫完、信沒有送出、也沒人答覆。

3 亞特蘭大：蕨岸

每年春天，吉兒．帕森斯在幼兒班的課都有介紹恐龍的單元，她會帶孩子到「蕨岸」，亞特蘭大著名的自然史博物館。孩子一下校車，總是緊張、焦慮，但是一見到阿根廷龍，就會安靜下來。阿根廷龍是已知最大的恐龍。相形之下，那些五歲孩子看來像小鼠。

「牠體重超過一百噸，身長超過三十六米，」吉兒解釋，「你們估計一下，相當於多少輛校車前後相連？」

「一百！」一個男生喊叫。

「七十六！」另一個。

「三輛。」柯內霞估計，聲音小得接近耳語。

吉兒開心地瞥了柯內霞的母親薇琪一眼，她是來幫忙校外教學的。要是吉兒需要幫手，只有幾位家長她信得過，薇琪是其中之一。「妳怎麼知道的？」

「我只是認爲一輛校車大約長十二米。」柯內霞說。

柯內霞穿了一件藍裙子，腳上是便士樂福鞋，上身著冰雪奇緣T恤。吉兒的學生都符合免費午餐或打折午餐的資格，但是吉兒很容易認出哪些人有家庭支持，如柯內霞，哪些人沒有。吉兒不想對哪個孩子偏心，但是她喜歡柯內霞的笑容，以及她靦腆的聰明。有些孩子吉兒希望認得一輩子，看他們長大後成爲什麼樣的人，柯內霞是一個。

「看，那是暴龍！」一個叫羅伯托的男生說，指著阿根廷龍身後的恐龍骨架。「他正要吃另一頭恐龍！」

「事實上，那是巨獸龍，」吉兒說：「他比暴龍還大。」

「巨獸龍！」孩子驚呼，他們喜歡那個名字。有些人盯著那神祕的、沒有肌肉的生物，興奮得又蹦又跳。空洞的眼眶讓人怕，也讓人覺得有趣，像南瓜燈。

「每個人都認爲只有恐龍滅絕了，但是地球史上發生過五次大滅絕，當時的生物大多數都滅絕了。」吉兒說：「達倫，手不要亂動亂摸。」

吉兒帶孩子來過許多次了，但是她仍然愛看孩子著迷的神情，眼中透露的驚奇。回到學校後，孩子會用黏土製作恐龍模型，再放進電窯燒。恐龍是她特別喜歡的單元，從不失敗。

他們進入另一展廳，是一特展，名爲「猛獁象——冰河時代的巨獸」。一頭巨大的猛獁象模型站在展廳中央，長牙伸出長鼻前一．二米，向上捲起，像彎刀。

「猛獁象成年後，就是這個樣子，」吉兒說：「誰能告訴我他與哪一種現生動物是親戚？」

「大象。」孩子大喊。

「對了。他們的體型大約是非洲大象那麼大。你們知道他們爲什麼有那麼多毛嗎？」

「因爲天氣非常冷？」一個女孩，她叫泰瑞莎。

「一點不錯。他們生活在前一個冰河時代，大約四十萬年前，一直生存到最近，以地質學標準來說是『最近』。最後一群在西伯利亞附近的一個島上死掉了，大約四千年前。」

「爲什麼他們會死掉？」柯內霞問。

「很好的問題。答案是我們還不知道。那時已經有人類，他們會獵殺猛獁象，那是原因之一。但是，與恐龍不一樣，恐龍滅絕我們可以確定與一件大事有關，就是一顆彗星撞上地球。氣候可能因而變遷。地球很快變得比過去溫暖，恐龍不能適應。」

展廳中央是一頭嬰兒猛獁象。「噢！」柯內霞叫起來。「眞可愛！」

「她是眞的，不是模型，」吉兒說：「根據說明牌，她是俄羅斯借給我們的。她名叫露芭。」

「哈囉，露芭。」柯內霞說。

這頭嬰兒猛獁象出生沒多久，還沒長毛皮，因此她皮膚表面的每一條皺紋都很分明，看來更像大象的新生兒。她的睫毛都保存了下來。「說明牌上寫著，露芭大約四萬兩千年前出生於西伯利亞，活了大約三十五天，」吉兒說：「她掉進了一個泥坑。她一定很快就結凍了，才保存得這麼好。因爲發現了她，以及其他猛獁象的遺體，科學家正在考慮『克隆』[10]猛獁象，讓他們復活。你能想像那會是什麼情景嗎，猛獁象再度在地球上遊蕩？」

孩子對這個教人興奮的想法熱切點頭，然後跑回恐龍展廳。

「馬莉亞，妳能看見屍體嗎？」亨利問道。亨利將香佩醫師的筆電以膠帶黏在點滴架上，並接上他的衛星電話。這位年輕醫師的赤裸屍體正躺在檢驗檯上，一隻手臂在頭上彎曲，另一隻向前伸出，像是要與人握手。她的膝蓋指向空中，上身略微朝前，因爲亨利在她肩胛骨之間墊了一本醫學書。她的眼睛盯著上方的燈泡，一眨也不眨。藍夫人。

亨利對她必須經歷這樣有損尊嚴的過程，有片刻的不捨，但這是醫學，而且他知道這位年輕醫師願意做這種犧牲。他希望在她生前就見過她，感受她伸出的手的溫度。死人的身體那麼冷，總是令他震驚。

「我能，亨利，訊息傳輸良好。」

在日內瓦，亨利的直播投影在同一片銀幕上，前一天他才在這個大會堂開過會。

「很不幸，我們這裡連起碼的驗屍器材都沒有，」亨利說：「但是我們必須從器官取得組織。所以我就做我能做的。」

他退後了片刻，以不帶情緒的、分析的眼光打量屍體。「她看來接近三十，最多三十出頭。肌肉發達，也許是運動員，或喜愛長跑。你們看，紫紺遍布全身，表示缺氧，上半身特別明顯。身高大約一六五，難以確定，因爲屍僵造成了扭曲。我們沒有體重計，但是我估計體重五十四公斤。」他檢查她眼、鼻上的乾燥血液，以及嘴四周的痰泡沫。「鼻出血，」他說：『也許有嚴重的內出血。」

霍亂病人不會出血。

亨利掀起她的嘴唇。牙齒潔白，保養得不錯。沒有黃疸。

「帕森斯醫師，體表有傷口嗎？」大會堂有一位醫師發問。

---

10 cloning，就是生產桃莉羊的技術，國內一般譯成複製。

亨利注意到她下巴有個小疤，左肩有一牛痘瘢痕。此外可說玉體無瑕，他遺憾地想。他看不出手腕上的刺青是什麼——看來像一馬蹄。

那裡沒有驗屍工具，亨利必須隨機應變，靈活使用手上僅有的工具。他從一個抽屜裡找到一把摺疊小刀，權充解剖刀。他試了試刀刃，心想這可不妙。他只能為她提供他力能所及的尊嚴。

「現在我要打開胸腔。」他說。

他劃下第一刀，從右肩走弧形到乳房下方，然後在另一側劃下對稱的一刀。刀咬穿肌肉，抗拒亨利強迫它執行的任務。從切口滲出的血像融解的冰。然後他切開肚子，直到髖骨，再掀起胸膛皮膜覆在年輕醫師的臉上。他刮了一部分凝結血塊放入裝三明治的塑膠袋。

現在胸膛上有一層非常薄的黃色脂肪，亨利把它刮掉，露出肋籠。

「現在我要道歉，」亨利說：「我沒有鋸子可用。我必須因陋就簡。」病理醫師常常使用園藝修枝剪剪開肋籠，可是亨利找到的剪刀是用來剪繃帶的。它的刀刃咬不住骨頭。「我打算砸開肋籠，」亨利說：「除非有人有更好的點子。」

日內瓦一片沉默。

亨利拿起剪刀，高舉過頭，然後使盡力氣向下戳入肋籠。

出事了。大會堂裡的醫師登時倒抽了一口氣。一時之間亨利不清楚發生了什麼事，然後他看見自己防護衣上灑上了帶泡沫的粉紅液體。

肋籠上只見一條小裂痕。亨利再次猛戳、再猛戳。液體在防護衣上流動、飛濺。他的頭髮裡，耳朵裡。眼鏡鏡片幾乎布滿了，遮蔽視野。他再度猛戳。他聽不到馬莉亞的哭聲。他一心一意，就是打開肋籠，揭露藏在其中的祕密。終於開了，災難眞相大白。肺臟已成爲一灘泡沫沼澤。「泥狀的血泡沫，血沫，」亨利呼吸急促地說：「到處都有出血、水腫現象。看來死因是——」亨利突然說不出話來，必須收束心神。「這位勇敢的年輕醫師，死因很明顯。她淹死在自己的體液裡。」

日內瓦一片沉默，直到馬莉亞開口。「亨利，我正在下令全面隔離檢疫。明天一早就有個團隊抵達。但是老天，亨利，你得停手了。立即刷洗乾淨。現在換我們了。」

亨利最後還要做一件事。他以衛星電話將香佩醫師的電子郵件信箱發給呂克。然後他走出帳篷，泥濘，步履蹣跚。夜幕已低垂。季風猛烈。拘留在這兒的人從棲身所狹隘的入口看著他走過，眼神流露恐懼。他是一個幽靈，專程前來透露他們的未來。他走到大門，門開了，並在他身後關上。他注意到他的旅行箱放在軍官小屋的門廊上。班邦與三輪車無影無蹤。

他幾乎可以確定，這裡爆發的疾病，病原不是細菌。是新的病原。可能是冠狀病毒（SARS或MERS（中東呼吸症候群）的病原）；或是副黏液病毒（立百病毒感染症）。但是亨利對它的死亡分布特徵念茲在茲：W型（以青壯年人爲主）。那是一九一八年大流感的特徵。他不顧眾目睽睽——主管軍官、收容人——脫光全身衣物，在滂沱大雨中洗頭髮、洗身體，心裡想的全是這些。他全身赤裸，與方才他以暴力侵入的年輕醫師一樣。

他入行後，就一直在想像，有朝一日會遭遇一種比他更聰明的疾病，更狠毒、更無情。你得全力以赴，與它對決。每一種疾病都有罩門；了解陌生病源的策略，推測它的下一步，再規畫高超的反擊，亨利是這一行的翹楚。如果他有時間，他最後會贏。有些疾病不給你時間，只能依賴好運。他一直很幸運，現在呢？

對這個恐溝里疫情，他覺得時間、運氣都不站在他這一邊。

擴音系統呼叫她到校長室的時候，吉兒正在教室後方的電窯前，將孩子的陶恐龍一一取出。她從來沒有被這樣召喚過，因此知道事有蹊蹺。她立刻想到自己的孩子。她設法收束心神，讓薇琪接手，走過的一間間教室一切如常。她的心搏卻提升了一倍。

「有人打電話找你，」辦公室助理說：「他們告訴我有急事。」

吉兒一接電話，就聽到馬莉亞．沙鳳納（世界衛生組織流行病學主任）說：「是關於亨利的——」

吉兒擔心接到這種電話，有好多年了。

「他沒事。但是他接觸了某個東西，我們還不知道是什麼東西。我們已經派了一個小組飛到他那裡去，還未降落。」

「他在哪裡？」

「仍然在印尼，隔離中。我們會把他留在那裡幾天，確定他沒有出現症狀。請不要擔心。我們不知道這個病源的傳染方式，甚至是不是接觸傳染都不知道。它可能是毒素，可能是寄生蟲。即使能夠空氣傳播，亨利都可能平安，他戴了口罩。不久我們就會知道得更多。」

吉兒聽亨利說過，口罩不能提供多少保護。要是他在熱區工作，他需要的是面罩式呼吸器，以及泰維克連身防護衣。他爲什麼事前沒有想到？

「吉兒，我要對你說實話。這是我的錯。他去，是幫我的忙。要是他發生了什麼事，我永遠不會原諒自己。」

才不是馬莉亞的錯。亨利一定會去，管他什麼艱難險阻。

回家的路上，吉兒到一著名商圈的烘培工房拿了泰迪的生日蛋糕，明天的生日派對用的。她決心表現得若無其事，一切如常。亨利知道如何照顧自己。她會告訴孩子……再說吧。

「泰迪，我們的壽星！」穿著粉白相間條紋服的灰髮女店員大聲說。展示櫃擠滿了小甜餅、杯子蛋糕、還有新鮮的蜂蜜麵包，琳瑯滿目，逗引你買回家，不顧裡面高得不得了的熱量。光是香氣就會教人發胖，吉兒想。但是儀式就是儀式，必須尊重。

裝進盒子裡的是紅色巧克力蛋糕，頂層白色糖霜上站了三個「小小兵」。泰迪咧著嘴笑，露出掉了一顆門牙的齒縫。他喜歡小小兵。

「艾德娜，妳又打了一支全壘打。」吉兒說。

「噢，我知道顧客的需求。」她答道。「那麼妳呢，海倫？何不給自己挑一種小甜餅？燕麥葡萄乾那種是剛出爐的。」

吉兒轉進了自家的車道。他們住在麥吉爾大道上，接近卡特總統圖書館。那是一棟一九二〇年代的紅磚房，他們在景氣衰退的時候買的。當初蓋那棟房子的人自己有一座磚廠，因此房子很結實——「大野狼也吹不倒。」[11]亨利說。那時他們還沒有孩子，也沒有錢，就自己動手改裝房子：全是他們兩人完成的。亨利的手很巧。他在地下室建了一個工作坊，爲三米高的天花板裝飾條。吉兒爲客廳、

11 典故是《三隻小豬》的故事。

飯廳漆牆壁。一天，亨利拿了一把大錘將廚房後面的雜物間砸了，改裝成一個紗窗門廊。他們喜歡在那裡吃飯。晚上，吉兒與亨利會拿著一杯酒坐在那裡，欣賞花園裡的百日菊與番茄。他們無所不談。普通的幸福。那可是他們倆一起成就的。

房子的結構很好。客廳寬廣，光線充足，橫跨房子正面，外面是鋪了地磚的陽台。孩子喜歡在那裡玩耍。一張阿米希門廊吊椅是郵購的。還有一個格子架，亨利布置的，讓一株石榴在上面爬。

他們把二樓租出去：赫南德茲夫人。她獨居，年紀比他們大，她說她只有一隻貓，但是她的貓總是不只一隻。貓味太重的時候，吉兒就會找她商量。吉兒真正的想法是，請她搬家，把房間收回，好享受整棟房子。現在他們負擔得起了。孩子有更多的空間可用，吉兒與亨利可以享用樓上的主人臥房。讓他們夫妻齟齬的事，莫此爲甚。亨利很節儉。他說，一樓有三間臥房，足夠一家人用，而且租金差不多相當於房貸。吉兒則懷疑亨利心太軟，不忍要求赫南德茲太太搬家。

吉兒將蛋糕盒放在廚房調理台上。泰迪邀了三位朋友來分享蛋糕。他從來沒有要求過大派對——不像海倫。他們很不一樣。吉兒費了很大的勁才懷上海倫，她管海倫叫奇蹟孩子。她沒想過懷另一個孩子。泰迪——全名狄奧多·羅斯福·派森斯——這個名字藏著他的身世。狄奧多·羅斯福（「老羅斯福」）是美國第二十六位總統，暱稱「泰迪」。他卸任後曾赴南美探險，尋找亞馬遜河的源頭，幾乎送命[12]。亨利到巴西西部同一地區做過流行病學調查。那是接近玻利維亞邊界的一片雨林，在那裡開採鑽石的一個原住民村落出現神祕的死亡病例。亨利抵達的時候，只有幾個人還活著——他找到了疾病的源頭。吉兒記得似乎是有人在他們的糖裡下了毒，好像是覬覦鑽石礦藏的毒品恐怖主義者，或是類似的壞人。一位瀕臨產期的婦人還沒斷氣，亨利爲她緊急剖腹，發現胎兒還活著。亨利將他帶回家，叫他「奇蹟孩子二號」。

泰迪從小就不苟言笑，孤僻。吉兒很擔心，難道他也中了毒，人格因而改變？即使還是個小小孩，吉兒都覺得他一副正經八百的模樣，教人心裡有些發毛，像童話故事裡被拐走的王子，遲早有一天會回來爭奪王位。泰迪個兒小，但是很結實，而且十分好奇。他的黑眼珠像光滑的瑪瑙，閃閃發光。他從不想出風頭，但是他自足的氣場吸引了其他孩子：友善而不咄咄逼人，散發出其他孩子少有的自信——這一方面，他像亨利。

問題出在海倫。泰迪比她小四歲又是個男生，許多方面都與她成明顯的對比，對這個新的家人，她從來沒有適應過。海倫瘦高，紅髮，從鼻梁向兩頰流瀉的雀斑十分迷人。她很自然地朝向人生勝利組走去：老師疼愛，女生嫉妒、男生愛慕，各種社團都希望她加入。她的人生注定會開展得吉兒只能想像。有時，海倫穿上泳裝，或是她正準備上床睡覺，吉兒會發現自己盯著她看，驚訝自己居然生了這麼一個尤物。

然而，吉兒爲她擔心。海倫像一塊水晶玻璃，完美但是易碎。她任性，不體貼。在她的世界裡，泰迪是唯一的對手，和她競爭疼愛與讚美，可是泰迪無意於此，他不張揚的個性反而使人注意到他的聰明、氣度。

泰迪的客人還沒光臨，吉兒打開了電視新聞台。福斯（FOX）的主播拜耳（Bret Baier）正在報導羅馬的恐怖攻擊。她轉到有線電視新聞網（CNN），布里澤（Wolf Blitzer）正在與站在世界衛生組織

12 一九一三～一九一四年間。

總部外面的記者連線，他身後有一排國旗。「印尼同意讓國際監督員監督港口與交通設施，」記者說：「同時，他們已經完全控制了疫情。」噢，亨利，吉兒想，你什麼時候才會回家？

4 白宮西廳

不知怎的，儘管外面是春季暴風雪，每個人都到了。華盛頓的交通，哪一天都很糟，但是在大雪中，整個城簡直動彈不得。現在陽光露臉，十分刺眼，從玫瑰園裡白皚皚的雪上反射出去，並融解杜廊上的冰柱，但是位於白宮西廳地下室的戰情室永遠不見天日——布滿高科技設備的地下世界。那裡是總統與顧問的指揮中心，可以動用分布在世界各地的軍力，以及處理國內危機。紅木牆上的平板螢幕用來召開高度加密的視訊會議，黑色皮椅分布在一張長卵形的桌子四周，天花板上布滿偵測器、偵查竊聽設備與未授權的手機訊號。

國安會副首長級會報的成員正在翻閱早上的資料，搜尋新鮮或有用的資訊。除了中央情報局，他們來自國務院、白宮管理及預算局、財政部、司法部、參謀首長聯席會議，以及國土安全部。他們的職責是爲繁忙的主管縮小議題範圍，並將那些議題整理成主管能夠理解的形式。通常這個會報由國家安全會議的第二號人物主持，但是她到懷俄明州度假勝地滑雪，不幸骨折，因此今天由瑪蒂達・尼欽斯基上陣代打。

大家都叫她蒂迪。她像一個肥皂泡泡，在華府官僚圈裡不聲不響地一路上升，幹到國土安全部的副部長，沒有引起什麼注意。她老練又熟悉掌故、業務，口風很緊，大家都信任，是上司做決策不可或缺的幫手。忽忽已二十七年。至於生活，寂寞，但是也過得去。職務的福利很好。在她生活的緊密小圈圈裡，她受重視，但是並不及她付出的心血。沒有人真正知道她發動的戰役、密而未宣的勝利，以及她一路上擊敗的敵人。大家都低估了她，那是她特有的天賦。

「這幫人宣稱羅馬恐攻是他們幹的，到底是什麼路數？」蒂迪問道。

中情局答：「他們自稱三一三旅。就是二〇〇八年計劃孟買恐攻的那批人。叫三一三旅，是因為先知穆罕默德在六二四年發動第一次戰役的時候，有三一三名戰士加入。我們在二〇一一年幹掉了他們的首領，在我們找到賓拉登之後一個月。像所有的蓋達組織一樣，他們只求殺人，越多越好。我們認為他們極端危險。」

國防部問：未來的攻擊行動呢，有沒有任何情報？答案是：沒有。

其他的副首長點頭，毫不意外。典型的中情局簡報——許多警報，但沒有可供行動的情報。他們不知道恐攻即將發生，不知道在哪裡計劃的，他們只知道那幫人極端危險。中情局就像沒有司機的消防車，沒有明確目的地，警笛一路響著，消防水帶裡沒有水。

「關於羅馬恐攻，還有一件事，」中情局的人說：「有一群德國觀光客事前抵達露天廣場附近的咖啡館。炸彈爆炸沒有造成傷亡，但是兩天後，他們回到司圖加特，四個人病了。一人死亡，看來另外三個也不妙。德國人認為他們中了毒。」

「什麼毒？」蒂迪問。

「肉毒桿菌中毒。實驗室的人告訴我們，肉毒桿菌的毒是最劇烈的毒素，一公克可以毒死一百萬人。好在爆炸的高溫會摧毀大部分這種細菌。」

接著國務院討論了中東的新的緊張情勢：伊朗與沙烏地阿拉伯。原來伊朗西南部的阿瓦茲，靠近伊拉克邊界，出現了反政府的阿拉伯分離勢力。「『青年運動』叛軍在葉門使用的飛彈比較精密，來自德黑蘭，利雅德在它的射程之內。只要一枚飛彈直接擊中，就會點燃與伊朗的戰爭——兩國非宣戰不可。」

蒂迪問國防部：「我們在波斯灣有足夠的部署嗎？」

「那要看目標是什麼，」國防部回應：「如果是防止低階衝突升溫，大概夠了。伊斯蘭的內戰，到目前爲止都是兵卒在打，還沒有出動比較重要的棋子。在中東地區，大家對相互毀滅都不太忌諱，因此我們必須先決定我們願意冒多大的風險。」

國務院插話了：「沙烏地阿拉伯想獨霸整個波斯灣，然後是整個伊斯蘭。完成霸業的唯一途徑，就是消滅伊朗。」

蒂迪請能源部估計伊朗恢復全速生產核子燃料的時程。

「他們建了一座新工廠，一天可以生產六十台先進的分離機。我們估計，他們生產的濃縮鈾，每六個禮拜就足以裝備一枚炸彈，如果他們想那麼做的話。也許他們已經做了那個選擇。」

我們認爲。我們相信。我們懷疑。也許這樣，可能那樣。

蒂迪在政府裡待得夠久，知道情報幾乎總是模糊、不完全的，很容易遭到操弄。對於那幅地緣政治拼圖，每個人都有一片「零片」——或者說，他們相信自己有——但是沒有一個人能看透現在的局勢。伊朗的叛亂團體是沙烏地阿拉伯支持的嗎？美國支持那樣的做法嗎？兩國正在爲大決戰而摩拳擦掌嗎，或者只是謠言？只是虛張聲勢？美國在盟友少、又沒有重大國家利益的地區，採取了思慮不周的行動，就是根據偏頗的事實做出的決策。我們因此陷入了越戰泥淖，她想。還有伊拉克。還有利比亞。不勝枚舉。未經嚴謹評估的情報，加上逞能蠻幹的心態。浪費的錢數以兆計。同時，政府也遭到攻擊。這個房間裡每一個人都代表一個政府部門，除了國防部，其他機構都在撤退，全因為根據不可靠的臆測採取行動，造成難以收拾的後果。美國今非昔比，已沒有錢。或者說，沒有膽。

蒂迪注意到，議程上俄羅斯再度缺席。情報圈與國務院熟悉俄羅斯事務的人，大部分都被掃地出門，像是把機構的記憶清洗了一通。她想，每個人都知道那是怎麼回事，但是沒有人知道那個趨勢將伊于胡底。要不了多久，就沒有人記得所為何來了。

蒂迪年輕時在駐外機構待過三年，職銜是政治官員，駐所在聖彼得堡。那是歷史上令人極其興奮的時光：柏林圍牆剛剛倒塌；戈巴契夫獲得一九九〇年諾貝爾和平獎；蘇聯——那個怪獸般的壓迫工具——也因內部的重重矛盾而崩潰。那時眞的會相信歷史已抵達終點——民主資本主義是人類無可避免的天數。和平與和諧成為常態。美國領導世界，傲視群倫。

那時普丁是聖彼得堡市長辦公室的年輕官員，蒂迪會與他定期會面。普丁自己當過間諜，很自然地也把蒂迪當作間諜。他從不諱言自己先前在蘇聯國家安全委員會（KGB）工作過——有什麼不能說的？——把蒂迪視為菜鳥，主動提點。「妳來了就對了。」在一個農業機械展他這麼說，在瑞典領事館令人愉悅的雞尾酒會也這麼說。他會為她指出剛從巴黎或波昂調來的官員，說他們是蒂迪的「對口」（counterpart）——那是他使用的詞。有一次，普丁捉狹地捉著她的手肘，帶她穿過大廳去見一位上身是黑色絲織外套的莊重婦人，並在她耳邊低聲道：「軍情六處（MI6）」。要是蒂迪表明自己只是個低階的政治官員，普丁會微笑，心照不宣地望向遠方。

當年蒂迪身材不錯，今非昔比，因爲那時還沒有被開胃小點與巧克力的慰藉寵壞，噢，可能晚餐也沒喝那麼多酒。她不清楚普丁的意圖，但是他們每一次會面她都會向上級報告，只爲了表示清白。客氣地說，普丁是個投機投資客。俄羅斯既窮又廢，只好出售自然資源——木材、石油、貴金屬等等——交換糧食。在聖彼得堡，那些交易都必須經過普丁，因爲他是國際貿易投資辦公室的頭兒。大部分糧食都沒有進口，而是化爲現金回扣。蒂迪認爲普丁的手腳不乾淨，發的國難財數以千萬美元計，苦的是俄羅斯人民。他遭到調查，最後不了了之。那時已經沒人動得了他了。

他的戒心很重，喜怒不形於色，但是難免有鬆懈的片刻，眼神與嘴巴透露出獵食者的木相——殘酷、無情。然後他會突然回神，像是剛剛打了個盹兒，並搖搖頭。接著他的臉上堆上微笑，再度丰采迷人。他說他爲美國文化傾倒。那一次在聖彼得堡運河裡的永晝遊船[13]上，她至今記憶猶新。他在樂團鍵盤上彈了一首搖滾樂——美國黑人搖滾先驅胖子多明諾（Fats Domino, 1928-2017）的作品。船上的美國人愛死了。但是蒂迪看出他卸下了面具，認出他的眞面目——殺手。蘇聯帝國垮台後，這個人在人文淪喪的混亂中脫穎而出，占的便宜就是他知道自己要什麼。他要報仇。

他瞄準美國的心臟——民主制度——而且使用的是實彈，不是空包彈。在戰情室與蒂迪一起開會的人，有些是政府裡最重要的領袖，但是他們沒有一個人知道普丁已經扣下扳機，而且全身而退。

13 每年六月中旬，聖彼得堡市政府會舉辦一系列永晝節慶。

議程上最後一個事項是：印尼爆發的神祕疾病。「我想這事由我來主持討論吧，因爲這裡沒有眞正的公衛官員。」蒂迪說。中情局的人這時起身，打算離開。他不出聲地說：「回總部開會。」

「別走，」蒂迪刻意語氣不善，因爲沒人敢冒犯惱怒的老婦人，「關於印尼的事，我有一些問題。」

中情局的人不情願地坐了下來。

「這似乎是一種全新的疾病，」蒂迪問道：「會是生物武器嗎？」

「可能吧。」中情局的人不願幫忙。

「或者是從實驗室溜出來的？」蒂迪問道。

「我們沒有任何情報。」中情局的人說。

蒂迪並不驚訝。「好吧，今天就到此爲止。」最後她說，將所有副首長放回越來越冷的世界裡。

5 隔離檢疫

「我還好。」這是亨利開口的第一句話。吉兒一聽到他的聲音立即熱淚盈眶，即使那時在亞特蘭大才清晨五點。「他們剛剛才把衛星電話還給我，不然我早就打給你了。」

「你在哪裡？」

「我在一個帳篷裡，只有我一個人。醫療隊正從各地趕來。幾個小時之內他們就能開始運作，處理一切事務。」

「你隔離檢疫要花多少時間？」

「十四天，要是沒有症狀的話。」

「有任何症狀嗎？」

「沒有，別擔心。」

「你一定著急死了。」

「我氣壞了。我應該是頭兒，指揮一切，可是我卻淪落在一個小帳篷裡，只有一張帆布床、一張露營椅。」

吉兒想像他的處境，笑了起來，只因爲她終於釋懷了。但是亨利仍然困在一場重大的健康危機中，不能做什麼，又孤零零的一個人，她一想到就心疼。「要不是你，他們根本不會趕到那裡。」吉兒提醒他。

「告訴孩子我愛他們，」他說：「還有，我會盡快回家的。」

他打電話給馬莉亞，對調查隊的組成提出要求。「我要馬可當頭兒。」他指的是馬可．派若拉，他們一起調查過許多疾病。馬可聰明、有時教人啼笑皆非、又可靠。一開始，馬可在亨利實驗室的傳染病情報組工作，現在是亨利的左右手。

「他的班機已經起飛了。」馬莉亞說。

「我們需要的不只是一個基本的田野實驗室。」

「我知道，放心。」她說。

「妳眞俐落。」亨利感激地說。

「我只是將我知道你們一定會要求的東西開列出來，然後一件一件打點。」

「妳太了解我了，」他說：「馬莉亞，請聽我說，一定要讓印尼政府認清這個事件的嚴重程度。我們不可能將這個疫情封鎖在拘留營裡。我們必須找出過去一個月每一個進出過拘留營的人。食物供應商、軍人、醫療人員——也就是每一個人。」

「亨利！我已經著手處理了！」馬莉亞大聲說。

「抱歉，我知道，沒有人比妳更能幹了。我只是爲了無所事事而沮喪。」

「沒有人要你無所事事。我們依賴你。我每一天都會連繫你的。」

掛電話之前，亨利向馬莉亞致意，說他知道馬莉亞有個朋友死於羅馬恐攻。

「啊，沒錯，謝謝，亨利。我們從小一齊長大。小時候她是我最好的朋友。她的家人非常非常難過。」

「我相信妳也很難過。」

「你知道眞正令人難過的是什麼，」馬莉亞字正腔圓地說：「仇恨，恨那些幹下暴行的人。他們對死者的生命毫不珍惜。他們殺人，只是要世人注意他們自己的委屈。也許他們只是要我們對他們的感受感同身受，只是他們並不知道。我一輩子都在爲促進公衛、促進和平而努力，可是現在我充滿怒火。我無法容忍他們這樣對待我的朋友──我鄙視這樣的自己，那是他們的傑作。」

不久，馬可來電，人還在飛機上。他從亞特蘭大帶了十幾個人來，都是一流高手。他們會與已抵達現場的團隊合作，包括世界衛生組織派來的，以及其他單位。馬可與亨利以例行程序排除了可能的病源，專注於最可能的病因，同時不忽略比較不顯眼的因子。

「紫紺。」馬可說，是最顯眼的症狀。「是中毒嗎？」

亨利仔細思量。過去發生過婦女服用硝基苯墮胎，結果中毒而死的案例。她們全身發紫。還有印刷工人飲用墨汁自殺。有些重金屬會造成紫紺，例如鎘，但是需要非常大的劑量。

「老鼠藥呢？」馬可說：「那就能解釋內出血了。」

拘留營裡到處有老鼠出沒。大多數老鼠藥都是抗凝血劑，但是亨利從醫師遺體採取的血液標本非常濃稠。如果老鼠體內有病源菌，就可能由牠們身上的蝨子、或跳蚤散布，例如腺鼠疫──十四世紀侵襲歐洲的黑死病。鼠疫病源葉赫森菌一旦進入肺臟，就會人傳人，傳染性非常高，藥石罔效、群醫束手。致死率幾近百分百。

亨利一直擔心某種形式的鼠疫重現人間。在約翰霍布金斯醫學院，亨利選過一門醫學史的課，對鼠疫病菌產生了強烈的興趣。授課教授以粉筆在黑板上畫了一張圖，列出歷史人口的估計值。那張圖顯示，直到六世紀人口都在穩定成長，到了查士丁尼在位期間（西元五二七－五六五），大疫爆發（五四〇年代），一下子就死了五千萬人——世界人口的四分之一。下一場大疫是史上最慘重的，「黑死病」這個病名在那時誕生，因爲感染者的四肢會出現壞疽。它在中國爆發，沿著貿易路線傳播到中亞、歐洲，到一三五三年（元末至正十三年）才緩和下來，殺死的人高達兩億。最後一次爆發也始於中國，那時——十九世紀中葉——蒸氣動力船已問世，因此很快就散播到世界各地。光是印度就有兩千萬人送命，感染者死亡率近八成。對於肺鼠疫，仍然沒有有效的疫苗。

在隔離帳篷中亨利被跳蚤咬過好幾口。不過，在恐溝里的屍體上他並沒有看到黑死病死者特有的腫脹傷口。「仍有可能病源由老鼠散播，」他說：「雖然根據香佩醫師的紀錄，這個病的傳播一開始很緩慢，然後才在拘留營裡橫行肆虐，符合感染疾病的模式。」

「你有死者年齡的中位數嗎？」馬可問。

「最新的數字仍在統計中，」亨利說：「死者大部分是年輕男性，但是拘留營裡的人全是男性，而且年輕人比較多。另一個我們必須留意的事實是：無國界醫師到這兒來的理由。他們是來治療感染了愛滋病毒的人。因此我們必須假定拘留在那裡的人有很高的比例免疫系統已經不健全了。因此萬一病源從拘留營脫逃，進入一般群眾，造成的疫情不會那麼可怕。」

「但是那些醫師應該沒有感染愛滋病毒，他們也死了。」馬可說。

「沒錯，你反應眞快。」亨利同意。「我們面對的病源，也許在正常情況下人類不會感染。不健全的免疫系統給了它們機會，讓它們適應了人類宿主。」

「傳播方式？」馬可問：「也許是蚊子？飲水中的細菌？」

「傳播速度太快了，不像蚊子，」亨利說：「你的團隊控制了飲、食源頭之後，要是能遏止傳播，我們就會知道。但是，它不像我知道的任何細菌。我打賭是病毒。」

「伊波拉？」

「它來得那麼突然，的確讓人想到伊波拉。致死率高、傳播迅速、出血熱——沒錯，可能是伊波拉。但是亞洲的伊波拉病毒株是雷斯頓病毒，沒聽說過它會在人體造成疾病。」

「那麼拉薩熱或是馬堡病毒出血熱呢？」

「那些病的帶原者是非洲土著鼠與埃及果蝠，印尼沒有。」

「因此，仍是個謎。」馬可說。

「非常大的謎團。」亨利同意。

「保重，亨利，」馬可結束之前說：「完成這個任務，我們會需要你。」

亨利開始研究病毒學，是後來的事。他先前研究的是致病力非常強的病源菌，許多可怕的疾病都是它們造的孽。肺炎，人類史上的大殺手。黑死病，名字就教人害怕。肺結核，仍然是殺人最多的感染病。沒錯，亨利對細菌戒愼恐懼。他認爲自己了解它們巧妙的傳染機制。然後伊波拉讓他返回學校進修。伊波拉是歌劇中的女皇——驚心動魄、變化莫測、又惡毒。出血是最顯著的症狀，身體的每一個孔，眼、耳、鼻、肛、甚至乳頭，病毒利用血液逃脫身體、搜尋新的感染者。一開始，醫師誤認伊波拉爲拉薩熱，但是打嗝是伊波拉的典型症狀之一，沒人知道爲什麼。與流感、感冒一樣，伊波拉是RNA病毒。其他病毒，例如天花、皰疹，是DNA病毒。RNA病毒有個奇異的特性：它們會在所謂的「突變群」中不斷重新發明自己。

伊波拉病毒不過是一個RNA分子、外裹一層蛋白質、再罩上一片脂膜。有時它會分岔、長出「臂膀」，或自己打一個鬆鬆的結，乍看像「&」或五線譜上的高音譜號。它能從某些野生動物傳染到人身上，特別是蝙蝠與猴子。它進入人體後，三週才會發病，因此大流行爆發前毫無徵兆，然後像斷頭台上的刀刃突然墜下。病人如果自生自滅，死亡率接近九成；但是密切舒緩照護（intensive palliative care, IPC）可降低一半。伊波拉與流感、痲疹不同，不會藉由空氣傳染，只能透過體液——性交、親吻、觸摸，以及對於病、死者的照護。它是專門打擊愛與同情的疾病。

亨利的流行病學路數受到一個人的啓發與塑模，就是他在疾病管制暨預防中心的第一位長官，皮耶．洛林醫師（Dr. Pierre Rollin），一位眼神令人輕鬆的法國人。他是病毒之特殊病原組（Viral Special Pathogens Branch, VSPB）主任。二〇一四年，伊波拉在幾內亞爆發，洛林醫師在一間清真寺裡開講[14]——他稱之爲「伊波拉一〇一」——亨利在現場。幾內亞各地的伊斯蘭領袖都到了。伊波拉是可怕的新事物，但是洛林的條理分明與令人心安的態度，是使大家褪去恐慌平靜下來的重要因子。有時恐慌的感染力比疾病還強。有一次，洛林帶隊去一所偏遠的臨時醫院協助遏制疫情，可是當地人對於外來的人並不信任。他們認爲爲過世的家人洗淨身體是理所當然之事，哪怕屍體仍然是病毒的傳染源。一位小男孩在醫院裡過世後，家長要求領回屍體，要是如他們所願，幾乎必然害他們送命，再賠上其他人。眼看雙方僵持不下，情緒瀕臨爆發點，年過六十的洛林醫師抄起一把鏟子親自挖墳。洛林醫師以行動展現的人道與同情，是亨利嚮往的榜樣。[15]

亨利決定鑽研病毒之後，病毒的數量與多樣性令他氣餒，更讓他震驚的是，科學界對於病毒的理解居然那麼膚淺。二十年前，沒有人認爲海洋裡會有病毒，但是研究人員已經證明：一公升海水裡有一千萬個病毒。加拿大卑詩大學傑出教授薩拓（Curtis Suttle）到世界各地採集海水標本，發現其中的病毒有九成我們一無所知。然而每一種病毒都攜帶了製作蛋白質的基因——換言之，每一種病毒都負有使命。至於什麼使命，仍然是個謎。

二〇一八年，薩拓等人發表報告，宣布他們到高山山頂搜尋病毒的結果，也就是自由對流層裡的病毒。自由對流層是對流層的最高層，正在平流層之下；那裡也是噴氣機的巡航帶[16]。薩拓團隊想回答的問題是：地球各地相距甚遠的地方，環境截然不同，卻能採集到幾乎一樣的病毒，爲什麼？難道沙塵塵粒或是海沫能將病毒送入自由對流層，再越過原生大洲，進入另一大洲？研究人員在西班牙雪山山頂（近地中海岸）放置了兩個收集桶，分別位於海拔兩千九百米、三千米，都在大氣邊界層以上，也就是自由對流層之內。結果令人驚訝。根據他們的計算，在白由對流層，每平方米每天會落下八億個病毒。那些病毒大多以細菌爲宿主，而不是人類。地球海洋裡的病毒總數，估計是宇宙恆星總

14 幾內亞的官方語言爲法語。
15 皮耶．洛林醫師已經在二〇一九年一月底退休。
16 對流層的高度平均約十二公里；氣象系統都在自由對流層以下的大氣中。

數的一千萬倍[17]！

病毒感染細胞後，便將自己的基因塞進去，利用細胞的能量複製自己——也就是將細胞轉變成製造病毒的工廠。病毒的基因控制了細胞之後，就能命令細胞製造新的病毒，直到細胞漲裂、死而後已，釋出的病毒顆粒有時數以千計、甚至數以萬計。然後它們在宿主體內繼續侵入其他細胞。要不，病毒與細胞也可能找出共存之道，例如皰疹病毒，使感染持續下去。

亨利認爲，病毒最令人驚訝的特色是：它們是演化背後的指導力量。要是被感染的生物能夠活下去，有時會將一部分病毒基因保留在自己的基因組裡。像人類，基因組裡大約有百分之八是古代感染的遺產，包括控制記憶形成、免疫系統，以及認知發展的基因。人之所以爲人，還眞少不了它們呢！

6 亨利當家

兩個星期後，隔離檢疫期滿，亨利打開帳篷門走出來，站在泥濘地上。太陽露了一會兒臉，將空氣轉變成溫熱的湯。他穿了一條有條紋的藍褲子，白襯衫，正是他抵達日內瓦、參加會議開幕酒會的一身裝扮。他的手杖已經燒掉了，其他的衣服無一倖免，亨利光著腳在溼透的地面上艱難地行進。

拘留營周圍已經架起支柱，裝設燈光，以便工作人員夜以繼日地忙碌。兩個新的無國界醫師帳篷，殉職醫師的同志正在其中操勞。美慈組織（Mercy Corps）也來了。還有一輛紅十字會的拖車。疫情資訊處（Epidemic Intelligence Service, EIS）的人員身著黃色防護衣，正在一座帳篷醫院裡診治病人。營區上空隱約可見一個行動通信基地台。世界衛生組織的拖車頂上布滿太陽電池板。凡是能組成團隊的機構，不是已經在現場，就是正在路上。只有一場流行病才能動員它們公開亮相。亨利知道，這也可能導致機構之間的齟齬，二〇一四年西非伊波拉疫情就是一個例子。

世界衛生組織的拖車內是一間精簡的田野實驗室，該有的都有。那裡有一台可以湊合著用的分離

17 估計宇宙恆星總數等於十的二十三次方。

器——就是一個有機玻璃的小箱子，技術人員可以透過一雙厚黑的乳膠手套在其中處理病毒檢體，免得造成汙染。培養盤上有均勻分布的凹坑，先將人類細胞與培養液注入一個或多個淺坑，然後將活的病毒點入其中。細胞感染後，就會開始製造病毒。其他技術人員會利用聚合酶連鎖反應（PCR）大量複製序列。如果感染源是未知病毒，可能就必須使用深度定序——次世代定序——回亞特蘭大總部才能做。

「你回來了。」馬可不動聲色地說。馬可是理想的疫情資訊調查員——勇敢、信任直覺、未婚。他左前臂上有一刺青，一位跳舞女郎。那是他與亨利到峇里島調查狂犬病疫情的紀念品。馬可甚至會說一點馬來語，多少有利於他們的工作。

「管事的是誰？」亨利問。

「每一個人。」馬可說。

那正是亨利擔心的。

「有人在醫院裡守著嗎？」亨利問：「診所？」

「泰利去了。目前沒有什麼發現。」

「停屍間？」

「有人去了。我想是紅十字會的人。」

「我們應該每一天彙整一次情報，」亨利說：「任何可疑的死亡都必須調查。」

「已經在做了，」馬可說：「你不想知道我們有什麼新發現嗎？」

「這是病毒疾病，」亨利說：「而且是前所未知的病毒。也許來自鳥類。」

「嗨，亨利，你怎麼什麼都知道？」

「我要與所有機構的代表開個會，半小時之後。我們沒有時間讓人家摸索分工方式。要做的事太多了，而且要快。」

「我會通知他們。」馬可說。

「請讓我看看實驗室報告。」

「沒問題，但是我可以先提一個建議嗎？你需要沖個澡，眞的，不騙你。」

的確是眞的。馬可指一指角落裡的大旅行箱，亨利一見就喜上心頭。「吉兒爲你準備了一些替換的衣服。」

亨利洗過澡，精神奕奕，站在軍官小屋的門廊上。管事的軍官與衛兵都在柵欄裡面隔離檢疫，與拘留人同舟共濟。已在現場展開工作的國際健康組織共有十二個，它們的代表聚集在亨利面前。拖車、帳篷四周，另外有五十來位從不同國家來的醫護人員。有些是熟面孔，過去在流行病現場或是會議中見過。他們大多是年輕人，平均年齡三十出頭，正是這次疫情中受創最大的群體。根據亨利的經驗，出面因應這些公衛危機的人，女性占比非常高。在他年輕的時候，疫情資訊處的人員清一色是男性。現在男性是少數，即使發源於伊斯蘭世界的「紅新月會」也一樣。醫護人員有些穿著泰維克防護衣，其他的則是以膠帶黏合的垃圾袋將就。這群傑出年輕人面對未知的危險，仍然義無反顧的高貴情操，再一次讓亨利動容。

在那群面孔中，亨利認出了安妮薩，印尼衛生部部長。她面有憂容。甚至可說驚慌。因爲她的國家容不下犯過錯的人。

集合在溼透的教練場上的人，有一些不認識亨利，在他們眼中，亨利顯然是個怪人——個兒小，又有點彎腰駝背。他算老幾，敢對這一群各有來頭的跨國醫學菁英發號施令？年輕一點的注意到帶隊的年長者對亨利表露的敬意，但是他們都很好奇，這位毫不起眼的仁兄如何調度一群不和諧、各不相讓的機構——畢竟大家都想搶功。

突然間亨利的注意力被天上的什麼東西抓住了。一種罕聞的、從遠處傳來的雁鳴。他站在那兒向天凝視，不發一言，耐心等待，直到拘留營裡每一張面孔都朝向他注目的物事。

「雁行，」他說：「你知道牠們到哪兒去嗎？我想是北方。中國。俄羅斯。遷徙的鳥有個有趣的事。」他自忖，幾乎是自言自語，但是人人都聽得清楚。「牠們編隊飛行。更有效率，研究過的人這麼說。讓牠們更快抵達目的地。不會浪費能量。在牠們的陣勢裡，每一隻雁都有牠的作用。」他的聲音突然嚴厲起來，「我們就要這麼做。」

大家的目光回到他身上。「首先，全世界的人都為這裡發生的事而擔心。我們必須說實話，但是我們必須眾口一詞。因此，我們打算向世人透露的每一筆資訊，都由安妮薩部長發布，要是她不介意的話。」

安妮薩一臉的震驚與感激。只不過一招，亨利就將他的主要對手收編旗下。將欲取之，必固與之——給了她與印尼政府面子，才好辦事。可以下放的權力，也可以收回。那正是他授予自己的權威。

亨利要求疫情進展報告。負責團隊評估：出現症狀的人（發病的人）多達拘留人的二分之一，他們的致死率超過六成。由於不知道病因，醫師能為病人做的不多，頂多給予泰諾退燒，同時叮嚀病人多喝水以免脫水。此外就是令人欣慰的消息，以及無稽的臆測。世界衛生組織與美國疾病管制暨預防中心，對可能病例、疑似病例、確診病例有不同的判準，但是雙方同意：致死率正微幅下降中，想來是舒緩療法起的作用。在拘留營之外，並沒有發現病例。到目前爲止，隔離措施似乎奏效。

亨利想，也許疫情會自然消失。許多新興疾病都是戛然而止，正如它們卒然而起。多少年來，大自然在我們的演化之路上布下過許多威脅——有的像流星，還沒造成損害就在大氣中燃燒殆盡。然後，用不著說，大顆的來了，結果恐龍與大部分生物無遺。只有天知道。

馬可手上有個難題：他想將血清標本送到最近的生物安全第四等級實驗室，在澳洲，但是缺乏冷藏組織標本用的乾冰，而且民航機拒絕運送標本。安妮薩部長立即保證印尼陸軍會派飛機運送，隨時待命。一個問題解決了。

疫情資訊中心一直在追尋〇號病人——將感染病帶入一個社區的第一位病人[18]。從調查結果無法總結出明確結論；畢竟疫情爆發初期就死了許多人。尋找〇號病人的目的是研判病源。它是否在人間現身過？在〇號病人進入拘留營之前，病原就有「人傳人」的本領嗎？或者〇號病人是從某種動物身上感染病原的——例如豬，須知豬與人共有的基因可不少——然後病原在牠身體裡演化出「人傳人」的本領。亨利認爲豬不可能是感染源，因爲拘留營裡大多數是穆斯林，他們不吃豬肉。

亨利也知道，這個流行病的第一批犧牲者是感染了愛滋病毒的穆斯林同志，這個事實很可能會製

18 「〇號病人」即指示病例，指引起公衛人員警覺「一種流行病已爆發」的第一位病人。「〇號病人」不見得是「將感染病帶入一個社區的第一位病人」。這裡作者指的是「首例」（primary case）。

造另一個流行病——某種歇斯底里。

疾病自古就與陰謀論結下不解之緣。十四世紀黑死病橫掃歐洲，輿論指控猶太人是禍首。歐洲幾百個城鎮都發生過屠殺猶太人的事件。例如一三四九年聖瓦倫丁節（今日的情人節）發生在斯特拉斯堡（今日法國境內）的那一次，兩千名猶太人被活活燒死。二〇〇三年四月，俄羅斯醫學院院士卡列斯尼可夫（Sergei Kolesnikov）指控ＳＡＲＳ病毒是人工合成的，由腮腺炎病毒與痲疹病毒構成——其實它們都是副黏液病毒，不可能組成冠狀病毒。這一不可靠的理論在中國生根，因爲中國人不願承擔ＳＡＲＳ起源於中國所衍生的責任。於是謠言像傳染病一樣散布開來：只有美國才能以基因工程技術製造ＳＡＲＳ之類的疾病；ＳＡＲＳ病源是美帝故意在中國釋放的，是阻遏中國邁向世界強權的武器。

亨利認爲對抗ＳＡＲＳ之役是公衛的一場勝仗，但是付出的代價太高了。例如卡羅．歐巴尼醫師（Carlo Urbani, 1956-2003），他很親近的朋友，寄生蟲疾病專家。卡羅與亨利一樣，寧願待在田野——流行病現場——而不是全球醫療體系中較高的職位。他們過去在會議中見過，但是有一晚卻在米蘭的一場巴哈音樂會上巧遇。那時卡羅是無國界醫師組織義大利方面的頭兒。那一晚他們的友誼開始滋長，超越了職業性的敬意。卡羅是一個迷人的矛盾體，他講究生活品味，愛好美食美酒；駕駛超輕型飛機；攝影高手；彈奏古典風琴。同時，他是有所爲的人道主義者，將人生奉獻給一個使命：減輕寄生扁蟲（例如血吸蟲）對越南學童的影響。一九九九年，無國界醫師組織獲頒諾貝爾和平獎，他是出席領獎的代表團團員。他讓亨利想起自己的英雄史懷哲（一九五二年諾貝爾和平獎得主），除了視醫學爲天職，兩人都是風琴演奏家。

二〇〇三年二月底，卡羅在河內的世界衛生組織越南站工作，接獲（河內）法國醫院的緊急請求。一位最近從香港來訪的美籍華人病情危急，看來是嚴重的細菌性肺炎，但是抗生素無效。醫師以爲是一種特別凶猛的流感——禽流感。才不過幾天，多達二十名醫護人員感染，然後開始一個個死去。河內陷入驚惶。醫院高層請卡羅接管醫院。

卡羅的妻子懇求他不要去。他們有三個孩子。她說要是他去了就是不負責任。「要是我不去，我在這裡做什麼？」卡羅回答：「答覆電子郵件、參加雞尾酒會？我是醫師。救人是我的義務。」

那位指標病人是美籍華人陳強尼，美國的成衣進口商。卡羅診視病人後，很快覺悟這不是肺炎也不是流感，而是新的疾病。沒有療法。他知會日內瓦世衛總部：「不明傳染病」已在醫院裡生根，隨時可能爆發，侵入社區。他規畫院內隔離方案，劍及履及，控制院內感染。他苦苦要求疑信參半的地方公衛官員採取嚴格措施遏制爆發。他騎上機動腳踏車，親自將血液標本送到位於河內另一頭的實驗室。到了那裡，實驗室職工已經跑光了，只剩下一位技術人員。她是一位年輕的母親，將自己隔離在實驗室中，協助卡羅解開這一新的入侵者造成的謎團。

就在這個時候，三月初吧，卡羅打電話給亨利。「我們控制不了院內感染。」他說。亨利已經知道香港沙田威爾斯親王醫院也發生了同樣的事，還有多倫多，ＳＡＲＳ病人有一半是醫務人員。整個世界正面臨一波黑死病等級的大疫，亨利與其他人敦促世界衛生組織發布旅行警示。世界衛生組織的因應對策中那是最嚴苛的一種。上一次發布這種警報是在十年前，因爲印度爆發了鼠疫。這種警訊必然會引起全球性的恐慌。

正當世界衛生組織的官員議論未定之際，年輕醫師梁浩楠從紐約搭機返回新加坡。機上有四百人，分別來自十五個國家。起飛前梁醫師病了，打電話給新加坡的同事通報他的症狀——與SARS類似。那個消息震動了世衛日內瓦總部。他們必須迅速採取行動——但是如何採取行動？那班七四七飛機預定在法蘭克福暫停、加油。飛機落地前，世衛終於做出決定：機上所有人員都必須隔離檢疫。

現在情勢明朗了，於是發布旅遊警示。世衛官員質問中國，因爲中國隱瞞了前一年（二〇〇二）在南方爆發的SARS疫情，而且對北京的新一波疫情輕描淡寫。有人報導醫院以計程車將SARS病人「疏散」出去，以規避世界衛生組織派去的調查人員。由於疫情嚴重，加上中國的行藏太不透明激起的國際憤恚，中國官方一改故轍，對醫院下達了嚴格的隔離管制令——違反者可處死刑——由武警執法。要是一開始中國就那麼坦誠，可能就不會有那麼多人送命了。

建立嚴格規範、防止SARS感染擴散的人，是亨利的朋友卡羅——熱愛生活的義大利醫師。二〇〇三年四月底，世界衛生組織宣告越南不再有本土傳染病例。越南是第一個。那時卡羅已經逝世一個月了。他是第一個斷定SARS是新的疾病的人，哪裡知道一個月後他也死於SARS。多虧他的警訊，即便沒有疫苗，SARS疫情在一百天內就控制住了，數以百萬計的人免於枉死。公衛官員認爲那是史上最成功的防疫之戰。亨利認爲卡羅是烈士。

亨利翻閱法蘭絲．香佩醫師的病歷檔案。這一次看得更仔細。無國界醫師在一月的最後一個星期抵達。病歷從那一天起開始建立。拘留營裡的確爆發了流行病，但是病源是愛滋病毒，情勢超出醫師的預估。於是一開始，感染新病毒的人都被當成尋常的流感病例。頭十天，有十來位出現流感症狀，醫師的處方是泰諾與克流感。他們都復原了。然後，情勢急轉直下。

> 病人魯哈就診，高燒，攝氏四〇・五度。呼吸阻塞。愛滋病毒帶原者，直到一月底都沒有症狀，然後一切都變了：高燒、極度倦怠。也許愛滋病毒感染第三期。發作得那麼快，難以解釋。鼻、眼大量出血。

根據法蘭絲，病人是蘇門答臘的稻農。兩天後，她簡練地繼續記錄：

> 病人魯哈08:19過世。紫紺。死因不明。還有五個病人。

法蘭絲到這裡行醫，沒有實驗室設備，連簡陋的診斷工具都沒有。但是，即使她有，也會像亨利一樣：一頭霧水。這些法國醫師在這裡治療愛滋病人，讓自己暴露在新玩意兒中——正在醞釀、演化的新玩意兒。這裡是理想的實驗室：大批免疫系統受到壓制的人集中在這裡，無由抵抗新奇的感染，難怪會演化出新的人傳人病源。

「我們做錯了什麼？」香佩醫師悲傷地問，那是她往生的前一天。她懷疑也許是愛滋病毒的新變種。合理的推測；愛滋病毒有許多亞型，而且這個病毒有強大的重組能力。但是她與同來的醫師是怎麼感染的？他們小心遵循準則。愛滋病毒由性行為或共用注射器散布，不是由清洗身體、觸摸、或同桌吃飯。也不是蚊子。傳染速度快得只有空氣傳播的疾病可比，這是亨利的結論。也就是說他已排除愛滋病毒，或任何涉及愛滋病毒的可能性。

亨利接到香佩醫師的長官呂克．巴赫從巴黎打來的電話，說願意提供設備或人員支援。那時拘留營裡的人手已經夠多。「當然，要是疫情再度失控就麻煩了，」亨利告訴他。亨利建議，只要呂克一獲得病原溜出隔離區的消息，就組織一支緊急應變團隊來支援。

亨利掛斷電話之前，請呂克談談香佩醫師。「她的病歷非常有用，」亨利說：「仔細，有洞見。一讀就知道受過良好訓練。」

呂克正要回答，卻哽咽了，一時之間說不出話。「啊，法蘭絲，是的，她是我們最好的醫師。」他沙啞地說。

「我想像她是個好運動的人。」亨利說。

「沒錯，馬術，她的最愛。就是騎馬跳躍障礙，很危險的運動。每一位醫師都見過騎師受的傷。她知道有風險，但是她樂在其中，不肯罷休。她很有自信，她要求出最危險的任務。坦白說，這一次我根本沒想到會這麼危險。我們面對愛滋病人，習以爲常，不以爲意。因此我不認爲我是派她去送死。她是我未婚妻，你明白嗎？」

收過亨利賄賂的修長軍官，正在顫抖、發燒。他的身體布滿瘀青，內出血的結果。但是亨利訊問他病情的時候，他打起精神、保持穩定。

「查哈牙。」亨利說，在病歷上找到他的名字。

軍官衰弱地笑了。「是我。瞧，只剩多少了？」

「你感覺怎麼樣？」亨利問。

「呼吸困難，」軍官說；「像被一座山壓著。」他咳嗽，有泡沫的痰從下巴流下。亨利用衛生紙幫他揩掉——然後會燒掉。

亨利向他打聽他指揮的其他軍人。有七名女性集中在一起，與男性分隔開來。她們沒有一人出現任何症狀。查哈牙說他們的駐所一直在拘留營之外。男性有幾位已經死亡，有一些熬過了感染。亨利判斷查哈牙沒有這種好運。

亨利走出醫院帳篷，發現一位印尼警察正等著向他報告。亨利要求印尼官方尋訪任何在疫情爆發後接觸過拘留者的人。一個餐飲業者與拘留營訂了合約每日送餐。駕駛員、甚至廚房工作人員都在當地一家醫院中隔離觀察。安妮薩部長想將恐慌程度壓到最低；一種「同志疾病」已侵入雅加達的各種謠言正在散布。醫院開始擠進身體健康但是憂心忡忡的人，他們到急診室要求醫師治療自己想像出來的疾病，或是要求注射疫苗，即使還沒有人描述過那種病。

「挖墓穴的人呢？」亨利問。

「他死了，長官。」

亨利全身一震，手腳都麻木了。「多久了？」他問。

「五天，長官。」

死了五天，病了大概十天。在那段期間，誰知道這個人感染過多少人？必須立即出動一個裝備齊全的感染疾病團隊，訪問家人、以及拘留營之外的任何人，只要挖墓人與家人接觸過就不放過。那麼一來，怕不有幾千人。要是大疫已經潛伏在雅加達，不久一定會現身。

「那麼我的司機，班邦呢？」

「他走了，長官。」

「到哪兒去？」

「班邦朝覲去了。」

7 朝覲者

班邦離開雅加達之前，還清了債，那是朝覲之行的第一步。換言之，他與姊夫就那輛豐田車達成了協議。他的妻子們爲他準備了白色的朝覲服裝，還有齋月禮籃。他請求她們原諒他所有的怠慢之處。他請求子女原諒他的責罰。他戒掉抽了幾十年的丁香菸。朝覲者必須有清淨的靈魂以及善行。

他籠罩在神聖的感覺中。然而，這是他第一次搭飛機外出。飛機升空後，俯視印度尼西亞群島——他的家鄉，潑濺在海面上的一萬七千個綠色島嶼——迅速消失在廣袤的灰色海洋中，實在不可思議。兩種感覺加成，更令人不可思議。用過餐後，班邦到洗手間換上朝覲服裝：兩塊無縫的白色毛巾布，一塊披在兩肩上垂下，另一塊纏在腰間。朝覲服旨在模仿死者壽衣。他可以感覺到下半身一絲不掛。他脫掉鞋襪，穿上一雙樸素的涼鞋。這樣裝扮之後，貧富便不可分辨，正如在眞主眼中，理當如此。最後，班邦遲疑地脫下帽子，他從來不戴帽子不出門，不願人見到蹦兒亮的禿頭。

他丟下那位洋人小醫師不顧，頗感歉疚。眞是個勇士，那樣的死地也敢闖。班邦很不安，因爲他認爲自己背棄了一位外國人，那可是嚴重違背伊斯蘭教義的。他眞的有資格朝覲嗎？都是因爲他嚇壞了。他嚇得逃跑了。但是他平安無事，那不是應該慶幸的嗎？他這麼嚮往朝覲，眞主會不滿意嗎？

班邦從家人與朋友那裡收集了祈禱文，到了阿拉法特山用得著，在那裡眞主更可能實現信徒的願望。他們祈求的主要是健康與富足。他祈求的是還沒出嫁的女兒早日結婚，特別是最年長的那一個。他祈求外甥可以出獄。他祈求在短暫的餘生中做一個好人。

他必須仔細研究一些祈禱文。一是爲死者祈禱。前來朝覲的穆斯林數量龐大，其中有許多老人，因此一定會有人死去。這可算求仁得仁。但是每一年都會發生災難。離奇的驚恐會造成突發的踩踏事件，迅速在群眾中蔓延開來，有時一次就有數以千計的人死亡。班邦聽說過朝覲者睡覺時被沙子吞噬的故事。此外，朝覲者來自四面八方，同時把各地的病源帶來，爲感染疾病創造了一個國際市場。有人建議班邦買一些小的綠檸檬，說是可以祛除瘟病。

抵達吉達令人激動。飛機來自不同國家，下機的穆斯林卻是清一色的朝覲服。班邦覺得自己是一個大隊伍中的一份子，剝除了種族、階級、國籍、民族，以及任何凸顯個體的跡象，好比雪花，那是班邦從來沒見過的物事，但是那麼多白色朝覲服聚集在一起，讓人可以想像雪花與暴風雪的關係。他的心在歌唱。這些人都是本教的兄弟姊妹。他想，他們都有純潔的靈魂，已準備好要見眞主安拉。他們滿面的激動與期盼，與他一樣，即使還必須在一個龐大的等待區中等候前往麥加的巴士。

班邦等待著。夜幕低垂。沒有食物，只有獅子大開口的小販兜售的椰棗、糖果棒、瓶裝水，貴得不像話。他躺在水泥地上，筋疲力竭，還爲弄髒了朝覲服而煩惱。他心頭混亂、莫衷一是，喜樂、失望、憤怒，又堅信他不久就會在精神上脫胎換骨。

一位瘦而結實的年輕人坐在他旁邊，非常緊張不安。班邦以他的破阿拉伯語向他打招呼。

「我不會說那玩意兒，」年輕人說：「說英語，不然就算了。」

「你是英國人？」班邦問。

「你說對了，」他說：「曼徹斯特。」

他叫塔里克。他們聊了一會兒足球，因爲班邦是「曼徹斯特聯」的球迷。

塔里克從手提箱裡拿出一包香菸，遞過一根給班邦。

「這裡禁止吸菸。」班邦說，儘管他心裡想要口難開。

「嗨，老兄，這裡還不是麥加。名義上，我們的朝覲之行還沒有開始呢，不是嗎？我們現在坐在這裡，哪兒都沒去。一旦到了大清眞寺我會立刻脫掉腳上的麗格鞋[19]。」

這種冒瀆的態度與香菸一樣教人心裡踏實。班邦覺得自己重返紅塵，回到現實生活——感到震撼，但是也覺得有趣、開懷。

「咱們兄弟在羅馬的行動，你怎麼看？」塔里克問。

班邦沒有注意新聞。

「你沒聽說？他們殺了六百個不信眞主的人，」塔里克說：「在羅馬！」

從這個年輕人的語氣，班邦察覺羅馬是一個特別的地方，它對伊斯蘭的敵意無與倫比。恐怖主義令他迷惑不解。他認爲伊斯蘭是鼓吹和平的宗教，但是他認得的年輕印尼人都受到伊斯蘭國（ISIS）的吸引。他的外甥就是在政府針對嫌疑份子的抓捕行動中遭到逮捕的，罪名是密謀對選舉造勢場發動恐攻。許多其他的家庭有同樣的故事。塔里克對羅馬發生的事表示肯定，又一派自在的模樣，令班邦

---

19 Regal，日本精品鞋品牌。

震驚。六百人——六百個人你怎麼殺？爲什麼要殺？

「要是只看新聞報導，你會以爲被殺的只有渾身是血的馬！這些要特技的馬，」年輕人突然解釋道，因爲他想起班邦根本不知道他在說什麼，「都盛裝打扮起來；爲了某個基督教儀式，在羅馬舉行的。」

班邦沒有說話。他突然警覺，這個年輕人也許不是什麼從曼徹斯特來的塔里克。也許他是一名情報員，刻意來套班邦的話。也許他知道班邦有個激進的外甥。班邦覺得他身陷險境。

「眞是奇蹟，」塔里克說：「這只是開頭。更多奇蹟會發生。別相信他們。讚頌眞主。」

塔里克在水泥地上捻熄菸頭，躺下，立刻就睡著了。

班邦也睡了，直到天亮前巴士來了。他醒來，身體僵硬痠痛，因爲睡在地面上，還覺得冷。他故意掉隊，等塔里克上車之後才上了另一輛巴士。

通往麥加的高速公路上擠滿了朝覲者，乘坐巴士、私家車，還有一些大型豪華轎車，對向車道簡直沒有車流。班邦從未見過沙漠。它是隱隱約約的橙色，皺皺的，沒有樹木，但是破曉之後藍色山脈逐漸顯現，投下長長的陰影橫跨沙面，疏星點綴著晴朗的天空。

他們穿過了只有穆斯林才准進入的麥加門——一座巨大的拱形結構，正上方是一本翻開的《古蘭經》石雕，頁面朝天。大家互相擁抱。班邦甚至沒有發覺自己臉頰上都是淚水。朝覲正式開始。

8 薩爾瓦多

沙烏地阿拉伯，亨利對著電話說。他的司機陪著他進入拘留營；現在他正在朝覲途中。不應該讓他離開印尼的。亨利覺得他應負責。

「你怎麼能夠那樣想？」吉兒問：「你警告過他情況有多危險，你告訴他要刷洗全身，燒掉衣服。」

「沒錯，但是他聽話了嗎？」

「你不是說你已叫警察去找他嗎？你不可能一人管盡天下事。」她還不如到衣櫥間裡對著亨利的衣服講話。「眞的，亨利，你會把自己逼瘋，你擔心的事也許根本不是問題。」

「將近三百萬人從世界各地到那兒去，」他說：「這是最糟的發展，無法想像更糟的了。」

「如果他眞的病了。」

但是亨利不會原諒自己。他正在機場，有機會再通電話吧。

那通電話使吉兒緊張起來。亨利會避開一些情緒，例如自憐，那是他的性子。他冷冰冰的，幹他那一行幾乎就必須那樣。痛苦、折磨、死亡是公分母——貫串所有他經手的情況——但是他會將它們丟入某個情緒檔案櫃裡。吉兒就做不到。情緒對她的生活影響太大了。有時她很欣賞亨利的沉默寡言；其他時候，亨利封閉自己，絕不吐露曾經受過的傷害，卻令她忿恨。

也許因爲身體有些畸形，他一直相信沒有一個女人會對他感興趣。結婚的時候他不是處男，但是亨利直到三十六歲仍然對床笫之事沒什麼經驗，因此難以招架吉兒的熱情。他從不認爲自己是有魅力的性伴侶，但是他逐漸成爲極其體貼的愛人。爲了取悅吉兒，他願意做任何事，吉兒也樂意在親密世界裡當他的導遊。兩人至今仍然心照不宣：他們享有的性愉悅是絕對不能與外人分享的祕密。像一場不倫之戀，只是一再延長……

吉兒從不覺得她完全了解亨利。他不願分享的事太多了。他很少談到他的童年。吉兒自己是老師，可以想像當年他在學校受到的待遇。她的學生裡，有許多家境貧窮，有的沒有父母，有的身有病痛。對他們來說，生活是額外的挑戰，成功者固然成龍成鳳，但是太少人成功了。

亨利告訴她，他的父母曾到南美洲傳教，因空難過世，那時他才四歲。她推測，亨利深信宗教是危險的，源自那一悲劇。吉兒在北卡羅來納州威明頓長大，她的經驗是教會是寬慰人的地方，不會想侵門踏戶、控制你的人生。然而宗教似乎是少數幾個令亨利懼怕的東西。科學是他保護自己不受信仰誘惑的辦法。

「你沒有對我敞開胸懷。」結婚一週年那天，她這麼說。本來應該是個浪漫的約會，亨利卻心不在焉，吉兒難以捉摸。

「對不起，妳想知道什麼？」他說，一頭霧水。餐廳在亞特蘭大龐斯大街上，它本是一座教堂，有精美的彩色玻璃窗，侍者逗趣地打扮成修士與修女。亨利成年後，那可能是他第一次進教堂，也是唯一的一次。吉兒以爲他會覺得好玩的。

「有事困擾著你。」

「沒事，」亨利說：「我陶醉在與妳在一起的時刻。」

「告訴我今天你做了什麼。」

「我在實驗室裡，一切如常。」

「如此而已？」

「我還去了艾默利醫院，協助一位病人。」

吉兒喝了太多酒。她盛氣凌人。她覺得有權質問亨利爲什麼沒有全心投入他們的週年紀念日。而且直覺是她的強項之一。

「哪個病人？」

「一個九歲的男孩。」

「名字？」

「爲什麼妳想知道？」

「你眞的知道你治療的是誰嗎？他們只是病人，或者他們也是活生生的人？」

「他叫薩爾瓦多，」亨利說：「全名薩爾瓦多．桑切士。」

「他死了？」

「我們救不了他。」

「老天，亨利，難怪你神情不屬。這個男孩怎麼了？」

「我們不應該談論這個的，尤其是今天晚上。」亨利說，伸手握住吉兒的手。但是她不願就這麼放過他，她想知道他心裡究竟在想什麼。「告訴我。」她堅持。

「他得了一種罕見的病，叫做壞死性筋膜炎。」

「那是什麼？」

「又叫做嗜肉鏈球菌。兒童得這種病極爲罕見，因此醫院請我會診。」

吉兒遲疑了一下，但是她打定主意要理解亨利。她認爲，要是她能以亨利的眼光觀看世界，哪怕只是一個晚上，就能眞正理解自己所愛的男人。「得了這種病的病人是什麼樣子？」

「別這樣，吉兒。」

「我要知道所有的細節。」

亨利不再抗拒。薩爾瓦多死後他以錄音機記錄了他的觀察，現在他以同樣的語氣娓娓道來。根據他的描述，那個孩子是被活活吃掉的。他身體腫脹，滿布帶血的膿瘍、黑色的壞疽斑塊。醫療小組切除了大塊的組織，還有一條腿，但是從一開始就知道他活命的機會微乎其微。十幾位家人在醫院裡等待。祖父母、同胞手足、堂表兄弟姊妹、以及眼窩深陷的父母。亨利與他們交談過。亨利訊問那個孩子是怎麼感染的——看起來是狗咬的——家人說了不少故事，強調薩爾瓦多十分特別，失去他是世界的損失。他們看出亨利也覺得悲愴孤寂，還試圖安慰他，像安慰孩子一樣，一再聲明薩爾瓦多現在正在天上，他是天使，是側身於星座之間的星星。

亨利還沒說完那個下午的遭遇，吉兒已經淚流滿面，一位裝扮成修女的侍者急忙過來招呼。「我爲您請一位醫生來，好嗎？」她的問題讓吉兒破涕爲笑。

那天晚上她才眞正開始理解亨利。

吉兒必須對孩子透露一些爸爸的行蹤。她帶他們到一家位於鬧區的墨西哥餐廳，但是那裡的顧客以街坊的人爲主。海倫立刻想到最糟的可能。「老爸病了，」她說。

「不對、不對，他沒事，」吉兒說：「他們必須將他隔離一個禮拜，以確定他沒有感染。但是他完全沒事。你們知道他的，他從來不生病。」這倒不是眞的，亨利的免疫系統可沒有什麼可吹噓的，但是吉兒以這個說詞遮掩她自己擔心的事。「但是他必須到沙烏地阿拉伯去，因爲他擔心這個病會散布開來。」

「爲什麼老爸非去不可？」泰迪要求答案。

「泰迪，我問自己那個問題不知多少遍了，」吉兒說：「我希望有人能夠做你爹地做的事，但是我想他有特別的本事。他好比是個警察。有時人需要有人保護，避免危險，那就是你老爸的職責，他保護我們不受疾病侵害。他保護我們全部的人。」

海倫沒有說話，但是那時她心裡決定她也要當醫師。

9 彗星乒乓

蒂迪·尼欽斯基對美國首都華盛頓的諸多怨言中，有一條是：在華府，沒有談話的安全地點，然而到處都有人洩密。他們怎麼辦到的？在什麼地方？海亞當斯酒店地下一層的著名酒吧，大剌剌地掛著「不留紀錄」的招牌，太多不法會談在那裡發生了。文華酒店餐廳。潮汐湖畔的公園板凳。[20]她一個個在心中過濾，覺得它們似乎早就過時了。

即使蒂迪身在國土安全部的高層，仍然見不到情報社群的全貌。沒有一個人見得到。情報社群由十六個政府機構組成，又不只是那些機構而已，它們在形式上都由另一個龐大複雜的官僚組織監管，就是美國國家情報總監辦公室（ODNI）——雖然它的監管並無建樹。情報社群還包括衍生組織，就是承包公家業務的民間機構，它們分布於城裡、城郊，有的在通往杜勒斯機場的收費公路兩旁，或是維吉尼亞州麥克林市雄偉壯觀的玻璃大樓裡——前中央情報局（CIA）或五角大廈高階官員可以在那裡收取豐厚的報酬。[21]而極端機密的前哨站毫不起眼，有些藏身於水晶市的商店街[22]，或維吉尼亞州北部一個有森林覆蓋的山頂上——自由通道（Liberty Crossing）——國家反恐中心就在那裡。間諜世界。它們每一天生產的大量報告，把情報社群埋在過量資訊中，有用的或可據以行動的卻很少。九一一之後，美國轉變成對安全極度歇斯底里的國家，完全拜恐懼之賜。現在，那一歇斯底里由惰性與貪婪維持，而華府正是惰性與貪婪的首都。

一點不錯，對於在哪裡會面她費了不少思量，這可是個間諜充斥的城市呢。她很清楚，行政部門裡的人對於媒體一向避之唯恐不及，誰敢越界必然群起而攻之。她過去也是那種人。她想起當年自己是多麼的謹小慎微，竟然不禁莞爾。啼笑皆非。想當年，政府的機密多麼神聖，哪裡像棒球卡一樣，是可以交易的呢？她守口如瓶，還有一個額外的原因：俄羅斯猶太裔背負的汙名。她是俄羅斯猶太裔。那個汙名可以追溯到羅森堡夫婦，他們在一九五〇年被捕，罪名是將美國核子武器設計圖轉交蘇聯。不只核子彈，還有聲納、雷達、以及噴氣引擎——全是美國壟斷的最重要的軍事機密。因此他們在一九五三年六月坐上了電椅。羅森堡太太——艾索——不是科學家，罪狀較輕，電擊了五次之後才死亡。煙從她頭上冒起。那個景象烙印在蒂迪的想像中：那就是叛徒的下場——特別是猶太人。然而她很早就知道：她也有能力越界。她與艾索的差別是：艾索傷害美國，蒂迪想拯救美國。

她的雄心是她最大的祕密。她不是那種大眾通常認得的華府人物。在華府，沒有人會因爲當上國土安全部副部長就人五人六的。她偶爾會上美國公共事務電視網、以及美國公共電視新聞網的「新

---

20 海亞當斯酒店是最接近白宮的著名旅館；文華酒店位於白宮東南一．六公里；潮汐湖畔的公園位於林肯紀念堂之南幾百米，每年三月底都湧入大批賞櫻客。

21 中央情報局、國家情報總監辦公室（Office of the Director of National Intelligence, ODNI）都位於麥克林市。

22 水晶市位於華府南方，亞馬遜（Amazon）第二總部就在那裡。

聞時刻」，甚至福斯新聞都上過幾次。談的都是不引人注目的政策：基礎設施的需求；美國運輸安全管理局的新需求……打呵欠。有時她懷疑，長官要她出面只爲了讓大眾忽視他們的反應。至少她有點兒用。不然他們到哪裡去找一個既有權威又沒趣的人物。她是個一板一眼的官僚，也就是在社交晚宴上大家都不想接近的人，可是在面對壓力的時刻，她的建議卻是最冷靜、最合理的。在那些時刻，她的長官倚重她，因爲她思慮縝密，忠於職責、毫不退讓——在平時，卻是她最教人討厭的特質。

沒有人懷疑過她。

她搭計程車來，付的是現金。她拿下眼鏡，裹了頭巾，正適合這個乍暖還寒的時節。手套。她看起來正在專心閱讀華府智庫布魯金斯研究所對於永續發展的報告。她就像那裡的政策專家，是最難以令人有什麼印象的人，你幾乎沒有見過。她只要做自己就能隱藏自己。

她走進華府著名書店「政治與散文」，假裝找書——這是她的藉口，萬一有人認出她來，她就說她剛好在附近。她買了一本園藝書——其實她住在公寓裡——再包起頭巾，走到街區盡頭，那裡有一家正面爲綠色的披薩店，仍然布置著聖誕花綵燈飾：「彗星乒乓」。適合全家用餐的地方。在後面玩桌上足球的孩子。白色底紅格子桌布。與世無爭的美國，純粹的天眞無邪，這哪裡像七號情報員出沒的場合？這個對比太好玩了！[23]

然而「彗星乒乓」卻成爲美國大選年的戰場。二〇一六年十二月四日，二十八歲的顧家男子威爾希從北卡羅來納州來到這裡。要不是他的家人度假去了，他還會帶著兩個女兒來。但是威爾希身負重任、有備而來。與蒂迪一樣，他要拯救美國。出發時，他以手機錄下了對孩子說的話：「這個世界已經被邪惡腐蝕，我必須做點什麼，不能放任你們在這樣的世界裡長大。」

原來有人「餵」了這樣的故事給他。那一年總統大選之前，推特網裡瘋狂轉傳一篇報導，指控民主黨總統候選人希拉蕊參與了一個邪惡的戀童癖陰謀集團，說他們在「彗星乒乓」披薩店的地下室蹂躪兒童。許多陰謀論者如亞歷克斯．瓊斯等人在網路上散播這種匪夷所思的汙衊，威爾希深信不疑。他以揭發眞相爲己任，不擇手段。保護女兒。拯救美國。

從一開始蒂迪就懷疑那是普丁的高招。所有的特徵。暗網裡出現的一個荒謬想法，由社會病態人反覆複製。在莫斯科，它被一個梳著刺蝟髮型的龐克族注意到——外界叫他們「奇幻熊」，其實他們隸屬軍情部門。他們是俄羅斯基進駭客的先驅，後起之秀包括安逸熊、**Turla**、沙蟲，以及犯罪組織「俄羅斯商網」——他們全都由國家支持或默許，不只能夠搗亂，還能發動新型戰爭。二〇一四年他們擾亂烏克蘭總統選舉，只是小試身手，第二年他們對於美國政治的攻擊更爲高明。樹立信心之後，他們向法國選舉下手，以及德國與土耳其國會。他們的目標很單純：摧毀信任。這是現代才出現的概念，簡直像「消滅友誼」，她想。可能嗎？事實上，太容易了，教人不敢置信。所有的美德——忠誠、愛國、勇氣、誠信、信仰、同情，隨你說吧——都不過是社會建構物，用以遮掩赤裸裸的獸性，那才是人性的核心。同時，沙蟲把目標轉向摧毀烏克蘭的基礎設施，攻擊政府、鐵路、媒體、醫院、銀行，以及電力公司的網路。二〇一七年沙蟲將名爲 **NotPetya** 的惡意軟體植入烏克蘭一家小公司的電腦中；那家公司的稅務會計軟體在同業中領先群倫。**NotPetya** 有一部分是從美國國家安全局偷來的惡意軟體。結果，啓動 **NotPetya** 點燃了史上破壞力最強大的網路攻擊，戰火迅速擴散全球，估計損失高

23 二〇二〇年除夕，「七號情報員主題盛會」在華盛頓廣場酒店舉行；距白宮不到九百米。

達一百億美元。

噢，沒錯，蒂迪恨他們。奇幻熊的本事那麼高，令她揪心。他們興高采烈，毀滅世界。奇幻熊侵入希拉蕊競選辦公室的電子郵件伺服器，將競選總幹事博德斯達的電子郵件全部拷貝出來，轉交維基解密，供以挑撥爲能事的網友條分縷晰、牽合附會。這是一種競賽——看誰能想像出最荒謬的點子，看誰會被那種點子打動。有人別具隻眼，看出「乳酪披薩」其實是暗語，指兒童色情書刊。博德斯達是彗星乒乓（披薩店）的常客。整件事的源頭。連川普未來的國家安全顧問佛林都參與推波助瀾：博德斯達在邪惡的儀式中喝人血；希拉蕊與兒童搞性遊戲。全都發生在彗星乒乓的地下室。

可憐的威爾希。他是時代的犧牲者。（過去哪會有這樣的事。）蒂迪想像他正走進門來，穿過孩子的生日宴會、喬治華盛頓大學女排隊，在酒吧裡還有正在觀看快艇對騎士之戰的男性。他經過時，那些人在想什麼？他個子小，留了鬍子，穿牛仔褲、T恤，揮動著突擊步槍——幹校園槍擊案的首選武器——腰裡還別著一把左輪槍。

威爾希射擊了三發子彈。沒有人受傷。一發打掉了一個櫥櫃門上的鎖，他以爲那是通往地下祕密廳堂的門戶。他來搜尋眞相。眞相是那裡沒有地下室，沒有祕密廳堂。眞相是他是個傻子。可憐的人。努力想當英雄，卻落得一場空。沒有人告訴他英雄的時代早已過去。迅速被捕、下獄。女兒失去了爸爸，預期成爲救主的人成了階下囚。[24]

蒂迪也可能落得這個下場。我也是個傻子，像威爾希。

走進門的不是威爾希，而是《郵報》（the *Post*）的東尼．賈西亞。臉上掛著淺笑，好像預期有什麼好玩的事。四十出頭，她猜測，比她估計的年輕。藍色休閒上裝，灰色羊毛長褲，老派。記者拍紙簿應該在胸前口袋裡。她必須要他交出手機。

賈西亞打量隔間裡不熟悉的面孔。蒂迪拿起那本園藝書招搖了一下。他迅速把身子滑進她對面的座椅，並介紹自己。

「你知道我是誰嗎？」蒂迪問。

「我可以說不知道，妳決定吧。」賈西亞回答。對蒂迪，他已做出了判斷。一直在政府部門工作，也許是個「貓夫人」[25]，邋遢、但是對自己的頭腦很自負，動不動就抱怨上司是蠢蛋。

都對，除了貓。

「不能提到我，什麼都不能提。不能提我的名字、我的職位、我的年紀。是男是女也不成。」

賈西亞同意。如果消息確實有料再討價還價不遲。「我與老婆結婚前，來過這裡約會。」他說。不錯的閒聊開場，中性、但是交心。同時也提出了問題：幹嘛到這兒來？

蒂迪不置可否。「你在俄羅斯待過。」她直截了當地說，聽來像是指控。

「四年，莫斯科站主任。」

「現在你跑文化、電影、出版、流行文化。」

「妳說得好像我很落魄。」

---

24 二〇一七年三月，威爾希認罪後判刑四年，已於二〇二〇年五月出獄；二〇一八年八月，美國網路巨擘相繼抵制亞歷克斯．瓊斯。

25 以貓爲伴的剩女。

「他們把你貶下凡塵，不是嗎？」蒂迪以檢察官論告的語氣說：「你本來跑一般新聞，然後升級到政治新聞。他們讓你跑羅姆尼[26]的選戰。你得到派駐國外的機會，那個資歷讓你有機會爬到頂層。然後一件陳年往事遭人揭發，某個女人，你大概都忘了。但是她沒忘，對吧？」

賈西亞把臉一板。「那件往事應該完全保密的。要是她大嘴巴到處宣揚，是自討苦吃。」他看來不得主意，有點驚疑不定。蒂迪逮到他了。「而且這關你什麼事？」賈西亞問道，他突然回過神來，重新站上制高點。「你硬要我到卻維雀斯來，這家他媽的披薩店，就是爲了這個？」[27]

「你以爲那是祕密，是吧？」蒂迪說：「在這個城裡，保密可不容易。你不懂謹言愼行，管不住自己的嘴巴。珊卓拉，是她的名字，沒錯吧？她沒有違反保密協議。你必須保住你的工作——好歹算是個工作吧。評論電影。餐廳。給她一點錢，讓她走。但是他們從來沒眞的走掉，對不對？每個人都有陳年往事。因此一段時間之後，你會談起它，也許是跟更衣室裡的朋友，跟一位律師，跟你的治療師。爲了一個可能的政府職位，聯邦調查局前來做背景調查，你說了實話。値得嘉獎。但是你用來裝祕密的隨身袋千瘡百孔。你不善於保密，對吧？」

賈西亞臉上滲出了焦慮的汗水。「你想要什麼？」他問。

「我要你爲國家盡一點力。要是你幹得好，說不定還能讓你重返先前的升遷管道。但是要是你搞砸了，我們倆都會完蛋。」

正在那當兒，侍者來了，充滿歡樂、穿著條紋襯衫。「我們要『亞力』，」蒂迪說，那是蛤蜊披薩，但是也透露了她對賈西亞做過功課，「他要『華府皮爾森[28]』。」

賈西亞眼睛一亮，沒有出聲。她甚至知道他的啤酒品味。

「我要你獲得一些資訊，」蒂迪說：「我不能直接告訴你，你得自己想辦法。」她必須以經得起測謊器檢驗的方式傳遞訊息。「因此我們就自然地聊天吧。」

「我們應該談什麼。」

「俄羅斯。」

賈西亞順從地點點頭。「不尋常的四年。」

蒂迪以俄語對他說：「他們說聖彼得堡的女人是世界上最漂亮的。你同意嗎？」

「這個嘛，聖彼得堡的女人當然會同意。」賈西亞說。他的俄語流利，蒂迪很滿意。

「她們主動示愛的話，你實在很難抗拒，對吧？」

「我假定任何接近我的女人都是來臥底的。好吧，沒錯，你對我知道得太清楚了，我並不總是成功，你一定知道。但是我從來沒有洩漏過機密。從來沒有透露過我的消息來源。總是將筆記與錄音帶鎖起來。我很小心。非常小心。」

「你報導過駭客。報導過奇幻熊。你是第一個報導的人。令我印象深刻。」

「我令你印象深刻？」

「在祕密世界裡，有時你期盼好記者，我們才能將不能在內部分享的資訊公諸於世。那時奇幻熊

---

26 二〇一二年美國共和黨總統候選人。
27 彗星乒乓披薩店在卻維雀斯——華府西北的富人區。
28「皮爾森」是一種拉格啤酒；酒精濃度較低。

是絕大的威脅。」

「現在仍然是。」賈西亞說。

「他們最近在搞什麼？不妨查查看。」

「我報導電影，記得嗎？還有書評。你何不找寇迪斯談談，他報導情報社群，不是我。」

「我不能控制他。」蒂迪直截了當地說。

賈西亞上身坐正，嘴角下垂，展示了受辱的心情。

「噢，別傷了感情，」蒂迪說：「這樣做事情才辦得成。我必須保護自己。對我而言你是個包袱，但是你了解狀況。你整我，我就整你。我們誰也不占誰的便宜。」

「妳這麼投入，所爲何來？」他問。

「記得一七年對沙烏地石化工廠的網路攻擊嗎？」

「那一年發生了許多次網路攻擊。」

「其中一次很特別。所有的攻擊，目的都是整沙烏地阿拉伯，拖累生產，也許干擾沙烏地阿美石油公司的上市計畫。我們知道。一月他們的攻擊一開始針對『國家工業化公司』——一個合股公司。私人公司。它在網路上完全消失了，硬碟裡的資訊全被清空。典型的伊朗駭客幹的事。接著其他的石化廠淪陷。使用的武器是名爲Shamoon的病毒。但是在八月，另一種攻擊出現了。這次不只是教你關燈退場。它的目的是殺戮。意圖將惡意軟體植入安全控制器，以炸掉工廠。」[29]

「我以爲那些控制器有萬無一失的設計：三道防止失靈的關卡。」

「沒錯。那正是教人擔心的地方，」蒂迪說：「施奈德電機的控制器是鎖—鑰系統。你無法在遠端侵入；實體鎖、鑰必須接觸。」

「因此必然有內應。」

「那正是問題所在。沒有內應。他們從外面感染了系統，但我們不知道他們怎麼做到的。像變魔術。他們企圖炸掉工廠，但是出了差錯，他們植入的軟體有一個小紕漏，現在可能已經修正了。」

「那時我不知道伊朗那麼行。」

「不是他們幹的，是俄羅斯。」

賈西亞看來很困惑。「為什麼？我是說，俄羅斯將沙烏地阿拉伯視為出口石油的競爭者，我們能理解，但也不至於到下重手的地步吧？」

「起先我們以為他們是為了幫伊朗，或者是為了錢。現在我們認為那是一個測驗。但是我跟你說，全世界有成千上萬個系統使用同樣的安全控制器，美國尤其多。核電廠、發電廠、煉油廠，以及淨水場。想想可能的後果：漏油、漏瓦斯、爆炸、重要裝備自毀，再想像：要是核電廠燃料棒熔毀，會發生什麼事？我們知道他們的目標是我們的基礎設施，但是我們以為我們比較先進，至少不相上下，但是我們失算了。落後的是我們，而且瞠乎其後。」

「太邪惡，但是太高明了，」賈西亞說：「找一個大家以為不可能惡搞的系統，針對那個理當預防災難的裝置，將它變成炸彈。」

蒂迪點點頭。他是個明白人。

---

29 參考《紐約時報》中文網〈美國稱伊朗為沙特阿美黑客事件元兇〉，二〇一二年十月二十五日。

「還有嗎？」

「就看你了。」

「妳約我來這裡，意思就是還有。」

「這麼說吧，請想想在這種情況下還有什麼可能。」

披薩送來了。賈西亞嘗了一口蒂迪爲他點的啤酒，靜待侍者離開。「要是他們能夠侵入一個系統，特別是既精密又號稱萬無一失的那種，誰敢說他們還沒有破解其他的系統？妳必然考慮過這個可能。」

蒂迪盯著他看。

「我想妳的意思是『對的』，」賈西亞說：「我是說，那是用不著說的。老天，這簡直就是一個按鈕就能完成的操作，就能使一個國家停擺，對吧？不只是一時頭疼，而是致命一擊。」

蒂迪沒有反應。她已經來到安全區的邊緣。她起立離開，把披薩與帳單留給賈西亞。

10 向惡魔丟石頭

這架小型波音直升機顛簸地越過山頂的時候，亨利緊握著扶手。他從來不喜歡搭直升機。他也懼高。

在天上，他可以看見夕陽正在紅海海面上，讓直升機下方的地面陷入黑幕。然後麥加出現在他面前，像一個燦爛的燈光之島。大清眞寺燈火通明，像紐約洋基球場，周圍是摩天大樓。核心像是一片白得耀眼的沙灘，中央矗立著一個巨大的黑色立方體——天房，全球穆斯林禮拜的焦點。突然間，那片沙灘發生了變化，三百萬信徒完成昏禮站了起來，像一波大浪。

「我們能更接近一些嗎？」亨利說。

「亨利，你是穆斯林嗎？非信徒禁止進入。」

亨利瞥了一眼坐在駕駛台前的王子馬吉德。他咧著嘴笑道：「我可以當你改宗的見證人。手續很簡單。」他的聲音從耳機傳過來，清晰得教人驚訝。

「你知道我對宗教的立場的。」亨利說。

「要是你堅持做個異教徒，我們就必須在警哨所降落，我本來就打算到那裡去。在那裡。」他說，指著位於山腰的一個帳篷營地，那裡可以俯瞰麥加。「那裡方便眺望全城。」

亨利與馬吉德是二〇一三年認得的，馬吉德到日內瓦報告前一年在沙烏地阿拉伯爆發的流行病。荷蘭鹿特丹伊拉斯慕士醫學中心的病毒學權威弗捨爾，是第一位指出那是一種新興疾病的專家：中東呼吸道症候群，簡稱MERS，病源是一種冠狀病毒。一開始，有四十四個人病倒，其中一半死亡。然後這種病在南韓爆發，感染了大約一百八十人。研究人員發現MERS是一種駱駝疾病，可是不清楚它的傳染途徑：駱駝傳人、還是人傳駱駝？它有個奇怪的特徵：病人有八成是男性。爲什麼？原來病毒能附著在沙塵微粒上散布，戴了面紗的婦女因而獲得保護。這是馬吉德的發現——吸引亨利注意的精彩推論。

更戲劇性的發展是，馬吉德正在日內瓦報告的同時，他的叔叔被免職，他出人意外地升任衛生部長。馬吉德立即面臨衛生部長一職最嚴峻的考驗：是否暫停那一年的朝覲？每一位穆斯林都受到教誨，只要身體許可，一生一定要到麥加朝覲一次，關上朝覲之門必然會造成精神上的後果。更不要說國家財政上的缺口。沙烏地阿拉伯除了石油，只剩朝覲是實實在在的生意。最後，由於MERS確診病例數下降，馬吉德宣布只有老年人與罹患慢性疾病的人應避免朝覲。以結果論，這是個正確的決定，只有一位西班牙婦女返國後確診MERS。馬吉德知道，結果也可能截然不同。他只是運氣好。

這些年來，他們一直維持友好的同事關係，但是亨利從來沒有造訪過沙烏地，他心裡對這個地方只有刻板印象——沙漠、黑衣婦女、「只應天上有的」王宮。在吉達下機後，他被送往奢華的王家通道。接待室裡有蒙著面紗的女性——公主？——抽著水煙管，看來很無聊。她們對他投以好奇的眼光。他是不速之客，不是阿拉伯人也不是王家的人，更不是個名人。

一群身著白色阿拉伯長袍的男性走了進來，像一隊天鵝。高大、健壯、英俊，彼此匹配，每個人都蓄了修剪成同一樣式的黑鬚，戴同樣的傳統紅格子頭巾。他們形成的警戒線包圍著一個人，同樣的裝束，但是外罩一件繡了金邊的黑色披風。亨利費了一點時間才認出他的朋友：他從來沒有見過他穿著本國服裝，但是現在馬吉德眞的儼然是個王子。亨利不禁想像，有朝一日他的朋友會成爲國王，這還是第一次。

但是現在他們在直昇機裡，正在山腰上空盤旋，預定降落地點有一位警察正在驅趕一隻山羊。馬吉德靈巧地將直升機降落在那個臨時騰出來的空間裡——介於警用越野車與營帳之間。一時之間亨利的兩腿不聽使喚。

「你的手杖呢？」馬吉德問。

「燒了。」亨利說。

馬吉德看著他，表情古怪，但是沒有追問。

亨利注意到一個行動通訊基地台與一個衛星碟形天線。眞幸運，通訊不會有問題。在一頂帳篷裡，他瞥見一個指揮中心，有聖域各處監視器傳來的閉路視訊。他跟著馬吉德走入最大的帳篷。中央一座枝形吊燈，照亮東方風格的地毯，與色彩鮮麗的絮棉錦帳。沒有座椅，只有靠著錦帳的長條軟座，中間空無一物——再現沙漠？亨利想。帳篷裡涼颼颼的，原來有冷氣。

馬吉德坐在長條軟座旁的地毯上，他的動作柔軟靈活又自然。他招呼亨利像他一樣地坐下，可是亨利坐下的姿勢很笨拙——先單膝著地，再身子後傾，以屁股坐地——於是伸手協助。亨利想念可用以穩住身子的手杖。沒有椅子的地方，他起居可辛苦了。

一位僕人拿著一個長頸銅水壺進來，在小咖啡杯裡倒了一小團熱水。「阿拉伯咖啡，」馬吉德解釋道：「你能聞嗎？」

亨利從他杯裡吸入蒸汽。「那是什麼香料？」他問。

「豆蔻、丁香、番紅花粉，」馬吉德說：「我們對這種飲料上癮了。」他以阿拉伯語對僕人說了一句話，他立即走出去，一會兒工夫就與一位警察同來──馬吉德向亨利介紹他是哈山上校，皮膚黑、肩膀寬，臉上稜角分明，一副獵食鳥的模樣。他主管預警監視系統，密切注意可能導致流行病的症狀。超過三萬名醫護人員各就各位，隨時為大量朝覲者服務。

王子為他引見了亨利，「聽候差遣，」上校說。

亨利問他在朝覲者中是否偵測到流行病。

「不過就是一般的朝覲流感，」上校說：「今年住院病人比較少。主要是肺炎。」

「死亡人數？」

「到目前為止，大約兩千。」

「他們來就是為了死在這兒，」馬吉德解釋道：「他們認為會有福報。我們盡力將有傳染之虞的病人送走，但是許多慢性病病人抵達時已是末期。用不著說，我們會埋葬他們，完成所有文書作業。頭痛的事。」

「有個印尼人，叫班邦．艾德里斯，我必須找到他。」亨利說。

「什麼時候？」上校問。

「越快越好。」

「應該沒有問題，」上校說：「但是現在不可能。今晚朝覲者會散開，在星光下睡覺，但是不久就會醒來。黎明前。晨禮之後才回到各自的帳篷。我們會把他帶來。」

「好了，就這麼說定了。」馬吉德說，同時一名僕人打開了一卷塑膠布。「今晚我們共進晚餐，明天我們會找到你要的人。」另外兩名僕人在地上擺放晚餐：烤羔羊、一大碗番紅花米飯，麵包、鷹嘴豆醬、椰棗，以及亨利認不出來的菜。馬吉德與上校盤坐下來，但是亨利正要笨拙地加入他們的時候，有人給他拿來了一張老式的課桌椅，有一張可以收起的桌面。僕人在亨利的盤子裡裝了太多食物，他依循主人的示範，以右手手指抓來吃。

飯後他們在一岩石隆突上架起野營桌喝茶，俯瞰麥加。那時夜幕已低垂，夜空點綴著星星，似乎近在眼前。

「我能理解爲什麼宗教在沙漠裡誕生。」亨利說。

「是的，這也是我們的問題，」馬吉德說：「眞主永遠在我們之上。」

亨利突然感到心力交瘁。離開雅加達之後，他一直忙東忙西。今晚他無事可做，如獲大赦。一名僕人帶他回到自己的帳篷，其中有一張眞正的床，僕人一退出他就倒在床上。他想到吉兒，想念她，渴望她。他的神經元釋出緊跟著他的焦慮，古怪的形象飛掠心頭。他的夢是戰場。

班邦睡不著。這一天（朝覲第二天），他在阿拉法特山一塊岩石上祈禱。朝覲者像一群鴿子散落在巨石之間，班邦運氣好，找到一個只容得下一人的地點，得以專心致志。他一一完成家人、朋友委託的祈禱。一次祈禱的效力抵得上在麥加以外任何一地的十萬次祈禱。偶爾班邦會分心，擔心他的疑處也會放大幾千倍，畢竟這裡是地球上最神聖的地點。

那天下午的陽光非常猛烈。他皮膚起皰，地面非常堅硬，但是疼痛、癢癢他都當做犧牲，更專注於祈禱，將身體的不適置之度外。那一天，他的計數器記錄了四百七十六次祈禱。他想像要是每一次祈禱都乘上十萬倍，總數會是多少。超過他一輩子的祈禱。不知幾輩子才能完成。他當然會有福報。

他回想起前一天（朝覲第一天）進入大清眞寺的經驗。穿過巍峨的拱門，走進八角形的大院，他覺得自己不過是滄海一粟。天房就在眼前，陰森森地矗立在朝覲者頭上——一個巨大的石造立方體，外罩黑絲綢，敷以金色刺繡。朝覲者必須逆時鐘繞天房七次，每一圈班邦都向裡擠，希望能夠親吻天房東南角鑲在一銀托子裡的「黑石」。朝覲者指望黑石，既渴求又虔敬。據說它是伊甸園遺物，是先知穆罕默德親自置放在那裡的。最後一圈人潮推擠得尤其洶湧，班邦居然大功告成——親吻了聖物。然後他在大清眞寺最高的露台上禮拜祈禱。眼前是數以百萬計的朝覲者，摩肩接踵，緊密得像是一匹布上的紡線。班邦覺得飛昇、重生，心凝形釋，那種境界是他這輩子從來沒有夢想過的。

現在（朝覲第二天深夜），他躺在穆茲達理法平原上，仰望星空，想像鴻蒙初闢。群星運轉，緩慢、但是從未止息。壯麗。班邦感到自己的渺小，又沉溺於喜樂之中。然後他側過身，吐了。

似乎沒有人注意到。其他的朝覲者都睡了。班邦挖了一些沙掩埋穢物。他覺得難堪，一會兒後卻又自忖：莫非這是吉兆？他祈求眞主將他身子裡的邪魔驅出。也許祂應許了？他恍然大悟；如當頭棒喝。從前種種，譬如昨日死；從後種種，譬如今日生。他已經淨化了。

但是他的力氣已離體而去；他覺得暈眩。他想站起來，但是才曲起膝蓋就再度躺下，任星辰在天上運行。幾個小時後，班邦不知道自己怎麼了。他在向上提升，正處於過度階段嗎？他的祈禱一定會使他進入一個新的境界，這種莫名的感覺必然只是真主的考驗。

宿，每個人都渾身僵硬，因此班邦不覺得自己與眾不同。現在他還站得住，但是不想吃早餐。他混入（朝覲第三天清晨）宣禮員的聲音使眾人醒來。他們捲起毯子，吟誦晨禱文。由於在地上睡了一了第一批走向賈馬拉橋的穆斯林，日出時分最適合長途步行。朝覲人群塞滿道路，速度參差不齊，綿延幾公里。班邦前不見終點、後不見起點。旭日東升。有時路兩旁架了水霧器，讓大夥兒涼快一下。有些人躺在岩石上，筋疲力竭、脫水、甚至死了；誰知道？幸運的人撐起埃及航空的廣告傘。空中盤旋的是新聞台的直昇機。

朝覲人群進入穿越藍色山丘的隧道。有人警告過他們，那是朝覲之行最危險的一段路。過去發生過踩踏事件。一開始只是有人暈倒，有人停下協助。但是後面的人不耐地向前推擠，造成混亂，以及憤怒。然後就炸窩了——幾乎就像引爆一顆炸彈。群眾成了暴民。有人遭踩踏。數以百計的人當場送命，甚至上千。教人迷惘的是，它像一陣疾風迅雷，來得快去得也快，沒人知道緣由或清楚事情經過。[30]

班邦帶著一個塑膠瓶，裝了四十九塊石頭，都是前一天在阿拉法特山仔細挑選的。那些石塊是用來對付撒旦的——賈馬拉有三根巨大石柱，每一根都有石牆圍繞，代表撒旦。當年易卜拉欣（亞伯拉罕）就是在那裡向撒旦投石，拒斥誘惑：穆斯林到那裡對圍牆投擲石塊，效法先知拒斥撒旦的行動。所謂賈馬拉橋是一棟類似停車大樓的巨大建築，有五層樓。通往大樓的馬路在附近分岔，引導朝覲者

30 一九九〇年七月二日隧道內發生踩踏事件，死亡一四二六人。

從大樓的不同入口進入大樓。班邦覺得頭暈，身子兩側受到群眾擠壓，他們口誦經文，耗盡空氣中的氧氣。大樓裡譁噪迴盪，疊加成咆哮。一股危險的能量在群眾中湧現。

他本想到露天的最高層去丟石頭，但是卻被推擠進入中間層。正中間是穿透各層的賈馬拉石柱，其實它是一堵花崗石牆，周圍地面是一水泥盆。朝覲者越靠近它，越想找個適當的位置投擲石塊。爲了詛咒撒旦，有些人甚至連拖鞋、陽傘都丟了出去。

班邦將第一塊石頭攥在手中，那時他的身子已不聽使喚。人群粗暴地向前推擠，他身不由己，猛地撞向他前面的一位婦人。恐懼、狂喜如電流一般竄過他全身。嘈雜中他試著禱告，「我來了，噢，上主，我來了！我任憑差遣。獨一的主，您無匹儔，我在您左右。」失去準頭的石塊不斷擊中他。

然後他被推擠到水泥盆邊緣，石柱就在眼前，像撒旦現身。耳朵裡盡是眾聲喧嘩。他提起手丟出第一塊石頭，然不及遠，根本沒碰到石柱。他非常震驚。他怎麼那麼無力？他從瓶裡取出另一塊石頭，但是瓶子從手中脫落。他覺得瓶子撞到自己的腳，但是他不可能彎下腰把它撿起來。他覺得腿站不直，但是身子倒不下來——他被直直地釘在人群中。

現在他察覺環繞著石柱運動的人群推著他沿著水泥盆周緣移動，一直處於石如雨下的空間中。他以爲他會驚叫，但是眾人的呼嘯聲使他聽不見自己的聲音。他不再腳踏實地。眾人的擠壓使他脫落了拖鞋。他祈求眞主營救。他祈求脫離人海。哪裡都沒有空氣，他祈求呼吸無礙。然後人群滑過水泥盆邊緣、開了一道口子，班邦跌倒地上，感謝眞主拯救，其他朝覲者踏著他的身體繼續前進，無人相助。

11

謎團（我們知道到底是怎麼回事了嗎？）

亨利在俯瞰麥加的帳篷裡等待馬吉德與哈山上校從聖城歸來的當兒，參與了一場視訊會議：日內瓦的馬莉亞；亞特蘭大的凱瑟琳．羅德（美國疾病管制暨預防中心醫學主管）；以及仍在恐溝里的馬可。馬可有好消息：除了恐溝里的挖墓人，雅加達沒有其他病例，眞教人難以置信。

凱瑟琳接茬說道，「病源來自正黏液科的病毒。也許是流感，但是我們比對過資料庫裡幾千種病毒序列，到目前爲止仍然沒找到般配的。」

與自然中的許多危險物事一樣，流感病毒很美麗，外套膜上有兩種棘蛋白：血球凝集素（H）；神經胺酸酶（N）——它們的功能像海盜的登船隊。血球凝集素像抓鉤，抓住細胞後將病毒顆粒倒進細胞裡。病毒進入細胞後，利用細胞的能量複製自己，成千上萬。病毒顆粒以出芽方式離開細胞時，需要神經胺酸酶「解放」。人接觸病原後只消幾個小時就能傳染病毒，每次咳嗽或打噴嚏釋出五十萬病毒顆粒到空中——或飄入附近的人的肺臟，或是降落在器物表面、存活幾個小時。流感有許多傳播策略，最狡詐的一種是突變的能力——不斷改變身分，擺脫免疫系統或疫苗的鎖定。

流感病毒分四個類型。迄今最常見、對人類最毒的是A型與B型。在恐溝里爆發的，以A型病毒最有可能，因爲它通常比B型更毒。A型病毒有十八種血球凝集素亞型，十一種神經胺酸酶亞型，造成季節性流感的，只有H1、2、3，N1、2。例如傳染力極強的一九六八年香港流感，病源是H3N2。B型病毒只在人體內發現過，也可能造成嚴重的病勢，但是不會像A型病毒一樣造成流行病。另外兩種流感病毒沒有神經胺酸酶：C型與D型。C型病毒在人體很常見，特別是嬰兒，但是要命的案例很罕見。D型通常僅見於牛畜，偶而出現人與家豬的病例。

「而且，我們似乎無法培養這一要命的恐溝里標本，」凱瑟琳繼續道：「我們試過雞胚纖維母細胞、犬類腎臟上皮細胞、非洲綠猴腎臟上皮細胞，蝙蝠，以及初生的倉鼠腎臟，但是這些標準細胞株沒有一個能讓這個病毒生長。」

「現在到什麼地步了？」亨利問。

「我們剛開始用雪貂與雞做實驗，」凱瑟琳說：「它是謎一樣的病源。」

「馬莉亞，其他地方也爆發了類似恐溝里的疫情嗎？」亨利問。

「只有季節性流感，A型與B型，都是老病毒株，不是新的。到現在爲止，情勢溫和。」

對話緊張而緊急，同時既困惑又氣餒。每個人都知道情勢可能惡化到什麼地步。他們面對的可能是他們一生中最具破壞力的大疫。非將它遏制住不可。幸運的是——挖墓人的不幸——目前看來它還沒有擴散。二〇一八年剛果民主共和國爆發伊波拉疫情，國際醫療團隊人員遭到當地武裝民兵殺害，現在恐溝里的醫療團隊受到印尼政府保護。要是他們能將疫情圍堵在恐溝里拘留營內，讓研究人員弄清楚病原，然後美國國衛院與製藥公司就會開發疫苗。幸運的話，人類就可能逃過一場浩劫。令人擔憂的只剩那位到麥加朝覲的人——他是唯一的漏網之魚。當務之急是找到他，將他隔離檢疫。

「妳已經有電顯照片了嗎?」亨利問凱瑟琳。

「有,一個負染色標本的照片,典型的流感病毒顆粒,但是有一點奇怪的地方。」

「奇怪?怪在哪裡?」

「沒有神經胺酸酶。」

亨利壓下了想呻吟的衝動。這個事實告訴他:它不是A型流感病毒,因此神經胺酸酶抑制劑並沒有用,它是唯一廣泛使用的抗流感藥物,如克流感。到目前爲止,流感大流行的元凶一直是A型病毒。現在來了個新的競爭者,擁有前所未見的特徵組合。它是全新的病毒。

「妳考慮過它可能是C型病毒嗎?」馬可問。

「當然,但是我們做了電泳之後,」——將一細胞中的帶電分子分離開來——「發現這個病毒有八個基因組區段。」那是A型病毒的特徵,而不是C型或D型,它們只有七個。「我們從來沒有見過這種物事。」她結論道。

會議結束時,凱瑟琳懇求道,「亨利,我們需要你回來。你已離開了兩個禮拜。你和馬可都在田野,我們這裡群龍無首。」

「我會盡快回來,」亨利說:「我只想確定在沙烏地這裡沒有新的感染病例。我還需要一個禮拜。」

「一個禮拜!」凱瑟琳沮喪地說。

馬莉亞接茬道,世界衛生組織可以派另一組人馬去監督朝覲公衛事宜。

「那要多久?」凱瑟琳問。

「我讓他們三天內抵達吉達。」馬莉亞說。

視訊會議一結束，亨利就撥電話給吉兒。

「我星期五就能到家了。」他興高采烈地說。

12 傑根

亨利心中有一抹陰影，揮之不去，就是一九一八年流感，當年有五億人感染，沒逃過劫數的高達五分之一，其中青壯年的比例異常地高。沒人知道它的起源，當年媒體稱它為「西班牙流感」，只因為在第一次世界大戰期間西班牙是中立國，西班牙的媒體能夠自由報導疫情。後來的調查顯示，醫界注意到的最早的病例出現在美國堪薩斯州哈斯喀爾郡，或是底特律的福特汽車工廠，或是中國，或是奧地利——確實地點沒人知道。但是一旦它進入了擁擠的軍營與運輸車船，就發威了，勢不可擋，越過所有遏制它的工事，城市一個個淪陷，甚至偏遠的小村落都難逃一劫。世界大戰都沒死那麼多人。它令醫師、研究人員摸不著頭腦，一再地誤診為霍亂、登革熱、腦膜炎、傷寒。當時的生物醫學家從來沒有見過那麼可怕的對手。有些人感染之後一星期才出現症狀；但是有些人午餐的時候還好好的，晚餐時分就死了。而且就像恐溝里的病毒，西班牙流感也有出血症狀。突然流鼻血是常事。肺溶成一團血沫。

相信恐溝里的疫情會突然熄火，絕對是一廂情願。儘管如此，那也不是史無前例的。一九七六年二月，美國紐澤西迪克斯堡一位叫大衛的年輕新兵，在八公里行軍後倒地死亡。同時大約有兩百名以上的兵員生病，軍營醫務所的醫師檢驗出兩種A型流感病毒株。一種是Ｈ３Ｎ２，先前的香港流感的變異株，得名A型／維多利亞株。它的傳染力極強，但是毒性中等。另一株病毒是殺害大衛的元凶，並可能感染了另外一人，可是醫師從未見過，於是將它送往ＣＤＣ。

原來是Ｈ１Ｎ１，基因組結構與西班牙流感病毒一樣。這一次它被叫做「豬流感」，因爲過去豬是這種病毒的病源巢。（在一九一八年，傳播方向可能正好相反——由人傳給豬。）豬經常受到指責，說牠們是病毒工廠，因爲牠們是禽流感與人流感的橋梁，幾乎完美的橋梁。病毒一旦進入豬體內，適應了哺乳類，再突破物種界線就可能征服全世界。

一九七六年，迪克斯堡的情況令專家非常緊張，福特總統推動全民接種疫苗政策，不遺餘力。爲了加速疫苗上市，國會免除了藥廠的傷害賠償責任。那一年八月，另一個神祕的疾病在費城爆發，二十九人死亡。病源是七月下旬美國退伍軍人協會在一家大型旅館的集會。一開始謠傳是豬流感，最後發現那是一種非典型肺炎，後來叫做退伍軍人症。但是媒體與政壇煽起的警訊淹沒了對大規模接種疫苗的疑慮。九月，第一批豬流感疫苗上市。一個月後，有人開始生病，不是豬流感，而是疫苗引起的格巴二氏症（GBS）——因周圍神經系統受到傷害而導致的肌肉無力。十二月，疫苗接種叫停。這段期間，沒有一個人感染豬流感。對福特總統，這是一場政治災難；對未來的政治領袖，則是一個寶貴的教訓。在一九一八年，Ｈ１Ｎ１病毒殺害的人數介於五千萬與一億之間；一九七六年，一個人。

亨利與同事都亟欲找到答案，一九一八年大疫最教人惱怒的特徵就是：留下的紀錄非常少。後來的幾十年，那場大疫居然被遺忘了——埋葬在人的記憶裡，它的祕密也一併埋了。匪夷所思。那個病毒的毒性爲什麼那麼強？爲什麼死者大部分是青壯年？他們應該是最不畏病魔的人啊。一九五一年，瑞典裔美國病理學者胡爾汀到阿拉斯加的一個基督教駐點，一九一八年那裡的八十位居民有七十二人死於流感。他們都埋在永凍層中。胡爾汀取得許可，挖出好幾具屍體檢驗。可是他無法分離出病毒，一輩子耿耿於懷。將近半個世紀後，一九九七年，他讀到美軍病理研究所病毒專家陶本柏格的研究。原來陶本柏格想利用當年美軍死者留下的組織重建流感病毒。高齡已七十三的胡爾汀主動返回阿拉斯加，再度搜尋有用的組織，唯一的工具是太太的園藝剪。這一回他挖出了一名婦女的屍體，過世的時候大約三十歲，管她叫「露西」。露西非常胖，因此她的肺並沒有完全摧毀。胡爾汀以園藝剪將肺剪下取出，帶回舊金山。他還不如帶一枚氫彈算了。[31]

胡爾汀將露西的肺寄給陶本柏格。肺裡充滿病毒物質，足以重建殺死露西的病毒。以那一病毒感染獼猴，不消幾天猴子的肺就被摧毀了。與露西、恐溝里的法國醫師同一下場：那些猴子淹死在自己的體液中——牠們的免疫反應過度激烈造成的後果。

許多人懷疑重建西班牙流感病毒是否明智。因爲無論你多麼小心，有時病毒就是會從實驗室脫逃。甚至在美國CDC一個世上管制最嚴密的實驗室，都會發生意外。例如二〇一四年六月初，有八十四位科學家——包括亨利——無意間暴露在活的炭疽菌中。原來大家以爲那些細菌已經喪失活性，其實不然。在英國，天花病毒從實驗室脫逃，發生過好幾次，一共死了八十人。疏忽對文明的威脅總是受到低估。

---

31 美國《運動畫刊》（*Sports Illustrated*）二〇二〇年五月下旬刊登過一篇長文，報導胡爾汀其人其事。

亨利到ＣＤＣ之前的工作，專注於疾病的另一面：創造疾病。話說華府西北八十公里處，有著名的南北戰爭戰場，其間還有一組老農舍。先前地主的土地現在叫做迪特里克堡，周圍安裝了最先進的安全籬。其中有許多醫學研究機構，包括國家癌症研究所的一部分實驗室、九一一之後成立的國家生物研究合作署（NICBR），以及美國陸軍感染疾病研究所。第二次世界大戰中，那裡是美國開始祕密研發生物武器的地方。

在戰爭中徵調惡疾當武器的事例，史書所在多有。例如十四世紀中，欽察汗國出兵包圍克里米亞半島的卡法城，將瘟疫死者的屍體拋投到城內，結果黑死病席捲歐洲。美國以炭疽菌及其他病源在志願者身上做實驗——他們大多是以良知爲由拒絕參戰的人。第二次世界大戰之後，在戰俘營、集中營以人做實驗的納粹科學家被帶回美國，爲美國做相關的研究。他們開發以昆蟲（人蝨、壁蝨、蚊子等）傳播黃熱病與其他疾病的方法。他們研究日本人在侵華戰爭中使用過的手段，例如在人群中釋放感染了鼠疫桿菌的跳蚤；在上千口井裡投入霍亂菌與傷寒菌，造成的流行病戰後繼續肆虐了好一陣子。一九六九年十一月下旬，美國總統尼克森下令禁止研發攻擊性生物武器。針對新興疾病的研究不受影響，只是在分類上現在它們成了防禦系統的一環。

亨利並沒有對這類研究的必要性嗤之以鼻。這種研究對國防至關重要，也是知性的冒險。他加入這個外界少有人知又見不得光的世界，對自己在各國的對手，無論俄羅斯、伊朗、中國、北韓，都只能透過名聲與謠言認識。他們參與了同一個牌局，可是絕少亮牌。恐怖份子也在積極製造疾病。蓋達組織嘗試過散布炭疽菌。在日本，以末日說打動科幻迷的奧姆眞理教僱用微生物學者，開發利用炭疽菌的實驗，還有臘腸桿菌毒素。這些疾病都是非傳染病。但是我們沒有理由相信恐怖份子的用心會到此爲止。

亨利幹得不錯。事實上，非常好。但是他生性不爭，因此明白在這一見不得光的行當中，傑根．史塔克才是眞正的天才——他們魅力十足的頭兒。他們在核子物理界的同行，任務是製造足以毀滅地球所有生物的炸彈；在傑根的實驗室裡，亨利與其他年輕科學家的所作所爲也差不離，就是擺弄自然、學習摧毀人類的竅門。

傑根的團隊在國土安全部生物防衛分析暨反制中心（NBACC）工作，位於迪特里克堡。NBACC整棟建築都列管，屬國家機密，除了自己人，迪特里克堡沒有人知道其中的勾當。他們的目標是製造恐怖份子或敵國可能創造出來的生物病源。一九七二年，美國加入其他一百八十一國簽署了生物武器公約，禁止研發、生產、儲存生物與毒素武器。蘇聯也簽署了，但是他們將這一公約視爲機會，正好擴張生產、獨霸生物戰。即使現在，亨利知道，俄羅斯的生物戰實力還在擴張。普丁公開宣稱俄羅斯正在開發「可與核子武器匹敵」的「基因」武器。由於法律的束縛，亨利與同事只好夙夜匪懈，祕密地在科學這一最陰暗的領域中針對蘇聯的大膽進展開發反制之道。

傑根高而瘦，北歐人的藍眼珠散發出自信以及才華——使他出人頭地的天賦。他對外貌十分自負，特別是他淡淡的金髮，幾乎與實驗室的白袍一樣白，瞧他忙亂地穿過辦公室、白袍在身後飄動的樣子！他蓄長髮，有時可以下垂到眉毛，他想要強調一個想法的時候，就會甩動頭髮，像個自豪的長髮女生。在他的實驗室裡，每一刻都緊張、興奮、有意義，都反映了傑根這個人的迷人魅力。亨利認識的科學家裡，他是最傑出的：有想像力、又精熟技術、不惜走極端。

據亨利所知，傑根並沒有親密伴侶。他的性取向是研究人員的話題，任何臆測都不會過時。他很少找同事小酌或晚餐，除非有公事，在那些時刻他可以變成萬人迷。亨利知道那是傑根戴上的社交面具，即便如此，傑根的蛻變本領仍然教他讚嘆。

傑根執迷於秩序。亨利從來沒見過那麼整潔的實驗室。研究人員最喜愛的惡作劇，是將培育箱、菌落計數器擺放得傾斜一些，傑根經過時一定會不能自已地重新調整它們。他似乎從未搞懂那只是惡作劇。有一次亨利發現男洗手間暫時停用，因爲傑根找了人來修理。「角落沒有對齊。」他說。事後亨利根本看不出有什麼差別。

有一天，亨利正準備下班，傑根問他晚上要做什麼。他不以爲意，答道：「我要去看電影。」

「哪一部電影？」

「《蘭花賊》[32]。」

「講什麼的？」

「是喜劇，講一個人想寫一個電影劇本。應該很好笑。」

「你約了人一起看嗎？」

「沒有。你想看嗎？」那似乎是問這些問題的目的。

傑根看來很驚訝，好像他壓根兒沒那個念頭。「噢，不了，我實在不喜歡看電影。」他的回答令亨利不悅，但是亨利決意出面促成傑根顯然想做的事——享受一些人情溫暖。結果他們看完電影後一道去晚餐。那是亨利第一次聽到傑根的笑聲，不是大笑而是竊笑，聽起來像是實驗。

研究人員在「處理」動物的時候，傑根很少進入實驗室。有時會有很不堪的情景，特別是靈長類。牠們像孩子，調皮又無助，但是牠們知道你在做什麼，有仇必報。研究人員遵守一條規則：絕不在其他動物面前「處理」動物。要是實驗動物的尖叫聲傳入其他動物耳中，牠們會驚恐得大叫。

傑根無法忍受。亨利發現他在哭泣，不只一次。他的悔罪表現在穿帆布鞋、吃純素，一提到需要更多動物實驗的時候連聲音都打顫。他在自己鄙視的領域裡，是最有才氣的人物，像一位偉大的戰士，痛恨殺人但是也明白失敗的代價。他相信——亨利後來也相信了——他們在迪特里克堡的高度機密研究，掌握了文明的未來，甚至人類的未來。那個未來也注定了成千上萬動物的安樂死。

每次回想在迪特里克堡的那些年，他都會爲自己性格裡的弱點擔心，因爲那個弱點讓他走入了一個密教。當然，這是他後來的覺悟。那是一個科學的密教，毫無疑問，不是僞宗教，可是它有任何強大密教所具有的特徵，那就是它站在思想牢籠的對立面。傑根．史塔克推銷的是自由：想像的自由、實驗的自由、創造任何物事的自由，無論多麼糟糕或危險都在所不惜。他們告訴自己：我們在拯救人類，而不是人類未來的威脅。要是我們掉頭不顧，誰來完成這個艱鉅的任務？冒險進入人心最幽暗的角落，需要技巧、判斷、睿見、道德勇氣，除了我們還有誰擁有？還有誰會進入這個死神房間，只爲了阻擋會加害我們的壞蛋？世上的邪惡勢力遲早會發現我們正在研發的那些惡毒力量，那時除了我們還有誰能夠侵入他們的思維模式，及時準備好解藥？「只有我們能做。」這話當年聽得太熟了，亨利一直忘不了。他們都相信，並且因爲大家都相信而好過一些。

---

32 梅莉．史翠普（Meryl Streep）主演，二〇〇二年年底上映。

13 更麻煩的事

馬吉德與哈山上校快速地在米那廣大的帳篷城內穿梭，由一名叫曼多的童子軍引導。曼多躲開閒逛的朝覲者，衝過骯髒的通道，像一頭羔羊一般。馬吉德也喘不過氣來，但是那孩子的敏捷身手與行所無事令他覺得好玩。

這一大群人其實是有秩序的。十萬頂一模一樣的白色帳篷，以防火的玻璃纖維製作，按來源國家分成不同社區。通道以顏色分，帳篷以編號。每一位朝覲者都必須佩戴證章，上面註明代表國家的顏色與帳篷的編號。理論上沒人會走失，但是像曼多一樣的童子軍數以千計，在現場爲找不著方向的人服務，他們可沒閒著。

曼多轉了個彎，進入一黃色過道，他們便抵達了巨大的印尼營——二十五萬人，沒有辱沒穆斯林人口世界第一的頭銜[33]。曼多在iPad上找到了自己的GPS定位，再搜尋班邦的帳篷。帳篷裡大約有五十人，光著上身盤坐地上，低聲交談或分享手機上的照片。

「班邦．伊德里斯？」哈山上校高聲叫，驚醒了正在地面墊子上小睡的人。

有一個人回答道，在前往賈馬拉橋之後，班邦就與大家失散了。另一位朝覲者說，他也許到屠宰場宰牲獻祭去了，不然就是去剃頭了。這些儀式都是在石擊撒旦之後從事的。帳篷裡的人是在等人潮消退後再去。

馬吉德只有班邦申請簽證的照片。想在那麼多裝束一模一樣的人群中找到他，實在太難了；要是他已經剃了頭，難上加難。馬吉德找到一位認得班邦又會說英語的人加入尋人——即刻行動。

首先他們前往巨大的屠宰場，那裡容得下一萬名屠夫。他們能夠聽見鬧哄哄的羊正在挨個兒待宰。辦公室裡有一本登記簿，讓買了獻祭動物的朝覲者留下電話號碼；宰殺完畢後，辦公室就以簡訊通知他們。上面沒有班邦的名字。朝覲者也可以自行宰殺動物，於是王子一行人在宰牲圈上方的吊橋通道上向下巡視，尋找一名年約六十、有些圓胖的印尼人。廁身屠夫之間的朝覲者並不多，沒有一個人像他們要找的人。

一千名理髮師分布在麥加的街上與攤子上，一群顧客在等待。哈山上校從一名朝覲警察手裡徵調了一具擴音器，穿過城市呼叫班邦的名字。一些小男孩輕快地跟著王子一行人，成了這場莫名喧嘩的配搭兒。童子軍曼多在這些孩子中，一副權威的模樣油然而生，也大聲呼叫班邦。孩子模仿他，不久就幾十人一起呼喊，「班邦・伊德里斯！班邦・伊德里斯！」可是沒有人回答。

馬吉德接到他的助理部長打來的電話。他的部下查遍了二十五家醫院與兩百個爲朝覲設立的醫療站。「殿下，我非常確定，我們沒有收治這個人。」

馬吉德努力壓制心中逐漸升起的焦慮，其他人臉上透露了同樣的心情。大夥兒已汗流浹背，誰教

---

33 印尼人口兩億七千五百萬，穆斯林占八七・二%，也就是兩億四千萬。

他們在大熱天快速行軍的？

最後馬吉德問曼多知不知道停屍間在哪裡。曼多點點頭，朝向穆艾森走去。聖城以大清眞寺爲核心，穆艾森是位於外圍的一區。到了那裡，馬吉德囑咐曼多回到原來的崗位；他不願讓孩子接近他們可能會見到的景象。

相對而言，停屍間是個小地方，因爲與朝覲有關的其他地方都大得不得了。王子一行人走進時，接待區空無一人。馬吉德面對的是自己的官方玉照，掛在桌子後面的牆上。哈山上校從走廊盡頭帶過來一位神情窘迫的服務人員，他正在另一間房裡吸菸。認出王子後，他立即回過神來。

馬吉德讓他看了班邦的相片。他聳了聳肩。他說他不管收屍的事，主任現在在墓園裡。

「收屍不是有紀錄的嗎？」王子問道。

「當然。」

「那麼，在哪裡？」

「殿下，在主任的電腦裡。」

「那麼你到電腦裡找這個人。」

「我不成，」這個倒楣的人說：「主任沒有給我密碼。只有他與他的助理才有，就他們兩人。」

馬吉德堅持要到停放屍體的房間去。那人帶一行人走過黑暗的大廳，地面是打過蠟的石板，經過一些輪床，然後推開一扇雙開門，進入一間冷藏室。完全空的。

「屍體呢？」

「殿下，我向您報告過。他們已經埋了。」

「他們甚至不在墳墓上做標記？」亨利絕望地問道。

「我們的習俗是：盡快把死者埋了，」馬吉德解釋：「我們相信死者是平等的，因此國王也葬在無名墓裡。」

「你知道他是怎麼死的嗎？」

「我們最後找到了驗屍官，他說是踩踏致死。」

亨利跌坐在他的課桌椅裡，覺得一敗塗地。

「還有一個消息，」馬吉德說：「我不情願說的。我們得到報告，三家醫院都出現了一個出血熱病人，是朝覲的人。」亨利像是沖了一個冰水澡，這個消息令他立即振作起來。「我必須檢查他們。現在就走。」

「亨利，」馬吉德說：「這是件非常敏感的事。我了解你為什麼這麼著急，但是非穆斯林禁止進入聖域。而且我怕病人已經病得太重，沒辦法移樽就教。」

「我相信你們的神祇寧願信徒活著，而不是被某個有爭議的軌儀犧牲掉。只有極端的基本教義派才那麼食古不化。」

「我們已經派優秀的醫師處理這個狀況，」馬吉德不理會他的毒舌，「你需要任何資訊，他們都會提供。檢驗、血液，我們甚至可以透過視訊讓你參與。」

「好吧，我們能看驗血的結果，我們能檢視掃描結果，但是我們必須做鑑別診斷，立刻就要。我們有多少時間？」

「明天是朝覲最後一天[34]。」

「我是唯一親眼見過這一疾病的人。我必須檢查這些病人。」

「亨利！」馬吉德驚叫：「你不是信徒，讓你入境根據許多人的看法已經犯了大忌。但是進入聖域？門兒都沒有！」

「好，就當我是個穆斯林吧。」亨利唐突地說。

馬吉德轉向哈山上校，吩咐他離開帳篷。只剩兩人面對面之後，馬吉德輕聲但充滿情感地說：「亨利，我親愛的朋友，我不要你成爲一個僞君子。對我們來說，這比異教徒還糟。我們過去面對過這類問題。一九七九年十一月下旬，極端份子占領大清眞寺，劫持幾百名人質，我們向法國朋友求助。他們不是穆斯林，但是他們冒充穆斯林。在這個事件中，我們必須請非穆斯林來幹血腥的工作，因爲聖域不容任何類型的暴力。哪怕切斷一片草葉都不許。但是這些人必須消滅，法國特種部隊爲我們完成了。

「現在，我們面臨的是不同的狀況。完全不同！我們醫院裡有稱職的穆斯林。他們不會造成傷害，他們想拯救人命。我知道你天生異稟。我想不出有誰比亨利．帕森斯更適合監督這一悲劇。不過，要是你想進入我們最神聖的城市，你必須先有最純潔的精神。我不知道你怎麼會對宗教產生那麼大的敵意，但是我要請你尊重我們的信仰：伊斯蘭造就了我們。要是你褻瀆我們的宗教，就等於對我們的靈魂吐口水。」

亨利被他的眞誠感動，而不是他的論點。任何宗教都會引起他的強烈情緒，可是難以歸類。他感到不屑一顧。他感到恐懼。他感到好奇。攪和其中的還有其他情緒，但是他認爲恐懼、好奇與他的懼高相似。他不願接近邊緣，卻受邊緣吸引，那種難以控制的欲望嚇壞了他。因此他容易出口傷人。

「馬吉德，我對你只有尊敬，我確信你一定知道，」亨利說：「我沒有看輕伊斯蘭。所有信仰我都一視同仁。但是請告訴我，一九七九年你們讓法國軍人進去的那一次，死了多少人？」

「幾百人，也許幾千，」馬吉德說：「我們只會在私底下談論。也許沒有一個活人知道眞相，即使是現在。」

「你是醫師。你負責維護國人的健康，」亨利說：「告訴我，醫師：假如有一種新興疾病在朝覲人群中爆發，多少人可能死亡？」

馬吉德沉默了。

「我見過這種疾病的威力，」亨利的無情譴責還沒完：「高致死率。死狀極慘。他們也是穆斯林。但是他們只有幾百人。這裡你有幾百萬人。要是你眞的在意你的宗教，你必須行動。」

馬吉德閉上了眼。亨利意識到他在祈禱。一談到宗教，另一種有時會妨礙他思考的情緒是忌妒。相信一個超越個人的力量會關心人間事物，那個力量能影響一兩難境地的結果，例如眼前這一個，多便當啊——只要你禱告，花足夠的力氣，講足夠的理，就能抓住神祇的注意。對亨利來說，「神聖」這個觀念毫無價值，但是他承認馬吉德有一部分活在超自然裡，在那兒想像有「實有」的力量，而且對亨利而言在道德上毫無份量的東西能對他朋友的良心施加極大的壓力。

馬吉德張開眼睛，冷不防將哈山上校召進來，他就在帳篷外。他們用英語交談，好讓亨利聽明

34 第五天。

白。「我聽到眞主對我說話，祂告訴我亨利是一個眞正的穆斯林。」馬吉德說。哈山上校以輕蔑的表情瞥了亨利一眼，然後迅速面對他的王子。懷疑、敵意都擱置一旁。沙烏地阿拉伯其實只有兩種力量：眞主與掌控國家的家族。沒有人會質疑任何一個。上校召來一輛越野車，三人一起下山，穿越環城路，通過一個標明聖城入口的門。

「亨利，幫我個忙，」馬吉德低聲說：「你由我保護，因此不要招惹任何人。由於我沒時間教你如何禮拜，你必須在日落之前出城。」[35]

進城之後，亨利避免向外張望，好像眼不見，身就不在。儘管如此，他感到聖城是個爲了現代而翻新過的古城，彆扭、不倫不類，摩天樓矗立在狹窄的街道上；有些地方因過時而不順眼，有些地方又豪華高檔。他也感受到譴責——來自前座的哈山上校——像是只有眞正的信徒才聽得見的警報。

進入阿布杜拉國王大學醫院後，亨利才不那麼覺得自己是個入侵者。阿米德醫師，一位白髮的巴基斯坦人，前來接待，立即將他們引領到擦洗間著裝：防護衣、手套、口罩。阿米德醫師非常焦慮，眉毛幾乎觸及髮際線。他的額頭泛著汗水，說話速度快，聲音大，帶有高低起伏的巴基斯坦腔。「今天上午我們有四個病人，現在是十個，」他說：「十個！十個！其中一個是護士。」

亨利注意到走道很清潔，醫院員工都穿戴了防護裝備。他們搭電梯到五樓，有一氣閘門管制進出，裡面是隔離病房。空氣中的甲醛氣味令人放心。亨利心情輕鬆了一些。

病房裡有六位病人，其中兩個已經插管了。亨利問阿米德醫師第一位病人是什麼時候入院的。「才兩天前，是從印尼來的，然後是昨天，三個人。今天，六個，包括這邊的這一位。」他指著氧氣帳裡一位瘦括括的年輕人。

「他從哪兒來？」

「英格蘭，曼徹斯特。」阿米德醫師說。

亨利查看病歷。他的名字是塔里克。體溫攝氏四〇・二。心臟監視器顯示微弱的心搏。已裝上胸腔引流管排出肺裡的液體。

「他來的時候，抱怨耳朵疼，因此我們沒有如臨大敵。」阿米德醫師接著說：「檢查之後，我們發現他的鼓膜破裂了。我們做了腔液穿刺減輕發炎。然後疼痛轉移到眼窩後方。現在他已經完全喪失視覺。我想他的肺已受到不可逆的傷害。而且，你看，開始發紺了。」

那位年輕人的雙唇是藍色的，著毋庸議，手指也是。

「驗血的結果呢？」

「干擾素濃度極端地高。」

「細胞激素風暴。」亨利說。一種失控的免疫反應。在身體對抗感染的戰爭中，細胞激素是步兵。發燒與關節疼痛是白血球大量釋出細胞激素的證據。要是身體警覺遭到致命攻擊，手上每一種武器都會動員。那是一場總體戰。亨利在印尼見識過後果。香佩醫師的肺被自己失控的免疫反應蹂躪成一灘血沫。

「還有一件奇怪的事，」阿米德醫師說：「請看他皮膚上的腫塊。」病人的脖子到胸膛，有看來像是尋麻疹的物事。「皮下氣腫。像是小氣球。是從肺臟裡被擠出來的氣。」

35 傍晚太陽下山之前要行「晡禮」，大約下午四點；日落時行「昏禮」。

「他有意識嗎？」

「先前還有。」阿米德醫師說。

亨利俯身接近那個年輕人。他們之間隔著氧氣帳與呼吸器，不大可能傳染。然而亨利知道，空氣裡已飄蕩著一種無名疾病的傳染顆粒。還沒有人了解的疾病。

「塔里克，」亨利說：「你能聽見我嗎？」

塔里克的眼睛顫動了。

「你感到疼痛嗎？」亨利問。

「不是疼痛，」他低聲說：「其他的。大的。一種很大的感覺。」

亨利知道那種感覺，是死亡。

「塔里克，你記得遇見過一個從印尼來的人嗎？也許在你抵達的那天。」

過了好長一陣子。然後塔里克勉強說出：「沒辦法。」

「沒辦法什麼？」

「思考。」

「這很重要，」亨利敦促他，「請盡力回想。他叫做班邦。你聽見了嗎？班邦。也許六十歲。你遇見過任何符合這個描述的人嗎？」

但是塔里克沒有出聲。心臟監視器發出了警報，聽起來像是尖叫。阿米德醫師看一眼亨利，然後關掉了監視器。王子馬吉德、醫師阿米德迅速完成祈禱。

亨利卻口出穢語，忘記自己身在何處。

阿米德醫師與一位護士好奇地看著他。「帕森斯醫師最近才成爲穆斯林，」馬吉德解釋道：「我是他的嚮導。」

眾人綻開笑容。「感謝眞主，」阿米德醫師說：「讚美安拉。」

「我們祈禱，目的是讓信徒做好準備，好啓程前往死亡。」馬吉德說，彷彿在對亨利開示。「我們請眞主卸下他的負擔，讓他抵達一個更好的世界。等有空的時候，我會把這些都教給你。」

亨利不斷點頭，像個好學的學生，但是滿面通紅羞愧難當。他痛恨任何形式的欺騙，現在卻在騙人。他在乎馬吉德，卻陷他於不義，甚至可能置他於險境。眾人爲亨利得救而喜樂，相信他掙得了那個資格，對他展開迎新笑容，他難以消受。但是亨利知道，他永遠得不到救贖。

阿米德醫師以期待的神情看著他，顯然在等待他承認自己改宗的決定。哪裡知道，亨利的語氣逐漸尖刻：「你說有十個病人。這裡只有六個。」

阿米德醫師神情一變。「我們空間不夠，只有一間隔離病房，」他頗爲遺憾地說：「朝覲期間我們總是擁擠得很，這一季節已經人滿爲患。甚至超過。」

「那麼另外四個人在哪裡？」

阿米德醫師詢問護士，然後說：「三個在二層的病房，還有一個——」說到這裡，他停下來向護士證實這個消息，「一個出院了。我們認爲她回到自己的朝覲團去了。」

亨利震驚得說不出話來，阿米德醫師急忙解釋，「我們不知道病人得的是什麼病。現在還不知道。你來說吧，到底是什麼病，某種黑死病不成？」

「是流感，但是不知道哪一型，因爲從來沒有見過，」亨利說：「有三個實驗室正在檢驗印尼倖存者的抗體，與已知菌株比對。」

「這個人，」阿米德醫師指著剛過世的年輕人，「我們開的是抗病毒藥。有更合適的療法嗎？」

「除了輸液與泰諾，沒什麼可做，」亨利說：「有些人會康復。在印尼，儘管採用紓緩治療，致死率是百分之四十五。」

「但是這好像回到了中世紀，」阿米德醫師說：「沒有其他的辦法嗎？」

正在那時，阿米德醫師的手機響了。亨利看了馬吉德一眼，目光嚴肅並傳達了歉意。壓在他心頭的是另一個要求——他從未考慮過的嚴峻對策。

「壞消息，」阿米德醫師收起手機說：「非常壞的消息。又有出血熱的病人了。」

「多少人？」馬吉德問。

「十七個，過去一小時內，」阿米德醫師說：「這通電話是沙烏地國立醫院打來的。他們應付不來那些症狀相同的朝覲者。他們想把那些病人送到這裡來。但是我們已經爆棚了！沒地方收留他們。對那麼多人實施隔離是不可能的。還有，又死了一人，是那位護士，我跟你們說過。」他深深吸了一口氣，「她名叫諾耳。她是我們這裡最好的一位。」

亨利橫了心提出要求，便待開口，馬吉德說出了那個詞：「隔離。我們必須封鎖醫院。不准人離開。我看所有醫院都必須如此。」

亨利看見阿米德醫師的眼睛流露出恐懼。關在一個大疫肆虐的場所裡?!這個下場令人不寒而慄，即使醫護專業人員也會心中發毛。醫院裡已經談不上衛生了。新病人湧入後，走廊已有成群病毒游蕩。護士諾耳只是第一個犧牲的醫護人員；接下來一定會前仆後繼。

「你們需要的食物與藥品會十足供應，」馬吉德說，意在打氣，「還會加派醫護人員。這是國家緊急事件。我們會盡一切可能協助醫院，同時，我們絕不會忘記你們的勇氣與堅定。我們是醫師，有時必須親赴前線，別人不願去，我們非去不可。這是我們的義務。」

「不只醫院。」亨利說。

「你的意思是……亨利？我們會準備一份關鍵地點清單。有你在這兒為我們出主意真好。」

「麥加，」亨利說：「整座城都必須封鎖。不准進也不准出。」

馬吉德看著他，好像他瘋了。「你知道你在說什麼嗎？這兒有三百萬人。我們不能強迫他們留下，並且——並且怎樣？等死？這太不人道了，亨利！更不要說，我認為，不可能的。」

「三百萬人，」亨利說：「明天他們開始返回家鄉，摩洛哥、中國、加拿大、南美洲，甚至太平洋中最小的島嶼、非洲中部的小村落。他們會將這個疾病帶回家。全世界都會感染，而且立即發生，沒有警告，沒有時間準備。我們現在在這家醫院見證的事，會一再重複。即使一個禮拜或十天都可能發生重大影響，讓全世界的科學家開發疫苗，或者特效藥，或者壓制這個病的任何療法。我們必須爭取時間，我們現在也只能那麼做了。」

他說話的時候，心頭浮現世界大災難的全景，再清楚不過。「我不只是在談控制疫情，」他語音低沉、平穩，說道：「我說的是拯救文明。」

另一個警報響了，打破了震驚的沉默。阿米德醫師走過去關掉監視器，病人剛剛過世。

14 老天爺啊

國安會副首長級會報的成員脾氣很不好，因為他們是在星期六清晨被吵醒的。還有一個小時才天亮。他們不情願地走入戰情室，一位身著藍色制服的年輕公衛官員正忙著安排簡報檔案。白宮食堂匆匆送進來一只附有炭爐的俄式咖啡壺，讓眾人保持清醒。行政車道上，大型豪華轎車一輛挨一輛，廢氣在凜冽寒夜中裊裊上升。

「我們有麻煩了，」副首長就坐之後，蒂迪說：「事實上，兩個麻煩。沙烏地阿拉伯可能爆發流感大疫，還有俄羅斯與伊朗締結了防衛協定。」

國防部首先發言，「俄羅斯將最先進的防空系統運送到阿巴斯港，支援伊朗在荷莫茲海峽的海軍基地。那是波斯灣的窄點，地球上最關鍵的地理據點之一。」

「為什麼？」蒂迪問：「為什麼是現在？」

「他們正在鞏固他們在黎凡特的勢力，好控制波斯灣、地中海的油輪航線，」國務院說：「他們現在這麼做，是因為他們看到沙烏地阿拉伯向我們大筆採購武器，認為這是一個大賣武器給伊朗的機會。」

即使在這兒，戰情室，談俄羅斯蒂迪都必須小心。有人因爲太坦白慘遭開除，但是國防部才不管那麼多。「我們的戰略專家認爲這是個大問題，」他說：「這種新型的俄製防空系統是S-500。他們叫它『勝利神』。它是針對我們最先進的隱形戰機F-35設計的。」

「因此傷害了我們在那個地區的利益。」蒂迪說。

國防部陰鬱地點點頭。

「我想你們一定有應變方案吧。」蒂迪問參謀首長聯席會議。

「我們演習過處理這個問題的方案，每一個可能的角度都試過。大體而言，我們可以有兩種反應：血腥的一種以及另一種。」

「先說血腥的一種。」

「我們現在就幹掉伊朗的空防，不給他們時間部署。不等他們軍艦出港就把它們擊沉。我們在海峽布雷。我們轟炸核子設施。我們要求更換領導班子，不然後果自負。」

「聽來好像是與俄羅斯開戰的前奏。」蒂迪說。這個想法並不會讓她感到不安。她認爲，俄羅斯是世上萬惡的主要源頭。她看過戰爭計畫。她明白兵凶戰危。但是對付普丁別無他法。你必須有決心，也許甚至有點兒瘋狂。

「因此我要談另一種反應，」參謀首長聯席會議說：「那就是我們束手旁觀。反正不是古巴飛彈危機。」

「以色列不會坐視不顧。」國防部說。

「你是說他們會自行動手轟炸伊朗？」蒂迪問：「沒有人會相信。」

「我們不能爲別人打他們的戰爭，」國務院說：「只有一個選項，就是外交。」

「也就是說，光憑三寸不爛之舌就可以說服普丁撤退？」國防部說：「我倒想聽聽你的說詞。」

「你們都認爲普丁控制俄羅斯，」中情局不屑地說：「眞正控制這個國家的是一百萬官僚，他們儘可能不把那個偉大領袖當一回事。俄羅斯是冒充超級強權的三流國家，經濟規模不過相當於南韓。我們太瞧得起她了。就當前的議題而言，我們同意國務院。」

國務院很受用，繼續說道：「還有一位瘋王子。沙烏地與伊朗一直在較勁，互相恫嚇不惜一戰。每個人都知道沙烏地不是伊朗的對手。他們唯一的王牌就是美國的力量。他們眞的相信要是瘋王子打出第一拳，甜心老爹就會出手，爲他們打勝仗。」[36]

「請讓我說一件事好嗎？」眾人眼光一起轉向坐在房間後面的年輕女士。

「請提醒我妳的名字。」蒂迪問。

「巴特列少校，長官。來自公共衛生局（Public Health Service. PHS）。」她代表衛生及公共服務部出席。

「我相信妳是來報告流感疫情的。」

「是的，長官。公共衛生局長要我來爲各位簡報疫情。他很遺憾不能親自前來，他到——」

「我們的討論還沒有完畢，與俄羅斯的戰爭。」蒂迪冷不防說，盯著她看。巴特列大約三十歲，醫學院畢業兩、三年，上身是不彰顯性別的藍色海軍制服，白襯衫、領帶，接近褐色的金髮向後紮一個低髮髻。她看起來有一點像我年輕的時候，蒂迪想。以口音判斷，來自（美國）深南部。

「我很抱歉打斷各位，我知道這是違反禮節的。但是這是發生在沙烏地阿拉伯的狀況——以及每一件事，眞的，」她越說越快，好像擔心會被請出房間，「我不想貶低戰爭這個議題，但是其實這個當兒可能正是我們不想到波斯灣的時候。」

「這是妳的意見？」蒂迪問。她開始對這位年輕女性不耐煩了。

「是的，長官，我想妳這麼說也成。我是有根據的。要是妳能給我一些時間，讓我報告……？」

蒂迪點點頭，接下來是——未能免俗地——PPT上場。簡報的第一張是一個表面布滿釘子的球，釘子有紅有綠，整個看起來像聖誕樹上的裝飾品。「所謂『流感』，就是這個東西。」巴特列說。

「我們不需要上流感的課。」蒂迪說。

「是的，長官。要緊的是，這個是新奇的。我們從來沒見過。與任何一個歷史品系都對不上號。那是眞正的麻煩，因爲人群中並沒有先天的免疫力。」

「因此我們都會感染這一流感？」中情局問。

「很可能。」

「你們有疫苗嗎？」

「沒有疫苗。我們正在研發，但是我們還沒弄清楚它究竟是何方神聖。」

36「瘋王子」影射王儲穆罕默德．沙爾曼（Mohammed bin Salman）。根據美國國家情報總監辦公室二〇二一年二月底公布的報告，他是謀殺美國《華盛頓郵報》（*Washington Post*）專欄作家哈紹吉（Jamal Khashoggi）的主謀。哈紹吉擁有美國永久居民的身分，二〇一八年十月二日在沙烏地駐伊斯坦堡領事館內遭到王儲派出的暗殺小組殺害。

「開發疫苗要多久？」蒂迪問。

「要是運氣好，六個月後我們就有實驗性疫苗供小規模人體試驗。我們已經有初步的基因組序列。我們正在分析這個病毒，想找到新的方法破解它的防禦，這傢伙的本事真是不同凡響。在準備第一批人體試驗的時候，我們必須做動物實驗。這些全都需要時間，特別是假如我們必須生產數以百萬計的疫苗的話。但是我們並沒有時間。」

「妳是什麼意思？」蒂迪問，「我們有多少時間？」

「我認為，到星期一之前吧。」巴特列回答。

「妳到底在說什麼？」

巴特列描述了麥加發生的事。根據最新的報告，麥加的醫院已有十四個病人死亡；這是最近幾個小時發生的事。「我們不能確定有多少人感染，」她說：「但是世界衛生組織一直在調查印尼的疫情。他們算出侵襲率大約是七成，換言之，在恐溝里接觸過病原的人，十個人有七個感染病毒。那裡每一個人都接觸過病原，因此很容易計算風險。感染的人大部分都死了。現在在麥加，類似的狀況，但是規模空前巨大。姑且假定現在已經有一千人在病原中暴露過，到了今天午夜，他們每個人可能會傳染兩、三人，然後那兩、三人會分別傳染另外兩、三人。你可以看出它以乘數增長的後果。我敢說這些只是非常保守的估計。因此到了明天，至少會有兩千名帶原者，他們也會散布病源。我擔心的是，明天晚上他們就要搭機回家了。三百萬人。據我所知，其中有兩萬七千人是美國人。他們上了飛機，會傳染沒遇見過的人。」她放出下一張投影片，「這是我用沙烏地的統計數字做的，倉促完成，請擔待些。但是它能讓你知道星期一會發生什麼事。」

投影片上展示了兩萬七千名美國穆斯林可能的目的地。美國幾乎每一個城市都打上了綠色的點。有一些聚集了密集的綠點——紐約、洛杉磯、迪爾伯恩、休士頓。「這是世界其他地方，」巴特列繼續說道，放出下一張投影片：沾了鮮明綠色汙漬的地球。「可說幾乎在彈指之間，就爆發了一場全球流感大疫，而且是我們從未遭遇過的要命流感。」

「老天爺啊！」中情局說。

蒂迪感到呼吸困難。她立即想到這個國家簡直毫無準備。怎麼處置那些返國的美國人？為什麼他們非要是穆斯林不可？她能想像可能的政治、社會後果，但是她將它們擱置一旁。有太多其他的事要操心了。「妳認為這一場大疫會持續多久？」最後蒂迪問。

「正常的流感季節通常從十月下旬開始，二月到達頂峰，有時一直持續到五月。這一個疫情剛好在流感季節應該開始蕭條的時刻爆發，但是正如我說的，我們對它一無所知。也許更短，也許更長。而且別忘了，流感病毒會拚命突變。因此它的毒性會減弱，也可能變得更毒。」

「要是消息傳了出去，妳會把人給嚇死。」中情局評論道。

「那也是公衛的問題，」巴特列說：「民眾會到店裡搶購物資。藥品、日用品、電池、瓦斯、槍，什麼都搶。醫院會擠滿了人，不只是病人，還有健康的人，他們擔心自己已經感染了。每個人的病程都不一樣，但是一些病人的進展極快，我們預期在返鄉途中就有人死亡。」

「有人死在飛機上。」商業部說。

「還有機場、火車站，是的。」

「妳說的是關閉整個交通系統。」商業部說，顯然不以為然。

「一點不錯。」巴特列說，似乎沒有聽出他的意思，反而當他提出了一個絕妙的點子。「我們必須盡可能勸民眾就地避難。最好這個上午就宣布，才有時間準備——調動國民兵、增強警力、封鎖邊界，關閉運動場、娛樂場，非緊急病患一律出院，關閉學校，公共集會延期，政府停止日常業務。此外，趁疫情還沒在美國扎根，旅客必須立即返家。」

副首長們只是瞪著她看。

15 王宮

馬吉德王子駕駛的直升機正在薩拉瓦山脈上空。他們下方，由麥加通往山巔陡峭稜線的道路曲折蜿蜒，是賓拉登的父親修築的——最後那條路令國家統一，使父親成爲英雄，並驅使兒子走向自己的命運，改變了歷史。避暑城塔伊夫海拔一八七九米，位於群山之間，越過它便是無盡的沙漠，像一片海洋，平坦、寧靜，偶爾長長的棕褐色沙浪湧起，你才察覺藏在表象下的力量。

直升機的陰影在沙漠上滑行，像一隻蜘蛛。「在天上你無法判斷，」馬吉德說：「有些地方很美，充滿了謎。但是它也是你看到的樣子——很大，什麼都沒有。空無。這是阿拉伯的靈魂。你必須先有那個理解才能眞正認識我們。我們一直相信沙漠在等待我們回歸。我們過著匱乏的生活，不知多少世紀了——駱駝、帳篷、椰棗，我們連昆蟲都吃！像一個原始部落，不知汽車或廚房爐灶或超市，甚至自來水。這就是我祖父大半輩子過的生活。他還是國王呢！

「然後石油出現了，我們離開了沙漠，可沙漠沒有離開我們。它在我們之中，這片空無。我們坐在城市裡的王宮內，它等待我們。沙漠知道有一天阿拉伯人會回到她的懷抱。她是有耐心的母親。但是，她也是一種怪物。剝奪我們每一件東西。你回到沙漠，身無長物。」

馬吉德朝向一條劃開沙漠的高速公路飛去，路肩外緣因爲黃沙越來越迫近而變得模糊。這兩位友人覺得異常親密，除了同處於狹小的機艙內，還因爲共享一個「不可說」的祕密。那個空間以外的世界，對迫在眉睫的災難只有模糊的意識。但是兩人會分享、傳播壓在他們心頭的憂慮，不久每個人都會知道人類面臨的嚴峻考驗。

「當然，在朝覲期間總有人生病，」馬吉德說：「人從世界各地來，也把疾病帶來。腦膜炎、傷寒、霍亂——我們都要應付。去年我們十分慶幸：朝覲期間完全沒有流行病。不過我一直相信遲早會發生這種災難。這是我最大的憂慮。現在我覺得它像是對伊斯蘭的詛咒。這個病來自穆斯林，現在它侵入了我們最神聖的地方。我們是受害者，但是世人會把它怪到我們頭上。」

底下沙漠中出現了其他的道路，然後是利雅德，在地平線上，那是首都，一個比較貼近地面的城市，摩天樓不多。馬吉德避開主城區朝向一個建築群飛去，王宮與諮議會在那裡，周圍是高大的八邊形圍牆。亨利可以看見王家清眞寺的圓頂，一系列建築物，以及其間的道路，布置十分講究對稱，反映伊斯蘭對幾何學的摯愛。

馬吉德指出沙上的一個大黑洞，距王宮不到九十米。「一個禮拜前，葉門叛軍的飛彈炸出來的。你們賣給我們的愛國者飛彈不過爾爾。」

直升機停機坪在圍牆內，接近圍牆。著陸時，亨利注意到砲台，以及大概是馬吉德所說的愛國者飛彈陣列。沙烏地與伊朗神權政府爆發衝突，是因爲伊朗不斷供應現代武器給葉門叛軍「青年運動」，包括差點擊中王宮的飛彈。

一輛銀色勞斯萊斯將他們送到廣大的王宮，亨利在法國、俄羅斯見過的王家氣派相形見絀。門廳牆面裝飾磚的光澤耀眼奪目。這個地方的規模，令他自覺渺小。在一個「十字路口」，他認爲左右兩個方向都長達四、五十米。他們腳步聲的回響，聽來像有一營人馬追躡於後。亨利認爲王權是專制的一種形式，藉著神或民族榮耀的名義維持權力。然而，儘管內心不願，他仍然對馬吉德王子的王家風範有些肅然起敬——王子經過那些侍衛，堂而皇之行所無事。在他感到自在的情境中觀察他的舉止，令亨利開了眼——原來這位朋友有那麼大的權力。

一位王家侍衛向王子行禮，爲他打開一扇巨大的門，裡面是國王的私人會客室，布置得金碧輝煌，像是中世紀的手稿。馬吉德招手教亨利跟著他，走向靠著牆的椅子。部長與其他官員分列於老國王兩側。他手裡撥弄著念珠，注視地毯上的紋樣。他的兒子，王儲，坐在他身旁，不時在他耳邊低聲說話——大概是他剛剛以父王名義做出的決定。

亨利仔細端詳王儲的面孔。他年輕英俊又冷酷無情，習於囚禁、殺害對手，不在乎世人、家人的譴責；有仇必報，連自己家人都頗爲忌憚。

「他們在討論伊朗的事。」馬吉德輕聲說。

亨利等待，即使他知道根本沒有時間等待。

要是房間裡的部長們正在策劃與對手國的戰爭，那就怪了，因爲他們看起來很被動。愁眉苦臉。王儲一個又一個地垂詢，對每個人的意見都報以禮儀性的點頭，暗示他們的意見無足輕重。軍方人員也出席了，他們的制服上點綴著勳表，還有一位盲眼阿訇，蓄白色長鬚，另外是十幾位諮議會成員。亨利不懂他們的語言也看得出來：一個決議已經達成了，大家心知肚明。他也從他們臉上讀出焦慮。要開戰了。

王儲終於招呼馬吉德了，他反應恭謹，但是急切。很明顯，他的話激怒了王儲。亨利聽到他的名字被提起，看見房裡的眾侍臣一致以眼神譴責他。他再一次恍然大悟，他來到此地是大大犯忌——首先是進入他們的宗教聖地，現在是他們的權力核心。

「現在我們可以說英語，」馬吉德對亨利說：「他們許多人會英語。我已告訴他們你是誰以及你的來意。」

王儲首先發難，「我堂兄說你擔心聖城會爆發流行病。我們每一年都要面對這個問題，我們一向自己處理，毋需要陌生人指指點點。我們感謝你的關心，但是我們不想攔阻朝覲者回家。這是完全不可能的。」他微笑了，一副著毋庸議的模樣。

「殿下，在您裁決之前，請容我報告目前的情況，」亨利請求：「我知道裁決的後果會被人究責，我不願您被看成剛愎又輕率的人。那些人或許不理解您的困境，既然您這一方在理上，至少可以提出頭頭是道的答辯。」

王儲的微笑凝固成一副怪相。亨利的說詞流露的侮辱意味，以及其中蘊含的威脅，每個人都明白。這麼一個小人物，非富非貴，站都站不直，膽敢出口傷人，更令人惱怒。國王立即從入定醒來，眼看著亨利。老人臉上明擺著盛怒。

「世界上即將爆發大疫，」亨利繼續說道：「我們擋不住。目前我們在印尼把它控制住了。麥加不同。毫無疑問許多沙烏地人已經到麥加辦日常業務了，他們可能將疾病帶到貴國其他地方。我們很快就會知道。我們確知三百萬名朝覲者有許多人感染了，他們會把這個疾病帶回自己的國家。沒有人擋得住它的進展。我向您要求的是時間。將朝覲者隔離，就能減緩疾病的進展，科學家也許就能搶先一步開發疫苗，甚至找到有效療法。至少，給政府多一點時間準備應付事宜。」

「你建議要多少時間？」

「一個月。」

王儲笑了。「但是這只是流感！」他說：「我們每一年都有流感！我們都會得流感，甚至王家也會！」

「這一個流感更像是現代黑死病。您一放朝覲者離開聖城，貴國就會首當其衝，嘗到這個疾病的十足威力。就像您說的，即使王家都不能免疫。」

王儲看著他的顧問群，不知所措的樣子，這還是第一次。

然後那位盲眼阿訇說話了，他的乳白眼球朝向國王。他說了一些話，馬吉德必須翻譯。「他是『大穆夫提』，他說是伊朗幹的。」[37]

「要是有人幹下這事，他們不是攻擊沙烏地阿拉伯，他們是攻擊人類。」亨利說。言下之意，這不是針對貴國的陰謀。

「這是你說的，」一位諮議會委員說：「但是我們怎麼知道這不是伊朗攻擊我們的陰謀？他們想剝奪我們的正當性。他們指控我們不配監護聖地。這是德黑蘭什葉派獨裁者的行動。他們爲了達成邪惡的目標，不惜摧毀伊斯蘭。因此，你告訴我們：『朝覲者中有黑死病。』我們就問自己：『誰會從中受益？我們知道答案。』」

37「阿訇」是清眞寺執事人員的通稱；「大穆夫提」專指精通伊斯蘭教法，有權頒布伊斯蘭教令的人，因此有政治影響力。

另一位諮議會委員補充道：「西方國家也想摧毀我們。」

大穆夫提又說了一句話。

「他說證據要看什葉派的人是不是也會感染這個病，」馬吉德說：「我告訴他我們會去調查。」

他看見亨利眼睛透露的表情，口內嘟囔說：「我很抱歉，但是我們必須處理這個問題。」

一位軍人，馬吉德說是國家衛隊的頭兒侯枚耶德將軍，詢問亨利他想怎樣實施隔離。「朝覲者的人數比我們的警察或軍人多得太多了，」他說：「而且麥加沒有城牆。群眾向任何方向走都可以出城。我們要用坦克、軍隊包圍聖城，射殺想逃跑的穆斯林嗎？」

「你一定知道，我不是軍人，」亨利說：「你可以把城裡每一個人都看作一個自殺炸彈客。他們不知道自己的身體已經變成了武器。用不著說，他們怕得要死。他們想逃走是人情之常。但是任何離開聖城的人，都帶著死神同行。保護麥加以外的人不接觸病源，是你的責任。」

「可是，放任城裡每個人都因為這個病而倒下？在陌生的地方，身邊沒有家人？要是我們將他們強制隔離，會死多少人？」

「幾十萬，」亨利說：「也許高達一百萬。」

王子、侍臣與國王瞪著他看，好像他瘋了。

「一百萬**穆斯林**。」大穆夫提不耐煩地以英語猛然大叫，好像他的疑心已經證實了。

「要是這個病毒仍舊像現在這麼毒，溜出聖城後遭殃的人更多，」亨利說：「這個病毒的可怕程度，怎麼強調都不為過。我們沒有藥緩解症狀，沒有疫苗制止它的進展。藥和疫苗還是可能問世，要是我們有時間，但是現在我們只能爭取到一點點時間，而唯一的辦法就是不讓朝覲者回家、將病毒一下子散播到世界各地。幾十億人會死。」

「這由眞主決定，而不是我們。」大穆夫提說。

「所有這些朝覲者的需求，我們能供應直到疫情結束嗎？」王儲問一位諮議員。

「殿下，我們試試看，」諮議員說：「但是我們的資源已經很緊張了。」

「我們不能抽調部隊做這件事，」將軍警告，「要是防線大開，等於授人以柄。」

「我們面對的是更大的敵人，」馬吉德迫切地說：「他已經在這兒了。他已侵入我們的聖地。他正在屠殺穆斯林——此時此刻。」

「我們需要時間考慮對策。」王儲說。

「我們沒有時間，我們必須立即行動！」馬吉德說。

「你用這個消息打斷了我們的軍事會議，」王儲說：「你告訴我們：我們沒得選擇。你用這些理論結果嚇我們，要求我們相信你。但是我們有許多其他的重要責任。我們不能同時做每一件事。你的這些說法必須先核實。」

「要是我們不決定立刻做這個，我們會失敗，」馬吉德說：「過了今天，我們做任何事都無補於事。我們現在必須決定。」

王儲盯著馬吉德，眼神變得冷酷。亨利擔心他安全堪虞。突然間國王說話了。語氣尖銳、果斷。王儲、他的顧問，以及大穆夫提魯莽地站起、離開，只留下軍方人員。國王揮手招呼馬吉德過去坐在他身旁，說道：「阻止這場大疫，放手做。」

他們離開王宮時，亨利想到：有時一鍾定音還是比較好。[38]

16 烈士?!

華府終於暖和起來了，東尼．賈西亞決定從《郵報》報社走幾個街區到宏偉的傑佛森旅館──位於十六街與M街十字路口。下午的陽光熱力已衰，即使如此他從陰影下迎向陽光下的時候，仍然可以感到溫度上升，好像他臉紅了似的。富蘭克林廣場（十三街）的樹正在抽芽。看見穿著無袖連衣裙的年輕女性，振奮了他的心情。

他已從那個女人對他的羞辱恢復過來。瑪蒂達．尼欽斯基。他不該知道這個名字的。但是，是她採取主動挑上他的。她下過功夫研究他；她知道他的本事。那是她供應他獨家新聞的理由，那是一個大新聞，也許會讓他──罷了，現在就想普立茲太早了點。但是他已復出，東山再起，絕無疑問。

傑佛森的鵝毛筆酒吧是著名的權力掮客會面地點。黃銅燈，舒適的皮椅，紅木壁板上掛著好幾位總統的肖像。這個地方發出的強烈氣味，源自財富、歷史、權力。你只要走進這裡，就會覺得自己是個人物，舉足輕重。賈西亞朝搖酒壺的聲音走去，酒保正在調製雞尾酒。

「我來見理查．克拉克。」賈西亞說。

酒保示意他到酒吧後面的包廂。賈西亞從未留意過那裡的包廂。裡面都是書與十九世紀美洲原住民的圖像，是用平板印刷術製作的。克拉克正在講電話，都是簡單明確的答案。白髮，髮際線已向後退，臉上有雀斑，透露了以前他是個紅髮漢子。戴眼鏡，藍色西裝，不懷好意的微笑。他示意賈西亞坐下。賈西亞順從地坐下，拿出錄音機放在兩人之間的咖啡桌上。克拉克搖搖指頭，賈西亞就將錄音機收起來。

他從未見過克拉克，但是他知道克拉克是何方神聖。他在白宮服務過三任總統，最重要的職位是小布希總統麾下的反恐大將。現在他經營顧問公司，業務重心在企業風險管理與戰略資訊。但是他之所以能提供有用的服務，是因爲他提攜了無數後進，部署在各種政府機關的要路上。在批評者眼中，這使得他更危險——克拉克可以影響政府內部的運作。在這個貪婪的城市中，幾乎沒有人那麼精打細算地培植在政府中實際負責政務的人。他們的回報是：情報。

在更多的可、否之後，克拉克把手機擱到一邊。「有什麼指教？」

「二〇一七年沙烏地阿拉伯遭到網路攻擊，從這裡開始。」賈西亞說。

「那是一個問題嗎？」

「你同意是俄羅斯幹的嗎？」

「大家都那麼說。」

「大家怎麼會知道？」

---

38 沙烏地阿拉伯現任國王沙爾曼（Salman bin Abdulaziz Al Saud）於二〇一五年一月即位，那一年他八十歲；王儲穆罕默德・沙爾曼出生於一九八五年。

克拉克聳聳肩。賈西亞懂了，有些人提供資料的方式類似化學家使用的滴定法，以最小單位的資訊當試劑，測量對手的資訊濃度。克拉克就是這種人，他要先掂掂回報的斤兩。

「我報導過奇幻熊。」賈西亞說，吊他胃口。

「現在你報導電影。」

要這樣耗下去嗎？

一位女侍進來。克拉克點了吉普森[39]。賈西亞跟進。

「這麼說吧，我得到了一條內幕消息，正在循線調查。消息來自政府中人。相當高層，」賈西亞滿懷希望地說：「有關俄羅斯滲透美國的公共設施。」

「噢，蒂迪的業務，」克拉克說：「她一直在兜售這個故事，只要記者願意聽她就願意講。」

「啊，我承認我就是那個願意聽的記者。」賈西亞說得有氣沒力的。

「我喜歡蒂迪，」克拉克說：「她聰明。有點兒執迷，但是她那份工作需要她那樣。你想知道什麼？」

「首先，我們的結論。我們認爲攻擊沙烏地的是俄羅斯。怎樣得到這個結論的？」

克拉克笑了，皮笑肉不笑。「那可不是個蠢問題，」他說，好像他在表揚賈西亞。「事件發生的時候，我假定是伊朗幹的，每個人都這麼想。他們以『抹煞』軟體攻擊過阿美石油，報復二〇一〇年遭受的『震網』病毒攻擊。把阿美石油的軟體全都刪掉。三萬個工作站。沙烏地必須到全世界收購硬碟。但是沒有人眞的受到傷害。二〇一七年的攻擊看起來像是伊朗有意升級鬥爭，不惜流血。那時我們還沒有察覺俄羅斯的角色。現在我們知道，攻擊軟體的編碼來自著名的中央科學（化學／力學）研究院，那是蘇維埃時代的老機構。」

「他們的動機呢？」

「可能是試營運。俄羅斯在烏克蘭發動過許多次，例如沙蟲，一開始只是試身手，然後才玩眞的，使電網停擺。奇幻熊也一樣。在他們操弄美國政治之前，只是拋出一堆假新聞練身手，等到技術純熟他們才啓動機關。」

「我仍然不懂爲什麼俄羅斯會攻擊沙烏地阿拉伯，就算他們打著伊朗的旗號，不願人知是他們幹的，也要有個理由吧？」

「不妨這樣想，」克拉克說：「沙烏地阿拉伯與伊朗開戰，怎麼會對俄羅斯有利？」

「石油價格會一飛沖天，拯救俄羅斯的經濟。」

「想得深一點。」

「會導致俄羅斯與美國的衝突。」

「我不信，」克拉克說：「普丁是個很小心的人。他要把美國拖入中東的泥淖中，越陷越深，而不要跟美國眞正開戰。」

「伊朗何不立即攻擊阿拉伯油田？摧毀沙烏地的經濟？」

「那不是他們中意的目標，」克拉克說：「沙烏地的油田大部分在東部省，那裡大部分人是什葉派。伊朗想兼併那裡，控制沙烏地的資源。他們弄到許多飛彈，以及沙烏地所有海水淡化廠、電廠的

---

39 吉普森是類似馬丁尼的雞尾酒。

座標。失去了水電，沙烏地阿拉伯還剩下多少？」

賈西亞默記克拉克說的每一句話，但是一切發生得太快了。「那麼這如何影響美國？」他問。

「我們會被拖入另一場長期鬥爭。幾十年。美國國力因而榨乾。同時俄羅斯會關閉我們的電網，就像蒂迪說的。」

「於是我們就會停電一陣子嘍？」

「情況會更嚴重。你還記得二〇一八年九月波士頓北部郊區發生的氣爆嗎？房屋爆炸。救火隊必須同時應付八十起火災。只因爲某個技術人員，也許嗑藥了，無意中將瓦斯管的壓力提升到正常值的三倍，造成瓦斯外洩。一遇到火花就爆炸了。想像一下，要是你控制全國的閥門與壓力，你所能造成的損害！水廠、核子電廠。它們有許多都使用同一種西門子控制系統，它也是沙烏地民生設施的門神。他們會炸掉變壓器、發電機，關掉電力幾個月、甚至幾年。俄羅斯潛艇在海底偵伺通訊纜線。他們可以切斷網際網路，或者破壞它的功能，使它癱瘓。這個國家賴以生存的幾乎每一件事都可能暫停。」

「那俄羅斯不也一樣？我們可以玩同樣的遊戲，不是嗎？」

「他們對基礎建設有較大的控制。管理基礎建設非常嚴格。也許他們有專門的程式，能將系統控制與網際網路隔離開來。因此，要是網路戰爭開打，把支撐文明的基礎建設當目標，他們有競爭優勢。」

「你談的這一切，我可以引用你的話嗎？」

「我還沒決定，」克拉克說：「等你快要發表什麼的時候，我會讓你知道。」

後來克拉克的確同意了，但是結果一樣。賈西亞的報導刊登在《華盛頓郵報》（*Washington Post*）頭版，獲得好評，然後遺忘。

亨利的網路電話接通美國CDC總部的時候，馬可已經從印尼回來了。「你蓄了鬍子。」馬克打量著他。

亨利連忙以手擋住下巴。「我的時間太少了，因此我想省下刮鬍子的時間，」他說：「你認爲吉兒會贊成嗎？」

「很好看的鬍子，我認爲你應該留下去。」

亨利笑了。「我會好好考慮。」

「對了，巴特列少校在這兒與我們一起。」馬可說。

亨利馬上認出了她。「珍！」他喊：「看到妳是我們團隊的一份子，我就放心了。」

巴特列臉紅了。亨利是她的英雄。她與馬可以及許多年輕的流行病學家一樣，先跟隨亨利實習，然後選擇了公衛生涯。

「你仍然在沙烏地？」馬可問。

「我必須在這兒，一直到隔離檢疫就緒爲止，」亨利說：「你們發現了什麼？」

「一些意料之外的事，」馬可說：「你想猜猜看嗎？」

「先前的疫情。」亨利說。

「嘿！逗你眞不好玩。你怎麼知道的？」

「你知道的，一九一八大流感就是那個狀況：學者發現了病毒的前驅。用不著說，比較溫和。年紀大的人的確有一些免疫力。表示類似的病毒株必然在十九世紀就已經流行了。但是它們後來突變了，變成要命的殺手。」

「以恐溝里流感來說，病源是中國，」馬可說：「疫情爆發過兩次，一次是在扎龍，去年十月；一個月後另一次在鄱陽湖。我們認爲共有七名死者，但是中國還沒有發表任何訊息。世界衛生組織派了獸醫去調查水鳥，結果在鶴的身上發現了恐溝里病毒。謠傳北韓爆發過嚴重的疫情。巴基斯坦部落區現在有疫情，伊朗北部也許有鳥兒成群死亡，除了全部都無法核實教人生氣之外，這些線索的共同點在哪裡？」[40]

「候鳥遷飛路線。」亨利說。

「一點不錯。因此看來是鳥兒也許在西伯利亞接觸了某個東西，然後飛到鄱陽湖，那是中國第一大淡水水體，各種野鳥共有幾百萬隻在那兒匯聚。牠們在那裡過冬，交換病源，也許一隻鳥同時感染了兩種不同的流感病毒。那些病毒重組遺傳物質，分享基因組次單元，於是乎說時遲那時快，『恐溝里』就誕生了——自然界最要命的生物。」

「但是爲什麼我們過去從未見過它？」巴特列問：「全新的流感病毒類別。血球凝集素完全獨一無二，與A型流感、B型流感的任何一個亞型都對不上號。它沒有神經胺酸酶，我們很難下手攻擊。還有，它的ＰＢ１基因與一九一八年的完全一樣，」指西班牙流感最要命的致病蛋白質，「它非常毒，防線堅強，行動迅速。簡直無懈可擊，不由得你不佩服。」

「好像是爲了追求致命效果設計出來的。」亨利評論道。

「你可當眞？」巴特列問：「你認爲這玩意是人造的？」

「生物武器一直是強權武備中的一部分。要是這玩意兒眞的是實驗室調製出來的，我們不該驚訝。我們知道俄國人操弄過流感病毒。都是優秀的科學家。也許他們想知道能做什麼，是不是有什麼與自然合作的辦法，製造終極武器，摧毀敵人又不留指紋。」

「除非他們也研發了疫苗，那才合理。」巴特列說。

「或者他們根本不在意自己的生死，」亨利說：「要是他們認爲自己會成爲烈士的話。」

「對蓋達而言，這似乎太高深了。」馬可評論道。

「我們知道蓋達企圖購買生物武器，」亨利說：「還有奧姆眞理教。有微生物學家爲他們工作，都是科學家，要是他們擁有我們現在的技術，就能編輯微生物的基因。我們不應低估任何恐怖組織製造新奇病毒的能力。」

「我只是無法想像一個眞正的科學家會做這種事。」馬可說。

亨利沒說什麼。那是他不願分享的過往。

朝覲最後一天，黎明前一小時，仍想睡的朝覲者被直昇機的怒吼吵醒了，滿天都是，怕不有幾百架。大多數人已整理好行李，早上隨時可走。前往機場的巴士正在現場待命。但是到了宣禮員招呼大家禮拜的時候，麥加已經被坦克與吉普車包圍了。軍人駐守在路障旁，拒馬上還展開了帶利刃的鐵

40 扎龍位於黑龍江省齊齊哈爾東南二十六公里處，是世界最大的丹頂鶴繁殖地。

絲網。

馬吉德與哈山上校在俯瞰麥加的突出高地祈禱，亨利從他們的營地觀察圍城部署。他沒有禱告，而是反思他犯的所有的錯。他沒有做好準備就進入恐溝里，只有最低限度的防護，一心只想早一點回家。他不該在狀況不明的時候讓司機陪他進入營區，可憐的班邦。他不該在弄清楚班邦有沒有感染之前就讓他離開。他沒有堅持班邦必須隔離檢疫，禁止離境。這些過錯都讓亨利良心不安。他不該這樣浪費心力責備自己，但是他無法原諒自己。他知道他永遠不會原諒自己。

現在，在他的敦促下三百萬人被包圍起來，無異囚犯。許多人會死。遲早這個病毒會找到離開這座城的方法。不管怎樣，它已經在禽鳥中播下了種子，很快就會出現在鳥兒停留的任何地方。一場大疫是逃不過了，歷史將會改觀，充其量亨利只不過延緩了它的腳步。政府垮台。經濟崩潰。戰爭爆發。人類最狡猾最無情的敵人就是微生物，爲什麼我們會認爲我們這個時代已有免疫力，不畏它們的攻擊？

禮拜結束後，馬吉德進入通訊帳篷。看來他即將宣讀的公告像有幾千斤重，以至於步履蹣跚。「兄弟姊妹們，眞主已經選擇了我們做偉大的犧牲。」他對著麥克風說。他一面說，一面有幾十名人員同步翻譯，透過聖城各地的擴音器放送。他對已經進入麥加的傳染病做了說明。「防制這個可怕的疾病散布出去，是我們的職責。請保持冷靜。我們會滿足你們的需求。食物會供應。醫護人員會照顧病人。我們會保護你們。但是你們絕對不能離開。」

亨利望見朝覲者麇集在聖城邊上，向外盯著車輛裡、槍座上的軍人看。甚至馬吉德仍在說話，一位年輕朝覲者就動身向前——挑釁地，朝向尚未布置路障的空間行進。緊張不安的軍人看著他逼近。

「我重複一遍，」馬吉德說：「不要打算離開。」

突然間，那位年輕人拔腿便跑。他身後，其他朝覲者蜂擁而上。然後亨利望見那位年輕人的身體被機槍子彈撕開。那群朝覲者戛然而止。他們的痛哭之聲侵越而來，播揚群山。

「求眞主寬恕，」馬吉德王子說：「求眞主接受我們的痛苦犧牲。」

第二部

大疫

17 人民不會原諒

吉兒已經有四十八小時沒有亨利的訊息了，這頗不尋常。他幾乎總是每天報到，特別是知道吉兒會擔心他的時候。現在她焦慮得不知如何是好，電話卻一直沒響。連電子郵件都沒有。

最後，她發了一則訊息：「好嗎？」

回覆終於來了：「很好。抱歉。再說。」

那天晚上，孩子上床後，她在國家廣播公司的有線台上看到一則新聞：有一個男孩在麥加遭到射殺。原來他來自伊朗庫姆，是一位阿亞圖拉[41]的姪子。伊朗政府極爲憤怒，語帶威脅地要求交代，不過對於如何交代則沒有明確的說法。CNN在麥加的記者則說，醫院還沒有提供任何資訊，疾病也好、病人數目也好、甚至已有多少死者，都諱莫如深。「他們非正式地告訴我們，他們不想製造驚惶，但是不提供可靠資訊反而讓人不明就裡，不知誰可以信任。」

十點過了一會兒，亨利終於來電了。

「老天爺，你那裡是幾點？」吉兒問。

「非常晚，」他說：「我剛剛才有機會打電話。」

「我知道要不是太忙你絕對不會這樣對我，但是，說眞的，亨利，我擔心得要死。你看來累壞了。啊，你臉上是什麼？」

「我留了鬍子，」他說，有點兒害羞，「鬍子讓我在這兒不會太顯眼。要是妳不喜歡我會刮掉。」

吉兒仔細端詳螢幕上的粒狀影像。「等你回家再做決定不遲。什麼時候？」

「說實話，吉兒，我不知道。他們需要我待在這裡，但是我想回亞特蘭大，那是一定的。主要的問題是，隔離有時程，而且令人驚訝的是，在沙烏地，除了麥加其他地方都沒有流感病例。」

「我有看新聞，」吉兒說：「許多人說你們對疫情反應過度。」

「誰那麼說？」

「伊朗駐聯合國大使宣稱那只是一般流感，伊朗代表團裡沒有人生病，他們都要回家。他們強烈要求解除隔離，讓他們立即返家。」

「那是謊言，」亨利說：「伊朗朝覲者像其他每一個人一樣會中鏢。他們在搞地緣政治，與他們公民的健康毫無關係。」

「我只要你脫身回家。」

「我也想脫身，比什麼都想，一旦可以我就馬上回來。但是聽我說，吉兒。這個病不會只待在麥加。即使我們能將朝覲者扣留在這兒，捱過這一波疫情，它仍在禽鳥身上。我不知道還要多久它才會登陸美國。也許一個禮拜，也許一個月。我要妳帶孩子到妳妹妹的農場去。帶兩個月的日用品。不要

41 阿亞圖拉是伊朗什葉派重要領袖。

見任何人。甚至不要拆郵件。窩在那裡長期抗戰，等我回來。」
「我知道你關心我們，但是說眞的，亨利，要考慮的事太多了。我不能丟下一切，不打個招呼就跑到瑪姬家去長住。」
「拜託，吉兒，我知道現在看起來很安全。但是這個病移動得非常快。我求妳了。走吧。到離家很遠的地方，距其他人越遠越好的地方。帶孩子躲起來，直到疫情平靜下來。」
亨利從來沒有聽起來那麼害怕過。
亨利看見馬吉德一個人站在那兒，看著圍城裡的燈光。看見他的朋友正在爲自己的重大決定而自責，再度喚醒了他的愧疚：未能阻止疫情。兩人站在一起，沉默了一陣子。「我們做的事，會毀掉我們，」馬吉德說：「這個，」——他示意眼前的麥加——「人民不會原諒，無論結果是什麼。」他吸進一口氣，清理思緒，「告訴我，亨利，疫苗的前景如何？」
「我與阿米德醫師談過，」亨利說：「他提供了最近一個病人的檢體。CDC拿它與我在恐溝里採取的比對。已經有變化了。」
「那可能是好消息。」
「是的，也許。但是也可能病毒變得更容易傳染，更致命。問題是，我們也許能爲手上的病毒設計疫苗，但是我們只能猜測病毒會怎麼演化。」
「我們必須給他們提供某個希望，」馬吉德說：「某個理由，好接受眼前的折磨。」
「我在CDC的團隊認爲他們已分離出病源。要是他們是對的，他們也許能夠在兩個月內搞出一個疫苗，做初步的安全測試[42]。」

「太晚了。」馬吉德說。他再度看著麥加。大清眞寺十分亮麗，像黑暗海洋上的一艘大船。「說眞的，我不知道我是否能信任自己的部隊。把他們的兄弟姊妹扣在聖城裡，像犧牲一樣奉獻給這一惡疾，許多人說這是反伊斯蘭的陰謀。」

馬吉德的聲音有異，亨利因而問道：「**你**怎麼想？」

「我等著看。」他說。

第二天上午，馬可用Skype與亨利通話。「複雜又不確定，」他解釋道：「我們從倖存者身上抽取全血，在他們感染之後七天。就在那時，不早不晚，有一種獨特的細胞類型，我想你一定知道——」

「漿母細胞。」亨利說，忖度著自己怎麼沒有想到。

「是的，它能製造針對感染病源的抗體。」

「你克隆那些基因，生產合成抗體。」

「正是那樣。我們再用合成抗體激發自然的免疫反應。」

「要花多少時間？」亨利問。

「找到克制病毒的最佳抗體，至少幾個禮拜，然後再花幾個禮拜製造細胞株，然後花一個月整量產。那不是眞正的疫苗，用不著說，但是它也許可以提供某種被動免疫。當然，只有極少數人能利

42 即第一期臨床試驗。

用。但是要是我們不做些什麼阻滯疫情的進展，我們一點機會都沒有。」

亨利以手指輕點雙唇，陷入自己的思緒中，搜尋其他人還沒有想到的點子。「有這麼一個研究，」最後他說：「關於輸血，在一九一八。」

「你記得作者嗎？哪一份期刊？」馬可問。

「我只記得：一百年前有些醫師面臨的處境與我們現在的一樣。他們做了某個嘗試，我認爲也許有效。」

「我會找出來。」馬可說。

馬吉德進入帳篷，耐心地等亨利結束通話。「方便談談嗎？」他問，「有新的情況。」

王子重重地跌坐地毯上，略無平日的優雅。很明顯，這幾天下來他已筋疲力軟。兩人只睡了幾個小時而已。

「不關流感的事，是王儲與顧問在那天談的事，」馬吉德說：「我剛剛才知道，我們有一個堂妹被暗殺了。阿米拉。她到西西里度假。非常漂亮，年輕，崇尚自由——至少以我國的標準而言。你們有一份雜誌，《時尚》（*Vogue*），拍了一些她的照片，引起物議。許多人譴責她。特別是伊朗，指控她是放浪女，我們家族已墮落的證據。因此，也許是某個自覺受冒犯的穆斯林團體決定謀殺她。但是我們的情報單位告訴我們，有一個刺殺小組，伊朗革命衛隊派的，跟蹤她，在她游泳的私人海灘上捉住她，把她摁在海水裡淹死。」

「你認爲這是報復嗎，我們殺了那個想逃跑的年輕人？」

「似乎可能。無論如何，王儲與他的顧問正想找理由與伊朗開戰。他們要求美國加強在波斯灣的部署。」

哈山上校突然打斷他們。亨利注意到他的右眼緊張的抖了一下。他的兩手顫抖。這個人正蓄勢一觸即發。「什麼事，哈山？」馬吉德說，顧不著儀節了。

「我們擔心會發生集體脫逃，」他說：「我們以無人機監控四個分布在不同地點的龐大人群。他們不屬於任何一個朝覲團。看起來一些煽動家想奪取大清眞寺的控制權。裡面的警力阻擋不了，他們甚至可能與暴動者沆瀣一氣。」

馬吉德一面沉吟這一情報，一面深長地嘆了口氣，若有所思。「我們不該叫他們暴動者，」他說：「他們是囚犯，沒有罪名就扣押了，也許等於判了死刑。告訴我，哈山，如果你是他們，你會做什麼？」

「殿下，我一直忠心耿耿，但是我相信我叔叔也在裡面。他是個好人，我父親的弟弟，在國家衛隊待過許多年，現在包圍全城的是他自己的部隊。這倒不是不尋常。我們的人，許多人都有朋友或親戚在裡面。」

馬吉德點點頭。「哈山，我還沒告訴你，但是我妹妹也在那裡，她的第一次朝覲，現在我已發布了可能會導致她死亡的命令。她的孩子一再打電話給我，我能告訴他們什麼？對我們所有人這都是私人的事。身爲兄長，我義憤塡膺。但是身爲衛生部長，我是關他們的人。我不能找良心商量，因爲我得不到確定的答案。」

就在那時，他們聽見揚聲器嘎吱作響，原來是清眞寺裡某個人打開了宣禮員講台上的麥克風，顯然是生手。現在不是禮拜時間。「穆斯林兄弟們！」一個年輕人以尖厲的聲音喊道：「我們非得死的像關在籠裡的動物嗎？我們有幾百萬。他們無法把我們殺光。但是，要是我們待下去，每個人都死定了！」

馬吉德與上校走出帳篷，到前方岩石隆突上張望。亨利恭謹地跟在後頭。現在發生的事將會決定情勢的發展，他想。陷在城裡的每一個人都渴望活下去，但是許多人已是死神的載體。即使他們設法脫逃了，也躲不過死神。不管他們到哪兒，都隨身帶著疾病，他們會將它傳染給他們最在意的人——孩子、配偶、老師、朋友、同事。一個吻，一聲咳嗽，不經意的握手，都能殺人。有些人受盡折磨後能倖存。有些人有免疫力，不受侵犯，科學家仍不清楚其中的玄機。但是大多數被感染的人都要面對另一種命運。

「這是謀殺伊斯蘭的陰謀！」那個年輕人的聲音在山上迴盪：「把我們關在這裡的人在為我們的敵人服務。他們正在殺害我們的兄弟姊妹！我要對他們說，你會下地獄！」

朝覲者鼓起勇氣，宣示決心，即使隔得那麼遠，在山頭上張望的人都能聽到隆隆聲，像是一場巨大的暴風雨正在逼近。

「我們必須阻止他們，」馬吉德對上校說：「告訴指揮官：不准任何人突破防線。立即開火擋住潮湧。先打死帶頭的。」

上校衝進通訊帳篷。

亨利十分好奇，山下軍人荷槍實彈的，在想什麼？他們會將那些群眾視爲穆斯林兄弟嗎？他們被圍困、沒有自衛能力、不公正地扣留，許多人是朋友或家人，只求平安回家。或者，他們在群眾臉上看見的是死神，如果他們突圍成功，可能有更多人會死。

「奮起吧，穆斯林兄弟！」那個年輕人高喊。

一聲巨大的喝采揚起，不久之後，幾萬名穆斯林聚集在聖城周圍，反覆吟誦「眞主至大！」不久人數已達幾十萬。等到人潮向封鎖線蹣跚前進，吟誦轉而成爲怒吼。速度快的人先抵達，開始攀爬，然後自動武器擊發了，槍聲大作，有人倒下。像一個生物個體的群眾慢了下來，但是並沒有停下。來自後面的壓力將整個群體向前推送，踩踏著帶頭者的屍體，槍枝繼續開火，但是已經稀稀落落了。群眾的力量令位於前鋒的人衝撞路障，然後拒馬倒下，解放的穆斯林衝向沙漠，經過不再開槍的軍人。

18 禽鳥

吉兒準備上床睡覺的時候聽到了新聞。國際社會對沙烏地阿拉伯實施隔離，因此民航機停飛，邊境關閉。油輪返航，放棄沙烏地的港口。幾百萬名朝覲者無法返家。

亨利也走不了了。

「這是必要的預防措施。」他終於找到時間來電告訴她。

「但是亨利，這裡大家都需要你！不只是我們，國家需要你！凱瑟琳與馬可都打電話給我，要我**想辦法**把你弄回來。因此這不只是一個絕望的老婆的懇求。你的同事需要你！我需要你！你的孩子需要你！」

「吉兒，我想回家，眞的！我已經與我們大使館的人談過。我以爲他們一定有外交航班或至少有軍機。」

「結果？」

「他們沒有。這是全面封鎖。都是爲了『穆斯林流感』。這只是不准他們離開的藉口，但是也可能有利於阻滯疫情進展。」

「亨利，你並不眞的贊成這個做法，對不對？」

「這麼說好了，他們正在以錯誤的理由做正確的事。我們沒有多少工具對抗這個疾病。每一次我們想以隔離困住它，它都能找出辦法溜出去。但是我們已經贏得了一些時間，這次我們也許可以贏更多。但是，當然，那樣我就回不了家了。」

吉兒只有一個想法：亨利困在一個爆發大疫的國家裡，那個疾病的破壞力他們有生以來從未見過。

馬可的臉出現在螢幕上。一開始，亨利以爲他也許病了。他看來筋疲力竭，全都寫在昏花的雙眼、憔悴的面容上；螢光凸顯了這個印象。「你還好嗎？」他說，想掩飾他的憂慮。

「我好極了。」馬可說，咧著嘴笑。馬可還是馬可。「順便說一句，我挖出了你提到的那個研究，」他說：「我不知道你怎麼能將所有這些東西裝進腦子裡。」

那是二〇〇六年在《內科醫學年鑑》（*Annals of Internal Medicine*）發表的論文，評估當年爲一九一八年流感開發出的一種新療法。作者分析了當年的八份研究報告，全都是在大疫期間做的，因爲那時根本沒有有效的療法——正如現在。由於絕望，那時有些醫師乞靈於輸血，將倖存者的血清或血漿注射到已發病的病人體內。「都是很糟的研究，」馬可說：「沒有隨機試驗。沒有報導劑量，沒有標準化。那時仍是戰時，出版要受審查，負面結果也許因此不能發表。總之，研究品質並不理想。」

在CDC病毒實驗室，馬可坐在他的桌前，同事集合在他四周，正是亨利渴望回到的地方。他們的面孔，與馬可的一樣，展示了睡眠不足的各種結果，但是他們的眼睛也閃耀著希望之光。

「然而……？」亨利問。

「然而致死率的確下降，而且測量得到。」

輸血本就有風險，每個人都知道，包括可能致命的肺臟損傷。這是最後一招。平常輸血，施與受雙方都必須測試，捐出的血還要篩檢傳染病原。這個過程必須在非常清潔的環境中進行。要是成功了，潛在的病人一定會比倖存者多非常多，導致極具煽動性的問題：誰優先，誰排後面？

「我還發現了其他的東西，更接近現在的。」馬可說。那是發表在《新英格蘭醫學學報》（*The New England Journal of Medicine*）的一篇報告。二〇〇六年六月，一個中國卡車司機驗出禽流感病毒陽性，那是正在家禽中流行的傳染病，而且根據通報資料，人感染後死亡率非常高。那位司機發病後四天，才到深圳一家醫院就診。醫師處方抗病毒藥，但是沒能抑制病情。出於無奈，醫師動用了幾個月前一位倖存者的血漿。兩天內輸了三次，每次兩百毫升，「三十二小時後，就檢驗不出病毒負荷量了。」馬可說。

「請巴特列少校說話。」亨利說。

一會兒後，巴特列少校的面孔轉進了視野。

馬可解釋了目前的困境，她一聽就懂。輸血與單株抗體不同，抗體可以純化、測試、大量生產。另一方面，使用輸血的話，一名痊癒的人可以供應足夠的血漿同時治療好幾名病人。

「你說的是過去一百年只有一名病人因而獲救的先例，」巴特列評論道：「我看不出我們怎麼能夠依據那個先例做政策。ＣＤＣ願意推薦這個療法嗎？」

馬可等亨利回答。「必須先做人體試驗。」亨利承認。

「因此，再等六個月，」巴特列評論道：「要是聯邦醫療保險與民間醫療保險業者不支持的話，誰來爲這個療法出錢？」

「你不能要求衛生部把它視爲公衛緊急狀況嗎？」

「亨利，我當然可以，但是那不會解決保險的問題。這個療法從沒做過人體試驗。這些研究不可靠也不完善。給醫生帶來的醫病糾紛很難對付，甚至可能無法對付。」

「但是要是你治療的是感染了恐溝里的病人——高燒、病毒負荷量爬升、任何療法都不起作用——妳建議怎麼做？」亨利問：「妳怎麼辦？」

「**任何事**。」巴特列答道，聲音因激動而變調。每個人都認得那種情緒。他們都失去過對自己重要的人。他們知道接下來會發生什麼。

儘管大眾恐慌，實際上並沒有證據顯示恐溝里已在美國流行。明尼蘇達州明尼亞波利斯[43]爆發了溫和的疫情，很快就遏制住了。指示病例是一位中東來的旅客，剛好可用來餵養「穆斯林疾病」陰謀論。結果他是福音派基督徒，是到聖地巴勒斯坦去觀光的。他怎麼感染恐溝里的，仍是個謎。

同時，雙子城有一千兩百人感染季節性流感，幾乎所有人感染的都是A型流感H1N1亞型，一九一八年流感病毒的後裔——仍然是毒性較強的病毒株，二〇一七年有八萬名美國人因而死亡，全世界合計五十萬。但是只有四個病人是恐溝里陽性，包括那名旅客，他們都存活，成爲支持病毒株競

43 明尼亞波利斯與鄰近的聖保羅市合稱「雙子城」。

爭理論的證據：競爭力強的流感病毒株也許可以提供某種免疫力，抵抗新的流感病毒株。

第二次出現恐溝里的地方是阿肯色州小岩城。相對來說，那裡A型流感不怎麼流行，恐溝里在那裡傳染力更強。不過毒性仍然在大家對季節性流感的印象之內。一星期後，賣日用品的商店重新開門，其他行業緊隨其後。重啓邊界、讓經濟呼吸的政治壓力越來越大。在沒有通報過恐溝里確診病例的地方，民眾認爲他們仍然是安全的，至少在那個時候。

然後是賓州費城。

在所有遭過傳染病大疫重擊的城市裡，費城的歷史教訓最多。一九一八年，費城人口約有兩百萬，官員腐敗又無能，因而受到西班牙流感的重創。先是死了幾百人，接著是幾千人，光一九一八年十月的一個星期就死了四五九七人——疫情爆發前死亡總人數的十倍。醫護人員奮不顧身全力工作，死亡率最高。挖墳的人不是死了就是跑了。累積的屍體成了必須處理的公衛問題，但是它的另一個影響更大——打垮了城裡的士氣。病人在家裡死亡，留在家裡許多天；墳場抬高了埋葬的價錢，迫使家人自己動手掘墓。最後，市政府動員怪手挖掘集體墳墓，讓神職人員在屍體投入壕溝的時候做入土祈禱。

一個世紀之後，恐溝里悄悄溜進城，神不知鬼不覺地四處播種。復活節那一天，幾十萬人上教堂做禮拜，許多人接觸了感染源——感染不久的教友。幾天後，費城爆發大疫，束手無策。

位於費城西城區的長老會醫學中心，與任何大城裡的醫學中心一樣，人員設備齊全，足以處理流行病，但是不可能應付幾千名重症病人。費城四周城鎮與紐澤西州的每一家醫院都不能。

費城市長雪莉·傑克森研究過大疫的歷史。她母親以前是護士，因此她是在醫學這一行的氛圍裡長大的。她到約翰．霍普金斯大學參與過針對致死大疫爆發的桌面推演（table-top exercise, TTX）。她知道應變方案。她性格果斷。恐溝里在沙烏地阿拉伯以外的地區一出現，她便啓動應變指揮系統，負責地方官員、醫院、緊急應變人員與聯邦機構之間的協調。她還連繫了公共衛生局的巴特列少校，因爲巴特列不僅是白宮聯絡官，還負責協調各城市的公衛對策。傑克森市長向聯邦衛生部全國戰略儲備要求更多的醫療補給。她打電話給費城大都會地區三個醫學院的頭兒，請求他們立即訓練學生應付緊急醫療之所需。大都會地區所有第一線應變人員都收到紅外線熱像測溫儀，可以接在智慧型手機上，以便迅速偵查發燒病人。臨時醫療空間開設在南城區的富國銀行中心，費城七六人隊的主場館就在那裡。沒有一個大城市的領袖爲大疫侵襲做過更好的準備。《紐約時報》在頭版稱頌她的領導才能。

傑克森市長始料未及的是驚恐。自殺他殺案件都增加，數量驚人，以及仇恨犯罪，特別是北城區，那裡有很大的穆斯林社區。那時這個疾病的源頭大家已經知道了——印尼一個穆斯林同性戀者拘留營。陰謀論者煽風點火，硬說恐溝里是敵人的密謀。根據一個理論，這個疾病是穆斯林製造的，目的在摧毀基督教文明。另一個理論則假定製造這個病毒的是新納粹主義科學家，目的在消滅穆斯林。第三個理論則臆測，這是一場對付同性戀者的世界大戰。這些奇幻故事透過社交網站傳播，起先由俄羅斯網路機器人投送，再由謠言販子轉傳，在遠端挑撥離間，鼓勵民眾走上街頭——與反覆警告他們在家避難的政府官員作對。費城主要清眞寺的伊瑪目[44]敦促他的教民不要理會陰謀論，但是在他發表談話的時候，兩枚燃燒彈丟進了清眞寺。

44 伊斯蘭領袖。

過去，從來沒有人把雪莉．傑克森當做這個國家的偉大民權領袖。她的先生是美國聖公會牧師，死於癌症，然後她才步上政壇。她從政，是因爲爲民服務爲她的痛苦帶來了意義。她知道如何對受驚或傷痛的人說話，那是本能。「費城正遭受考驗，」有一次她在每日例行的視訊顧問會議上評論道，她坦誠得極爲露骨：「我們的醫院癱瘓了，不只因爲許多醫生護士犧牲了，還有技術人員、醫療助理、復健師、藥師，以及——非常關鍵的——清潔工人團隊，醫院有些設施因而無人打理，結果死於細菌感染的人比死於這個流感的還多。」接下來她繼續描述疾病與恐懼如何毀掉了殯葬業。民營救護車可說全面停駛。她徵用了聯邦快遞與優比速（UPS）的卡車當做移靈車，將屍體送往集體墳墓——在公家公園裡匆匆挖出來的。無數的屍體無人出面料理，或下落不明。「費城仍然是充滿兄弟之愛的城市，以後也是，永遠是。費城人就是那樣。無論你在網路上讀到什麼，或是別人想怪罪的是誰，我們的職分是愛我們的兄弟姊妹，在這個苦難的時刻去安慰他們，團結我們的社群。保持冷靜，敞開心房，協助有需要的人，我們一定能一起度過難關。」市長鼓舞了費城民眾，起身迎向挑戰，志願到當地醫院服務，並協助處置屍體的陰森任務。她以身作則，照料街友，新型流感對他們的打擊特別嚴峻。

疫情爆發第十天，傑克森市長死於恐溝里流感。對費城而言，這是令人洩氣的一擊，費城從未完全復元。而傳染病散布開來了。

一名阿肯色州農民死於恐溝里流感。當時對他的死因所知不多。他是一個小山城裡的童子軍領隊，一個週末他帶著童軍隊到小岩城去，因此大家以爲他是在那裡感染的。但是他帶領的童子軍沒有一個生病。他死後一個星期，ＣＤＣ得知他是雞農，立即發布警訊，通知全國公衛官員注意家禽中的感染病。

瑪莉露・蕭娜席是美國農業部駐聖保羅[45]辦公室的在地獸醫。她的職責是確保出口農場動物的健康。可別小覷這個工作——整個產業可以在瞬間崩塌。二〇〇三年十二月，檢疫人員發現華盛頓州有一頭乳牛感染了狂牛症，超過三十個國家立即停止進口美國牛肉。明尼蘇達州對禽流感特別敏感，因爲它是美國最主要的火雞產地，全州六百個養雞場，共有五千五百萬隻火雞。可是明尼蘇達州恰好是候鳥的中途站，那些鳥飛的是密西西比線，北起加拿大北冰洋岸，南迄佛羅里達州墨西哥灣海岸。[46]

瑪莉露把車開上二十三號州內高速公路，她的同事艾米莉・嵐考同行，艾米莉是州農業部的獸醫。兩人以前搭檔過，這次她們自願走這一趟，是爲了可以聚一聚。她們在大學裡都參加過清唱合唱團，開車出遊、一路合聲，她們最愛。她們要到坎迪尤希郡，它位於火雞業的中心，二〇一五年高致病性禽流感Ｈ５Ｎ２在那裡爆發過。可能是從亞洲來的候鳥帶來的。病死與撲殺的火雞合計超過四千八百萬隻。

一路上，她們經過塔狀穀倉與鐵路平交道。在這個季節，沒什麼景觀可欣賞。明尼蘇達的這一帶地勢平坦，土地肥沃，但是三月裡田地仍然休耕；再過一個月玉米與大豆才會下種。「我們不妨先做史蒂文森的。」艾米莉說。

---

45 明尼蘇達州首府。

46 美國出現過六例狂牛症病牛，最近的一例是二〇一八年八月在佛羅里達州發現的。

「妳是說我們先擺脫他？」瑪莉露說。

史蒂文森先生——兩人只記得姓不記得名——是個難纏的人物。他是當地的大雞農，但是他也加入了一個民兵組織，叫做「明尼蘇達百分三」，這個名字有來頭，因爲有人斷言當年美國鬧革命脫離英國統治，殖民地居民只有百分之三拿起武器對抗不列顛帝國。這個團體最有名的事蹟，就是在布魯明頓一個清真寺中安放土製金屬管式炸彈，不過史蒂文森並沒有因而遭到起訴。他的養雞場大門很醒目，因爲旗桿上的星條旗是倒掛著的。那是遇險（呼救）訊號，當地幾乎每一個人都覺得受到冒犯。史蒂文森擺明了他才不甩你呢。他是個求生族（survivalist），自己的孩子自己教，因此他們與外界沒有什麼互動。

瑪莉露把車停在房子邊上，那是白色的福特探險家，車門上有美國農業部的醒目標誌。她與艾米莉下車，臉上掛著再愉快也不過的神情。史蒂文森已經站在紗門後面。

「史蒂文森先生，今天好嗎？」瑪莉露說。她在南方長大，裝出一副熱情洋溢的模樣毫不費力，藉此降低對方的敵意、鬆懈心防。

「妳應該事先打個招呼的，」他隔著沙門說：「我沒有收到任何通知。什麼通知都沒有。」

「是的，但是你沒裝電話。上次我們就談過這事了。」

「我收得到郵件。」這時他的孩子們已經聚集在他身邊。

「我們有權做現場訪視，史蒂文森先生。而且我們現在有緊急狀況要處理，不然我一定會打電話或寄信給你。」

他的面孔開朗了。「什麼緊急狀況？」

「老天，史蒂文森先生，你不看新聞的嗎？有可怕的流感疫情。許多人病倒，太糟了。費城有大爆發，疫情很嚴重。用不著說我希望它不會來到明尼蘇達。要緊的是，我們必須檢驗火雞，確定牠們沒事。」

「我的火雞很健康。」

「我很高興聽到這樣的消息。我們必須親眼看看，然後我們就走。」

她們把車開到房屋與雞舍中間的草地上，那裡十分空蕩。艾米莉展開一張耐磨塑膠墊，兩人將裝備從車上卸下——垃圾袋、冷藏箱、拭子、殺菌劑噴霧器，以及她們的個人防護裝。史蒂文森的孩子，坐在草地上或樹下的鞦韆上，觀望她們著裝。

「爲什麼我覺得自己像個脫衣舞娘？」艾米莉咕噥說：「其實這個正好相反。」

「也許我們該跳個舞。」瑪莉露說。

「我才不要。」

首先，有頭罩的泰維克防護衣，然後把穿著網球鞋的腳穿進雙層塑膠鞋套裡。戴上第一雙塑膠手套，以膠帶封住袖口。第二雙手套。髮網與護目鏡。最後是N95呼吸器。在衣服上噴殺菌劑，消滅任何外面的汙染。這身裝備使知覺受局限：視覺收縮、聽覺弱化。行走很不方便。容易產生幽閉恐懼的感覺，還有偏執，以及有點愚蠢。史蒂文森的孩子跟著她們走到第一座雞舍。

這座雞舍裡面全是公雞。母雞在另一座。合計一共兩萬七千隻。艾米莉拉開拉門。這裡管理得非常好，她必須承認——清潔、照明足、空氣流通，地面的墊草是剛換上的。然而，每次她走進一個家禽農場都會產生一個強烈的印象：這裡多麼像監獄啊！火雞是純白色的，分布於一排排飼料槽四周，像在大院中放封的囚犯。牠們脖子上有粉紅的肉垂，加上粉藍的面頰，與牠們羽色華麗的野生親戚迥不相同。牠們狼吞虎嚥，略無停滯，節奏幾乎一致，喉嚨裡振動有聲。氣味一如既往，糟透了。

一個史蒂文森的孩子，男孩，也穿上防護裝備，走進雞舍。「你叫什麼名字？」瑪莉露問他。

「查理。」

「這裡的火雞有多大了？」

「十七週了。」

「差不多可以賣到市場上了，我想。」

「沒錯，女士。」

他們走進火雞群，鳥兒紛紛讓路，在他們四周形成一個小圈子，小心翼翼，不敢越雷池一步。艾米莉對他們背後的火雞做了觀察紀錄。健康的鳥兒都很好奇，牠們會尾隨人類，像史蒂文森的孩子一樣。瑪莉露與查理閒聊的時候，艾米莉開始以拭子採集檢體。她抓住一隻公雞，捏他的兩頰，讓他張開喙嘴，她好用拭子劃過口腔黏膜。然後她把拭子放進一個五毫升的聚丙烯管子裡，註明採集資訊。她請瑪莉露幫她將一隻大公雞維持頭下腳上的姿態，她再以拭子緩緩轉入泄殖腔採取上皮細胞。

「妳在做什麼？」

艾米莉抬起頭，看見一個光著腳丫子的女孩，穿著一件骯髒的連身裙。

「甜心，沒有爹地陪伴妳不該進來的。他沒有告訴妳嗎？」

她點點頭。

「那麼回去找爹地吧，他會告訴妳我們在做什麼。」

她有些不情願，查理對她大叫要她出去。她沒好氣地瞪了查理一眼，走向拉門，到那兒就停下來，沒有完全出門。

艾米莉在一隻雞的翅膀下找到靜脈抽血，取得了第一個血液標本。她大致隨意地挑選了十來隻雞，繼續抽血。

「艾米莉！」

她轉頭看見瑪莉露與查理站在雞舍的另一頭。

艾米莉走到他們跟前。「妳看看牠們。」瑪莉露說。一隻火雞坐在那兒，即使撩撥牠，牠也不想站起來。艾米莉跪下端詳牠的臉。牠的頭下垂無力，眼瞼腫脹。

「查理，你們這裡最近有任何雞死掉嗎？」

查理沒有回答，只是盯著雞舍的門。史蒂文森先生站在那兒，背著陽光，雙手插在防護衣口袋裡，他的陰影投射在雞舍的地面上。他猛然轉身，走了。

艾米莉與瑪莉露採集了檢體後，走到車子旁邊鋪在草地上的塑膠墊上，逆轉著裝程序。她們站在足浴墊裡，然後將脫下的防護裝放進垃圾袋包好，再在垃圾袋外面噴殺菌劑。她們也噴了車子輪胎。她們用乾洗手凝露擦抹雙手與面孔。料理停當，立即趕到聖克勞德的聯邦快遞收件站，將檢體寄到美國農業部在愛荷華州立大學的實驗室。

「這次我覺得不妙。」瑪莉露說。

19 不完全是疫苗

「一天又一天，我們從妳那兒拿到的都是同樣的報告，」蒂迪說，責備巴特列少校。巴特列已經成爲副首長級會報的固定成員，總是以南方口音言簡意賅地傳達陰森的看法，大家看到她就覺得是不祥之兆，像狄更斯在《小氣財神》（*A Christmas Carol*）裡創造的「未來的聖誕幽靈」。「沒有疫苗，」蒂迪引述道，並以手指計數，「沒有治療法。沒有特效藥。妳必須告訴我們一些正面的事。美國人民已經擔憂得不知如何是好。」

巴特列的反應是——蒂迪當下便心裡有數——憐憫。「我們有**計畫**，長官。我們多年來早有**計畫**，疾病管制暨預防中心、國家衛生研究院、約翰．霍普金斯大學、華特里德國家軍事醫學中心，我們有許多許多計畫，只是我們還沒有得到資源與人力執行那些計畫，例如呼吸器。我們估計因爲嚴重流感症狀而入院的病人也許有三成需要插管。現在醫院只能應付百分之一的需求。同時，民眾還因其他治得好的疾病而死，因爲我們沒有基本藥物儲備。那些藥都是印度或中國生產的，他們也爆發了疫情。我們的注射器、診斷試劑、手套、呼吸器、消毒劑，所有我們用來治療病人、保護自己的東西，庫存一直在減少。」

「甜心，我不認爲妳了解狀況。」一個低沉的聲音突然插入。副總統過去當過州長，主持廣播節目，出名的舉止粗魯。總統指定他擔任防疫指揮官，最近他便一直出席副首長級會報。他一進場，房間裡就擠進了他的幕僚與速記員，貼牆而立。「我們需要成果！我是說今天就要！總統要的是行動，現在就要！」

巴特列神情一整，「我知道你們各位要我說什麼，但是那不是我的職責，是嗎？我的職責是提供資訊。眞正的資訊。利用那些資訊做什麼，是各位的職責。話說回來，如果各位盡責地提供我們需要的資源，也許我們就不會坐在這裡一籌莫展，放任民眾遭殃，經濟停擺，墓園爆滿，都是因爲像各位一樣的人對公衛不夠關心，沒有留意我們的需求。」

副總統彷彿遭到當頭棒喝。一時之間，每一個人都不敢開口。

「當務之急是，我們必須給總統一些東西，讓人覺得鎭定的東西，」蒂迪和婉地說：「展現希望。展現進展。例如不久之後民眾就能接種疫苗，獲得保護。」

巴特列微微搖了搖頭。又是那副憐憫的神情。「就算我們有疫苗，問題是，誰來接種？要花幾個月才能擴大生產規模，而且除非賦予藥廠免責權，不然免談。我是說，我們沒有時間做正規的人體安全試驗。暫且假定第一個星期藥廠生產了一萬劑，一週後是十萬劑，再過一週五十萬劑，如此這般。仍然需要幾個月，才有足夠的疫苗創造群體免疫。即使到那個時候，你還可能需要注射兩劑或三劑以確保安全。」

副總統戴上老花眼鏡，埋首翻閱會報的一份簡報文件夾以挽回面子。「這裡說的抗血清是怎麼回事？」他問道。

「國衛院正在拿倖存者的血清做試驗，想知道它是否能提供被動免疫、治療感染病人。」巴特列說。

「能嗎？」

「多少能。暫時能。理論上能。」

「我們能讓總統宣布我們正在開發一種疫苗嗎？」

「不完全是疫苗。」

「那到底是什麼？」

「是單株抗體。是感染疾病或接種疫苗之後，免疫系統自行製造的東西，但是我們可以用基因工程技術製造。也許能提供幾個星期的免疫力。」

副總統的顯眼下巴沮喪地嗑上了。「他能說有一個有希望的療法——」

「不是療法。它最多提供幾個星期——」

副總統抬手做出警告，表達對巴特列插嘴的不滿。「——並且已有**真正的進展**。」副總統將簡報文件收攏，送上肩頭，他知道有位助理站在那兒、會從他手裡抄起。

「我們還沒有做人體試驗呢，」巴特列抗議道：「我們用雪貂做的實驗。」

「我只想知道一件事，」副總統說：「那些雪貂還活著嗎？」

「大多數還活著，但是實驗仍在進行——」

「要是沒有注射抗體的話，就沒那麼多了吧？」

「現在不可能知道。我們還沒有死亡率的數據。」

「什麼時候才會有？」

「大約兩個星期。」

副總統撇起嘴唇。「爲什麼不做人體試驗？」他問，「何不現在做？」

「要花幾個月時間才整得出一個適合人體用的產品，由於病毒會快速變異，就算有了一個單株抗體，也未必能防止病毒逃逸。因此風險很高。同時，你應該考慮建立優先等級表：誰要注射抗體血清，以及注射順序？單株抗體的產量非常少的。政府高官？應急反應人員？兒童？軍隊？孕婦？國民兵？抽籤決定或樂透？」

「我們必須做這件事，同意。但是不可以用樂透決定，或公布時程表。那會造成政治爛攤子。我們應該把疫苗列爲機密，並——」

「不是疫苗，長官，」巴特列提醒他：「而且請記住，幾個星期之後會需要另一劑，除非那時我們已經有眞正的疫苗。」

副總統瞪著巴特列，他在電視上看起來迷死人的藍眼睛使盡了力量。「**不管什麼**祕密我們都要保密，直到社會中最關鍵的人物全都安全無虞，免得大家爭論『爲了給老闆追加一劑，要死多少孩子？』之類的問題。」

「費城已爆發大疫，距這裡只有兩小時車程，請了解我們有點急。」蒂迪以她最客氣的嗓音說。

「華府這裡也有流感，長官。」

「老天，」副總統說：「什麼時候發現的？」

「今天早上的報告，城裡三家醫院來的。要是它進展得像在費城一樣快，三五天內就會成爲十足的大疫。」

蒂迪不說話了。她環顧會議桌，看見副首長們臉上流露的絕望，她相信自己的表情也一樣。

「好消息，」巴特列說，突然每個人都引頸期盼，「好消息是，要是我們運氣好，六個月內我們會有一個有效的疫苗，產量足以應付需求，希望能趕得上第二波。」

「什麼第二波？」

「一般而言，大流感在安頓下來成爲每年都會出現的季節流感之前，會有兩、三波大流行。直到下一個大流感來臨。因此，如果這個流感像一九一八年流感，眞正的傳染大波會在十月重擊我們。但是用不著說我們不知道這個流感的未來發展。」

一聲響亮的噴嚏打破了寂靜。每個人都嚇了一跳。

「我過敏。」中情局的人辯護道。

「妳說這是全新的病，」蒂迪說：「有多大的可能是人造的？天才在實驗室裡搞出來的玩意兒？」

「我們還無法判斷它是不是人工組合的病毒，」巴特列回答：「在實驗室動過手腳的病毒，基因組序列會有一些特徵，這個病毒沒有常見的那種特徵，但是它也不是我們在自然界見過的東西。」

「誰有能力製造這種東西？」

「那不是我的研究領域，長官。」

蒂迪看著中情局的人。「俄羅斯是頭號嫌犯。」他說。

「有人告訴俄羅斯民眾，恐溝里流感是美國的陰謀，」國務院說：「他們群情激憤。」

「那麼，眞相呢？」蒂迪問。

沒有反應。最後副總統說話了，「別胡說了。」

20 我們彼此治療

在馬吉德王子的王宮裡，亨利在一台電腦前研究一幅世界地圖，上面標明了恐溝里的爆發點。在麥加爆發疫情後的一個月，即使實施隔離，它也已散布得非常廣。不同色調的紅色標明它的足跡。沙烏地阿拉伯與伊拉克是絳紅色。疫情從那裡散播開來。伊朗淺一點，阿富汗、土耳其更淺。俄羅斯除了莫斯科有一粉紅點，其他地方沒出現疫情，教人玩味。中國的沿海地區，淺紅；西部是紅色，維吾爾人集中在那裡。印度有許多粉紅點，那是城市，但是巴基斯坦幾乎沒有動靜。北歐北部有一大塊粉紅。深淺不同的紅點散布在美國境內，但是沒有大片的粉紅色；主要在城市裡。加拿大只有多倫多發生過一次小規模爆發。南半球簡直秋毫無犯。等到那裡進入冬季，情勢可能改觀。

「我們知道這個病藏身禽鳥族群，因此可以解釋一些它的隨機性，」亨利說：「但是我見過的流感分布，沒有像這個樣子的。」

「我也有同感。如果這是以人工動過手腳的病毒，動手的人總有個目標吧。」

馬吉德停下，然後說：「俄羅斯有些蹊蹺。」

亨利點點頭。「周遭都爆發疫情，可是俄羅斯本土卻幾乎沒有。他們有對付季節性流感的疫苗，非正規的，與世界標準不同。減弱的活病毒，有它的優勢。吸入式，而不是注射。比較便宜。它還加入了一種叫聚氧化氮的分子，似乎是一種免疫調節因子，據說有許多功能，我們還沒搞清楚。很難知道那個分子能帶來什麼好處，但是，當然，國家衛生研究院有人正在做實驗研究它。」

「要是如你所料，我祈求是俄羅斯而不是凱達組織，」馬吉德說：「世上的人已經認爲穆斯林都是恐怖份子了。」

亨利默默回憶當年研發生物武器的日子，假想敵是蘇聯。在蘇聯的生物武器中心，技術純熟的科學家製造的致命病源，群醫束手。主要是在西伯利亞西部的病毒學與生物技術研究所，簡稱病媒研究所，以及莫斯科南方八十五公里的生物武器研究中心。歷史上的大疫，例如黑死病與天花，被開發成以霧化微粒傳播的形式，產量數以噸計，而且能抵禦所有已知療法。

在蘇聯時代，病媒研究所的主任科學家是尤斯提諾夫。他研究馬堡病毒——一種絲狀病毒，科學家對它們的了解仍然有限。馬堡病毒是因爲首先在德國馬堡市的人群中爆發而得名。一九六七年，一位實驗室工作人員用非洲綠猴的腎臟細胞培養病毒之後死亡。其他實驗室接觸過病媒猴的七名研究人員也死了。九年後，另一種絲狀病毒在薩伊[47]爆發，以當地一條河的名字命名，就是伊波拉。

沒有人比尤斯提諾夫更懂馬堡病毒了。但是，他像許多疾病研究者，包括偉大的研究者，成爲致命錯誤的犧牲者。他抓住一隻天竺鼠讓助理注射病毒，結果助理不小心，將針頭刺入他的手指。

亨利有幸聽過一場阿里貝可夫的演講，他擔任過「生物物質」研究所第一副主任，那是蘇聯祕密進行生物戰研究的一個機構。一九九二年，阿里貝可夫向美國投誠，改名阿里貝克。他體格魁偉，帶著大眼鏡，臉圓圓胖胖的，反映出他的哈薩克血緣。他以語調變化輕盈的俄國口音講了尤斯提諾夫的故事，以及下場。意外發生後，他立刻就注射了抗血清，但是病情繼續發展。接下來幾天，尤斯提諾夫精確地記錄了病程，爲科學留下紀錄。他甚至還與護士開玩笑，直到他因爲令人動彈不得的頭疼、噁心而失能。「他變得被動，不與人溝通，」阿里貝克回憶道，「他的面容因毒性休克而凍結。」小瘀青布滿了身體，眼睛變成紅色；有時他會突然涕泗交流。到了第十天，病情似乎突然好轉。他心情改善了，問起家人，但是病毒正在他體內展開最後一擊。皮膚的瘀青擴大了，變成深藍色，因爲血液開始在接近表皮的地方淤積，然後滲出皮膚，從嘴巴、鼻子、生殖器。他不時陷入昏迷再清醒。感染後兩星期，和藹的尤斯提諾夫走了。驗屍時，摘取了肝臟、脾臟，以及血液。出乎意料的是，爲他驗屍的病理學家也遭到同樣的命運——他以針筒抽取骨髓標本的時候，不小心刺了自己。

尤斯提諾夫下葬之前，他的屍體遍灑消毒劑、裹在塑膠布裡，然後放入一個鐵箱子，再焊死蓋子。不過，殺死他的病毒卻長存不死——從他器官裡取出來的。他的同事將這株病毒命名爲「尤變種」以紀念他。尤斯提諾夫病毒株在實驗室培養、囤積，裝入多彈頭彈道飛彈中。

由於封城，亨利困在沙烏地阿拉伯，就跟著馬吉德了解疫情。衛生部有巨大的建築，研究設施卻沒有好好利用。無論亨利需要什麼，馬吉德都會爲他徵收，但是他無法提供經驗豐富的實驗室助理人員，特別是開發疫苗的實務經驗。亨利只能以他找得到的唯一武器對抗這個流感：倖存者的抗血清。

他與馬吉德都知道其中的風險。施行方案是：完全康復的病人必須規律地捐血。他們受命每週捐

47 現今剛果民主共和國。

血五百毫升（還好這是一個君主專制國），再把血液放入離心機，將血小板與血球分離出來。琥珀色的血清浮在紅血球之上，血液主人的抗體都在裡面。一名康復者的血清只合一次抗血清注射量，遠不足以應付幾十萬名感染者，何況他們不可能確定純度。危險在於：血清中也許有還沒過濾掉的病源，包括恐溝里病毒。

馬可與ＣＤＣ團隊正在嘗試同樣的事，希望能找到正確劑量。「到目前爲止，在實驗室裡非常成功，我們現在要用猴子做實驗，」馬可說：「你那裡的病人，你發現了什麼嗎？」

亨利搖搖頭，一臉困惑。「不知怎的，我沒有辦法從衛生部取得病歷。今晚見到馬吉德的時候我會問他是怎麼回事。必然有個理由。他與我都知道這事多麼重要。」

馬吉德整天都在訪視醫院。亨利回到王宮時，發現他在書房裡，很明顯累壞了，而且垂頭喪氣。「沒有地方收容所有的病人，」他說：「好像全國有一半人都病了。我們將運動場改成臨時病房，但是我們沒有醫療人員可派了。這是個難題，亨利。我不知道我們國家怎麼能捱上另一個月。」

「那我們更得專心研究抗血清療法了，」亨利說：「我們已經大幅擴張了捐血人資格，但是拿不到臨床紀錄的話，就沒有辦法衡量成效。你必須告訴我是怎麼回事。只是官僚體制的無能，還是有什麼隱情？」

馬吉德別過頭，無法直視亨利。「我很慚愧必須告訴你這事，」馬吉德說，聲音只比耳語高一些，「王家已下令徵收我們取得的所有抗血清。」

「他們知道其中的危險嗎？」

「他們看見的是人一個個死去，他們嚇壞了。於是，由於他們是王家的人，他們想當然耳認爲他們有權先救自己。」

「要是我相信靈魂永生的話，我會認爲那是第一個被這個病汙染的器官。」亨利說。

「我們穆斯林相信生病是眞主對我們的考驗。」

「聽起來像是懲罰。」

「一點也不。《古蘭經》指示我們，假如眞主眞的想對人的所作所爲究責，地球上將會噍類無遺！古蘭經還指示我們，每個疾病都有解藥。也就是說，找不找得到就看我們了，我的朋友！」

馬吉德走到書架旁翻檢聖訓，想找一段話支持自己的論證。「我忘了具體字句，但是我會——」他說話的時候，一盞燈突然飛過房間，馬吉德以慢動作跳在空中，他的袍子鼓起，如波浪般起伏，然後以令人驚訝的力量撞向牆壁，接著是玻璃與石材的碎片，以及巨大的怒吼，但是燈擊中了亨利的頭，一切都停了。

亨利恢復知覺時，房間裡仍煙塵瀰漫。他還活著。他的呼吸很淺。他並不覺得疼痛，但是麻木又不明所以，有一會兒他不記得自己身在何處。某個不熟悉的地方，黑色的，遭過破壞的，像是夢境。他覺得感覺遲鈍又陌生，像個十足的老人。

「馬吉德！」

他一見到自己的朋友正躺在地上，一切都明白了。接著門開了，亨利想也沒想撲向馬吉德的身體。

他覺得有一雙手提起了他。是馬吉德的隨身護衛。

「殿下！」護衛大叫：「您受傷了嗎？」

王子以困惑的目光看著護衛，笨手笨腳地坐起來。護衛要扶他站起來的時候，亨利阻止了他。「且慢！」亨利大叫：「他可能有骨折。」

亨利小心地移動馬吉德的四肢，以確定它們沒有受傷。「你正在流血，」他評論道。

「你在大叫。」馬吉德說。

「是嗎？我幾乎聽不見你。」他自己的聲音聽起來像是從另一個房間傳過來的。

馬吉德轉向護衛聽取報告。原來大門口來了一名自殺炸彈客。年輕人，口音是東部省的。他說馬吉德王子說要送他救濟品。王宮警衛不放他進來，他就引爆了炸彈。警衛都死了。護衛見到馬吉德安然無恙，立即去保衛王宮，等待警方趕到。

馬吉德與亨利坐在地上，互相看著對方，沉溺在茫然的訝異中，只有死裡逃生的人才知道，每個細節都清晰得像是剛生成的，每個時刻都像池塘水面的薄冰層，可捉摸，卻是陰陽界。

「你的醫療包呢？」亨利問：「我得處理你的傷口。」

「我必須督促幕僚。」王子抗議道。

「首先，我們處理你臉上的傷。你不能滿臉是血地四處走，你會把人嚇死的。」

「有那麼糟嗎？」

「不到毀容的程度，」亨利想讓他安心，「但是我注意到接近你的眼睛的地方有刺傷。我們必須確定沒有傷到神經。」

亨利扶他站起來。王子看到房裡受損的狀況，嚇了一跳。他的王宮正面大開，對著城裡。這個景觀美得詭異，似乎令他呆住了。夜裡的空氣侵入房間，不熟悉的微風送過來的炸藥氣味刺鼻得很。天花板上的枝形吊燈突然掉落，兩人都嚇了一跳。馬吉德一臉茫然，身子有些搖晃。亨利領著他走向王宮裡比較安全的地方。

幸好王子臥房裡的燈具運作如常。他們對著浴室的鏡子檢查自己。兩人都滿身的白色灰塵，看起來倒像屍體。亨利注意到他的左肩上有血，頭的右側有一難看的挫傷。

「那麼，」馬吉德說：「我們互相治療吧。」

馬吉德清理自己的時候，亨利爲探針、鑷子消毒，然後仔細檢查馬吉德太陽穴與鼻孔附近的小傷口，取出距眼睛只有幾毫米的小玻璃碎片。「你實在幸運，**哈比比**（*habibi*），」那是阿拉伯語用來表達愛意的詞。

亨利必須把襯衫脫掉，令他尷尬。他童年時生的病一目瞭然：脊柱側彎；結果一肩高一肩低，前胸凸出，上臂腫脹。他從未在任何人面前這樣袒胸露背，除了吉兒。馬吉德有禮貌地假裝只專注他肩膀上的傷。「啊，」馬吉德說：「你的傷口必須縫起來。我醫學院畢業後就沒做過這個了。」

這是兩人交往的奇異插曲，充滿意外的親密。他們一起經歷了那麼多關鍵時刻，但是這一次逃出鬼門關的經驗，雖然還沒有機會反芻，讓他們感到兩人已結下不解之緣，與其他人的關係怎麼都不可能到達這一層次。

馬吉德說：「你救了我的命。」

「我才沒有。」亨利抗議道。

「你想要救我。也許我會期望我的隨身護衛做這種事，要是他在場的話。你對我沒有任何義務，卻不顧自身安危。你是比我好的人。而且更爲勇敢，勇敢得多。」

「言重了，愧不敢當，」亨利皺眉道：「但是我不認為以後我會要你縫傷口。」

「這就是為什麼我待在辦公室，而不是醫院。」

等到驚嚇逐漸褪去，兩人才開始哆嗦起來。而且無法控制。他們笑了，頭暈眼花地，仍然慶幸自己還活著。但是待在王宮裡並不安全。

這個國家在朝覲開始之前一直在處理一場叛亂。「是我們自己的人民，東部省的什葉派，」馬吉德推心置腹地說：「他們受伊朗支持，攻擊王室。這不是他們唯一的企圖。一個月前，他們以炸彈攻擊國家衛隊總部。他們有決心，不顧後果，用不著說我們非得反應不可。」他貼了紗布的臉突然扭曲起來，「這檔事多麼愚蠢！我們正面臨這麼危險的大疫——全世界都得面對。可這些狂熱份子只想利用這場混亂。我們也好不到哪裡去。我們把這個流感怪到伊朗頭上，說是什葉派的陰謀，於是人民就會把注意力轉向戰爭，而不是革命。」

最後，馬吉德終於用專業的眼光打量了亨利扭曲的身體。「你知道嗎，在中東我們還有人得這種病，」他說：「沒有理由的。我們的日照比世界任何地方都多，但是人會躲在屋裡，於是他們得不到足夠的維他命D。這個國家的女孩有七成體內這種維他命不足。這並不令人驚訝，看她們把自己裹在那些黑袍裡面。正在哺乳的母親拒絕服用維他命丸，於是孩子就得了這種病。」

亨利說，有朝一日他會對馬吉德說說自己的故事，但現在不是時候。而且，警察已經來了，王子與賓客就要轉移到安全的地方去了。

21 泡沫消毒

史蒂文森的雞舍已經被卡車包圍了，明尼蘇達動物健康理事會的、當地消防隊的，還有一輛巴士是從沙科匹的州立矯正機關來的。那一天還有另外九個養雞場要撲殺雞群，州政府沒有足夠人力做這種事，就徵召志願犯人到各地進行撲殺。瑪莉露與艾米莉抵達的時候，他們站在院子裡，正在穿著個人防護裝。艾米莉是現場最高階的公衛官員，因此她得處理史蒂文森先生這個燙手山芋。他坐在一張搖椅上，霰彈槍橫放在大腿上。

「早哇，史蒂文森先生，」她說：「我很遺憾檢驗的結果。」

「我不同意這個處分，」他說：「我一點都不同意。」

「你知道規定的，你會獲得補償。」她遞給他一個寫字夾板，上面夾了需要他簽字的文件，史蒂文森勉強看了一眼。「今天早上他們點算了一下，總共兩萬五千六百七十三隻健康的火雞，」艾米莉說。「另外七十隻看來病了。我想你還收拾了一些蛋，也要銷毀。」

「妳來之前裡面還有兩萬七千隻。」史蒂文森挑釁地說。

「隨你怎麼說。而且，你等於是說才兩天你就死了超過一千隻。死雞我們是不付錢的，病雞也付的比較少，我們談的是健康雞的合理市場價值，以及撲殺、清理的標準費用。」

「這遠遠不足以彌補損失。」史蒂文森說。

「沒錯。而且遭受損失的不只你一人。整個州的養雞場都面臨同樣的處境。但是你看這樣好不好，不管你願意不願意，我們都要撲殺你的雞。然後我們清理乾淨，把帳單送來。要是你不簽這張文件，你就得不到補償。規定都很明白。而且，我希望你把槍拿進屋裡，它讓大家緊張。」

「妳帶了那麼多囚犯到我院子裡，可是妳擔心的卻是**他們的**心理狀態？」

「老實說，我不知道他們使用監獄的勞力，但是我確信他們會非常規矩。」

史蒂文森咬緊牙關。艾米莉的直覺告訴她：史蒂文森會說出令自己懊悔的話。於是她問道，「史蒂文森先生，你介意我請問你的教名嗎？」

他看來很驚訝。「傑若米。」他說。

「我可以稱呼你傑若米嗎？聽我說，這是我一定得完成的公事，政府並不是只對你一人開刀。這是個可怕的大災難。各地的人都身陷險境。你的家人，我認爲也處於可怕的險境中。他們得有人好好照顧。你必須密切觀察他們有沒有發燒或其他症狀，一旦發現就要立即通報。去看醫師或到醫院，越快越好。」

「他們才沒有辦法。」

「我聽說的是，要多喝水。可能會非常疼痛，醫師有辦法緩解的。有人照顧的人，逃過一劫的機會比較大。我知道那正是你想要的，就是家人都平平安安的，傑若米。我只是好意提醒：要提高警覺。我相信你警覺性非常高。」

「沒錯。」他說。

「那麼，文件？」艾米莉說。

傑若米簽了名，把寫字夾板還給她。

即使瑪莉露在動物檢疫這一行幹了那麼些年，也從未見過大規模撲殺。事到臨頭，她卻不期待。她做過許多次可能導致撲殺的農場訪視，但是她從未參與過撲殺實務。矯正機關來的志願者，以塑膠屏板在雞舍裡組合了一堵環牆，高達她的下巴。環牆內有幾千隻煩亂的火雞，東張西望地看著那些險惡的人物——他們身著全罩式白色塑膠防護衣，正把塑膠水龍帶拉進雞舍裡。雞舍兩端的門口，各停了一輛水箱車，消防水帶就接在水箱車上。

瑪莉露從艾米莉護目鏡之後的眼睛認出了她。艾米莉走向她問道：「妳準備好了嗎？」

「大概吧。」

「聽我說，比起其他選項，這個好得太多了。有時他們會用長柄園藝剪之類的工具一隻一隻打斷牠們的脖子。這個方法很快，快得多，相信我吧。」

「他們使用毒氣？」

「泡沫，」艾米莉說。「基本上，與消防隊使用的是同樣的東西。泡沫的大小剛好可以吸入呼吸道，堵塞氣管，使牠們窒息而死。」瑪莉露聽得渾身顫抖，艾米莉說：「牠們本來就會死的。我們只是讓牠們有個好死罷了。」

一位男士向艾米莉走來，他身著訂做的泰維克防護衣，胸前有公司的標誌——明尼蘇達泡沫消毒。艾米莉下令開始行動。

控制一條消防水帶需要兩個人。他們從相對的兩端進入雞舍，前進的路線彼此平行。幫浦發出連續不斷的喧嚷，火雞不待泡沫噴出就非常心煩意亂。泡沫是淡藍色的，而且有實質，像攪打過的鮮奶油，瑪莉露在感恩節南瓜派上淋上的就是那玩意兒。它在地面的分布並不均勻。比較健康的火雞會跑開，但是等到牠們被包圍了之後，有一些就會把頭伸入從地面升起的泡沫中，或者跑進其中。牠們的好奇心占了上風。不久，你所能看見的只是：從地面逐漸上升的淡藍色泡沫中伸出的火雞脖子，又長又紅。你所能聽見的，除了幫浦的喧嚷就是火雞的咯咯聲，緊張又響亮。然後雞舍後面泡沫比較高的地方，火雞消失了，從泡沫下的焦躁動靜看來，你知道牠們正倒在地上撲打翅膀。最後，地面的泡沫平靜下來，最後幾隻火雞都死了。在瑪莉露眼中，像是受到微風滋擾的海浪，在微風平息之後的景觀。如此而已。

艾米莉與瑪莉露轉身正要走出去，看見史蒂文森的孩子站在雞舍門口，查理與穿著連身裙的女孩，以及另外兩個。

「回到爹地那裡去，查理。」艾米莉說。

查理走回門廊，史蒂文森先生坐在那裡的搖椅上。艾米莉突然想到，怎麼從沒見過史蒂文森太太？他必然很寂寞，身邊有那麼多孩子，卻沒有一個可以談話的人。她想告訴他：今年會過去，明年會更好。一切可以重來。也許他會找到一個人，遭逢這樣的逆境時幫他的忙、撫慰他。但是這樣的保證她一個也做不到。無奈何，她舉手道別，傑若米點點頭。

22 瑪格麗特女王

費城一爆發大流行，吉兒就帶著孩子到妹妹的農場去了。她是爲了讓亨利安心。亨利到危險的地方出差，她習以爲常，亨利不在身邊她一樣能打理生活，自己也覺得驕傲。她手巧，她記賬、處理財務，她家裡井井有條，不妨礙她的教學。她的能耐與獨立無可挑剔。但是現在每個地方都危險，吉兒嚇壞了。亨利知道如何處理籠罩她思緒的焦慮。他能穩定吉兒的情緒，讓孩子安心。吉兒一方面生氣亨利不在身邊，另一方面又非常想念他，爲了把亨利趕出思緒，便沉入了另一個人的人生——她的妹妹。

海倫與泰迪都喜歡阿姨瑪姬與姨丈提姆。他們住在田納西州首府納士維城郊的威廉森，擁有將近一百公頃地[48]。威廉森是田納西州最美的地區之一。瑪姬夫婦住的房子古意盎然，在南北戰爭前是一條驛馬車路線上的車站，因此已登錄在美國內政部歷史古蹟名錄上。當初瑪姬與提姆開車到那裡，由鋪了石子的車道進入，穿過廊橋，見到的是一座廢墟。「整修房子差點讓我們破產。」提姆回憶道。

48 大安森林公園有二十六公頃。

但是現在他們家已是華宅，美國公共廣播電視公司的老牌節目《老宅》（*This Old House*），有一集專門介紹過。那裡前面的花圃裡種了杜鵑、萱草，車道兩旁是山茱萸。

瑪姬與提姆只有一個孩子，坎朵兒，比海倫大兩歲。可是海倫比較高。兩人看起來簡直是雙胞胎，都是左撇子，都是紅髮，而且都有藍眼珠，那是一對罕見的基因序列造成的，控制了許多隱性形質。海倫一到，兩人就不見了，在坎朵兒房裡或是穀倉裡一待就是幾小時。坎朵兒加入了威廉森的四健會，她的房裡多的是獎盃、獎狀，以及照片——炫耀她的得獎動物。

一天，提姆帶坎朵兒與海倫到附近的一個家畜拍賣會，坎朵兒要買一隻小豬回家養。「我養過兩隻柏克夏種，」她告訴海倫：「今年我要買一隻漢普夏種。牠們一點也不起眼，但是評審有點兒喜愛牠們。」

海倫管不住自己，一個勁兒對那些黑白相間、耷拉著大耳朵的豬仔柔聲低語，豬仔也以鼻子向前頂，像是要求愛撫。「牠們實在太可愛了！」海倫驚叫。但是坎朵兒注意的是其他特質。「肩的角度，那很重要，」她說：「胸膛的尺寸，腰上的肌肉。基本上，關鍵是肉。」最後她挑了一隻將近二十三公斤的小母豬。回家的路上，兩個女孩坐在小卡車的後面，海倫將小豬抱在腿上。一路上表姊妹都在討論名字，坎朵兒說從評審的角度而言，名字很重要。最後她決定用「瑪格麗特女王」，因爲那是爸爸對媽媽的暱稱。兩個女孩都覺得好笑。回到家後，提姆要她們把衣服鞋子都換了，免得把拍賣會帳篷裡的任何病源帶回自家的農場。

她們在拍賣會的時候，瑪姬帶了吉兒坐上拖拉機在農場裡四處參觀。泰迪坐在一輛滿載覆土層的小車裡，由拖拉機拉著。皮伯斯在他們後面一路吠叫，欣喜若狂。兩姊妹有太多「近況」可以互相訴說了。瑪姬去年診斷出乳癌，經過不少折磨，還沒有完全康復。儘管如此，她堅持回到農場工作。「每一天我都想，我多麼幸運，可以仍然待在這裡，」她說：「仍然與提姆、坎朵兒在一起，享有我們共同擁有的東西。我非常高興我還活著。」

吉兒望著前面一行行的玉米，已經有六十公分高了。瑪姬的生活與她的太遙遠了。她在心裡盤點瑪姬擁有而自己絕不會有的東西——例如對自然的親密感。瑪姬不投票，她連電視機都沒有，但是她一聽鳥兒的鳴聲就能叫出牠們的名字。她自家菜園裡，都是吉兒從未嘗過的香草藥草，以及你不會在商店裡找到的番茄品種。

另一方面，吉兒想家——他們的房子，房子所在的街區，在艾默利大學校園的靜水公園裡慢跑，聆聽學生面對困境時的聲音。這裡似乎與世隔絕。當然，那正是她與孩子到這兒來的目的——避難。然而那個流感還沒有抵達亞特蘭大，因此現在就爲了預防而放下工作、不讓孩子上學，似乎沒有意義，而且太驕縱了。

「生病有個意外的好處，」瑪姬一邊駕駛一邊說：「我們的財務因而遭受重擊。而且我的身體非常痛苦。協助我度過難關的是這……」她把拖拉機停在一個乾燥棚的前面，「我們當初買下農場的時候，他們用這個地方做菸草，」她說，同時兩人一起走入棚內。架子上吊著一束束葉片。

「這是什麼？」吉兒問。

「妳眞的不知道？妳沒有聞到嗎？」

吉兒聞了一下。「喔，老天，這合法嗎？」

「還好啦。」

等到泰迪與狗走進棚內，吉兒仍在盯著妹妹看，怕不已燒出一個洞來。「噢，這麼臭的東西到底是什麼?」泰迪問。

「不過是這些草的氣味罷了。」瑪姬說，給了吉兒一個教人啼笑皆非的一瞥。皮伯斯被這個氣味搞得很煩躁，困惑地跑來跑去。

「等在外面，甜心。」吉兒向泰迪提議。

瑪姬從一束乾燥的葉柄中抽出一枝，把頭折斷。「我覺得疼痛難耐的時候，一位朋友帶給我一些大麻。眞的有用。然後我們發現爲了萃取大麻二酚你可以種大麻，現在在田納西是合法的。只是不能有任何好東西在裡面。於是我們種大麻，爲自己萃取大麻二酚，但是也爲了，你知道嗎，人類。我們最賺錢的作物，從來沒那麼賺過。頂級的，相信我。」[49]

吉兒簡直驚呆了——原來瑪姬是個毒販。「妳一直都是園藝高手。」她鼓起勇氣說。

「孩子上床之後，我證明給妳看。」

瑪姬做了里肌肉當晚餐的主菜，海倫發現那是豬肉之後就拒絕吃。她已私下立誓吃素，像父親一樣，一回亞特蘭大就開始。她一想到瑪格麗特女王遲早會被吃掉，就難以消受。

「就好像吃掉皮伯斯一樣。」她上床後告訴表姊。

「瑪格麗特女王不是寵物。」

「但是妳不愛她嗎?她太可愛了。」

「她不會一直可愛下去。她一天體重增加一斤半，不久她就會成爲碩大的老母豬，沒有任何理由繼續養她，除非妳打算讓她生寶寶，要是她贏得了大賽冠軍，我想這倒是可能的。而且，」——她停頓了——「牠們眞噁心。」

「妳是什麼意思？」

「牠們會把屎拉在每一件東西上。牠們的食物裡，牠們的水裡。每一天你都必須清理乾淨。話說回來，中國人會吃狗肉。」

「不會吧。」

「眞的，他們吃狗。」

「那實在太噁心了。」

「我敢打賭，妳媽正在樓下吸大麻。」坎朵兒說。

「妳在開玩笑吧？」

「我媽有大麻癮。」

海倫大為震驚。她總是認為瑪姬阿姨比自己的媽媽酷多了，但是想像自己的媽媽在吸食毒品，教人很不安。

「我想現在我要睡了。」她說。

孩子上床後，提姆處理先前累積下來的文書，瑪姬拿出布朗尼蛋糕給吉兒。

---

49 二〇二〇年五月七日，我國衛福部宣布「大麻二酚」（CBD）不屬於管制藥品。大麻二酚最常用的功能是治療焦慮，減輕疼痛與發炎。

「我在節食。」吉兒說。

「這是低卡的，不是那一種布朗尼。」

「噢。」她吃了一口。小口。「居然很好吃。」再一口。

「我已經將品牌名稱申請了專利，等這裡合法化之後使用：『瑪姬魔食』。」

「妳會發財的，要是妳沒有先坐牢的話。」吉兒說。

「我們到外面看星星吧。」

吉兒跟著妹妹走到屋子後面的田野裡，瑪姬爲了電視台的採訪，在那裡種了牡丹。月亮還未升起，但是星光燦爛，吉兒可以看見自己的影子。她們走進一塊林中空地，躺在草地上，四周有梧桐遮蔽，它們幽靈似的樹幹捕捉了星光。完美而絕妙。

「要是瑪莎．史都華[50]是造物主的話，世界就會是這個樣子。」吉兒說。

瑪姬笑了。「那是布朗尼在說話。」

她們凝視夜空。吉兒覺得星辰壓在她身上，把她身體壓入土地裡，自然的氣味裹著她像是營火的煙，然後地面化開，於是她浮在宇宙之中。「銀河，」她夢囈似的說：「已經好久了。多少年了，距離上一次仰望星空。迪蒐投夏令營[51]！還記得我們晚餐後坐在外面露台上的星星嗎？」

瑪姬指出她知道得最有把握的行星與星座。吉兒只認得獵戶座與北斗七星，但是瑪姬裝在腦子裡的不知有多少。「我上一次看星星，像這次一樣的，是在亨利帶我們到西部的那次瘋狂之旅，」吉兒說：「噢！那是一顆流星嗎？」

「喔啊！」吉兒說。

「喔啊！」瑪姬說，模仿姊姊，「妳的聲音像是非常『嗨』的大麻客。」

吉兒也開始笑了。她假裝自己甚至更「嗨」，結果兩人都陷入歡鬧的陣陣大笑中。

直到吉兒的電話響起，破解了歡樂魔咒。是亨利。

「我沒事。」他說，可是很奇怪，他的聲音似乎變慢了。

「你怎麼樣？」

「沒事。」他說。

「但是我沒有問。」吉兒說，仍然陷在極度興奮的心情中。她頑皮地看了瑪姬一眼。「我沒有問，『你好嗎？』」

「妳的聲音有點怪怪的。」亨利說。

「我是怪怪的，」她說：「此時此刻，我真的怪怪的。」

瑪姬忍俊不禁，大喊大叫。

「我想妳還沒有聽新聞。」亨利說。

「老天，新聞，沒有。我坐在屋外，和瑪姬一起看星星，我們兩個都『嗨』得迷懵。她認得所有的星星，眞教人驚訝。而且火星，你眞的可以看見，哦，有多麼紅。」

他們結婚那麼久了，吉兒從未表示過對任何毒品有興趣。她連酒都喝得不多。亨利難以想像她會

---

50 瑪莎．史都華（Martha Stewart），美國電視名人、名廚，今年八十歲。

51 迪蒐投夏令營（Camp DeSoto）位於阿拉巴馬州，距亞特蘭大一百七十公里，是專門爲女孩辦的夏令營。

「嗨」得迷懵。「我想我應該明天再打給妳。」他說。

「不要，我想講話！我有兩天沒有接到你的電話了。我知道你眞的很忙，但是我還是希望你打電話。告訴我發生了什麼事。」

「炸彈攻擊，」亨利小心地說：「我沒事。」

由於心神不屬，她花了一點時間才弄懂。「**炸彈攻擊**？老天，亨利，你還好嗎？」

「還好，那就是我想告訴妳的。我沒事。」

「你一定還有什麼沒有說。」

「頭撞了一下，有道刮傷，一點都不嚴重。明天我會告訴妳更多。我知道情況會讓人糊塗。妳們那裡已經很晚了。」

「亨利，我只要你回家，」吉兒說，這個消息已經讓她完全清醒了，「我知道你很忙，你正在做的事很重要，但是我們都需要你回家。而且安全。」

「可是，我想妳知道旅行禁令吧。而且他們這裡眞的需要我。我多少覺得我要爲這個一團糟的情勢負責。」

「又來了！亨利，我確定這事發展到現在你每一步都做對了。沒有人比你更小心、更負責任的了。」

亨利說再見的時候，吉兒開始哭泣。瑪姬想安慰她，但是不久兩人都在啜泣。亨利離家已超過一個月，世界在那一個月裡變了，發瘋了。吉兒這才明白亨利不在身邊的話，她就會突然覺得自己非常脆弱。

「媽？」

吉兒嚇了一跳，原來泰迪穿著睡衣站在草地上。「什麼事不對勁，甜心？」

泰迪困惑地看著媽媽與阿姨。「沒事的，我們在聊傷感的事。」瑪姬解釋道，並抹掉自己的淚水。

「到這兒來。」吉兒說。泰迪走過來，蜷伏到媽媽懷裡。「你看星星，」她說：「它們棒不棒？你不覺得只要伸出手就能觸摸它們嗎？」

泰迪點點頭。他是個膽大的小男孩，現在卻溫馴得奇怪。也許只是因爲他正好撞見我那麼的激動，吉兒想。她抱著孩子搖，讓體溫撫慰彼此。

「妳聞起來怪怪的。」他說。

「是瑪姬的香水。你喜歡嗎？」

「不喜歡，噁心死了。」

「我不會再擦了，甜心。」

吉兒默默地答應自己：絕不再放著孩子不管，到他們長大，不再需要模範母親了爲止。

「媽，我想我看見了幽靈。」

「眞的？你知道世上沒有這種東西的，對吧？」

泰迪連忙低頭，沒有回答。

「他長得什麼樣子？」瑪姬問：「是個軍人嗎？」

泰迪點點頭。

「傳說有一個南北戰爭的軍人一直待在這個地方沒走，但是我從沒見過他，」瑪姬說：「你姨丈、表姊也沒見過。一定是他覺得你實在是與眾不同。」
泰迪把這話聽進去了，然後說：「我只想回家。」

23 隆巴黑內（史懷哲醫院）

亨利到迪特里克堡工作後不久，他的老闆，傑根．史塔克，找他問了一個問題。「感染了伊波拉的人，超過四成病死，但是照料伊波拉陽性病人的人，有許多從未出現症狀，」他說：「爲什麼？」亨利非常喜歡那樣的問題。那正是科學的起點。

「你確定他們先前沒有感染過伊波拉？」他問：「如果他們沒有感染過，他們怎麼會產生抵抗力呢？」

「你去查查看。」傑根反應道。

於是亨利搭機到西非的加彭共和國，前往隆巴黑內訪問史懷哲[52]在一九一三年創辦的醫院。史懷哲是出生於亞爾薩斯的神學家、風琴大師，三十歲才開始學醫，以救濟受苦的人爲職志，奉獻餘生。極少數歷史人物對亨利的童年想像有那麼大的衝擊。史懷哲與妻子海倫娜在奧韋果河畔建了一所醫院，當時那裡仍是法國屬地。他們治療痲瘋病、象皮病、睡眠症、瘧疾、黃熱病——全是叢林的疾病。

---

52 史懷哲（Albert Schweitzer, 1875-1965）獲得一九五二年諾貝爾和平獎。

史懷哲建的簡陋醫院重建過好幾次，亨利前往訪問的時候，醫院包括一群低矮、紅頂的平房，有突出的門廊遮擋熱帶暴風雨。史懷哲的願景是爲當地人創造一個村落，而不是機構，那個初心流傳至今。陪亨利參觀研究設施的芬尼・梅耶醫師精力充沛，是伊波拉專家，來自法蘭西維的國際醫學研究中心（Centre International de Recherches Médicales de Franceville, CIRMF）。她正主持一個調查計畫，想知道加彭人民究竟有多少對伊波拉已有免疫力。「在郊區社群中，我們發現超過百分之十五有抗體，有些村子高達三分之一，」梅耶醫師說：「這些人從來沒有任何伊波拉症狀！他們從來沒有在爆發過疫情的地區生活過。因此我們問自己：他們是在哪裡接觸病源的？」

「從蝙蝠身上。」亨利大膽假設。

「很可能，但是爲什麼他們沒有生病？他們怎麼得到這個免疫力的？」她解釋道，接觸過病源的人，他們的抗體會與伊波拉病毒的特定蛋白質產生反應，反應模式與人體實驗中某些成功的疫苗一樣。「我們只能這麼下結論：這些人天生就有免疫力。我們仍然不知道爲什麼。」

「也可能是僞陽性，」亨利說：「或者，也許有一種類似伊波拉的病毒流行病，只是現在已經沒有致病力了。」

「是的，當然我們也想過這個可能，但是到目前爲止，這樣的疾病這裡還沒有偵查到。」

每一個新的流行大疫都會引起一個自古以來就困擾醫學的問題：爲什麼有些人會對那個新奇的疾病免疫，卻有更多的人遭殃？感染流感的人有二至三成不會出現症狀。研究人員發現，肯亞奈洛比的性工作者，有些天生就對愛滋病毒免疫。北歐人的後裔有一小部分，即使感染愛滋病毒，也不會發作愛滋病。就這兩個案例而言，也許是因爲那些人的 CCR5 基因發生了突變，因爲愛滋病毒是透過白血球表面的CCR5蛋白質侵入細胞的。這些發現都引起了科學界的興趣，但是到目前爲止，還沒有因而開發出任何疫苗或療法。

亨利結束訪問、離開前的最後一晚，梅耶醫師帶他去憑弔史懷哲樸實無華的墓，然後他們在河畔一家小餐廳的茅草傘下共進晚餐。

亨利望見河裡有個東西在動。

「那是蛇嗎？」他問。

「是鳥。我們叫牠蛇鳥，因爲牠看起很像將頭伸出水面的蛇。」

「我一向很怕叢林。」亨利坦白道。

「什麼把你嚇著了？」她問。

「我把荒野想成死亡之地。」

「但是，實際上荒野充滿了生命！」她說：「我認爲那是史懷哲醫師到這裡來的理由，這裡有大量的生物，多彩多姿各式各樣，大家都說他沉浸其中（bathed in it）——這是正確的英語說法嗎？說他一生都沐浴在這些生命中，他四周的每個地方。」

「這確實是描述它的生動方式。」

亨利接著談到史懷哲的榜樣與哲學如何影響了他。雖然亨利是無神論者，史懷哲是個非常不正宗的路德派傳教士，他的想法卻在亨利的哲學裡生了根。一九一五年九月史懷哲就在這條河上，在成群的河馬中，沉思倫理行爲的普遍基礎——高於宗教表述的基礎。對於他的頓悟，他在自傳裡是這麼說的：「突然間心頭閃現了答案，不期而遇全不費工夫：尊重生命。」史懷哲覺悟，那正是不折不扣的倫理學。「尊重生命成爲我的道德基本原則，也就是說，善即維護、協助、增強生命；摧毀、傷害、阻礙生命即惡。」那些字句活在亨利的心中。動物權利與環保運動有一部分誕生於史懷哲的著作中。亨利說他景仰史懷哲，他的老闆，傑根．史塔克，也有同感——史懷哲是他們的交集。

一提到傑根的名字，梅耶醫師就收斂了表情。

「妳認得他？」亨利問道。

「我們見過，」她說：「像你一樣，他到這兒來過。」

「眞的？他可沒告訴我。」

「來朝覲的，史懷哲的墓，每一年都有這種人。他們是理想主義者，當然，不然也不會長途跋涉。一般而言，我們很喜歡他們。」

「但是不喜歡傑根？」

「你比我更了解他。」她把注意力轉向河流，顯然不想再說什麼。然後她接著說：「有些人把這個哲學敷衍得過於極端。他們只看到人類對自然世界的破壞，他們忘記了人也是動物，也值得尊敬。」

「這麼說好了，他是一個相當冷的人。」

「我那時的印象是他很可怕。」

「怎麼說呢？」

但是梅耶醫師不願再多說。「我一點也不了解他，」她求饒道：「我已經太多嘴了。」

亨利返回迪特里克堡的時候，把諾羅病毒腸胃炎帶回國了，病情嚴重，那是遊輪常見的腸胃道感染。它的傳染力非常強大，但是血型B型與AB型的人比較不易感染。不幸亨利是O型。至今還沒有人弄清楚為什麼血型會與病毒的傳染力有關。

等復原到足以回實驗室工作的程度，他立即上班。傑根問他有什麼發現。「我發現免疫力仍是個謎。」亨利據實以告。

他沒有提梅耶醫師或她對傑根的觀察，但是事後他更仔細地研究了老闆，搜尋令梅耶醫師不安的特質。也許亨利也有同樣的特質，那些特質使他加入這一危險——有些人認為是「邪惡」——的工作。

24
三殺

「好多人死了，他們都不告訴我們。」米爾翠德說，她是四年級老師，與吉兒還有其他人在教員休息室吃午餐。到現在為止，他們談的無非是他們非常幸運，因為亞特蘭大的疫情並沒有到慘重的地步。疫情不再緊張了以後，美國各地的學校紛紛復課。大家恢復上班，擠滿了餐廳，結伴看電影、看球賽。他們不再戴口罩，到人多的地方喝酒——直到最近防疫人員還認為那種空間裡的空氣極為凶險。因此吉兒決定回到亞特蘭大。

「有誰死了？」

「我確定安德森．庫伯[53]死了。他不再出現了。」

「我聽說布萊德．彼特[54]死了。」另一位老師說。

「不會吧！」

「你才不知道呢。」

「但是天后泰勒絲[55]真的死了。」

米爾翠德成功轉移了話題，似乎很興奮。死亡的無差別本質激起了她的民粹怒火。要是法國大革命恐怖時期她在巴黎的話，一定是看管斷頭台的最佳人選。「他們在紐約地鐵發現了一個人，離家的時候還好好的，好像半個小時以後就死了，」米爾翠德繼續說：「一個在華爾街上班的人。」

「他們知道有多少人死了嗎？」一位老師問。

「他們說光美國就超過兩百萬人，」吉兒說：「但是我不認爲有人眞的知道。」

「退休基金，我說，已經報銷了。」米爾翠德說。

美國剛捱過大疫第一波疫情的衝擊，股票市場跌了一萬三千五百點，經濟衰退幅度史無前例。美國航空公司宣布破產，旅行禁令對其他民航公司也造成嚴重衝擊，震動了整個客運業。人類到底是什麼樣的合群動物，從來沒有那麼明白過。幾乎一夜之間，人就從地鐵、巴士、火車上消失了。然而，幾乎一夜之間，他們回來了，雖然人數不多。最壞的情況已經過去，大家都這麼說。是重新恢復生活的時候了。

在歐洲、中東，大疫仍然嚴峻，但是費城之後，美國其他城市並沒有遭到相當程度的重擊。CNN的一些專家推測，病毒已經突變，毒性減弱了。福克斯電視網的評論員稱讚執政當局以強而有力的行動遏止了疫情，他們舉出的例子是備受批評的旅行禁令。

米爾翠德越說越起勁。「你聽說有一位老師死在她的教室中嗎？」她問：「當著學生的面，當場

---

53 Anderson Cooper，美國有線電視新聞網（CNN）主播。

54 Brad Pitt，美國電影明星。

55 Taylor Swift，美國創作歌手。

倒地死亡。」

「米爾翠德，我們還**活著**！」一位老師聲明。

「而且我們還有工作。」另一位附和。

吉兒回到教室，坐在桌後，看著吃完午餐的孩子回來。他們面臨的人生，壓力更大，因爲險阻更多。兩個達倫家的孩子，除了同姓，父親都在牢裡。柯內霞是班上最聰明的孩子，她母親薇琪盡一切努力保護她，但是她們來自印度，女孩兒在他們社群裡處於不利的地位，無論多聰明多漂亮都占不了便宜。吉兒相信，這些孩子儘管家裡有問題又缺乏資源，都過得去。有一些會成功。柯內霞就會。

千萬別讓不好的事降臨他們頭上，吉兒想。

那天下午，吉兒到靜水公園慢跑。那裡距ＣＤＣ總部只有一公里，有時中午她會與亨利在公園裡的坎德勒湖野餐。她會帶玉米片餵鴨子與定居在那裡的天鵝，牠們很貪心，總是想拔得頭籌。壤土步道在茂密的森林裡盤繞。艾默利大學的學生在湖邊做日光浴，四周是在草地上覓食的加拿大黑雁。天氣太好了，學生似乎因而有點兒恍惚，難以將心思放在教科書上。吉兒看見一對情侶在湖邊擁吻。眼前景觀令人覺得恍如隔世。

她更思念亨利了。她知道世界需要他。他很重要，她還不至於天眞得不明白。但是有時她想，等到他們老了，她終於可以獨占亨利，不時會長期分離的階段終於結束，這個世界不再需要他的關注，那時的生活會是什麼樣子？他們談過要到北卡州或聖塔菲的山上買個小屋。他們一起生活的情景，她想像過許多幅，太多了，然而她也知道：全是一場夢。亨利絕不會心甘情願地罷手，即使放慢步調都不成。她絕對不會完全擁有他。

他們第一次相遇，是在亞特蘭大勇士隊的球場裡。那時她在喬治亞州立大學念研究所，快要拿到碩士學位了。她已婚，先生馬克是艾默利醫院的住院醫師。馬克知道亨利的大名，從未見過面，便越過吉兒與亨利說話，因爲吉兒坐在他們兩人之間。亨利很有禮貌。很明顯，他對球賽比較感興趣，但是馬克有意讓他留下好印象。當時有兩件事令吉兒印象深刻。一是馬克對亨利的敬畏。她從未見過他那麼赤裸裸地巴結另一位智者。他們的談話夾雜許多行話——涉及對抗生素已有抗藥性的肺炎細菌，那時艾默利醫院深受其擾。但是從馬克的反應看來，亨利的回應有創意，令人驚豔。馬克的缺點之一，就是喋喋不休又蠻不講理，但是遇到亨利不免露餡兒。

吉兒注意到的另一件事，是亨利對她的興趣。起先，她以爲亨利只是殷勤罷了。在南方，男士徵詢女士的意見很平常，即使他對女士的想法並不眞的感興趣，就像爲女士開門。亨利不是南方人，也不是那種願意爲了傳統或禮節而犧牲自己原則的人，然而面對馬克的長篇大論，亨利會將吉兒納入回應的範圍，雖然她並不理解他們討論的題材。球賽進行到某一局，費城人隊滿壘，無出局。馬克仍在滔滔不絕，亨利卻滿心期待地注目球賽，只差沒作勢要馬克閉嘴一會兒。猛地一記三壘方向的滾地球，亨利與吉兒猛地從座位上站起，勇士隊三壘手抄起球、踩壘包、傳二壘，二壘再傳一壘。吉兒一時衝動抱住了亨利。

「怎麼了？」馬克問。

「三殺！」亨利大喊。

吉兒從未見過三殺。太精彩了。但是吉兒發現自己的反應耐人尋味。她怎麼會對這個剛認識的矮小男人投懷送抱的呢？

馬克不是個拘禮的人，也注意到吉兒的舉止。球賽結束後，他邀請亨利下週一起晚餐，那是第一次，以後還有幾次。馬克心裡有盤算。與工作無關——不少醫院想網羅他，不久之後他也會自行開業。他注定是名醫的料，住黃金地段的豪宅，名列大藥廠的董事會。吉兒對那種生活並無反感，此外，說句公道話，也許他們兩人都需要亨利才能提供的東西。馬克想向上提升，躋身科學界菁英階層。在那裡，大家竊竊私語的是：誰會獲得諾貝爾獎？馬克有自知之明，他知道憑自己的本事門兒都沒有。但是出外靠朋友。何妨交結一位菁英，他新來乍到、未婚，也許需要朋友、需要關注。吉兒明白馬克正在利用她對亨利的好感——他們彼此的好感。從某一角度看，她覺得馬克很可悲。

但是吉兒可以得到什麼呢？

她絞盡了腦汁。她已婚。對婚姻生活她沒有不滿。亨利是個不容易捉摸的人。他懷有祕密，令她產生興趣。他心思複雜，但是也會變通，看棒球賽都會入迷。他言談有趣，吉兒因而好奇他在床上會是什麼樣子。以任何標準來說，亨利絕不是性幻想的對象。他比吉兒矮一點，弓形腿，有脊柱側彎的毛病，走路使用手杖，但是一旦吉兒有興致，首先浮上心頭的是他的頭，很大，不僅大得不成比例還氣度不凡，她甚至認爲很英俊。氣派，更貼切地說。因此馬克離開她，投入一位避險基金大戶女繼承人的懷抱，她震驚卻不傷心。她知道還有亨利，她相信，不知怎的他一直在等她。她也在等他。

亨利智力超群，他的卓越心靈卻封閉在有缺陷的身體裡，比一般人還小的身體。不過他從未對那些低估他的人、憐憫他的人生氣。吉兒對他們都瞧不起。他們都不了解亨利有一個傑出的特質，在吉兒心中那個特質才是亨利與眾不同之處：表達愛的巨大能力。

另外還一個特質，也令吉兒百思不解。亨利有一顆有罪的良心——他問心有愧。他們在棒球場相識的時候，亨利是到CDC出差，他的本職仍在迪特里克堡。他生活在保密的世界裡，從不透露自己的工作。他們認識後不久，亨利就在CDC找到了正職。那是十六年前的事了。

亨利認爲是吉兒把生氣帶入自己的生活的，簡直就像他是吉兒生下的一樣。他總是說，他們的婚禮是他有生以來最幸福的時刻。吉兒也有同感。但是幸福是無常的特質，吉兒常常擔心絕望的海嘯不知什麼時候會來襲，清算幸福的歲月。

攀爬架上的孩子吐了，那時泰迪正在操場上。班長協助他到保健室，那裡已有三個孩子，症狀是鼻子流血、覺得噁心。接到消息的校長，以擴音系統宣布進入「代碼十二」狀況——教師把學生帶回教室，走廊淨空，靜待家長前來帶孩子回家。有些家長已經聽說了，連忙趕來接孩子。他們的眼睛充滿了恐懼。

過去二十四小時，另有一萬八千個美國人死於恐溝里流感，疫情分布於十七個城市，包括亞特蘭大，那裡已有兩百個流感相關死亡病例。新聞裡充滿了這樣的故事：父母死在晚餐桌上，四個孩子成了孤兒；底特律一座監獄，十二名犯人病死，十三名病重，高層決定打開大門釋囚，因爲他們無法保護犯人。這些都是寓言，反映社會正在解體——因爲災難恣行無忌、人人一籌莫展。

大多數死者都是因爲身體對抗感染的免疫動員過度激烈，如迅雷飆風，很快撒手西歸。其他的死者則可能拖上十天，受急性呼吸疾病症候群折磨，即無藥可治的非典型肺炎。恐溝里大疫之後，不畏抗生素的新菌株激增。流感與肺炎合計，死亡率接近五成。

吉兒必須等到所有的學生都被家長接走之後，才能帶海倫與泰迪回家。她的食物儲藏櫃其實已經空了，她急著添購日用品，怕什麼東西都被搶購一空。她趕到自家附近賣自然食品的店，以爲那裡不會那麼恐慌，沒想到碰上了緊張忙亂的群眾。身著瑜伽裝的婦女（隔壁有一個瑜伽班）在貨架間奔走；穿西裝的生意人推著兩、三輛購物車；其他人揀了東西抱滿懷，沒付錢就走出去了。吉兒也想有樣學樣。兩名店員儘可能地處理算帳、收錢事務，但是他們也怕死了，急著早點離開，免得可能受感染。

「只收現金。」一名瘦小的印度女孩說，她額頭上有一紅點，印度教的紋記。

「噢，別這樣，我身上沒那麼多現金。」

「信用卡系統沒有反應，」她說：「因此只收現金，沒辦法。」

吉兒注意到排在她身後的生意人滿手現鈔。不知怎的每個人都比她消息靈通。手提包裡她只找出四十三塊錢。店員收了錢，東西點都不點。吉兒自己將它們裝入紙袋，走出店外。她覺得頭暈，呼吸變得淺了。[56]

吉兒回到家時，亨利用FaceTime來電。他在沙烏地衛生部，穿一身白色實驗袍，上面還有阿拉伯文。不知怎的，一看到亨利正在舒舒服服的工作她就無名火起。「你爲什麼還在那裡？」她問：「你不屬於那裡。你應該在這裡的，照顧我們。管理你的實驗室。可是你卻遠在沙烏地阿拉伯。」

亨利對吉兒的怒氣心裡毫無準備，簡直莫名其妙。「我想各種辦法回家，能做的都做了，」他說：「這裡的美國大使也在爲我想辦法，但是沙烏地阿拉伯仍然在封城中，所有班機都停飛。我不知道還有什麼可做的。」

吉兒突然哭起來。好一陣子，亨利只是聽她哭泣。她害怕。她想保護孩子，到了歇斯底里的地步。亨利眼裡也噙滿了淚水，他再度說話時，聲音是顫抖的。「妳一個人必須顧到每一件事，實在不公平，難爲妳了。」他說。

「『公平，』」吉兒厲聲說道：「你根本不知道這裡已變成什麼樣了。」

「那妳就告訴我。」

「我從來沒有想到人的行爲會變成這樣。每個人都害怕互相幫助，沒有人眞的知道要做什麼。囤積了食物的人不願與人分享，或是錢，也不願。有些社區有食物銀行，但是關門了，我想是因爲沒有人願意其他人來分享，或者，食物已經分光了。現在是人人爲己。」

「聽我說，吉兒，我會很快回家，我保證。我眞的有人脈。凱瑟琳正在想辦法，馬莉亞也是。每個人都想讓我回家。會辦成的，我保證。」

「有人從隔離區逃出來，我聽說了那些人的故事。你不能開車越過沙漠，到某個其他國家去嗎？」

「邊界封鎖了。沿著伊拉克邊界有空中巡邏，其他國家可能也有。我不知道葉門的情況是不是好一點。這個局面不可能一直持續下去。教人啼笑皆非的是，封城是我倡導的點子。現在想阻遏恐溝里已經太遲了，被困住的卻是我。」

「噢，老天，我多麼需要你在這裡，」吉兒說：「我知道我現在很自私。唯一重要的是，你必須想個辦法阻止這個疾病。它太可怕了，比什麼都可怕。我知道你會說不只是你在努力，但是，就是你了，亨利。」

56 這是焦慮造成的生理反應。

25 維護領導中心

副總統怒氣沖沖。「到底是什麼出了差錯？我們明明擊敗了這個病毒。」他以指責的語氣說，直接看著巴特列少校。

「看來並沒有，長官，」她說：「病毒潛伏了兩個星期，並不是不尋常的事。您也許還記得，上個星期您認爲每個人都可以回去工作了，那時我們便討論過這個可能。」

副總統瞪了她一眼，但是蒂迪現在已經明白，巴特列絕不會拐彎抹角或者語帶保留。她是不折不扣的科學家，說實話是她的天職，注定她會與這個房間裡的其他人格格不入。雖千萬人吾往矣。她的正直令蒂迪不情願地佩服起來。

「在一天之內，我國的經濟損失了——多少？二十億美元！只有一天！他媽的一天而已！我不知道什麼時候我們可以重開市場。妳告訴我多少人已經死了。」副總統再度要巴特列回答，但是他並沒有停下來等待答覆。「我們的醫院已經關上大門，讓上門的病人到其他地方去！我們甚至來不及埋葬死者。我們怎麼會對這個狀況完全沒有準備？」這是指責，而不是問題。「眞他媽的一團糟。」他結論道，與他傳播福音時的虔敬態度判若兩人。「妳的名字，再說一次？」

「巴特列，長官。巴特列少校。」

「妳提過的那個抗體玩意兒，妳已經有了嗎？」

「單株抗體，是的，有了，長官。我們正在用雪貂做試驗。」

「算了吧！妳告訴我們，這是創造某種免疫力的最佳希望。華盛頓流感疫情慘重。我們需要維護領導中心。」

什麼領導中心？蒂迪想。總統幾乎完全缺席疫情對策辯論，只是一味怪罪反對黨在他上任前忽視公衛需求。

「好吧，巴特列，妳看這樣好不好，」副總統繼續道：「我要妳今晚到白宮來，爲總統帶一劑那玩意兒來。」他想了一會兒，「還有他的家人。」

「我也要爲您帶一劑嗎，長官？」

蒂迪很驚訝巴特列問那個問題的語調沒有任何變化，完全平鋪直敘。副總統忖度如何答覆的時候，人人都盯著桌面。這是鐵達尼號的最後一具救生筏，蒂迪想。你會救自己，還是救你的人性？

「這玩意兒我們有幾劑？」

「大約兩百劑，」巴特列說：「現有的任何一劑我們都無法保證安全性或有效性。而且每個人都不一樣，免疫力也不一樣。正確的劑量仍然不知。」

「兩百。」副總統以手指敲打會議桌，「兩百。要救的人。嗯。」

蒂迪決定讓他解脫。「您應該接受，」她主動提議：「爲了政務的連續性。」

「不成，」他說：「其他人排在我前面。軍事首長。閣員。應急反應人員。神哪，做這個決定眞教人爲難。我要祈禱、求神指示。」

這是第一次，蒂迪覺得有點兒同情他。在大家準備散會的時候，「還有一件事，」她說：「我不認爲我們可以繼續冒險面對面開會，除非疫情解除。白宮會安排視訊會議。也許巴特列少校可以建議我們應該怎樣行動才能利己利人。」

巴特列沒說什麼新鮮事：就地避難，洗手，非萬不得已不到公共場合，非去不可的話要戴口罩與乳膠手套。「如果你有症狀，請記住醫院已經滿了，也許不是你最該去的地方，除非你需要呼吸器。如果家裡沒有人照顧你，請至少要安排兩個人每天打兩次電話給你。多喝水。臥床休養。」

「可以吃阿斯匹靈嗎？」

「絕對不行！」巴特列說，嚇了大家一跳。「這是出血性疾病。不能服用任何會稀釋血液的東西。許多常見的消炎止痛藥都不行，例如含有阿斯匹靈、布洛芬、悳普生的消炎止疼藥、含有阿斯匹靈的制酸劑、鴉片類止痛藥——一條有用的經驗法則是：別吃任何讓你覺得好過的藥。」

這是典型的巴特列語言。「泰諾沒有關係。」她不情願地承認。

他們收拾公事包的時候，參謀首長聯席會議的人問中情局：「你聽過一個叫做『地球保衛者』的團體嗎？我的一個女兒對他們很著迷，簡直無法自拔。依我看，有點像邪教。」

中情局沒聽說過。蒂迪也沒有。

「我會打聽，是因爲他們反人口增長，我說的是他們很瘋狂。在他們的造勢場就可以看見那些主張。削減人口什麼的。他們像是不惜從地球上削減個幾十億人。不是我女兒，她沒有那樣主張，但是她對他們很同情。」

「聯邦調查局在洛杉磯逮捕了他們一些人，」司法部說：「他們闖進一家精子銀行，你想得到嗎？大肆破壞。拔掉冷凍櫃電源，毀掉整個庫存。」

蒂迪說這聽起來可能是從大的團體分裂出來的小群體幹的，由一個怪胎領頭。

「我同意，」司法部說：「但是他們的頭兒過去在政府裡幹過。在迪特里克堡領導許多祕密玩意兒。然後他遭到解僱，就到一個民間承包商那裡去做什麼骯髒的工作。」

「他是科學家？」蒂迪問。

「是的，微生物學家。叫傑根．史塔克。」

26 人體試驗

傑根告訴他這是個機會。無價的機會。測驗他們的理論。這是在傑根變成「麻煩」、因而離開迪特里克堡以後的事。國會在調查某些難以用「防禦性措施」辯護的實驗。都是祕密進行的，但是有人洩漏了機密。高層決定在中情局與委託迪特里克堡的祕密任務之間建立防火牆。換言之，就是讓研發人造疾病的天才主持人走路。

在情報社群四周的陰影世界裡，傑根．史塔克是個人物，他一自由就有許多條件很好的工作找上門，競標似的。九一一與伊拉克戰爭之後，民間安全公司如雨後春筍般成立。它們的僱員來自情報界與軍界，受過最好的訓練——海軍特種部隊、中情局、摩薩德（Mossad，以色列情報機構）、南非準軍事部隊。還有政治顧問與學者，以及來自國家安全局的電腦駭客。除了提供職業殺手，這類公司也有套裝服務，或扮演國防部門的角色，部署能夠作戰的部隊，只要價錢談得攏。

傑根主動對一家公司提出了不錯的條件，那家公司——「AGT安全」——僱用了他。這個名字看不出名堂。它故意使用英文縮寫。不過對於傑根這樣的人，AGT是內行人的首選。像AGT之類的民間承包商，下一步是微生物學。僱用傑根是神來之筆。他立即成了金童，公司的未來。傑根有眼光，他知道所有的祕密。其中之一就是亨利．帕森斯教人想入非非的發現。

在迪特里克堡，亨利研究過脊髓灰質炎病毒衍生株。在二十世紀初，脊髓灰質炎是最令人懼怕的病源。它與流感一樣都是ＲＮＡ病毒，但是傳染途徑不同：脊髓灰質炎透過被人類糞便汙染的食物、飲水散播——因此我們才會在游泳池中加氯消毒。一九四〇、五〇年代，美國每一年有數以千計的兒童因而癱瘓。醫院裡安排了一行行的鐵肺——人工呼吸器，有些病人注定一輩子擺脫不了。這個病沒有特效藥，但是沙克疫苗（一九五四）、沙賓疫苗（一九五六）問世後，它幾乎給撲滅了，是現代醫學的偉大成就。不過傑根知道，幾乎從未接觸過脊髓灰質炎病毒的人群，創造了機會：這個病毒感染力強，對中樞神經系統的影響又不可預測，因此是開發成生物武器的上選。

亨利把注意力轉向一種常見的兒童感染病，叫做手足口病，也叫做「腸病毒71型」，它與脊髓灰質炎病毒有密切的親緣關係。腸病毒71型造成的症狀通常比較溫和，雖然有時會見到重症個案，特別是在亞洲，會導致永久性的神經損傷。亨利的任務是探索將腸病毒開發成生物武器的潛力。然而身爲醫師的亨利想的卻是：如果他弄清楚了將一種無害的疾病轉變成大災難的機制，他便可能揭露一個大自然最深藏不露的祕密。

亨利找到了辦法，將脊髓灰質炎與腸病毒71型結合。混種病毒在從未接觸過兩種病毒的小鼠身上，最特異的效果是：三天後，牠們昏迷過去、陷入無意識狀態幾個小時，然後恢復意識，一切如常，沒有後遺症。病毒的作用短暫而無害。同一個籠子裡，沒有注射病毒的小鼠也有同樣的反應，證明病毒會傳染。而且傳染力非常強。

傑根立即看出混種病毒的一個用途，對亨利的天才極盡美言，讓他獨攬功勞，包括亨利想都沒有想過的應用。我們會改變戰爭的方式，傑根說。不再用傳統武器、核子彈，而是用病菌、病毒、生物毒素。仔細挑選目標，嚴謹地準備，一種藉空氣傳播的病源——亨利的病毒——該怎麼叫它？失能劑？某種麻醉劑？——能夠令敵人動彈不得，讓我方有時間逮捕他們，或者解除武裝。不流血，從外表看是一個自然事件。都虧你的發現，亨利，你的精彩的發現。

失能劑。麻醉劑。一種沉睡劑。在傑根的描述裡，這個發現那麼的和善。實際上沒有人知道那是什麼；它還沒有做過人體試驗。但是傑根是個說做就做的人，而在民間，在沙漠、叢林，以及警察管不到的偏遠地區，祕密行動不必按規矩一板一眼地來。現在有一個完美的機會，他告訴亨利，做你要求的人體試驗。聽我說：在玻利維亞、巴西邊界上的雨林中，有一群販毒恐怖份子。都是壞蛋，哥倫比亞武裝革命軍（FARC）的餘孽。多年來他們躲過了法網，襲擊村落，焚燒農作物，強暴、搶劫，搞恐怖統治。巴西人找我們（AGT）想個一勞永逸的辦法，我們就創造了一個。

亨利在聖保羅與AGT的行動小組會面，任務控制中心設在一個空軍基地裡。行動員快、狠、準一點不含糊，使命必達絕無懸念。他們將「作用劑」——亨利的發明——裝上噴灑農藥的小飛機，降落在亞馬遜叢林裡的一條飛機跑道上，接近科倫巴，位於巴西西南部的烏拉圭河畔。他們要在那裡等到夜幕低垂。目標是孤立的，因此感染不會擴散到目標區之外。恐怖份子藏身小屋的燈火，可以導引攻擊；周遭一片漆黑，使任何反應都陷入混亂。噴灑機會在村子上空穿梭幾次。亨利的「試劑」與炭疽菌不同，人吸入炭疽菌才會發病，亨利的試劑能傳染，因此感染散布得很快。三天後，軍隊會開進村子。傑根與亨利跟在後面，算是前來調查成效的醫療小組。一切都很順利。

亨利對這一行動是有疑慮的。這不科學，一點都不合科學規範。另一方面，他的試劑那時正處於那一階段——必須招募志願者做人體試驗。讓一群恐怖份子暫時癱瘓，似乎更妙，才不辜負亨利的發明（如果它眞的發揮預期的功能）！此外，巴西人有迫切的需求，傑根又信心十足。這些教人鼓舞的想法並沒有完全讓亨利放心。

雨林裡的第三夜，傑根與亨利在一起。令人愜意的和風吹來，推開溼氣，使森林成爲適合呼吸的地方。他們喝玉米酒，傾聽吼猴的招牌吼叫聲。吼猴正遭受一波黃熱病流行病的侵襲，數量大幅減少，傑根怪罪人類社群不講衛生的習慣。兩人談到治療野生動物所遭遇的各種絆腳石。亨利看不清傑根的面孔，只能看見他反射著星光的銀白頭髮。然後傑根說了一段話，亨利從未或忘：「在人與自然的對抗中，我並不站在我們這一方，」傑根說：「我是人類的叛徒。」

這是自白，都怪酒與黑夜，在大白天的清醒時分絕對不會說出口的私房話。亨利想起梅耶醫師說過的話，在奧韋果河畔那家小餐廳，她說傑根是個危險的人。但是在傑根的研究裡，沒有證據顯示他有顚覆的企圖。直到後來，亨利才明白傑根的自白是眞的。

27 費城抗血清

下午六點，巴特列少校抵達白宮西北門，手裡拎著醫療包，裡面有七劑抗血清：五劑來自費城，另外兩劑明尼亞波利斯。國家衛生研究院裡祕密討論過總統應該注射哪一劑。費城病毒株毒性較強，抗體也許能對抗流感最危險的變種。另一方面，明尼亞波利斯血清可能比較安全，但是現在不可能知道。巴特列可能救了總統，或者送了他的命。要是只有輕微的感染，就謝天謝地了。

巴特列被引入二樓的家庭區，帶進總統餐廳旁的化妝室，她從未聽說白宮有這個房間。白牆，照明充足，一個架子擺滿了化妝品與髮刷，還有一具專業用烘髮機。靠牆擺了一張日曬機。等著她的是總統的醫師，一位空軍的將軍，有酒窩顎，眼鏡是老式的三焦鏡片。巴特列行禮，他無精打采地回禮。

「應該由我來注射，還是妳？」他問：「我不清楚規定是什麼。」

「這個不涉及什麼特別的技術，」巴特列說：「我們建議腹股注射區[57]，因爲注射量比較大，三角肌不容易吸收。」

「那麼我爲總統注射，妳爲第一夫人注射吧。他對腰圍有些在意。其他人就分成兩組好了。」

成年的孩子先進來。他們很嚴肅，拿「叢林熱」[58]說笑話可是說得不好笑。在巴特列面前卸下褲子讓她在腰帶下方的大腿側面打針，他們並不覺得難爲情。她不免好奇：他們知道自己冒的風險嗎？她也好奇：他們知道或者在乎，自己也許剝奪了其他人的機會嗎？也許是更有用的人呢——護士、警察、孕婦？或者，事情本來就是這樣進行的，有權、有錢、有名的人就是會得救。她明白自己太天眞了。事情必然是這樣進行的，還用得著說嗎？這就是美國，我們已經變成這樣了。

任務完成。總統的孩子整好褲子，走了出去，一面揉注射的部位。

總統進來了。他眞的很重，巴特列想。她很好奇他的三酸甘油脂數值是多少。總統瞥了一眼巴特列，她聽見總統說：「她不需要在這裡。」

「她在等第一夫人。」白宮醫師說。

「這個嘛，她不來了。我想她不信任你們。**噢。**」總統說，費城抗血清進入了他的身體。

57 臀中肌。

58 在美國，Jungle fever「叢林熱」有性的涵意，指黑人男子對白人女子的欲望。一九九一年上映的電影《叢林熱》已是經典。

28 冰淇淋

儘管政府一再呼籲大眾盡量不要外出，吉兒仍然決定去探望母親。她已經超過一個星期沒去了，但是今天是母親節，她想確定母親諾拉受到良好的照顧。她從自己的花園帶了一些金魚草切花。安養院正面的入口貼了一張她從來沒見過的告示：謝絕訪客。

吉兒戴著口罩與手套。她出發時無法透過電話總機接通諾拉，諾拉也不使用手機。吉兒決定，「訪客」不包括「家人」，於是她逕自走進大門。服務台是空的。大廳裡她沒見到任何人。她搭電梯到三樓，諾拉髖關節骨折之後就住在那兒。走廊空蕩蕩，讓人起疑，雖然吉兒看見房間裡是有人的。

「嘿！嘿，妳啦！」一個男人的聲音發自她身後：「幫幫我！」

吉兒轉過身，看見一個房間裡有個老人正盯著她看，他的面孔因為強烈的情緒而變形，但是吉兒立即注意到的是從他鼻子流的血。

「妳在這兒工作嗎？」他問：「請幫幫我。」

吉兒退了一步。「我會找人來。」她說。

「他們不會來的，沒有人會來。你一定要幫我。我很不舒服，都沒有人幫我換尿布。」

「我很抱歉，我是來探望我媽的。」
「我眞的需要換尿布，那邊就有尿布。」他說，搖動嶙峋的手指指著櫃子。
「我希望我能幫你，眞的。」吉兒說，急忙走開。那人的聲音哀求地追趕著她，「幫幫我！沒有人願意幫我嗎？」
吉兒走進來的時候，諾拉正在看電視。「怎麼那麼久才來，」她嚴峻地說：「我餓死了。」
「媽？是我，吉兒。妳的女兒。」
諾拉專心看著她，記憶的碎片加上這一片新資訊重新組合。她通常都比現在這樣要好。也許是口罩的關係，讓她搞不清狀況。吉兒可以聽到其他人的呼喊，在走廊上混音成爲苦難大合唱，像是一群吠叫不停的狗。
「媽，妳覺得怎麼樣？」
「我告訴你了。我很餓。」
「那就好，那是好的徵兆，」吉兒說：「他們沒有給妳任何東西吃嗎？」
諾拉發出了輕蔑的聲音。
「這麼吧，」吉兒說，一面將金魚草花放進花瓶打理，花瓶上的裝飾是海倫在夏令營裡完成的。
「我到廚房去爲妳拿些東西來。妳想吃什麼？妳要麥片嗎？也許來一點冰淇淋？」
「冰淇淋。」諾拉同意了。
「太好了！我馬上就回來。」
吉兒現在明白了，這裡的老人實質上已經被遺棄了。行政人員辦公室似乎也沒有人。但是她看見一扇開著的門：院長辦公室。傑克．史培林坐在裡面，眼睛下面有黑色的圈，一張完全絕望的臉。

「傑克，你一個人在這裡？」吉兒問。

「第一批流感病人出現後，我們失去了大部分工作人員，」他說：「有些人真的病倒了，我想，但是大多數只是嚇壞了。這種醫療緊急事件，他們沒受過訓練，應付不來。」

「那誰來照顧老人？」

「我們有一些人。很少。要照顧到每一個人，需要時間。妳母親，我很抱歉，大概還沒有吃過東西。」

「你還有食物嗎？」

「我們從農業部得到一些緊急救助，但是我們缺乏基本物資，軟質食物，例如花生醬、條狀奶酪、巧克力奶——這些是他們喜歡的。安素用光了。但是真正的問題是醫藥。」他指指桌上的文件堆，「住在這裡的老人大多數都依賴某個保命藥物，但是我打電話問過的每一家藥房都實行配給制。我整天都在搜購糖尿病、心臟病的藥。我們有人急需抗憂鬱藥，但是那得等，危急的個案先處理。還有其他的問題，我就不煩擾妳了。」

「例如恐溝里。」吉兒說。

院長嘆了一口氣。「三樓、以及『記憶回春』病房，到處都有。」

「你爲什麼不打電話給我？」

「請教妳，吉兒，妳眞的要我打電話給妳嗎？妳眞的想把母親接回家嗎？如果妳想，請便，帶她走吧。少一個人需要食物，需要洗澡，需要上洗手間，需要夜裡叫醒吃藥，我們才巴不得呢。妳等於幫了我們一個大忙，但是妳的家人就未必了。別忘了妳媽媽接觸過病源。想一想吧。」

吉兒在地下室找到了廚房。一位廚子正在幾個大桶裡攪燕麥粥。她身子微微一動，吉兒知道那出於自保本能，意思是：「別靠近我！」

「冰淇淋？」吉兒問。

那個女人搖搖頭。「早就吃完了，」她說：「燕麥粥已經好了，如果妳要的話。」

吉兒拿了一碗上來，回到諾拉房間，順便帶了塑膠湯匙。還好，諾拉已經忘了冰淇淋。吉兒坐在媽媽的床邊餵她吃。

「我到瑪姬那裡走了一趟，有跟妳說過嗎？」吉兒說，望著母親的眼睛——媽媽正在搜尋那個名字。「我們談了許多妳的事。妳一定會以她為榮，以及她與提姆經營的農場。現在是旅遊勝地了！」如此這般，她一直說，就像媽媽都聽得進聽得明白。吉兒知道，重要的是創造那種熟悉的感覺，即使名字與細節早已四散。但是她嘴裡一面說，下意識裡卻有另一個聲音在說：「噢，媽媽，我要拿妳怎麼辦呢？」

學校停課、孩子待在家裡之後，亨利開始每天上午十點都從利雅德打電話回家，好讓吉兒可以出門。她每天都得張羅現金或找日用品，無異戰鬥。大多數商店都關門，但是黑市在不同的街區冒出來，什麼東西都有得買。大家囤積現金，提款機供不應求。聯邦政府儲備了大量通貨，隨時可以注入經濟，但是那些通貨大部分是面額二美元的紙鈔，由於它流通量低，大多數人沒見過，因此會被輕蔑地拒收；而且提款機不會處理二元紙鈔。

傳染病摧毀了「社區一家人」的任何意義。吉兒想起其他的自然災難，例如她小時候在北卡羅來納州遭遇的颶風。她居住的威明頓搖身一變就轉型成一個組織良好的人道救援機器。她父親有一艘釣漁船，街道淹水後，他會去救那些困在家裡的鄰居。母親諾拉與兩個女兒在家準備分給大家的食物籃。吉兒與瑪姬愛死了那些有意義又驚心動魄的日子：大家同心協力，看來每個人都互相關心。

疾病就不是那樣了。鄰人互相懼怕。他們囤積食物。似乎每個人都帶了槍——賣槍是最後一個歇業的生意。最大膽的是經營黑市的人，他們貪得無厭。吉兒相信現在還買得到的食物，大多是偷來的。賣的人盤算過：這是發大財的機會。等到大疫過去，他們就是老大了。他們必須做的事只有一件：求生。吉兒拿一串珍珠換了一袋番茄與一磅義大利筆管麵條。

政府不斷地試圖安撫民情，強調正在不遺餘地做能做的事。但是安撫人心的謊言卻助長了最駭人聽聞的陰謀論。由於互相懼怕，大家退出基本的社會儀式——它們可以保護被災難圍困的社會。眞相缺如、信任崩盤開啓了通往恐懼之門。恐懼正在撕裂社會。

一天早上，吉兒逮到了機會到靜水公園慢跑。剛下過雨，步道仍然有些潮溼。她覺得她像是在一部殭屍電影中：大家都逃出了城市，剩下的人處於生與死之間的狀態，身體一直微微發顫。但是現在，我還活著，她想。由於四周無人，她脫掉了口罩。

她繞過第一個小丘時，看見地上有一隻死鳥。她停下來仔細觀察。橄欖色、黃色的羽毛，黑冠，黑喉。眞漂亮。某種鳴鳥，鶯，她想。瑪姬一定知道。也許這種鳥在這些林子裡很常見，但是吉兒過去從來沒有注意過。要是我能捱過這一關，她想，我一定會更留意。

她記得前一個冬天湖面有一部分結了冰。湖水一直沒有凍得更爲實在。她帶著孩子去散步。是泰迪先發現了冰下的那隻狗。「可憐的東西，牠一定是想在湖面上走走。」吉兒那時說，明白那是泰迪第一次與死亡面對面。那時他嚇到了。他找了一根木棍，想打破湖面的冰。「泰迪，住手，」吉兒說：「我們得等冰融解。管理人員會處理牠的。」但是泰迪繼續敲打冰面，「想想牠的主人，」他大叫：「想想皮伯斯。」

「我知道，甜心。眞教人傷心。但是牠已經死了，我們沒有辦法使牠復生。」

泰迪知道死亡——抽象地，就像孩子談論性一樣——但是現在他**認識**了死亡，他眞的**懂了**死亡是怎麼回事，他身體戰慄，因爲他懂了。現在回想這個談話，吉兒在琢磨：關於死亡，她還有什麼可以對孩子說的？他們嚇壞了，但是她也嚇壞了。現在她渴望已失去的信仰；她在自己孩子的年紀時，對上帝與天堂的感覺是多麼接近確信呀。他們沒有那種信仰，她想。我們沒有給他們宗教信仰。也許宗教全是謊言與神話，因爲我們害怕死亡而建構的。現在她感受到了那種恐懼。生活在沒有迷信的世界裡，在事事都有證據的世界裡，的確讓人有些驕傲。亨利對宗教的敵意極深，她從未想過與他討論精神渴求的話題，但是現在她感受到了這個需求，她不知如何是好。

她接近公園裡的主要車道時，注意到幾個身穿迷彩裝的人在餵鴨子。不過幾天前，她也在同樣的地方餵鴨子，那時世界一切如常。現在不知怎的吉兒覺得那些人很奇怪。她向湖後面的山坡望去，一群加拿大雁在那裡，但是牠們全倒在地上。

「你們在做什麼？」吉兒向其中一人大喊。她注意到那人夾克上有一徽章。

「啊，女士，妳不需要看見這個的，我很抱歉。」

「你在殺這些鳥兒？」

「這是命令，沒有人高興做的。」

吉兒與禽鳥撲滅隊員說話的時候，看見一隻天鵝掙扎著從湖裡上岸，走上人行道。吉兒認得這隻天鵝：如果吉兒沒有餵牠玉米片或麵包粉的話，牠會啄她的鞋，張開雙翼煽動，以輕蔑的態度展現雄姿示威。現在牠像醉漢一樣步態蹣跚，頭低得像有千金之重，然後倒在橫越車道的草地通道上。

吉兒外出後，孩子用FaceTime與亨利通話，簡報他們的作業與正在讀的書。然後亨利在空蕩蕩的街道上漫步，讓孩子見識人都待在屋內之後這個嚴厲的國家是什麼樣子。沙烏地已是夕陽時分，陽光沒那麼猛烈，街道空蕩蕩的，與亞特蘭大一樣。

大部分時間泰迪都很憤怒。與他平常的樣子很不一樣。亨利問起他正在組裝的電晶體收音機，他答道：「你才不在乎呢。」

「不對，我很感興趣，」亨利說：「我初中的時候也想做一個，結果沒做成。」

爸爸居然也有做不成的東西，這的確讓泰迪產生了興趣，但是他的問題卻是：「爲什麼你不能治好這個病？不是大家都認爲你知道怎麼對付它的嗎？」

「我想我就是那個人，」亨利說：「我正在盡全力。但是眞的很難。」

輪到海倫的時候，她在意的卻是另一件事。「媽很不好。她一直都很難過，」她說：「她假裝打起精神做該做的事，但是她，這麼說吧，經常哭泣。不是在我們面前。」

「當下是可怕的時刻，」亨利說：「現在這個時刻，每個人都必須面對過去想都沒有想過的事。我知道對妳來說也是這樣。但是我也知道妳很堅強，海倫，也許妳是家裡最堅強的人了。媽與泰德可以依賴妳。妳也知道自己是那樣的吧，對不對？」

海倫非常平靜地回答：「我想是吧。」

「我希望我能待妳像個小女孩似的，也許不久我們還會有那個機會。但是現在，妳必須承擔大人的責任。」

海倫聞言，沉吟一會兒，然後說：「爹地，你相信天堂嗎？」

亨利可以看到她的眼睛從螢幕瞥開了一會兒，也許是尷尬，因爲她那麼直截了當地問了那個問題。也許是害怕得到的答案。

「我並沒有不相信。」亨利說。

「告訴我你眞正想的是什麼，不要把我當孩子。」

亨利明白他在躲避問題，那可是海倫問過的問題中最重要的一個。「我不信教的，妳是知道的，」他說：「我是科學家。我注視宇宙，當成我想解開的謎團。但是我對生命知道得越多，我就越覺得困惑。我們爲什麼存在？我們不知道，我們也許永遠不會知道。有一位上帝嗎？以顯微鏡觀察某個極端微小的生物單元時，我常常被它的美與功能震撼到必須停下來，讓呼吸平緩下來，冷靜一下。我們怎麼成爲這個樣的？爲什麼我們會有這樣的對話，泰迪的機器人就不會，只能接受主人的命令？我想向妳表達的是我還沒有完全想清楚的想法。這麼說吧：表面上，我把生命看成極爲單純的東西。例如不同的顏色，各有各的名字。你嘗某個東西，就知道它的味道。你聽見聲音，立刻就能知道那是不是音樂。你照鏡子，你看見一個人，你知道那是你。

「但是，要是你觀察那個人的內部——要是你進入海倫的身體看——你發現的就非常複雜。一開始海倫只是一顆微小的細胞，但是現在她包括幾兆個細胞，全都從那一顆起始細胞來的，而且它們有不同的功能。儘管海倫會活到成為一個老太太，每一分鐘都有幾億個細胞死去，新的細胞誕生——但是她仍然是海倫。」

「那些細胞到哪裡去了？」海倫問。

「它們被吸收到身體裡面，它們的能量用來創造新的細胞。但是它們都是海倫細胞。要是你進入那些細胞的內部，裡面的東西甚至更複雜。記得那一架電子顯微鏡嗎？我帶你們在我的實驗室看過的。」

「呃呵。」

「我可以把一顆細胞放大一千萬倍。你能想像嗎？我探究得越深入，我就越驚奇。然而，總有一扇門我打不開。其中的祕密我永遠揭露不了。要是我能打開那扇門，也許我會發現像靈魂之類的東西。」

「天堂呢？」

「我不知道。沒有人知道，說實話。我聽說過死在手術台上的病人又復活了。他們有些人說看見他們死去的親友。我當他們是，用我們的術語說，基準點，就是有趣但無法證明。我希望我能告訴你們：死亡之後還有生命，你在意的所有的人都會在那裡，我們會永遠在一起。」

海倫點點頭，亨利擔心讓她失望了。然後她說：「我相信天堂，我認為它在我們的夢裡。」

「妳的意思是什麼？」

「就像我們已經認得這麼多人、有這麼多經驗，在夢中我們重組每一件事，於是我們有了新經驗，有時我們會遇見沒見過的人，我們一起去冒險，那就是天堂；有時會發生不好的事，或夢魘，那就像地獄。我的意思是，我們爲什麼非把天堂想成一個我們死了以後才能去的地方？說不定我們的人生有一半是醒著花在地球上，另一半在天堂，最後全部在天堂，就是在我們死了之後。」

「那是一個非常簡練的理論。」亨利讚美道。

29 外婆的餅乾

吉兒再度到安養院去看望母親。這一次她一進門諾拉就認出她了。「戴上手套」是諾拉說的第一件事。吉兒從擺在窗台上的盒子裡抽出一副一次性手套，戴在諾拉的手上。她握著媽媽的手。「我要帶妳回家。」吉兒說。

「不行，不要。」

「妳上一次吃飯是什麼時候？」

「我不餓。」

「聽我說，我給妳帶了東西來。」吉兒伸手到塑膠袋裡，拿出一盒香草冰淇淋。花了她二十四美元，她手上的現金就那麼多。

「妳不該來的。」媽媽說。

「拜託，媽，現在我可是有心養你啊。」

諾拉笑了。幾個月來吉兒看見的第一次。她挖了一湯匙送進媽媽的嘴裡。「妳最愛香草的，對吧？」

諾拉點點頭。吃下第一口後，她胃口大開，接著狼吞虎嚥。

「妳的孩子……」諾拉模糊地說道。

「海倫與泰迪。他們都好，只是無聊。他們等不及看妳跟我一起回家。」

「我好愛他們。」

「我知道。他們也知道。」

「我現在不能去。」

「媽，我不能把妳放在這兒不管。」

「我不能去，我病了。」

吉兒極力保持鎮定，但是她的心怦怦地跳了。「媽，我要照顧妳。」

「妳不該來的，真的。」諾拉說。她說話的時候下巴會顫抖。「我已經立好遺囑，準備的文件就放在一個地方。妳和妳妹妹……」諾拉憤怒地瞪著天花板。

「瑪姬。」

「所有的東西都歸妳和瑪姬。」她想了一下，「我的車還在嗎？」

「媽，我們別談那個。」

「我不要大的葬禮。」

「好。」

「葬在奧克蘭，妳爹旁邊。我們有一塊墓地，妳知道的。」媽媽記得最令人驚訝的事，也許現在對她來講這些都是最重要的事。她要她的牧師致悼詞，吉兒知道她說的是誰——他在艾默利大學校園內的衛理公會教堂。吉兒沒有告訴她這個遺願簡直不可能達成，就算教堂仍然在運作，那位牧師還活著。

「我愛妳，媽。」她說，不禁熱淚盈眶。

「我知道。」

吉兒再送了一匙香草冰淇淋到媽媽口中。

三天後，吉兒將諾拉葬在奧克蘭，一個漂亮的老墓園，距亞特蘭大市中心不到兩公里。不是在她的墓地裡。屍體太多了，必須挖一條溝才成。諾拉裹在床單裡下葬的，跟其他大部分人一樣。殯儀館已關門，因為擔心感染，而且棺木缺貨。屍體是租卡車運過去的。少數屍體甚至連裹屍布都沒有。有些人穿著睡衣，其他人則裸著身子。執事人員身穿泰維克防護衣，將屍體放到搬運板上，再以堆高機將屍體放入土溝裡。只有一些弔客在場。這樣的葬禮本來就不是讓人參觀的。

有一會兒，吉兒的思緒被一隻反舌鳥的歌唱給帶走了。牠在一棵玉蘭樹上，鳴聲宛轉，綻放生之喜悅。吉兒想，這就是生命，華美的、連續的，才不管有我們還是沒有我們呢。然後她抽搐起來，啜泣不止。

突然間她感覺有隻手搭在她前臂上。她花了一會兒才認出口罩後的面孔：原來是薇琪，柯內霞的母親。柯內霞是吉兒最喜愛的學生。兩人沒說一句話。吉兒看著一個穿了防護衣的男人從薇琪的日產車行李箱裡拿出一小捆東西，放在堆了屍體的搬運板上。

吉兒的手指發炎，腫得像香腸那麼粗。東西都握不住，什麼都會掉在地上。扁豆灑在爐子上。「媽，我們不是昨晚吃過這個嗎？」海倫問道。吉兒壓下心中怒火。「今晚是不一樣的，」她輕鬆地說：「今晚我們有扁豆加辣醬。」

「太不上道了。」

吉兒看食品櫃裡有什麼。一定有其他的東西可用來配扁豆。她擔心孩子吃得不夠，但是也認爲必須實行配給制，直到大疫自我耗盡、商店重開、提款機正常運作、每個人都回歸他們平淡的生活。食品櫃裡還有一些罐頭食品，冰庫裡也有幾件東西——冰棒、一袋冷凍豌豆、一條保鮮期不明的鱒魚——但撐不了幾天。

吉兒在冰箱裡貼近背面的地方發現一袋麵粉。她母親堅持把麵粉放在冰箱裡，避免生蟲（象鼻蟲），是南方人的老習慣。還有足夠做餅乾的酥油。小時候，不知有多少次了，吉兒與瑪姬站在凳子上幫媽媽揉麵團，做小甜餅、餡餅、特別是餅乾——又燙又易碎，並使廚房瀰漫濃郁的香氣，在記憶裡吉兒仍然可以鮮明地聞到。她的膝蓋變得非常軟弱，必須抓住櫃檯支持身體。

「沒有牛奶。」她低沉地說。

「媽，妳還好嗎？」海倫問，對媽媽的心情總是很警覺。

「我本來打算做餅乾的，但是我們沒有牛奶了。」

「妳必須用牛奶嗎？」泰迪自責地問。是他把牛奶喝光的。

「如果妳想吃外婆做的餅乾，那就要用。」

海倫提出了一個可怕的點子。「也許問問樓上的赫南德茲太太，看她願不願拿一些牛奶來換餅乾。」私底下海倫與泰迪都把赫南德茲太太當成巫婆。
「為什麼妳認為她有牛奶？」吉兒問。
「她養貓，因此她有牛奶。」
吉兒遞給海倫一個量杯。「帶泰迪一起去。看她願不願割捨這個杯子的四分之三。」
海倫沒想到這個任務會落到她頭上，但是吉兒心煩意亂的行動令她不安。她渴望讓媽媽振作起來。大家都意識到發生了嚴重的事，可是沒有人說破。
孩子一離開，吉兒就坐到廚房桌旁，哭了起來。

每個人都叫她赫南德茲太太，但是家裡沒有人知道她結過婚沒有。吉兒猜想她靠社會安全補助金與有限的退休金生活，但是錢大部分都花在酒精與貓食上——她的資源回收桶裡多得是酒瓶與罐頭。電視機整天開著。經常有食品雜貨與披薩送上門，直到最近。她有一輛小車：福特 Focus，可是很少開。吉兒認為她有廣場恐懼症。
他們走上陰暗的樓梯時，泰迪伸手握住海倫的手。燈泡壞了，赫南德茲太太總是拖著不換。他們只到過樓上兩次，都是在萬聖夜，赫南德茲太太會給他們巧克力棒。樓梯盡頭是一道嵌了玻璃的門。海倫敲門。他們聽見地板嘎吱作響，是赫南德茲太太走過來開門。門一開，一個發福、白髮的女人，身穿藍色浴袍。
「喲，哈囉，孩子們。」她說。接著，「噢，黑仔！」一隻大貓溜過他們進入了樓梯間，站在那裡，猶疑不定。「她很快就會回來，」赫南德茲太太說：「她只是四處探索罷了。」

「我們要做餅乾，」海倫說：「妳想要一些嗎？」
「噢，妳眞體貼。」
「但是我們沒有牛奶。」
一隻虎斑貓輕輕碰觸泰迪的腿。天氣這麼好，房裡的窗簾都是拉上的，似乎有些奇怪。
「牛奶？妳是說你需要牛奶？但是我的貓咪需要牛奶，」赫南德茲太太盯著海倫，目光嚴厲，「妳會給我多少餅乾？」
「妳要多少？」
「六塊。」赫南德茲太太說。
「四塊。」
「沒有牛奶就做不成餅乾。」
「沒有麵粉、酥油也做不成餅乾。」海倫說。
「五塊。」赫南德茲太太說。
「四塊。」海倫倔強地說。停了一會，她轉身離開，拉著泰迪。
「多少牛奶？」
「一杯，媽說的。」
泰迪想說什麼，但是海倫輕輕推了他一下，他就閉嘴了。
赫南德茲太太打開冰箱。海倫可以看見裡面有三瓶牛奶，幾乎沒有其他東西。赫南德茲太太倒了整整一杯。「四塊餅乾。」杯子遞給海倫之前，她再說了一遍。「嘿，那隻黑貓哪裡去了？」

黑仔正在抓外邊的門，想溜出去。赫南德茲太太迅速把她抱起。

晚飯後，海倫洗好了餐具，吉兒要她與泰德到客廳來。他們得談談了。

吉兒明白她的聲調會令人產生不祥的感覺，但是她控制不住自己。「你們知道這個可怕的流感眞的很危險，對吧？」吉兒說。海倫與泰迪點點頭。「你們知道有誰病了嗎？」

「我的班上有四個人，」泰迪說：「我想也許更多。」

「更多，」海倫說：「很多人。」

「我猜想有很多人，」吉兒說：「電視上有那麼多報導。全世界都有人病得非常嚴重。」

「爹地現在沒事吧？」海倫問，她注意到了媽媽有言外之意。

「沒事，蜜糖，他很好。他在盡力維護民眾的安全。我們應該引以為傲，對不對？」

海倫認眞地點點頭。泰迪說：「他不在這裡我很憤怒。」

「我知道，」吉兒說：「我也希望他在這裡。他會知道要說什麼。他非常聰明的。」

「出了什麼事，媽？」海倫堅持要知道。

吉兒早就想到女兒可能的反應，在心裡彩排過。「你們知道許多人病得很重，他們有些人不會復元。有些人死掉。你們了解那是什麼意思，對吧？」孩子點點頭。吉兒可以看出他們眼睛流露的憂慮。「瑪姬阿姨打電話給我，關於你們的表姊坎朵兒，她病倒了。她沒有康復。」

海倫已面色蒼白。

「禮拜一發生的事。她突然病得很重，醫師束手無策。」

「她怎麼會生病的？」泰德問。
「沒人知道，泰德，但是有人說是豬傳染的。」
「瑪格麗特女王也病了嗎？」海倫問。
「她也死了。」吉兒說，沒有提瑪姬把所有牲口都帶到偏遠的牧場去，一一射殺。她沒說姨丈提姆也病了，沒說那天早上她把孩子的外婆埋了。一次只說一件事。一件一件來。

30 你有什麼主意？

這個病毒已經演化、毒性大漲，再度發動攻擊，攻勢更猛。研究人員無法遏制它，因而士氣低落。「我們用盡了招式都不管用，」亨利以 Skype 會議視訊對他的團隊說：「你們試過國衛院的通用流感疫苗嗎？」

「那是針對 A 型流感與 B 型流感用的，仍然在測試階段。」馬可說。

「那麼，那些志願者現在還活著嗎？還活著的話，可能表示它對恐溝里有交叉保護的潛力——能中和這次的病毒。」

「我們會去查。」

「輝瑞的疫苗呢？」亨利問蘇珊，一位年輕的實習生，加入大夥兒不久。她的工作本來是團隊裡最棒的人負責的。那個人突然不來上班了，沒有人知道她怎麼了。

「初步的動物試驗看來有希望。」蘇珊回答。

「如此而已？」他尖刻地說：「兩天以前妳就是這麼說的。」

「我們沒有——」

「沒有基線，沒有初步——」

「我們都不知道！」蘇珊說，幾乎要哭了。

「亨利，我們都在盡全力工作，」馬可說：「夜以繼日。我們沒有見過家人，有一半人在這裡打地鋪。每一件能做的事我們都在做。」

「我知道，我知道你們很努力。抱歉，」亨利說：「我明白你們像我一樣氣餒。」說他們還需要更多時間亦無濟於事。誰不知道呢？然而每個人都知道：已經沒有時間了。

蒂迪正在見證美國史的劃時代時刻，她坐在長沙發上看電視，一隻老北京犬陪著她，名叫巴斯金。她知道總統要說什麼：明天聯邦部隊會開進美國城市，保護財產與政府辦公場所。醫療國有化。在購物中心停車場開設帳篷病房。紅十字協會負責建立一個龐大的志願者服務機制。徵用大藥廠，專注於開發疫苗——不只對付恐溝里病毒，而是任何一種流感病毒，提供終身保護。總統會援引二次世界大戰同盟國的勝利、以及撲滅天花之戰，爲大家打氣。都是當時看似不可能的任務。他會保證，美國政府將傾全力保護自己的公民與世界上的其他人民，對抗人類史上最嚴重的大疫。

所有電視頻道都在轉播總統的演講，訊號是從橢圓形辦公室發送的。CNN新聞台請的評論人員都戴了白色口罩與乳膠手套，那一定會引起反彈，因爲口罩、手套都缺貨，即使醫院也存量不足。評論人員以嚴肅的口吻發言，但是觀眾看得出來，他們慶幸自己生而逢辰。在未來，「戴著口罩的評論員」這一幕會成爲「歷史」的一部分。那些評論員會與這一歷史時刻結下不解之緣。他們的訃聞都會註上一筆。

最後，總統出現在橢圓形辦公室堅毅桌[59]後面。他看起來皮膚黑黝黝的，要麼是在日光浴床上磨蹭了很久，要麼是敷上了太厚的粉底。然而蒂迪認爲他看起來很緊張。也許他被這個挑戰嚇倒了。他也意識到《郵報》的新聞引起的軒然大波，那是蒂迪洩漏的，說他與家人已注射了抗血清。

「我的美國同胞們，」他說，比他平常的聲調高了半音，「我們再度面臨巨大的挑戰。全世界再度指望美國，因爲只有我們辦得到。我向各位保證，我們會承擔這個任務，我們會克服這個疾病。」總統閃動眼皮趕走一隻惱人的蚊子。

「今晚我要宣布，我們的國家面對這一可怕的危機，在治理上的主要變革，」他繼續道，「首先，我要說，我們的憲法會捱過這一考驗。」總統現在歷歷數說他已下令採取的行動，他的幹勁似乎高亢起來。「戒嚴，」他說，有力地桌面敲打，「我知道，我知道它給人的感覺，但是一位曾經坐在這個辦公室裡的偉人說過，我們必須恐懼的，是——」[60]

總統說話的時候，看起來像是一滴淚水的東西流下了面頰。總統鬼鬼祟祟地把它擦了，但是另一滴淚水流下了，就在那時候，蒂迪、總統本人，以及美國民眾都發現了：那不是淚水，是血。總統的眼睛在流血。他句子還沒說完，轉播就中斷了。

二十秒後，蒂迪的安全電話響起。「我們啓動了COOP。」對方說，指的是「運作連續計畫」。總統還活著，但是被判定「喪失治理能力」，於是副總統接掌總統職權。就在那時，副總統與資深內閣閣員會被移送到「氣象峰」。那是一座藏身於維吉尼亞州藍嶺山脈的迷你城，有二十棟地下建築物可以辦公，其中幾棟有三層樓高。除了有自己的汙水處理設施與發電廠，氣象峰還有廣播播音室與電視攝影棚（緊急警報系統的一部分），一個火葬場，以及供總統、副總統、內閣閣員、聯邦大法官休憩的房間。他們都以飛機從華府送到那裡去，大約七十七公里。有幾個人拒絕把家人丟下不管，有一人病重走不了（不過，已出現症狀的人本來就不准參與行動）。眾議院議長轉進華府北北西一百公里外的大衛營，因爲他是副總統之後排名第一的總統職權接掌人。大衛營總統寓所「白楊屋」有一地堡，可與國防部在附近的巨大設施聯絡。

蒂迪後來得知，由於副總統在總統發病前接觸過總統，他一到氣象山就被安置在一個大塑膠球中，美國駐外使館都有同樣的配備，以應付生物武器攻擊。現在副總統是全世界最有權力的人了，卻必須由人以管子餵食，在消毒過的泡泡裡治理美國。

蒂迪的公寓位於華府安那考斯底亞河畔，從窗戶可以看見空蕩蕩的碼頭。河水無動於衷，繼續西流，天何言哉。

---

59 堅毅桌（Resolute Desk）：一八八〇年英國維多利亞女王送給美國前總統海斯的禮物，木材來自英國海軍北極探險船「堅毅」號。美國前總統川普與現任總統拜登與他們的前任都使用這張桌子。

60 這句話出自美國第三十二任總統小羅斯福的就職演說：「我們必須恐懼的，是恐懼本身。……」

第三部

在海底

31 愛達荷州

前一個夏天，亨利做了一件非常出格的事：他買了一輛相當新的雪佛蘭越野車（Suburban），車子相當大，像一輛小型校車，足以裝下全家人的睡袋、帳篷、冰桶、釣魚竿，然後帶大家出門壯遊，一路上在平價的假日旅館投宿，進入山區後，就在國家公園裡搭帳篷。吉兒學會使用露營用的瓦斯爐，在平底鍋上做藍莓煎餅當早餐；晚上在營火上烤馬鈴薯，烤亨利與泰迪在溪流裡捉到的鱒魚。溪流清澈見底，你甚至不覺得水的存在。海倫的心情陰晴不定，但是沉醉於大自然之中。她會一個人走開，讀書或者聽音樂，令吉兒很擔心，她可不願意孩子走出她的視野。然後海倫回到營地，頭上插著野花。

到處都有美的事物，但是也有危險——這個都市家庭從來沒有經驗過的那種——雖然亨利的始意就是帶家人深入比較偏遠的荒野。他深信，我們應付得了的艱困可以淬礪身心，以面對人生更大的挑戰。洛磯山脈縱貫八州，到群山中「出操」——遠離有線電視網（如Netflix）、無線網路、冰箱、抽水馬桶，以及文明的各種輔具——可以讓人發現自己的內在資源。還有其他的方法可以透露你的「真我」嗎？收起手上的3C用品，睡在星光之下，「就像睡在聖誕樹下。」泰迪如是說，那時他們正在科羅拉多州安肯帕格里峰[61]底部的小營地。海倫尖叫驚醒，原來是一隻小鹿在舔她臉上的鹽──汗水蒸發的遺留。一群受驚的鹿立即沒入林中，像從另一個世界來訪的幽靈。

文明使我們遠離了自己的眞正本性，我們因而從來不認識眞正的自己。不管怎麼說，這是亨利的信念。因此他教泰迪與海倫如何削木、結繩、生火。泰迪已加入幼童軍，懂得基本訣竅，但是海倫大他四歲，學得相當快。亨利有自己擔心的事。倒不是蛇咬或摔落岩架什麼的，而是他把家人帶到危險邊緣，卻不能保護他們。

儘管如此，他堅持深入地圖上沒有標明去處的路。離開黃石與緊鄰著的大提頓[62]之後，他就不再一味造訪國家公園，享受那裡的淋浴、衛生間，以及必須預定的露營地點。他轉進大西部廣袤的國有林，循伐木道路漫遊。地圖上以綠色標明的公有地簡直無邊無際，任憑他們探索。亨利由於身體不便，無法長途步行，但是他很精，總能發現地圖上沒有標明的小路──那些路通常只適合吉普車，可是他們的全能越野車也能夠對付。吉兒老擔心亨利會弄壞傳動系統，或是底盤的重要組件，讓大夥前不著村後不著店的不知身在何處。但是只要油箱裡仍有油，亨利就不在乎。他才不管什麼迷路不迷路的，其實他似乎巴不得迷路。吉兒坐在前座，不免會咕噥叮嚀該減速、該回頭了，但是突然間眼前就出現了一大片柳葉菜與黃菊，看得人眼花、飄飄然。不妨這麼說，亨利令人惱火正是因爲他有這種運氣，發現一個又一個教人驚豔的美景，各具丰采；無論是花是山、還是看來剛剛才形成的冰河湖。每

61 海拔四千三百米以上。

62 黃石國家公園、大提頓國家公園位於懷俄明州。

個人都激動、累趴、睡眠不足、亟需沖個澡。

進入愛達荷州，亨利突發奇想：租馬、整裝、進入內茲珀斯[63]森林。他研究一張高速公路地圖，看見一條路，終點有個誘人的名字：紅鹿市。那是淘金熱的遺跡，有一個小酒吧、咖啡店，然後就沒什麼了——正符合亨利的預期。那裡有一位美洲原住民，專門售賣野外裝備，他答應擔任嚮導，帶他們走一條山路，到麥竇溪畔一個偏僻的地點——「你從未見過的絕美地方，」他保證：「有人說，那是個神聖的地方。」他缺了一顆門牙、兩根手指，但是名字卻叫「拉奇」（Lucky，幸運之意）。

他們天還未亮就出發了，即使黑漆漆的，馬也認得路。五匹馬載人，兩頭騾子載裝備：帳篷、睡袋、供一星期的食物。泰迪、海倫都沒有騎過馬，泰迪的腳甚至搆不著馬鐙。在亨利看來，那更是他們應該走這一趟的理由——從經驗中長見識。一路上拉奇提醒大家有關熊、鹿、毒草、灰狼的注意事項——正是讓亨利帶全家深入荒野見識的那些危險。可是他卻沒有放在心上。吉兒倒是留心了，一想起可能一人被丟在山上，完全脫離文明，被不熟悉的威脅包圍，她就有不祥的預感。她無法理解亨利的執迷，森林裡盡是雲杉、冷杉、山地松，馬在陡峭的小路上蹣跚前進，她的焦慮也上升了，還有對亨利的怒火——把孩子置於險境。拉奇帶了槍也令她緊張，一方面她不喜歡身邊有槍枝出現，另一方面他們一家人都沒有槍，萬一有需要的話怎麼辦？幾個小時後，她的臀部已磨得難受，必須下馬與馬同行。亨利太了解吉兒了，沒有設法安慰她。

亨利仔細觀察拉奇和他坐在馬鞍上的輕鬆姿態，他對自然的熟悉，他隨時都一副怡然自得的模樣。相形之下，亨利仍在逃避自己的義務。他渴望讓自己完全沉緬於探險之樂、家人之愛，徹底逃離令他分心的事物。用不著說，他突然載了家人深入荒野，而且越陷越深，部分驅力便來自那種心理。

到了一處有一泓泉水從岩石裡湧出的地方，他們下馬休息、午餐。拉奇教泰迪以雙手撥開水面苔蘚，然後喝水。但是泰迪想做拉奇做的每一件事，於是他以手捧水潑到臉上，讓水四散流下，吃吃地笑，海倫見了非試一下不可，不一會兒每個人都因爲冰涼的泉水而精神一爽。荒野似乎不再是危機四伏的地方了。冰冷的純水像是洗禮，讓每個人都獲得新生。

他們上馬再度出發，拉奇讓吉兒領頭，孩子跟在後面，他殿後，在亨利後面，兩人好悄悄商量事情。

「要是一個人待在這裡，連我都會心裡有些發毛，」拉奇說：「一星期實在太長了。」亨利承認拉奇的建議是合理的，但是他心裡自有主張，認爲「荒野一週」正是他家所需要的刺激劑量，至於是爲了預防什麼……一時也說不清。

「我可以三天後來接你們，佣金打個折扣。」他提議。

亨利想了一想，然後說：「我想就五天吧。」

「是的遵命，那也不錯。一切夠用。」

亨利希望吉兒會因爲他願意妥協而心裡受用。

孩子變得躁動不安的時候，拉奇開始唱歌。他的聲音低沉又悅耳，那首歌亨利聽來有些模糊的印象。

---

63 內茲珀斯（Nez Perce）是美國西北部太平洋岸附近的原住民部落名。

翻過山，穿過谷，
我們前進，塵土飛揚，
彈藥車（caissons）勇往直前。
裝彈、退出，他們在此大叫，
回到後方，向右轉
彈藥車勇往直前。[64]

「『caissons』是什麼東西？」泰迪問。
「我並不真的知道，」拉奇說：「只是一首我在陸軍當兵的時候經常唱的歌。」
「我想『caissons』是彈藥車，過去是用馬拉的二輪車。」
「是的，你可能是對的。」拉奇說。他再唱了兩遍，然後泰迪加入，模仿拉奇，不久大家都唱將起來，時間因而過得不知不覺。眾人心頭的焦慮也一掃而空。亨利的偉大實驗可不容逡巡。

亨利從來不知道父親的雙親是誰。坦白說，他根本不想知道，也不在乎。他們從未以任何方式養育過他。他是在母親的雙親家裡長大的：外公伏藍茲．博西克，外婆依露納。一九五六年匈牙利爆發革命，被蘇聯殘酷地鎮壓下來，他們成了難民。伏藍茲背著亨利的母親艾格妮絲，當時只有兩歲，穿越布雷區進入奧地利。他相信不自由毋寧死。

伏藍茲與依露納失去了一切，只剩艾格妮絲。他們學習新的語言，住過不同文化的社區，歷盡滄桑，透過一連串機緣巧合抵達美國明尼亞波利斯。伏藍茲原來是經濟學教授，在布達佩斯科技大學——革命的起源地——教書，現在成了做櫥櫃的木匠。依露納教鋼琴。他們沉默寡言，也許因爲英語一直說得不靈光。亨利住進他們家的時候，兩人已六十出頭，身體都不好。那時亨利四歲。對於他的來臨，兩老毫無準備。

依露納很和善，但是很消極，因爲計畫趕不上變化，她的人生完全走了樣，造成心理創傷。她不知道哪裡有安身立命的機會，以及如何找那種機會。她的策略是鼓勵別人。亨利從小聽她讚美學生，以自己做的核桃餅乾與家鄉甜點獎勵學生，即使他們沒有練習就來上課了。她也以同樣的態度對待亨利：她是一座鼓勵他人的噴泉，沒有自己的人生。不過她有自己的賞心樂事，在花園、在廚房，主要在音樂中。家裡總是音樂飄溢，不是學生胡亂應付席爾默練習曲譜中的曲子，就是依露納彈奏的匈牙利音樂——李斯特或巴爾托克——其中的熱情她從未在其他的人生角落裡流露過。她最喜愛的作曲家是舒伯特，憂鬱的奧地利人。聆聽烏克蘭裔鋼琴家霍洛維茲演奏一首沉鬱的舒伯特即興曲，她會流淚。她的慈祥簡直就是悲傷的一種高貴風貌。

另一方面，伏藍茲則凶猛、怨恨，常讓亨利害怕。也許他對自己迫使家人過那種生活，感到遺憾。他在布達佩斯是受人敬重的教授，工作又有保障，淪落至斯想必起坐不能平。直到過世前，他才與亨利談起往日時光，好像正在回憶一段失落的愛情。確實如此，失落正是博西克家的寫照。他們三人都失去了艾格妮絲，亨利的母親。

64 這是第一次世界大戰時的美國野戰砲兵進行曲，後來成爲美國陸軍軍歌，每年退伍軍人節必定會演奏。

伏藍茲傳授了亨利兩件事，都淪肌浹髓，成爲亨利這個人的特徵。一件是憎恨宗教，因爲他認爲宗教蠱惑了她女兒的心，引領她走上災禍之路。「他們偷走了她！像強盜一般，他們把她帶走了。」伏藍茲以口音濃重的英語說。他談起失去的女兒，與他談起匈牙利陷入共產主義的命運，口吻完全一樣——帶著一種亨利難以理解的憤怒：一個危險的信仰系統怎麼能夠控制通情達理的人？

伏藍茲教給亨利的另一件事是：準備自己。[65]伏藍茲知道亨利體型矮小、有身障、膽子又小，但是他也看出亨利的強項：聰明與好奇。後來亨利推測他的母親也有那兩個特質。「她聰明，有天賦，你的母親，」伏藍茲告訴亨利。他專注於讓亨利武裝自己，禁得起可能的逆境考驗。亨利必須體格強健。他必須不輕信，追求知性的嚴謹。他必須以服務爲職志，讓人依靠，而不依靠別人。

最重要的是，亨利必須克服自己的恐懼。他很容易受驚嚇，不願與人衝突。即使在亨利非常小的時候，伏藍茲都會奚落他，對他大喊「吓！」或把他高高拋起、再接住；到後來，他會攻擊亨利的想法，強迫他面對嘲弄。伏藍茲死於心臟病，他的教誨有時太殘酷、太教人措手不及。他知道時間不多了。亨利升高二那年，他過世了。

在成長過程中，亨利不斷失去他最親近的人。他得到的教訓是：別人不能保護我們。這正是伏藍茲想教他的事。亨利與伏藍茲一樣，也有修補過去的需求，只不過過去是無法修補的。外祖父的死亡引領他走上醫學之路。家裡沒有錢，他必須名列前茅，於是他以優異的成績贏得獎學金，念完普渡大學與約翰．霍普金斯醫學院。如果亨利的父母當年都活著，他就不會成爲現在的亨利。教他如何做人處事的人，是外公伏藍茲與外婆依露納。

儘管他與外公外婆相處的時間不長，他們至少給了他家庭觀念：家，家人，家人之間的關係與義務。亨利知道他天生就不是個特別體貼的人。他在實驗室最快樂，在自己的座椅上讀書最快樂。他與許多智力超群的人一樣，能沉溺在自己的思緒中，超脫於周遭的生活。他可以在一家嘈雜的咖啡館裡做心算，完全沒有知覺到背後的談話聲。他很可能孤獨地生活一輩子。沒錯，他本來以爲這就是他的命。但是他發現了吉兒，他們開始共同過生活，孩子也來了，愛將亨利接引回此世、紅塵。

六月初，山路上仍有雪。拉奇指出不同動物的足跡，亨利才明白他對實驗室之外的自然世界知道得多麼少。從許多方面來說，他生活在小人國裡，透過顯微鏡觀察生命。現在他面對森林、高山，覺得自己很渺小，而他一心想完成的那個高風險任務，開始覺得像是陷阱。

森林變得稀疏，步道前後大轉彎了幾次。馬在邊緣銳利的巨石陣裡前進，鼠兔在岩石間大玩捉迷藏。「要是你運氣特別好，你也許會看見一頭狼，」拉奇說：「要是你看見了，你可以想想我。」

「那是什麼道理？」吉兒問。

「那是我的印第安名字，黃狼。我的部落中許多人名字裡都有『狼』。我們認爲『狼』聰明又狡詐。」

最後，樹稀稀落落，整塊地開闊起來，眼前成了一大片廣袤的草地，盡是高草繁花。比特魯嶺[66]橫臥地平線上，山峰起伏成鋸齒，白雪壓頂，絕美。吉兒吸了口氣。「壯麗。」她說。

65〈繫辭〉下：君子藏器於身，待時而動。

66 比特魯嶺（Bitterroot Range）位於蒙大拿州與愛達荷州交界，是洛磯山脈的一部分，最高峰超過三千四百米。

「這裡發現金子之前就是這個樣子，一切都變了。」拉奇說。他將馬拴在一冷杉看台下的柱子上，帶大家到溪流攤開成一片池塘的地方，裡面都是淡水鮭魚，以昆蟲的幼蟲維生。他幫亨利搭起帳篷，然後用一條繩子繞食物櫃一圈，將它吊到離地四米六的大樹枝上。「要是一頭灰熊經過，也搆不到。」他說。

「有灰熊嗎？」吉兒問。這可不是她考慮過要對付的東西。

「不會啦。黑熊倒是有。過去有一份還是兩份關於灰熊的報告，但是我們從來沒見過。牠們很怕人。話說回來，最好把食物放在牠們搆不著的地方。別鼓勵牠們。」

拉奇必須在天黑前翻過山回去，於是他聚攏馬匹，與亨利一家道別。這正是亨利渴望了許久的事，雖然沒有了馬，他們無異困在這一樂園之中；至少，亨利是走不了的。

那個第一夜，他們坐在露營椅上觀望到溪邊來的動物。一群紅鹿撕開對岸的長草，然後一頭巨大的雄駝鹿踏入池塘，牠的角展幅達一米八。亨利以前從未想過鹿角是致命武器，它們像張開的大手，手指有銳利的尖端，有幾根長達三十公分。那頭駝鹿發出低沉的吼叫，宣示自己的存在，嚇得兩個孩子奔入帳篷，那可是第一夜呢。牠每天晚上黃昏時分都會來，發出同樣的吼叫聲。泰迪開始叫牠牛海螺。一隻禿鷹停駐在附近一塊大石上理羽毛，面對他們旁若無人。所有動物都展現了某種王者氣象，毫不把他們一家人放在眼裡。對人類的凝視，牠們以同等的好奇回敬。在這裡我們都是動物，牠們似乎這麼說。

第三晚下起雨來，雨勢非常大。頭上方雷電交加，閃電像閃光燈一樣照亮帳篷。海倫將自己埋在睡袋之中，但是泰迪很享受這場自然大秀，直到一道閃電劈在附近，每個人都嚇了一跳。吉兒將身體蜷在亨利懷裡，孩子們也一點一點地把睡袋移到父親身旁。亨利醒著，像個哨兵，直到暴風雨過去，隆隆雷鳴從遙遠的山區傳來。最後他終於入睡，那時他想的是這正是他想達到的目的：獲得讓大家情感更緊密的經驗。那個經驗還證明了：教人害怕的事未必會致命。

泰迪問他：「我像拉奇，對不對？」

亨利與兒子正在雨後的樹林裡收集木柴。亨利教泰迪把潮溼的樹枝削去樹皮，裡面就是乾燥的柴火。「你是說因爲你們都是印地安人？」他說。

泰迪點點頭。

「那麼，是的，你們是同一個族群的人，但是在其他方面非常不同。內茲珀斯部落在這裡，你的部落在巴西，相距怕不有幾千公里。」

「但是他們仍然活著，對不？拉奇的部落。」

「是的，他們活著。我相信他們有許多人仍然生活在這一區域。」

「請再說一次，我是哪個部落的？」

「辛塔拉嘎（Cinta Larga）。意思是『寬帶』。」

泰迪扮了個鬼臉。「怪異的名字。」

「那個，我想那是他們日常的穿著。但是我想他們管不到外人怎麼稱呼他們。我並不知道他們怎樣稱呼自己。例如『內茲珀斯』的意思是『穿鼻』。你不覺得那是因爲他們喜愛以珠寶裝飾面孔嗎？」

「我的族人還活著嗎？」

「還有一些，分散在巴西的叢林裡。我不知道還有多少。你想有一天你會回去，見見他們嗎？」

「我想不會，」泰迪說：「我認爲他們都死了。」

「你爲什麼那麼說？」

「那是你告訴媽媽的，對嗎？你說他們都死了，我是唯一剩下的。」

「她告訴你的嗎？」

泰迪點點頭。

「我認爲她的意思是：你出生的小村落，人都死了。不是整個部落。那是因爲他們得了一種病。」

「你救不了他們？」

亨利想說話，但是他的聲音不合作。他開始削另一根樹枝。

他猛地抽搐了一下，像是撿起了一塊火紅的炭。

「怎麼了？」吉兒警覺地悄聲說。

「沒事，」他說：「作惡夢。」

「你全身冒汗，衣服都溼了。」

「繼續睡，」他說：「沒事。」

她知道絕不是沒事。他們剛結婚那幾年，亨利老睡不好，經常被強大的夢魘驚醒，但是正常生活的壓力征服了那些夢魘。現在她翻過身，假裝入睡，最後吉兒也漸漸進入夢鄉。

亨利躺在那兒，傾聽家人的呼吸聲，它們漸趨齊奏。這時他心頭雪亮，驅使他深入野外的，是別的事，與老婆、孩子都無關的事。他仍然在抗拒那些他根本不想回憶的記憶，因爲那些記憶會把他拖回他最恐懼的時刻。他拒絕向過去的創傷投降。——然而，他爲什麼會強迫家人參與一個只對他有特別意義的旅程：面對他自己的恐懼與失敗？從一開始，吉兒就警告他。他們對於這一次出遊的目的，不知已談過多少次。他說冒險能使孩子堅強，強化家人間的內聚力。他告訴自己，是爲了磨練吉兒與孩子，有朝一日他們可能要面對意外的苦難——沒有亨利在身邊，那是遲早的事——正如外祖父的教誨。一旦遭遇事先沒有考慮到的危險，他們缺乏必要的技能與本能保護自己。在亞特蘭大美好的磚屋裡，他們受到保護與呵護。但是亨利沒有對吉兒說實話，或者對自己。他在這裡是爲了自己的理由。回到荒野必然會喚起充滿恐怖的記憶。

吉兒躺在帳篷裡，直到咖啡的香氣讓她醒來。儘管她怕死了與文明斷絕聯繫，她還是要爲亨利的安排鼓掌。這個家從來沒有那麼緊密過。每個人的自信都增長了。她賴在睡袋裡，必須承認亨利的計畫已經達標。上午，他們去健行，或釣魚，每個下午每個人都拿一本書找個地方獨自消磨兩小時。泰迪是個早熟的讀書人，讀的是《哈利波特》第二冊，海倫沉迷於《飢餓遊戲》，亨利帶了居里夫婦的一本新傳記。至於吉兒，她帶了兩本艾利斯．默道克的小說，以爲夠她讀的，沒想到她迫不及待地就看完了。於是她畫畫，描繪野花，打發那美妙的幾個小時。她想像內茲珀斯印地安人繼續在這些大山中孤獨地從事幻象追尋[67]——在動物或禽鳥中尋找保護神的化身，保佑他們的餘生。她想知道那是不

67 幻象追尋（vision quest）是美洲原住民的成年禮。

是真的？她想知道拉奇帶他們到這裡來是不是別有用心。

最後，吉兒走出帳篷，在亨利眼中邋遢卻迷人，一條毛巾搭在肩上。她堅持維持清潔，因此每天早晨孩子起來之前，她會冒霜撥露，跳入溪水，以環保洗髮精洗頭，再到營火前把頭髮梳好。

「昨晚妳起來過。」他說。這是第四個早晨，拉奇明天就會來接他們。

「月經來了，」她說：「還有一件事你知道嗎？海倫也來了。」

「海倫？那麼早？」

「她十一歲了。不是不尋常的。」

「怪的是妳們兩個都——」

「我知道。」

「她還好吧？」

「她超尷尬的。我想她也覺得驕傲，從某種意義上說，但是你知道她討厭死了戶外洗手間了，現在她還必須處理這個。明晚我們找家汽車旅館。」這是命令。

吉兒調做煎餅的麵糊，亨利點燃了瓦斯爐，然後喚醒孩子。今天是他們待在此地的最後一個整天。早餐後他們會立即出發去健行——不是輕鬆的那種。亨利帶的不是手杖而是他以樺樹樹枝製作的拐杖，拄著它頗有《舊約》先知的派頭。天色尚早，鳥兒啁啾而鳴眾聲喧嘩。暴風雨之後，黃松的樹脂氣味特別鮮明。亨利蹣跚而行，但是他們選擇的路線是沿著麥賓溪北向、朝下的緩坡，終點是塞爾韋河。他們走在比特魯山脈、清水山脈之間的山谷。亨利非休息不可的時候，他與吉兒坐在溪岸上，孩子摘附近的木龍葵、或在溪流中玩水。此時此地，世外桃源。

坡度變陡之後，溪流也變得生動而寬闊。亨利獨自撐路而行，到了特別陡的地方便以拐杖撐著身體向下移動。他們開始聽見前方瀑布的吼聲，模糊但穩定，像高速公路傳來的車行聲，然後強度逐漸升高，直到最後他們來到水道匯聚之處：水凶猛地噴湧而下，沖刷著在黑色花崗岩山丘上鋸出來的古老水道。河流穿過岩滑堆與倒斃樹木的殘屑，一路上不是漩渦就是長串的激流，發狂似的像一大群正在逃難的暴民，也不知逃的是什麼災難。

一家人好不容易走下了崎嶇的山路，抵達一處可以看清瀑布的地方，就在那時泰迪看見了躍出水面的鮭魚，牠們在空中擺動尾巴製造推進的力量。魚很大，怕不有一米長，但是牠們似乎克服不了湍流。

「牠們已經開始產卵了。」亨利說。

「那是什麼意思？」泰迪問。

「牠們在秋天產卵，但是牠們得先回到出生地。牠們來自太平洋，逆流而上一千六百公里。然後牠們生下孩子，然後牠們死去。這是牠們的最後旅程。」

「哇噢！」海倫大叫，有一條很大的魚跳得非常高，似乎懸在空中與地心引力拔河，然後才掉回湍流。

「你們也許是看過這種奇觀的最後一個世代，」亨利說：「沿河的水壩與溫暖的海洋已經使鮭魚族群數量減少。真教人心碎，不是嗎？你看牠們必須花多大力氣洄游。」亨利這麼說的時候，一隻魚鷹從峽谷壁上直衝而下，迅速撈起剛進入一上游段的鮭魚。極力扭動的魚兒看來比鳥兒還大，但是魚鷹強有力的翅膀將牠們提升到峽谷之上，沒入森林。

他們回到營地的路上，孩子都沉默不語。海倫有點淚眼朦朧。那一夜他們把熱狗吃完了，孩子鑽進睡袋後，亨利與吉兒坐了一小時，品嘗波本威士忌，觀看滿天星斗，直到星星充塞了宇宙。也許要是亨利頭腦清醒一點的話，就會把食物櫃拉到樹上，但是大部分食物都吃完了，那麼做似乎有些無的放矢。

亨利在帳篷裡從未睡熟過，因此翻箱倒櫃的聲音立即就把他驚醒了。毫無疑問，那是熊。牠耍弄了半天食物櫃，想打開它，咕噥著失望之情，以及憤怒——那是亨利的感覺。

「爹地！」泰迪警覺地悄聲說。

「噓！」

他們都醒了。熊就在附近，牠每走一步他們都聽得清楚。他們聽到牠用爪子抓樹，然後再敲打了食物櫃幾下。裡邊只剩下早餐麥片與奶粉。亨利希望那頭熊能夠把櫃子打開，儘管有安全栓，接著事情就發生了——硬塑膠製品被有力的爪子扯破了的聲音，只有令人喪膽的暴力才能做到。更嚇人的是，牠的氣喘聲、咕噥聲居然引起回應的咕噥聲——在帳篷的另一側。亨利意識到有兩頭熊在這裡，都饑火中燒、憤懣難舒。

然後熊平靜了下來。全家人都能聽見牠們的行動——正在繞著帳篷打探。亨利決定了他將採取的行動。首先，拉開帳篷門的拉鍊，然後衝進溪水裡，把熊引過去，離他家人越遠越好。他拿著手電筒，必要時當棒子使，至死方休。

一頭熊陰森地逼近帳篷，用鼻子頂帳布，牠的溫熱氣息穿透幾乎透明的尼龍，然後牠咆哮，沒有人聽過那麼響亮的噪音。牠的咆哮在帳篷的另一側得到呼應。

突然間，泰迪開唱了：

翻過山，穿過谷，
我們前進，塵土飛揚，
彈藥車勇往直前。

一頭熊再度咆哮，但是泰迪繼續唱歌，其他人也跟著一起唱，大聲又挑釁：

大聲喊，嘿！嘿！嘿！
野戰砲兵，開始點名，
用力喊出你的番號！
無論到哪裡
你永遠都知道
彈藥車勇往直前。

他們繼續唱，一直唱到外面不再有聲音。

拉奇大約是在中午到的。他巡視了一圈，解讀獸跡，重建熊的行動，驚訝地搖頭。食物櫃摔得稀巴爛，全毀。爪印透露了一公一母，灰熊，拉奇說。這時正是交配季節的尾聲。雄爪印從腳趾到腳跟超過六十公分，不算爪子。他就是想不通。

「你們做了什麼？」他問。

「泰迪開始的，」海倫驕傲地說：「他唱歌。」

「他唱歌？」拉奇問。

「對，你教我們的歌。」泰迪說。

他們上馬，離開營地，重返文明；他們都很嚴肅。他們還活著，但是每一件事都已改變。至於他們是誰，仍不清楚。他們回到紅鹿市，拉奇拒收酬金。「這不是你的錯，」亨利說：「你務必要收。」他把錢遞給他，想塞入他只有三根指頭的手。

「我不是那個意思，」拉奇說：「你們的遭遇，我們認爲是神聖的事。」然後他補充道：「我們會將它傳說下去，我們會稱呼你們『熊族』（the Bear People）。」

32 請以此紀念我

塔伊夫，避暑勝地，馬吉德帶亨利到此避難，住在堂兄的王宮裡。亨利來找他的時候，他正在屋頂上，以望遠鏡觀看星空，「我的族人總是在星空中尋找徵兆。[68]」馬吉德說。星光燦爛，令人目眩。

「你知道了什麼嗎？」

「是給我的，那些訊息通常是關於我個人的缺點。星星都是我的岳母。」

戰爭早已箭在弦上，只等新鮮的刺激，沙烏地以飛彈攻擊伊朗在波斯灣哈爾克島上的油庫，提供了刺激。事實上那是爲了報復馬吉德王宮遭到的自殺炸彈，以及沙烏地國家衛隊總部遭到的攻擊。伊朗出動驅逐艦封鎖荷莫茲海峽，切斷石油輸出波斯灣的航道。戰爭爆發了。

「你一直很照顧我，」亨利說：「現在我要請你幫我另一個忙。我必須設法回家。我已想盡辦法。我知道你已盡力，但是我不能等下去了。我必須回家，立即動身。」

馬吉德看著他，臉上布滿憂傷。「我同意，你必須回去，這兒太危險了。這場戰爭會非常殘酷。

68〈周易．賁〉：「觀乎天文，以察時變」；〈易．繫辭〉：「天垂象，見吉凶」。

我們等待末日已有幾百年，現在狂熱派想實現末日，摧毀伊斯蘭也在所不惜。至於送你回家的辦法，我願意提供我的私人飛機，但是有禁航令。而且我的駕駛已經死於恐溝里流感。要不是這場愚蠢的戰爭，我會親自送你回去。」

「一定有什麼辦法的。」亨利絕望地說。

「我不能保證行得通，要是你到得了巴林[69]的話，那裡有個美國海軍基地。也許他們能幫你。我不想告訴你是因爲巴林位於戰區。俄國人已大力增援伊朗。波斯灣比這裡更危險。」

危險？現在亨利才不在乎呢。「我怎麼去？」

「我本來要在晚餐的時候向你道別，我必須率領一營部隊到東部省。那裡距巴林不遠。要是你眞的願意冒這個險，收拾一下，我們黎明前出發。我很抱歉我無法幫更多忙。但是分別之前至少我們還有幾個小時在一起。」

在黎明前的短暫時間裡，亨利試著入睡，但是家的種種影像折磨著他。他在家人最需要他的時候離家那麼久，內疚，令他無時無刻不痛心。他不該到沙烏地阿拉伯的。他來了，可成就了任何好事？這個感染病本來就會擴散開來的，無可避免。誰遏制過海嘯？除了與相愛的人緊緊相擁、禱告，無可如何。

禱告的念頭居然會躍上心頭，他嚇了一跳——那是「無可如何」的徵兆。每一個他萬分關心的人都身處險境。他們在受苦。他們需要他。他卻在萬里之外。

四點一過，馬吉德敲了敲他的門。亨利沒有什麼隨身物品，早已收拾好手提箱，那是吉兒讓馬可帶給他的——也不過是六個星期前的事吧？馬吉德身著軍裝。再一次，他看來像是一個不同的人，完全不是幾年前他們初識時的那位西式醫師，也不是這些天夜以繼日與他一起工作的白袍王子。現在他是一個軍人。「我不上戰場打仗，我上戰場阻止戰爭。」馬吉德說，駕著一輛敞篷吉普車，駛向國家衛隊的基地。那裡有一個營，已經在悍馬車與裝甲運兵車上整隊待發。「我會盡力阻止這個大愚行。但是說到底，這是我的家族。」

到了太陽在東方地平線上露臉的時候，馬吉德率領的車隊已深入沙丘起伏、曲線誘人的沙漠。危險就在他們前方，他們朝危險風馳而去，每個人都有自己的理由。在那充滿焦慮的幾個小時裡，兩個朋友互相吐露了從來沒有說過的故事。

「我母親本來是個奴隸，」馬吉德傾訴道：「比較好聽的說法是『侍妾』，但是因爲我父親是虔誠的人，她一懷孕就娶了她。她是我父親的第四位妻子，前面三位都鄙視她。我父親很快就對她失去了興趣，但是那時我已出生，於是他撫養我，即使在他們離婚之後。現在我提起他，聽起來好像我恨他，但是實際上，我愛我父親。他是我們這個文化養成的男人，不多也不少。要不是我受過西方的教育，我可能也會像他一樣。劍橋與斯旺西[70]的那些年，不只教了我醫學。我學會看待人生的其他方式，我了解我們國家以外的世界怎麼看待我們。

「我跟你說，亨利，有許多次我以爲我絕不會回阿拉伯。沙漠裡什麼都沒有，在你與永恆之間只有一條平坦的地平線，爲什麼要回到那裡生活？我不是已經脫逃了嗎？我可以生活在倫敦中心的蛋

69 巴林是波斯灣中的島國，位於沙烏地阿拉伯與卡達半島之間。

70 斯旺西大學（Swansea University）在英國的威爾斯。

黃區梅菲爾，在那裡開個內科診所，結交風趣又世故的朋友，他們對世界的認識遠超過我想像得出來的。然而在這裡——」他以手勢示意，「心靈像沙漠一樣貧瘠，我們卻相信我們是眞主的選民。為什麼會有這種信仰？我們用來教育自己的是宗教、謠言、民俗。儘管我們無知，眞主卻以全世界的最大獎項獎勵我們。三千億桶石油！我們究竟做了什麼才值得這麼教人驚嘆的禮物？答案只有一個：因爲我們虔誠。於是我們變得更虔誠。《可蘭經》教導我們，眞正的虔誠就是信仰眞主，照顧有需求的人，解放受奴役的人，耐心面對不幸。但是對狂熱份子，虔誠成爲競賽。照顧別人、促進自由都不夠。不夠。我們必須消滅那些信仰與我們不一樣的人，或是比我們低等的人。我們叫做異教徒的人必須受懲罰。於是我們揮霍這份大禮，用我們的財富去淨化世界，使世界變得像這些狂熱份子的心靈一樣的空洞。」

宣洩了之後，馬吉德陷入沉默。悲憤控制住了他的心情，那是亨利從來沒見過的一面。「那麼你爲什麼回來？」他問。

「我也常問自己這個問題，」馬吉德說：「我夢想回到倫敦，但是不可能，因爲我的身分。」

「我想身爲王家的一份子，必然有許多義務。」

「我們的說法是：每個恩賜都附送一個詛咒。好吧，是的。我是一個王子。我有上萬個堂表兄弟姊妹。我們有錢，不錯。我們有權。但是我們心裡有數：有朝一日我們的部落會被推翻。這一定會發生；我們知道的。可是有兩件事我們不知道：什麼時候發生？我們的下場是什麼？我們假裝不知道。我們像聽見警笛的賊，可是根本無處可逃。」

「爲什麼你還沒結婚？」亨利唐突問道。

「我曾有過極爲平淡的幻想，我會娶一個西方的金髮女孩，她有藍色的眼睛，出眾的品味，高雅的教育。事實上，我辦到了。」

「你從沒有告訴過我你結婚了。」

「我離婚了。她叫瑪莉安。她是我整個夢想的一部分：梅菲爾的房子，收入頗豐的診所，下午茶，有樹蔭又有霧的街道、還有文雅的朋友，過文明的生活。高尚的流放者之夢！但是就像我所說的，每個恩賜都有詛咒。對我，那詛咒就是我覺悟到：我絕不會成爲那種生活的一部分，我永遠是個外人，像間諜一樣從窗子窺探內部。我愛我太太，但是瑪莉安的世界與我的有一道鴻溝。我從他們的眼裡看見我自己的本相：我是個阿拉伯人，一個穆斯林，那是最重要的。不是王子，不是醫師。九一一之後，那個想法就一直在我心頭。

「然後發生了七七事件。你還記得倫敦地鐵的自殺炸彈攻擊？死亡超過五十人。七百人受傷，包括我美麗的老婆，金髮、藍眼、受過良好教育的美女。她的右手臂自手肘以上必須動手術。我愛她，我發誓。但是她無法再與我一起生活了。不是因爲我是阿拉伯人、我是穆斯林。瑪莉安無法與我的愧疚生活在一起。」[71]

「她後來呢？現在怎麼樣？」

「喔，她再婚了，也是個醫師，英國人，姓裡面有連字號的那種，身家非常好。他把她照顧得那麼好，我一直很感激。他們有兩個可愛的孩子。我在臉書上看過他們的照片。」

---

71 二〇〇五年七月七日星期四上午，倫敦的地鐵、公車分別遭到恐怖攻擊，五十二人死亡，七百餘人受傷。

「你的故事讓我覺悟我有多幸運，」亨利說：「我得到的遠超過我應得的。我的家人是我最大的幸福，但是我一直擔心會失去他們，而且不管怎麼說，全是因爲我的錯——就像現在的情況。」

「亨利，現在的情況對你有利。大多數人都捱得過這個流感。」

「我毫無用處。我非常憤怒我救不了他們。」

「你禱告過嗎，我的朋友？」

「從來沒有。」

「不曾產生想禱告的衝動？」

「只有昨夜，我想睡覺的時候，禱告的念頭的確浮上心頭，但是那只反映了我的完全失敗。」

「也許那是一個訊息，是『大奧祕』來敲門了。」

「我希望你別生氣，我早就公開宣示棄絕所有形式的迷信了，包括宗教。並不是針對伊斯蘭，而是反對所有的信仰。」

「你眞是一個穆斯林，亨利。」

「一點都不是，我是冷硬的無神論者。」

「一方面，你提到你配不上你的福氣，另一方面你相信每一件不好的事都是你自找的。這是典型的伊斯蘭態度。」

「別對我估計得太高了。」亨利說。

太陽在他們眼中像一盞探照燈。馬吉德交給亨利一條頭巾，擋一擋無情的陽光。

「你瞧？現在你甚至看起來像一個眞正的沙烏地阿拉伯人。」馬吉德滿意地說。

「我覺得比較像一隻煮熟的龍蝦。」

馬吉德笑了。「我遇見過無神論者，還不少呢。在倫敦，每個人都沒有宗教信仰！他們從來沒想過我們一直擔憂的事。我們，有信仰的人，說我們是好人因爲我們有信仰，但是我遇到的沒有信仰的人，大多數也是好人，與穆斯林、基督徒、猶太人一樣。」

「我的一位朋友有一次說，好人做好事，壞人做壞事，並不令人驚訝。但是，要是好人做壞事，就需要宗教了。」

「我想他在你身上看見了一道無法癒合的傷口。」

現在太陽正在頭上，天不僅大亮而且炎熱。影子不見了，沙漠成了一片平原，一個沙質的平底煎鍋。在高速公路上，他們後面的車隊伸展了好幾公里。在前方，一場戰爭正在進行，而且不會很快結束。亨利不知道他的朋友是否能挺得過。他難以想像：像馬吉德這樣有生氣又有價值的生命之火會被一個愚蠢的軍事冒險吹熄。但是置身於那麼多橫死之中，自己的存有空間似乎小得可憐。他們都警覺這一次也許是他們的最後交談了。

「幾天前我答應過我會告訴你我的故事，」亨利說：「我要說的故事我只說給幾個人聽過。他們都嚇到了，於是我決定再也不說了。我厭惡讓人妄下評斷或可憐，於是我假裝忘記了童年的點點滴滴，而且我還捏造了一個不同的版本，讓別人聽了不會起疑。即使與我最親近的人都不知道眞相。關於自己的父母，還有使自己終身抱憾的疾病，誰會說謊？但是我就說了謊，而且是一遍又一遍地說，好像謊言遲早會取代眞相。

「我父母親對我疏於照顧，證據很明顯：我餓壞了。不是故意的，他們無意殘忍對我——正相反。他們是理想主義者，全心獻身於一個運動。社會正義、族群平等、非暴力，都是他們那一群人的信條，混合了馬克思主義與福音主義。他們要在地球上建立樂園，至少那是他們的領袖說的。他華而不實、偏執，永遠在逃避他想像出來的敵人。他把運動轉移到舊金山，然後再到南美洲。我是在叢林裡出生的。

「我的父母親是誠摯的信仰者。他們相信他們的領袖是先知，像耶穌或穆罕默德一樣。他們是好人，毫無疑問——慈祥、體貼——但是他們沒有時間照顧一個嬰兒，他們常常把我放在營地中的育幼屋，但是偶爾他們根本就忘了我——至少這是我的推測。我只記得孤獨、饑餓，以及恐懼——沒有人來接我怎麼辦？

「現在回想過去，身為醫師，我能診斷我身體的問題。只要想像我們那時在赤道上生活，但是我出生後，大部分時間他們都把我放在一間小屋裡，餵的是香蕉、麥片粥。我發育不良。我的腿長成弓形，我的骨頭容易骨折，而且常常骨折。營地裡沒有一個人能夠診斷或治療像軟骨病一樣的過時疾病。有一次，他們帶我到領袖面前，讓他治好我。我只記得他瞪著我看的可怕的黑眼睛，那時他念起某個咒語，說是可以讓我四肢強壯、以便發育。當然，沒有效果，我成了讓人尷尬的物事——公然挑戰領袖的醫療能力。最後，那年我四歲，我父母決定將我送回印第安納波利斯，因為我外祖父母住在那裡。那個決定救了我——我的病成了我的救星。我想你不妨說那是一個藏了福分的詛咒。兩個月後，營地裡每個人都死了。我的父母親可能屬於第一批。」

「怎麼發生的？」

「氰化物。他們都服用了，超過九百人。」

「那是瓊斯鎮！」

「是的，」亨利說：「是瓊斯鎮。」[72]

「噢，亨利。」馬吉德淚眼汪汪。他不知道還能說什麼。

「我求你，不要可憐我。我把這個故事藏在心裡那麼多年，就是因爲我知道它會改變別人怎麼看待我。就好像說你的父母親是納粹、是痲瘋病人或更糟的東西一樣。我就是我，別管我的出身。我不想被當作某個身不由己的受害者。我得到的教訓是：最好不要吐露我人生的那個部分。」

馬吉德驚訝得不知如何作答。他想表達安慰之意，但是他爲朋友的遭遇而悲傷，難以自已。最後他說：「我對你的父母極爲憤怒，我管不了自己。我很難過，亨利，他們這樣對你讓我非常憤怒。」

「這是我要掙扎的事，不是你的。也許有一天，我能夠原諒他們，但是我年紀越大，越能看清自己也有他們的缺陷。那是最困難的部分：發現自己與他們多麼相像。我知道臣服於一個強有力的理念或人格是怎麼回事。我們也許都會想像我們有強大的道德方向感，但是引導我們在世上爲善的那些本能，也許可以被扭曲、指向最惡毒的行動。」

亨利與馬吉德繼續交換內心深處的哲學，一面穿越阿拉伯半島。最後車隊來到一片紅沙山丘，前方就是蓋瓦爾——世上最大的油田——閃耀在黃昏的斜射光線中。一望無際的抽油泵連動機分布在

72 一九七八年十一月十八日星期六，南美洲蓋亞那瓊斯鎮發生美國人集體自殺的慘事，死者中十八歲以下的兒童與青少年占三分之一——三百零四人。

沙漠上，油井釋出的天然氣火焰像街燈似的照亮了儲油庫。亨利注意到地平線上有另一道穿刺天際的光，像低空掠過的彗星，不知是什麼玩意兒。起先亨利以爲那只是這一異國景觀中的另一個特徵。

突然間馬吉德緊急煞車，舉手作勢要後面的車隊停車。「飛彈！」他大喊。

待亨利望去，一連串反飛彈從沙烏地守軍陣地升起，在空中留下濃煙軌跡，前去攔截來犯的伊朗飛彈。一個巨大的橘色火球爆炸、亮度像太陽一樣，幾秒鐘後才傳來爆炸的雷鳴。地平線的不同地點出現了另一枚飛彈，還有一枚，引發了幾十枚反飛彈。第一個爆炸的煙霾向車隊飄過來，將他們裹起，氣味刺鼻。

指揮官乘坐的悍馬車就跟在馬吉德後面。馬吉德以無線電與他聯繫，下令「散開！」因爲「在這條路上，我們是移動緩慢的目標。」一枚伊朗飛彈突破油田防衛網，擊中一儲油庫，引發一場巨大的火災。

亨利嚇呆了，眼前的戲劇性場面既壯觀又犯天條，他立即明白了戰鬥的誘惑。接著他注意到另一枚飛彈掠過沙漠直接向他們襲來，它不斷調整方向，想看透濃煙搜尋他們。這一死神的工具又快又聰明，不容謝絕，可是馬吉德卻腳踩油門，彷彿等不及迎上前去。亨利大叫起來，可是他聽不見自己的聲音。馬吉德突然間轉向，衝進沙漠，正好飛彈在他們身後的路肩上爆炸。震波使吉普車猛烈搖晃，但是馬吉德立即將車開回高速公路。「我們過了油田之後會比較安全，」他說：「油田一定要保護，不計代價。但是我們就可有可無了。」

現在夜幕已低垂，達曼油田的燈火在遠處閃爍。馬吉德以無線電下令的時候，亨利可以看見東方地平線上燈火通明的煉油廠，塔努拉港就在那裡。那是一座爲機器建造的城市，既不美又不舒適。飛彈或擊中目標或在空中爆炸。儲油庫與井口劇烈地燃燒著，熊熊大火逐漸接近油源，從紅色轉橘色轉黃色轉白色，直到最後大火底部的火焰藍得像冰河湖一樣。南方，阿布蓋格煉油設施的大火將地平線映襯得焦黑。

「亨利，我有壞消息，」馬吉德向他說：「前往巴林的堤道已被摧毀。我可以將你送到達曼港。我最多只能做那麼多了。」

亨利點點頭。回家，甚至再活一天，似乎越來越渺茫。

車隊繼續朝塔努拉港的駐防地開去，馬吉德與亨利單獨轉進剛被摧毀的工業城達曼，街道空蕩蕩的。他們經過一棟公寓大樓，它被乾淨俐落地切開，像刀劈的一樣，廚房、臥室一覽無遺，衣櫥裡還有仍掛著衣服的衣架，讓亨利想起幾年前他爲海倫做的玩偶屋。馬吉德指著一堆瓦礫。「那是半島這一側我們主要的海水淡化廠。」他說，然後閉口不言，讓那個事實的意義逐漸彰顯。

他們抵達海港的時候，碼頭杳無人跡，龐大的超級油輪退到開闊水域裡。警哨亭裡沒有人管理大門進出，也沒看見船。「我不能把你丟在這裡，」馬吉德說，嘴合成一條直線，神情嚴肅，「我也沒法把你帶在身邊。」

「我會想辦法，」亨利說：「巴林並不遠，對吧？」

「距離這裡不到八十公里。一定有什麼東西可利用！」馬吉德矮下身穿過護欄。亨利跟著他，經過一個巨大的停泊處，走到一個碼頭。兩個孩子正在黑暗的海水中釣魚，水面閃爍著油汙。馬吉德訓斥他們應注意自身的安全，但是他們卻對他笑了。亨利可以看出馬吉德眼裡的驚訝——膽敢對他如此無禮。戰爭讓人擺脫了權威、義務、與敬意。沙烏地阿拉伯再也不會是原來的那個國家了。

在沒有燈光的碼頭盡頭，有一艘雙桅帆船，他們要不是走過來幾乎不會看見。馬吉德呼叫了三次，但是沒有人應答。「亨利，你會駕駛船嗎？」他問道。

甲板上立即出現了一個矮小的人，包著頭巾，揮動著一把手槍。馬吉德與亨利吃驚地後退。馬吉德用阿拉伯語對他說話，但是他以英語答覆。「你們想偷我的船。」他大喊。

「我的朋友，別這麼說，我們會付錢。」馬吉德說。

「現在你才這麼說，但是你本來想偷。」從口音聽來，亨利認爲他是印度人或孟加拉人。他的眼神驚疑不定，使他手上的槍更具威脅。

「那是眞的，我們實在沒有辦法了，」亨利承認：「我必須回家，回到美國。爲了見到家人我什麼事都幹得出。」

「你以爲這艘船可以到美國？」

「我只要到巴林，那裡有一個美軍基地。」

馬吉德把手腕上的錶脫下，伸手給他。「先生，你的船不管價值多少，這隻錶都值。要是你願意送我的朋友，我就給你。」

船主垂下了手槍，檢視那隻錶。他對亨利點點頭。「但是你要知道只是送你過去，」他說：「不包括回程。」

亨利同意，然後對馬吉德說：「謝謝你，我的朋友，我不知道我們會不會再見面。」

「我們的命運已經注定，」馬吉德答道：「每一個穆斯林都知道。」他伸手到制服的口袋裡，「我要送給你這個，好讓你紀念我。這是一本英譯《古蘭經》。你不需要讀它，要是你讀了，也許會發現某個智慧，也許得到安慰。無論如何，希望你記得我們的友誼，那就夠了。」

他們互相擁抱，然後亨利登上船。

33 戰區

俄羅斯外交部長是個風度翩翩的高個兒，一副完美的外交官形象，骨子裡像復活節島上面對太平洋颱風的那些巨大石像——頑固。他知道，每一場暴風雨都會過去，說謊極少必須負責任。「我們在伊朗沒有任何有意義的角色，」他堅持道，他正在接受福斯電視台主播華勒斯[73]的訪問，「我們賣軍事裝備給他們，我們也負責維修，這是我們唯一的義務。」

「如果美國支持沙烏地阿拉伯攻擊伊朗，俄羅斯的反應會是什麼？」華勒斯問。

外交部長輕蔑地搖搖頭。「不對，不對，你問的問題預設了我們已經在這一場衝突中選邊站了。我們沒有做這個選擇。」

「美國情報單位顯示的卻不是這麼回事，」華勒斯說：「《華爾街日報》今天早上有一篇報導，說俄羅斯蘇愷-57駐紮在大不里士與德黑蘭麥拉貝德國際機場。那是你們最先進的隱形戰鬥機，對吧？」

「對的，那是我們最先進的噴射機，但是你說的其他細節都是假的。我們沒有在俄羅斯境外部署這種飛機。」

糙。「那篇報導說那些是你們的噴射機，停在大不里士的機場。」

外交部長瞪著華勒斯，好像他只是一隻咬著他的褲腳的小狗。「你指控我們提供不實的訊息，欺騙，」他說：「我們也指控你，美國，對全世界說謊。有關這一場前所未見的大疫，恐溝里病毒。」

「你的指控究竟是什麼？先生。」

外交部長瞇起眼睛。「我們擁有資訊。我們的科學家分析過這個病毒，它不是來自自然，它來自實驗室。只有一個地方有能力製造這種惡毒的疾病。你們的迪特里克堡。」

「你是在聲稱美國製造了這個疾病？超過一千萬美國人死了，全世界有幾億人，爲什麼我們要做這種事？」

「原因我們只能臆測。也許有人犯了錯，讓它溜出實驗室。這種事是會發生的。但是我們可以確定地說這是美國產品。」

「二十多年前，在一九九〇年代，蘇維埃政府唆使了一場誤導訊息之戰，叫做『感染行動』，」華勒斯回憶道，「僞造的科學論文指控美國製造愛滋病毒，說是我們迪特里克堡生物武器研發計畫的產物。你們自己的KGB主管後來承認那是一場宣傳戰。對這個新的指控，你的證據在哪裡？」

「證據顯而易見，」外交部長雙臂抱胸，憤慨地說：「這個病毒是人造的。不是我們造的，還有誰有能力製造這樣的病源？只有你們，你們美國人，你們的迪特里克堡死神實驗室。」

「那些實驗室早就關閉了。」華勒斯指出。

---

73 華勒斯主持過二〇二〇年美國大選的第一場電視辯論會。

「這可是你說的。」

「美國喪生的人數量比俄羅斯高得太多了，」華勒斯評論道：「我們這一邊有許多人認爲製造恐溝里的是俄羅斯人。不然的話，你如何解釋你們已經製造了疫苗，可以爲你們提供某種程度的免疫力？」

「別大驚小怪，」外交部長說：「俄羅斯醫學更爲先進，西方瞠乎其後。」

「然而美國與歐洲的科學家，研究過你們的疫苗之後，發現效果有限。他們說，所有大規模流行病的毒性，在各大洲都不同。」

「他們必須找藉口，解釋他們爲什麼沒能開發出有效的疫苗，」外交部長說：「全是謊言。假消息。」

馬吉德一走進塔努拉港北方的朱拜爾海軍總部指揮中心，就察覺房間裡危險的權力角逐。負責監督作戰計畫的是年邁的國防部長——他的叔叔卡立德。卡立德是王家最虔誠的成員之一，讓他擔任國防部長是爲了安撫宗教領袖。地堡中的將軍們想繞過他的影響力，但是卡立德是個昏聵的老人，一心想成名。他與許多年邁的王家成員一樣，夢想自己在死之前能登上王位。[74]

馬吉德環顧四周，想找一個人約束衝動的叔叔。沒有人。軍官們畢恭畢敬，只用眼神懇求馬吉德出面。馬吉德並不自命懂軍事，他是以部隊公衛顧問的身分派到前線的，但是現場除了國防部長只有他是王家的人。國家衛隊的侯枚耶德將軍把他請到一邊，急切地悄聲附耳對他說：「他想立即攻擊德黑蘭與伊斯法罕[75]。」

「爲什麼選那兩座城？」

「比起軍事基地，它們的防衛比較薄弱，他希望摧毀居民。」

「國王知道嗎？」

「卡立德說知道，但是我們不知道是不是眞的。」

「王儲呢？」

「很不幸，他同意這個決定。」

馬吉德感到震驚。求告無門，解鈴還是繫鈴人。國防部長正站在一張波斯灣地形圖前，神氣得很，他面前是伊朗與沙烏地軍隊布署的戰鬥序列。共和衛隊的快速攻擊艇配備了飛彈，麇集在沙烏地艦隊四周，已經擊沉一艘巡防艦、兩艘輕型巡防艦。蓋瓦爾油田一片火海。以最新的鷹式反飛彈對付伊朗蜂湧而出的無人機，效果並不大。同時，沙烏地對伊朗的猛攻也被俄製防空設施迅速擊退。「我們的 **F-15** 成功地突破阿拉克，將核反應爐與重水工廠炸了，但是付出了很大的代價，」正在簡報的空軍將領說：「我們也看見登陸艇集結在阿巴斯港。」

「但是美國人在哪裡？」馬吉德問。

「他們一會兒就到！」卡立德大聲說：「首先我們必須撩撥俄羅斯人進入戰場。美國總統向我們保證一定會摧毀伊朗。俄羅斯人救不了她。」

---

74 沙烏地阿拉伯現任國王沙爾曼（Salman bin Abdulaziz Al Saud）於二〇一五年一月即位，剛過完七十九歲生日不久。

75 伊斯法罕是伊朗第三大城；當地有核設施。

「要等國王下令才能採取這個行動，」馬吉德驚慌地說：「攻擊平民不僅是戰爭罪行，也是干犯伊斯蘭的罪行。也就是說，這場戰爭將會沒完沒了，直到兩國國力耗盡。」

「我已獲得授權做這個決定，」卡立德專橫地說：「國王讓我全權負責防衛我神聖領土。我已下達決心，結局已經寫好了。真主已經給了我們力量，我們必須善用。」這位王家老人轉向簡報的空軍將領說：「這是我的命令。」

馬吉德站在那裡，驚嚇得全身僵住。然後他走出了地堡。

夜已轉涼。他找到自己開來的吉普車，脫去制服換上樸素的沙烏地白色長袍。他穿上自己的拖鞋，走過一群喧鬧的水手，到大門口，再繼續走入空蕩蕩的城裡。微風將沙推到布滿灰塵的街道上。市區邊上有一個軍官俱樂部，裡面還有一個賽駱駝場。馬吉德走進牲口棚，燕麥與駱駝的氣味熟悉又令人安慰。牠們是美麗的動物；牠們並不該死。他打開門，趕牠們出去、走入黑夜。駱駝惴惴不安。對牠們來說，他是個陌生人，自由又是不熟悉的事物，但是牠們咕噥著、不情願地接受了命運。

一頭駱駝看著他，滿眼的疑問。她是最好奇的一個。她低下頭，馬吉德可以輕撫她兩隻大眼睛中間的那一點。「**我們走吧，愛人，**」馬吉德說：「妳會帶我走嗎？」

馬吉德找到一條毯子一個鞍座，然後騎上駱駝。她又高又有力。他們一起找著一條古道，進入沙漠。

戰爭的聲音讓亨利無法入睡。小船劃開波斯灣磷光閃爍的海水，軍機在頭上呼嘯而過，是神行太保，跟著的音爆就是追風太歲了。波斯灣兩岸都可以看見遠處的爆炸聲點亮了地平線，有些規模不大，其他的可能是彈藥庫或煉油廠，就巨大得不得了，天空像黎明一樣大放光明，亨利覺得自己是從另一個元素——「地水風火」中的水——觀望戰爭。大量物資在極短時間內遭到摧毀，多少年的勞力與無法想像的財富瞬間灰飛煙滅，然後呢？還不是數十年的苦難！戰爭的花費從來沒有誠實地以和平的價格衡量過，即使是普普通通的和平，充滿傾軋的和平。甚至勝利者都會因事前無法完全盤算的發展而身敗名裂。他覺悟到：自己正在見證石油時代的死亡。

天色漸亮，亨利看見島國巴林正在船頭前方。那一丁點土地上的摩天樓陰森地逼近，看起來像站在獨木舟上的乘客。要是戰爭無可避免地會外溢鄰國，亨利不免擔心那些令人自豪的建築物還能屹立多久。這個地區每個國家都選了邊，沒有一國選擇中立。無論如何，戰爭的本質就是擴張，吞噬它所觸及的一切。

帆船朝一個大型港口前進，那裡有煉油廠，以及許多船隻停靠點。那位自稱拉邁敘的船長指著正前方一個大型工業園區。「美國人在那兒。」他說。

正在那時，亨利注意到兩艘巡邏艇向他疾馳而來。他向它們招手，但是他很快就明瞭，它們可不是來歡迎他的。「掉頭！掉頭！」是擴音系統播放的高亢人聲。「你們將要進入禁區水域。要是你們再接近一些，我們就會開槍。」同樣的警告以阿拉伯語再重複了一遍。

「我是美國人！」亨利大喊，但是來船沒有人聽見，即使有人聽見，也無關緊要。

拉邁敘沒有立即行動，但是一串槍聲加上子彈在他面前的水面掃射，他立即掉頭，船帆隨之大幅度變換了角度。

「不要，等一下！」亨利向他大叫。但是拉邁敘可無意面對另一串子彈。

亨利想了片刻，跳下船。

他不是游泳健將。他眼看著風鼓起帆，船離他而去，而他正在海峽之中。拉邁敘飛快地看了他一眼，毫無歉意。亨利距離陸地太遠，也毫無希望。不久，一艘巡邏艇怒吼調頭回基地，任他在海面上浮沉。另一艘則以惰速停留附近。兩位戴了環繞式墨鏡的年輕海軍軍官瞪著他看，臉上毫無表情。亨利朝他們游去，駕駛便倒車緩緩後退，保持距離。他們只是想看著我淹死，亨利想，他的鞋與衣物正拉著他身體下沉。他繼續以狗爬式浮在水面——此外無計可施。最後，駕駛排入空檔，不再後退，讓亨利游到船附近，可以講話的距離。

「先生，你這是在做什麼？」駕駛問道。

「我想回家。」

「恕我無禮，先生，你很幸運還沒被射穿屁股。你往那裡游去，」他指著大約三公里外的一個登岸地點，「就能抵達巴林領土，他們會處理你。」

「你知道我不行的。」

「是你做了選擇，不是我們。這是戰區。我們有我們的規定，先生。我們正在實施嚴格的隔離檢疫，不准任何人進或出，這也是爲了你的安全。」

對那個荒謬的建議，亨利根本懶得回應。「拜託，我是美國人，」他說：「是doctor。我只想回家去——」

「你是doctor？」駕駛的聲調突然變了。

「我是。」

「醫學 doctor？」

「是的。」

駕駛看了一眼他的同袍，再回看亨利。「上船，先生。我們有些人眞的需要醫師。」

亨利游到船尾的梯子。他一離開水面，身子就開始哆嗦，不知是氣溫低還是他一直壓在心底的恐懼突然釋放了出來。另一位軍官遞給他救生衣，駕駛加大油門，將船駛回基地，速度比亨利乘過的任何船都快。他的牙齒不停打顫，完全不由自主。

「先生，看見那艘潛艇了嗎？」駕駛說。那艘潛艇巨大、色灰、線條流暢，而且像鯨魚，但是它頭上居然長出了一條像一金屬十字架的鰭。「它要回金斯灣。他們一直要求醫療支援，但是上級不准他們進入基地。」

「喬治亞州的金斯灣[76]？」亨利說。這簡直像奇蹟。

「船上有人得了恐溝里。」

「我願意冒險。」

「你的選擇，先生。但是這可是會要命的。」

亨利心裡只有一個念頭，他終於要回家了。

76 金斯灣位於喬治亞州大西洋岸，是美國海軍潛艦基地。

34 金魚草花

吉兒死了一個星期，海倫才鼓起勇氣埋葬她。她等到泰迪睡了，再到後院挖墓穴。她沒有想到居然那麼困難。挖得越深，土就越不容易挖。然後是巨大的樹根，她根本無法往下挖。她跌坐在草地上，流淚。她挖的洞實在太淺，她站進去，地面還不到她膝蓋。

屋子外面實在很黑。鄰居的燈光都關了。最近這些天她除了泰迪沒見過任何人。她需要幫手，但是不知找誰幫忙。也許再也沒有人會幫她了，她想。也許每個人都死了。我只是必須做一個成年人，不管我準備好了沒有。她非常氣自己的父母親——爸爸爲什麼不在家？媽媽爲什麼要死？留下她一人照顧泰迪，現在又是這檔事（挖墳）。

爸爸一定也死了。爸爸背叛了她，哄她相信爸爸絕對不會辜負她，但是然後他就不見了。「我們再也沒有聽過他說話。」遲早有一天她會那樣告訴別人。那個句子縈繞在她腦海中，像是一首擺脫不了的歌。

有一次海倫覺得爸爸讓他難堪。她變得在意別人怎麼看待他。海倫很漂亮——這是她與眾不同的地方。爸爸就不漂亮。海倫想孤標傲世，被當做美麗、精緻的化身，而不是與看來可憐的人有什麼瓜葛。亨利了解她的心理。在公共場合，亨利讓海倫有自己的空間，他的高貴大度最後令海倫心碎。她哭了，一面想自己多麼愛他，一方面又覺得自己居然會覺得爸爸讓她難堪是多麼可恥。現在爸爸死了，她再也沒有機會彌補。她恨自己鄙視爸爸身體的缺陷。她無法想像活著卻不完美是怎麼回事，然而她的內在卻是醜陋的。論內在，她渺小、畸形，爸爸高大而美麗。世界上最聰明的人。

但是爸爸救不了媽媽。

爲媽媽挖墓穴成爲海倫做過的事當中最重要的一件。要是她做成了，她就可能倖存。她就會成爲能做大人做的事的人，例如挖一個眞正的墓穴——動物輕易挖不了的墓穴。那個想法令她渾身起雞皮疙瘩。

她在車庫裡找了一把斧頭，開始以莫名的憤怒與決心斫伐樹根，自己也不知那股勁兒是哪裡來的。她依稀知道自己在啜泣。那樹根的直徑相當於她的頭。起先她只是在同一處砍了又砍，然後她想起爸爸砍柴的方式。爸爸對她演示過，先以斧刃對準粗木斜劈，再在對側以同一斜角砍下，如此這般、左右輪替就能造成V形斷點。木屑飛濺，直到她頹然倒下。

她憎恨地看著那樹根。它擋在那裡，阻止她做必須做的事。不公平。這一關太難過了。她必須把每一根分支都砍斷。就算她做到了，她還是要繼續挖土，而她也恨挖土，因爲挖土會腰痠背痛。苦大仇深。

她的眼睛已適應黑夜，但是她挖的洞裡更黑，於是她回到屋裡想打開廚房的燈，讓燈光照進後院。屋子裡母親的死亡氣味裹住她。抽屜裡有一支手電筒，她拿到外面，放在墓穴邊上。

廚房與手電筒的亮光將她的身影投射在鄰居的車庫上，巨大、像卡通片中的影像。她想像泰迪正在嘲笑她。但是她又想：今後還有人笑得出來嗎？她覺得慚愧，居然會認爲這是好玩的事。然後她覺得自己天不怕地不怕、傷心絕望、又邪惡，那給了她能量，使她不斷砍下去，直到樹根全斷。

她在草地上躺了一會兒，全身骯髒、汗津津的。曾經，她的人生多麼美好；現在，每件事都陌生而惡劣。至少我還活著，她想。但是表姊坎朵兒死了。媽死了。爸爸大概也死了。可是日升日落，時光繼續流逝，彷彿我們的存在並無意義。唯一重要的事，是挖這個坑把我媽埋了。她望著那小遊戲屋看，那是爸爸在她三歲的時候爲她建的。她在裡面消磨過許多時間。那是多久以前的事了？只記得當時年紀小。

認爲自己是完美的，實在很蠢。她很高，班上最高的女孩，比大多數男孩都高。注定要長成巨人。有一次她問爸爸爲什麼她那麼高。爸爸很矮，媽媽只是普通。海倫到了十一歲，比他倆都高。

「妳的身高遺傳自我的家族。」爸爸說。海倫從來沒有認眞考慮過爸爸的家人。爸爸沒有照片，只有他外祖父母的，他從未談過自己的爸媽。

「但是你並不高。」海倫說。

「我有高的基因，」爸爸說：「因爲生病，才這麼矮。我記不眞切我爸媽有多高，但是別人都說我媽差不多一百八。我爸還要高五到十公分。因此妳不該驚訝自己占了那麼大的便宜──鶴立雞群，人人可見。」

「你媽漂亮嗎？」海倫問。

「我想是。我外婆有她童年的照片，她的確很吸引人。她成年後的照片我只見過一張，她戴了像是墨西哥寬邊帽，陰影遮住了臉，因此我看不眞切。我爸就引人注目了。他五官分明，紅髮，像妳一樣。不過，沒有『美』的基因。不像身高。」

「眞遺憾，他們已經死了。」

「是的，很遺憾。」

「是飛機失事嗎？還是類似的意外？」

「類似的意外。」

祕密。爸爸已走出房間。現在她再也不會知道了。

她砍。她挖。天開始破曉。她砍。她挖。她哭泣。

爸爸不信上帝，但是海倫信——她的祕密反叛。上帝是她眞正的父親，完美、慈愛、隨時都在。但是那是以前。俱往矣。朝陽美麗如昔，彷彿上帝說道：**關我什麼事，我不需要人在我的世界裡！**海倫想，我的新宗教是：上帝存在，祂恨我們。

她太疲倦了。這一端的樹根更粗。這還用說嗎？那是上帝的意旨。讓人不可能脫逃。每一斧都是想證明上帝錯了。有一隻鳥在歌唱，牠是怎麼逃過的？要是她手裡有槍，一定會把牠轟下來。野生禽鳥是帶原者。牠們甚至會傳染寵物。皮伯斯就死了。她希望能摟著皮伯斯，並且相信愛仍然是重要的事物。

海倫想在泰迪起床前把這事辦妥。她竟然動念：爲什麼不是泰迪死掉，而是媽媽死掉？爲什麼我必須處理這一切？泰迪一無是處又是個負擔，但是她不願意一個人孤零零的。

樹根終於斷成兩截，海倫隨即倒下。她不知她睡了多久，但是她醒來的時候，滿眼都是陽光，她正躺在媽媽的墓穴裡。

她挖，怒火重燃。她的胃痙攣，但是她不能停。等到土壤硬得再也挖不下去了，她改用斧頭，再將土鏟出去。她知道墓穴必須深達一米八。那是不可能的。那麼深的洞，她甚至出不去。她開始與良知討價還價。一個十二歲的女孩能挖多深？現在站在坑裡，地面已經到她腰際了。她想挖一個完美的坑，可是這個坑形狀根本就不完美。

「妳在做什麼？」

泰迪，他站在後陽台台階上，身上是睡衣。

「你覺得好嗎？」海倫問。泰迪點點頭。「餓了嗎？」點頭。「還剩下一些麥片。這裡很快就好了。」

泰迪回到屋裡，海倫並沒有回答他的問題。但是他知道。

海倫開始再度挖掘。天氣眞的很熱，但是她赤腳下的土壤是涼的。汗水流進她的眼睛。突然間她坐下，筋疲力竭。她需要吃東西。她需要喝水。本來媽會這麼叮囑她的。現在她幾乎聽見了媽的聲音。那是她玩完了回到屋裡的時候，午餐已經上桌。那再也不會發生了。都怪上帝。

她坐在坑緣，腳可以在坑裡懸蕩。夠深了。

海倫回到廚房。「還有麥片嗎？」

泰迪不好意思地搖搖頭。海倫想到媽媽的美乃滋加番茄三明治，吐司的邊都切掉。巧克力優格，洋芋片，雞湯麵罐頭，都沒有。食物櫃裡只剩扁豆，而且撐不了幾天。冰箱裡有一塊火腿肉、一包笑牛乾酪（錫箔紙包裝，形狀像迷你派）。不管什麼，海倫吃了泰迪就沒得吃，但是她才不在意。或許她在意呢。她不確定她與泰迪的關係究竟是什麼，爸媽都不在了，不是嗎？

泰迪看著她的表情她認得出來，敬畏，或類似的東西。驚訝。也許是因爲她太骯髒了。然後他的視線轉進了空空的麥片碗裡。「謝謝妳埋媽媽。」他說。

「我還沒有埋。」

「我知道。」

海倫吃了乾酪，兩人便到屋外，站在坑邊。「不怎麼深。」海倫說。

「我想夠深了。」

「是嗎？」

泰迪點點頭。

海倫回到屋裡，媽媽的氣味再度撲面而來。她從烤箱手把上拿下一條擦碗布蒙住臉，像個盜匪。

「回你房間待著。」她告訴泰迪。

海倫到走道盡頭的爸媽臥房，推開門進去。媽媽的嘴張著。她藍得像床頭桌上的瓷燈。被單上都是血跡，眼耳鼻孔都有乾涸的血流遺跡。這是上帝對我媽施展的手段，海倫想。

媽媽的手眞冷，好像剛從冷凍室拿出來的。一具身體怎麼會變成這麼冷的。媽媽很堅硬、很僵硬、很冷，她的身體似乎固定在床上。海倫把被單拉開，媽媽的睡袍凌亂不堪。她把被單蓋上，然後告訴自己：這不再是媽媽了，這是一件笨重的大傢伙，很臭，死的。

海倫抓住吉兒的足踝，把屍體轉向自己。整具屍體像一塊木板地移動了。吉兒手臂擺出的姿態有些眼熟又有些奇怪：她好像正要接受一件禮物，或是想要送上擁抱。海倫把媽媽拉向自己，見到她身上的睡袍向上移動，就把視線移開。突然間整具屍體從床上掉下，砰地重擊地面。吉兒的頭與床框架撞得非常結實，海倫都聽到她頭殼破裂。海倫想高聲尖叫，但是再度告訴自己：這不是媽媽。這不是媽媽。

進入走道後海倫調整了屍體的移動方向，將它拉出廚房，到後陽台。她休息了一下，再到走道衣帽間裡拿了泰迪的美式足球頭盔，爲吉兒戴上。然後她將屍體拉下台階，頭盔一階階地彈跳。

海倫停在墓穴邊上。她不敢讓媽媽滾進去，生怕媽媽落地時面孔朝下，那不是正確的安排。她站在墓穴裡，用力將吉兒朝自己拉下。屍體緩緩從廢土堆成的小山上下滑，然後突然復生似的跳向海倫，將她撞得後退，結果她有半個身子壓在屍體下面——媽媽一條僵硬、藍黝黝的腿頂著她，使她在狹小的墓穴裡動彈不得。海倫扭動身體、向一旁猛推屍體，將身體滑出來。她爬出墓穴前，將媽媽的睡袍整了整。然後她拿起鏟子，第一鏟土就把媽媽的面孔蓋住，她再也不願意看那張面孔了。

墓穴填滿時已暮色四合。新墳看起來與剛出爐的麵包一樣。海倫站在那兒，泰迪走到她身旁，手裡拿了一把在前院花圃採的金魚草花。他們將花放在媽媽的墳上。

35 所有的生命都珍貴

在恐溝里的肆虐之下，各地的政府都失能。體質差的政府垮台並不令人意外，起先是黎巴嫩、伊拉克、阿富汗，一個接一個，大疫所到之處，最強者倒下，弱者撇開，接著就是無政府狀態。六月三十日，義大利、希臘同一天垮台，暴露了西方社會的脆弱。文明就像極地冰冠，虧得幾十年的全球暖化變得越來越薄；文明正在融解、流失。法國是下一個。

但是美國國安會副首長級會報透過加密網路重新召開視訊會議時，主要的議題卻是中東的戰爭。俄羅斯蘇愷-57戰機與美製F-22猛禽戰機在伊朗西部札格洛斯山脈上空纏鬥，結果都被先進的雷達導向飛彈擊落。技術已經演進到萬無一失的地步。那場軍機纏鬥點燃了一場規模更大的戰事：美、俄之間，以及他們的代理人之間。沙烏地油田仍是一片火海。在伊朗，伊斯法罕古城大部分成了一片廢墟。德黑蘭的傷亡民眾數以萬計。雙方開戰時，戰力都已受到大疫衝擊，就像一九一八年，軍隊成為散布大疫的工具。醫院擠滿了流感病人，只能處理極少數戰爭傷員。可是戰事繼續如火如荼，兩國與鄰國都被拉回前工業世界。現代性只剩下武器。

戰爭製造的第一個難題，一如既往，就是難以控制結果。

「我們摧毀了伊朗在阿巴斯港的海軍基地，但是我們比俄羅斯多損失了四架戰機。」參謀首長聯席會議報告。

國防部檢討了整個地區的兵力部署，「對我們有利，但是情況正在變化，」他說：「現在海軍第五艦隊駐紮在巴林，空軍在卡達運作，那是美國在中東最大的軍事基地，部署了B-52轟炸機，可隨時打垮伊朗，到俄羅斯家門口都不成問題。俄羅斯太平洋艦隊正開往波斯灣，更多極爲先進的俄製軍機在伊朗，還會有更多進駐。俄方的優勢是，她防衛的盟友更強大、更耐打。而沙烏地的戰爭計畫，我們都知道，總是要我們出手。」

「環境後果也範圍廣泛，」國務院報告：「東部省死於濃煙的人數以千計。盛行風將有毒濃煙向西吹送，天空都染黑了，一直到西班牙南部。」

商業部的發言倒有獨持偏見的味道，「防衛這個國家值得嗎？」他問：「這些國家不知多少年之後才會再度在世界經濟中有重要地位。」

國務院同意。「伊朗是一回事，但是我們眞的想與俄羅斯全面開戰嗎？」

「他們一定也在做同樣的算計。」國防部說。

美國與俄羅斯都陷入偏執與仇恨的狂熱，渴望在一場極度興奮的大結局中幹掉對方——而且不知怎的沒有啓動全面性的核子大戰。不過，蒂迪認爲此時此刻是讓俄羅斯人吃吃苦頭學乖一點的時候。「按兵不動對我們有什麼好處？」她問：「現在發動攻擊，在他們的艦隊進入阿拉伯海之前。將他們逐出波斯灣。面對普丁這個敵人，你不會有許多對你有利的機會。」

最後會議決定送交各部會首長的建議是：B-52轟炸機升空，摧毀俄羅斯防衛設施，攔阻太平洋艦隊。要是俄國人想開戰，就讓他們付慘重的代價。

那天晚上，蒂迪一面吃微波爐速食當晚餐，一邊看有線電視網的新聞台，老北京犬巴斯金在一旁陪著。美國的疫情正處於高峰階段，政府的服務業務停擺、國會停止集會。新總統仍然藏身在氣象山的地堡中，資深官員都在那裡。總統透過緊急警報系統發布了一篇安撫人心的聲明，說是科學家開發療法已現曙光，商店很快就能重新開門做生意，職棒將恢復比賽——全是謊言，每個人都知道，但是仍然行禮如儀地報導。

「今晚我們有一個特別報導，就是麻省理工學院懷特海學院的生物醫學研究實驗室遭到了破壞。」CNN主播布里澤說道。螢幕上出現的畫面來自懷特海，布里澤說它是世界頂尖的動物研究機構。懷特海與每一個重要的生物醫學研究機構一樣，受邀參與研發恐溝里疫苗。它從CDC取得病毒標本，以猴子、雪貂、轉殖了人類基因的小鼠培養病毒。研究人員想揭開新病源的祕密，殫心竭慮，許多人以實驗室爲家，在走道上睡鋪蓋捲。由於疫情嚴峻，實驗室四周的安全措施多是口惠而實不至。更別談迪特里克堡的層層關卡——藩籬、監視器、掃瞄器。一天清晨，許多人——根據監視錄影，有五十二人——戴上防護口罩，穿著實驗服、手套，乘一輛巴士而來。「我們以爲他們是來交接的員工，或者新的安全人員。」一位科學家說。他們進入門廳，一言不發，直接進電梯。「他們知道密碼，」那位科學家說：「沒有人質問他們。沒有通過審核的人不能進入這裡。但是他們就是進來了。」

他們直接走到動物阻隔區，其中有四個小間，兩個養雪貂、一個有綠猴、小鼠，第四個是空的。

他們沒有穿連身防護衣就進去了，那是極端危險的事。每一個戴了口罩的入侵者拿走兩個飼育籠，目標是綠猴。其他動物就打開籠子任牠們亂跑，汙染每一件東西。雪貂到處都是，許多無精打采地躺在實驗室地面的地磚上，病得動不了。小鼠則消失不見，因爲散入了辦公室，藏在書架後面，或桌子下面。被劫的猴子被載到哈佛廣場釋放，並有影片顯示那裡的狀況。布里澤訪問了劍橋市警察局長，他說他的警力與國民兵整個晚上都在抓猴子，一律格殺勿論。最後兩隻是在地鐵紅線的隧道裡找到的。[77]

「警方懷疑這一入侵事件的領袖是一個動物權利團體的成員，叫做『地球保衛者』。」布里澤說「地球保衛者」的領導人傑根．史塔克正在攝影棚內。他否認他或他團體裡的任何人與這次的懷特海事件有任何瓜葛，雖然他的團體成員先前侵入過懷特海學院。很明顯布里澤不相信史塔克。「他們有安全密碼，」他說：「他們很清楚他們的目的地。」

「是的，眞令人不解。」史塔克說，一點都沒有表態。

「你不認爲這是『違反人道罪』？」

「讓我們把這一點講清楚，」史塔克說：「人對待動物的行爲，不只是懷特海與迪特里克堡，全國還有許多其他的機構，都犯了『違反自然罪』。那些實驗室動物並沒有傷害我們。我們以科學爲藉口，折磨牠們殺害牠們。我知道。我過去也這麼做，我非常慚愧。對人類的福祉值得犧牲那麼多動物的性命嗎？答案是：不値得。」

「大多數科學家說値得，」布里澤說：「全世界死於恐溝里流感的人，數以百萬計。現在不可能知道確實數字，但是我們一直在彙整從各地獲得的資訊，到目前爲止，它們顯示死者人數已超過三百個百萬——三億人。」

「全球人口有八十億，三億挺得住的。」史塔克冷漠地說。他檢查了一下眼鏡，抹去了一個汙點。「想想禽鳥，有多少已經遭到殺害？你知道嗎？你『彙整』過嗎？我們又得到了什麼好處？讓我告訴你，要是你改變了自然的平衡，會發生什麼。你就必須準備面對一場大災難，規模一定比眼前這一個還要大。我們不是應該早就學到了這個教訓嗎？」

「你不是認為每一種生物都是平等的嗎？」布里澤問道。

「所有生物都珍貴，」史塔克說：「為什麼你居然要問？」

「我只是好奇──如果你必須做選擇：拯救一名人類嬰兒的性命或一名黑猩猩，你會選哪一個？」

「這是個有趣的問題，但是我不再做這種選擇。那是過去的事；往者已矣。」

「你相信病毒的生命像人類一樣珍貴嗎？」

「病毒不是『活的』。」

「但是它們是自然的一部分。」

「是的，它們不可或缺。」

「但是，人就不是嗎？」

史塔克盯著布里澤，遲疑，斟酌自己的答覆。「人類已經成為問題，」最後他說：「我身為人，自私地說，我希望我們這個物種長存下去。但是，毫無疑問地球沒有人類的話會更好。」

77 波士頓地鐵紅線在麻省理工學院與哈佛大學各有一站，兩站之間只隔著「中央廣場」站。

36 狄克森艦長

亨利一登上潛艦，就察覺這種不安的情緒。美國潛艦喬治亞號的全體船員，對於剛來的新醫師並不熱情。前一位醫師把恐溝里帶上了船，拜他所賜這艘潛艦才被迫隔離檢疫。現在全員一百六十五名中有五名病倒了，醫師躺在「冰盒子」——潛艦的巨大冰箱——裡。這艘潛艦上多得是勇敢的年輕海員，但是他們被一種他們阻遏不了的敵人包圍著。

平時，船員的醫療需求由一名醫務兵處理；他受過訓練，知道如何處置急救與次級緊急狀況。艦上有一個小藥房，裝設了水平拉門，病人可以直接轉移到檢查台上，因爲潛艦空間有限，走道不容堵塞。在藥櫃裡，亨利發現了一盒盒普癌汰、億珂，都是治療血癌的藥——難怪會有醫師上船。

對病源來說潛艦是理想的繁殖場。空氣不斷循環，每個人都要呼吸。「要是有人感冒，我們都會感冒。」醫務兵海軍中士莎拉．墨菲告訴他。莎拉正在爲他導遊。「無從迴避接觸。」

每個人都叫她「墨菲」。同船海員通常都以姓互相稱呼。她一本正經、實事求是，但是那似乎是常規。船上只有十位女性，每個人都把頭髮紮成緊實的髮髻，看來面孔非常突出，男人理成平頭有同樣的效果。墨菲是個農場女孩，來自明尼蘇達州杜魯司，說話有明尼蘇達特有的口音。其他海員常逗她說她做過「擠奶妹」。她瘦而靈活，走下階梯十分輕盈，像受過體操訓練似的。她會刻意放慢腳步，讓亨利跟上，然後穿過一個圓形艙口——像一個大型保險箱的門。裡面是一個長艙，安裝了二十四支飛彈管，表面漆上大紅色，本來裝的是十二米長的三叉戟洲際飛彈。「我們的配備有些不同，先生，」墨菲說：「我們的是戰斧巡弋飛彈，沒有核彈頭。」每對飛彈管之間有一間九人宿舍，每一邊三層鋪位。這樣如何遏制呼吸道疾病？亨利無法想像更糟的環境了。

受感染的船員只能待在寢室裡。要是病勢惡化到病危階段，就移到控制室下面的小福利社，免得同袍室友親眼看著他們死去。血液的金屬味瀰漫房裡。

「妳如何治療他們？」

「吊點滴，生理食鹽水。」墨菲說。

「抗病毒藥物？」

「無效。」

福利社裡有三名病危病人，兩男一女。墨菲拉開一名病人的被單，他的腳是黑的。「與那位醫師一樣，」她說：「黑腳，藍臉。」

一名病人仍有意識。「你是醫師嗎？」他問。亨利點點頭。「我要死了嗎？」他還不滿二十歲。他的唇是藍色的，他的命運一目瞭然。

「我認為你會好的。」亨利說。有時他能提供的只有希望而已，即使是不實的希望，但是他仍然會責備自己說謊。

那位年輕海員開始哭了。墨菲以嬰兒溼巾輕抹他發燒的頭。

「我好害怕。」他說。

他們離開，到了方便說話的距離後，亨利問墨菲：「妳怎麼處理屍體？」

「現在的做法是運回我們的母港。冰盒子裡有空間，但是，說實話這是個問題。」

亨利的住處原先是那位死掉的醫師住的——飛彈艙盡頭地板上的一張床墊，旁邊是供應潛艦動力的核子反應爐。一張床單權充門簾。至少是個私密空間。亨利在其中噴灑了大量來沙爾消毒噴霧。原先的醫師隨身物品不多，都裝在塑膠袋裡以膠帶固定在牆上，他的衣服壓在床墊下面。只看他留下的鞋子就可以判斷亨利絕對穿不了他的衣服。亨利一身仍是他跳海時的那一套。墨菲給了亨利一袋子內衣與襪子，都是她在病危海員的衣物中搜刮出來洗淨的。

潛艦本來打算入港修理一具受損的引擎活塞，可是找不到必需的零件，只好越過大西洋返回母港，任那一受損活塞一路喧嘩——沒有一艘以隱匿爲第一要務的潛艦願意的事。

在潛艦裡，不會感覺船在移動，但是下潛後亨利耳朵裡就會嗡嗡作響，每一次潛艦調整方向他都發現自己以古怪的角度站著。海員們似乎沒有注意到他們的身體不再垂直於地面。亨利希望他會逐漸適應這一狹窄、只有內部的世界，還有難以察覺的旋轉，但是他必須擊退不時來襲的驚恐。他的睡眠時斷時續，令人驚擾的夢境使他輾轉反側，醒來卻如船過水無痕。

第一個早晨，他一醒來就聞到早餐的香氣。直到那時他才察覺自己餓壞了。食堂裡的氣氛像俱樂部會所，布置了世界各地港口的紀念品、海軍信號旗，以及卡特總統的照片——他是喬治亞州前州長，唯一當選過總統的潛艦人。[78]海員的餐盤上堆放的是炒蛋、香腸與淋了肉汁的小麵包。他們都那麼年輕，亨利想。他拿了三片吐司和一碗穀麥片。

亨利坐下來時，墨菲正要吃完。「哈囉，先生。我以爲你會在軍官室用餐。」她說。

「食物更好嗎？」

「門兒都沒有！」

「我認爲中校指揮官把我當作不速之客，我想我的確是，」亨利說：「我從來沒有上過海軍的船，更別說潛水艇了。我覺得完全搞不清狀況。」

「『小船』，先生。在海軍，潛艦是唯一叫『小船』的船隻。至於指揮官，中校是他的階級，可是潛艦指揮官的職級是上校，因此我們稱呼他上校，不過『船長』也行。你必須了解他這個人。他平等對待每一個人，換言之，他對待你的方式可能會像個難纏的混蛋。但是他是我共事過的最棒的軍官。」說到這裡，墨菲的臉有點紅。

「他看起來身材太高了，不適合這個職位。」

墨菲笑了。「你看我，我總是撞上那些管子什麼的，七暈八素，我可不是巨人。我們常有人頭撞傷。但是，你說的不錯。我可不想像他那麼高。」

「那麼這些人到底是什麼人？」亨利問，他說的是其他二十來個在這裡吃早餐的人。

「募兵，像我一樣，先生。實際操作這艘『小船』的是我們，不過我沒有冒犯軍官的意思。那些人——」她指著一個小隔間裡的一群人，「他們是飛彈控制操作員。我們希望他們都是神志清明的

---

78 美國卡特總統出身海軍學院，曾在潛艦上服役，也參與過發展核子潛艦的計畫，但是從未在核子潛艦上服役。

人。但是老實說，我看透了他們。他們也是人，像其他每一個人一樣。他們要是有人收到了家人傳來的壞消息，像死訊或離婚，他們會沮喪，與其他任何人一樣。」

「那妳怎麼辦？」

「我媽是個兒童心理學家，她有一些毛茸茸的球，上面裝飾了大眼睛，孩子心情憂鬱的時候就拿給他們玩。也許你在藥房裡看過那個罐子，裡面有一堆看起來像糖果球的東西。它們叫『熨帖』。我知道那不是眞正的藥，但是這些日子我發了許多出去。」

「給人東西永遠是好主意，那邊那些壯碩的紳士是誰？」

「他們是海豹部隊。有一支海豹在我們這裡負責偵查任務，有時我們會運送一個登陸小組。他們除了吃與運動，不做什麼。他們是甜心，但是你知道——別惹他們。」她朝他們看了一眼，充滿同情。「他們上得船來，舉手投足都像超人，好像天不怕地不怕。但是這場流感嚇到他們了。你看他們多麼悶悶不樂？他們似乎比其他人更脆弱。」

「妳不也怕了？」

「還用說？是的，我怕！每個人都叫這艘船『死亡小船』。而且恰如其分。我們被困在這裡。我覺得自己一點用都沒有。只能躲入熨帖——自我感覺良好。我寄望你能幫助我們。」

早餐後，亨利探視了三名新增病人。還有一名前一晚死了。

亨利剛上船的時候，覺得這艘潛艦空間很大，非常驚訝，但是很快幽閉感就產生了壓力。他的性子裡並沒有幽閉恐懼，但是處處都是封閉空間，加上身處深海的詭異經驗，在他心裡調製出忐忑不安的感覺；恐懼悄悄接近擔驚受怕的海員，並將亨利心頭的憂慮放大。他很快就發現了一個節奏，在藥房與墨菲一起工作，盡他所能緩解恐懼，分發贊安諾、煩可寧（抗焦慮藥）治療最令人擔心的恐慌症，但是籠罩「小船」的焦慮陰影卻無由驅散。船員像是被人下了絕望藥。他們都知道勝算有多大。到目前爲止，只有一些人發病，但是每一個人都暴露於病源中。發病的人大多數都會死。

第二天，亨利被召進艦長的艙房。佛南·狄克森上校是一位不可能的潛艦人，他太大了，又高又壯，不像個中年人。他的聲音宏亮，富有節奏。

「通常我們沒有眞正的醫師上船的，」船長說：「潛艦成員都是健康的海員。要是你有任何潛在的疾病，你就不能出海。我們停泊港口的時候也非常小心。並不總是能做到。」船長一面說話，一面以種子、花椰菜花餵籠子裡的彩色小鳥。鳥籠就在電腦旁的小桌子上。「我們感染這個該死的流感之前，我們被迫將兩個呆瓜留在岸上，他們在吉布地紋身，感染了肝炎。因此你的前任帶了流感上船的時候，我們已經人手不足。老兄，你眞的餓壞了呢。」他對一隻鳥說。

狄克森在鳥籠水盤裡加水，亨利瀏覽了衣物櫃上貼的幾張照片。一位年輕黑人與女子，都身穿畢業服，亨利認爲他們是船長的成年子女，但是沒有像是妻子的人。大合照，都是他待過的船。以及船長年輕時的一張照片，身上是美式足球隊服：南加大。「噢，你是**那一位**佛南．狄克森！」亨利忍不住插話。

狄克森轉過頭，平和地盯著他看，似乎因爲受打擾而惱怒，接著大笑起來。「老兄，你的記憶眞是悠長。」他說。

「我當然記得那場玫瑰盃比賽的跑陣。」

狄克森眉開眼笑。「那眞是難忘的一天，」他說：「但是我得承認，我們差一點就給俄亥俄州立大做掉了。」

那些鳥兒優雅、多樣，又色彩繽紛：綠背、頭或黑或紅、藍尾羽、黃腹、紫胸——好似以其他鳥兒的零件組成，彼此本來就不相配。「這是彩虹雀，我在杜哈的露天市場買的。牠們讓這個地方有了生氣，同意吧？」他以巨掌抓起一隻鳥，以一把微小的剪刀溫柔地修剪牠的趾爪。「這一隻叫查奇。我想他是這群鳥的頭兒。」

「牠們豔麗眩目，太漂亮了。」

「也是瀕危物種，他們是這麼說的。我想現在所有禽鳥都瀕危，我認爲我幫了牠們一個忙，這裡像是諾亞方舟。」

那群雀鳥啁啾而鳴，從一根棲木跳到另一根，或是在一根玉米軸上磨礪喙嘴，兩人在一旁觀望。「聽我說，老兄。我有生病的工作人員。他們嚇壞了，」狄克森說：「我的航海長死了。我們必須全員到齊才能操作這條『小船』，我們已經人手不足了。我們的安全遭受威脅。我知道你缺乏裝備，幾乎什麼都做不了，但是總有一些事——任何事——你能做吧？我禁不起再失去任何人手了。」

「工作人員也禁不起失去你。」亨利說。

「船上每一個潛艦人都無可取代。」狄克森嚴厲地說。

「但是沒有人比你冒的風險還大。我在藥房的藥櫃裡看見了億珂，我看了你的病歷。你做化療有多久了？」

這個巨人的肩膀頹然下垂了一些。「大約一個月，」他答道：「他們告訴我是白血病。」

「慢性淋巴性白血症，」亨利說：「我想你一定知道，這個癌發展得很慢，但是它會帶來一組問題。因爲它是白血球的疾病，它讓你更禁不起感染疾病，也讓你更無力對抗這個流感。」

「是的，他們都告訴我了。通常他們不會讓一個病人上潛艦，但是這個病不會傳染。他們缺一位階級相當的軍官補這個缺，因此我豁出去了，自告奮勇擋者披靡，這才上的船。這一趟之後，我想他們會要我退休。」

「我不是腫瘤科醫師，」亨利說：「但是我們可以討論治療的選項。同時，我要你戴上這些。」他交給上校一個口罩、一雙手套。

狄克森懷疑地看著它們。「這些東西你都給了我的船員嗎？」

「我只能給你十個口罩與一盒手套。但是它們有時很有用，它們也許不能遏制一場流行病，但是他們可能給你某種保護層。」

狄克森把它們交還亨利。「這艘『小船』上每一個人都面臨感染的風險，不光是我。每個人都可能死。我願意試試我的運氣，與其他人一樣。」

「我佩服你的精神，但不是你的邏輯。你比船上任何人冒的風險都高，而且你比較重要。」

「一艘船就像一個交響樂團，」上校說：「每一種樂器都需要。我只是指揮者——未嘗不可說是**最不重要的**角色，只要人人都按譜演奏。你只要想辦法幫我的船員就成，行有餘力再擔心我吧。」

37 桃莉・芭頓與約翰・韋恩

亨利開始適應了潛艦的陌生韻律。船上以照明畫分晝夜。公共場所在「夜」裡是昏暗的，「晝」則明亮。有些潛艦按格林威治標準時間——軍語叫「世界時」——行事，但是「小船」在穿越大西洋的時候，狄克森船長偏好地方時，也就是說，在他們回到美國東岸之前，時鐘要向後撥九次。亨利的晝夜韻律總是有些跟不上。「小船」上有太多無所事事的時間，其中穿插的繁忙時段，人人專注可是亨利卻覺得高深莫測。過世的醫師留下了一只電子書閱讀器，亨利發現其中有大量經典名著可殺時間，不禁謝天謝地。他挑了《戰爭與和平》，從前一位讀者停下來的地方讀起，「拿破崙軍隊逼近莫斯科，皮埃爾伯爵戴白帽、穿綠色燕尾服由莫斯科出城，意欲上戰場參軍……」

一天，墨菲給他一件海軍工作服，已經爲他改過了。「只需要在褶邊等處做一些修改而已。」她說，對自己的深思熟慮輕描淡寫。亨利極爲感動。他穿上之後才發現：他距離融入大夥兒之中只差一個細節——他必須理個髮。理髮師是一位助理廚師，理髮是額外任務。他姓「薊原」，但是人人叫他「廚子」。「你要怎麼理？剪短一點就好了？」他問。

「制式的海軍頭。」亨利告訴他。

「鬍子也剃光?」

「不,鬍子我要留著,但是你可以修短一些。」

然後,亨利在住處仔細端詳鏡子裡的自己。他看起來像是不同的人。他的頭皮摸起來刺刺的,幾乎裸露,他的面孔似乎放大了,像是透過放大鏡看一樣。他的鬍子短而有型。我這輩子要一直維持這幅模樣,他想。

亨利回到藥房,墨菲與一位疼得皺眉蹙額的潛艦海員在等他。他想必有十九歲,臉上起了紅色面皰。

「發燒?」亨利問墨菲。

「智齒。」

亨利將墨菲拉到走道上。「我不是牙醫師。」他告訴她。

「是,先生,我知道。」

「他知道嗎?」

「我們從來沒有牙醫上船的,沒錯,先生,他理解。」

亨利回到藥房。那位年輕人看著亨利,眼裡滿是憂慮。他名牌上的姓是「麥考阿利斯特」。

「你的名字,年輕人?」

「傑西。」

「你痛到什麼程度,傑西?」

「很痛,長官,不然我才不會來呢。」

「張開口，我們看看。」

亨利拿了一根壓舌板，檢查他的口腔內部。他可以看見下顎臼齒後面腫脹發炎的牙齦。阻生的智齒傾斜向前、推擠前方的臼齒。很明顯，智齒必須拔掉。也許上顎兩顆也要拔，但是它們沒有發炎，亨利決定不管它們。亨利以探針輕觸腫脹的牙齦，麥考阿利斯特疼得跳了起來。

「墨菲，妳有『息痛卡因』嗎？」

「有，先生。但是，要是你決定動手術，我們應該到軍官室去。那裡光線比較充足。」

亨利檢查了手術器械。有一套適合小型手術的基本工具：兩把尺寸不同的手術刀、一根鼻套管、刮匙、小鑷子、夾子、縫傷口用的持針器，以及各型牽開器，夠用了。但是他已經很久沒動過手術了——他可曾動過手術？

亨利、墨菲帶著那位面容陰鬱的病人抵達軍官室的時候，船長與一位三等士官長正在玩一種撲克牌遊戲。他們二話不說收起撲克牌，墨菲收拾桌子，打開上方的手術燈。亨利一再爲船上運用空間的巧思而驚豔。

幸好墨菲打針的手藝好，不久麥考阿利斯特的牙齦便麻木了。但是亨利一拿起刀，他的眼睛就盯著亨利的一舉一動。

「傑西，要是我們走運，你不會有任何感覺，」亨利說：「我會盡可能小心。千萬別咬我的手，好嗎？」

麥考阿利斯特發出一點聲音，也許是想笑。

亨利在腫起的牙齦後面切下，然後是前面，揭露那顆阻生齒。他拉開組織，墨菲將血、膿吸出。

他繼續向下切、尋找齒根，可以聞到發炎的味道。麥考阿利斯特渾身因焦慮而顫抖。很久以前，亨利繞開了外科醫學，因爲他極不願對人施加疼痛。

拔出那顆智齒並不費功夫，但是顎骨已感染了。亨利沒有牙鑽或其他工具可用，只好把顎骨的感染處鑿掉。他無情地推進、深入，一而再再而三，麥考阿利斯特不斷慘叫，直到下顎骨上的血洞終於清潔、清新。

「沒那麼糟，對吧？」亨利驕傲地說，開始將空洞縫起，墨菲將棉花塞入傷口四周。

麥考阿利斯特惴惴不安地點點頭，因爲他知道亨利接下來要做什麼。

「現在我們做另一邊。」亨利說。

那天晚上發生了一件亨利這輩子最尷尬的糗事。他穿上去世醫師寬大的浴袍和拖鞋，毛巾掛在脖子上，就跟他見過的其他潛艦人一樣。然後他開門走入了三位女士之中，她們或在淋浴、或在抹乾身體，墨菲也在其中。在那一刻，亨利全身完全凍結。「滾出去。」一位女士告訴他，他立即退回住處，尷尬莫名。

半小時後，有人輕敲他的門。是墨菲。

「噢我的天，」亨利說：「怎麼說都不足以表達我的歉意。」

「還好啦，先生。我們知道不能怪你，沒有人跟你解釋我們的暗語。我們的淋浴間有男士時段、女士時段，你知道的唯一辦法是看門上的照片。」

「我沒有注意。」

「桃莉・芭頓是女士時段，約翰・韋恩男士時段。沒有人認爲你是故意的，是我們的錯，我們應該早點告訴你的。」

亨利走進食堂的時候，大夥兒正在看《黑豹》，他突然明白船上每個人都知道了他的女士浴室歷險記。他們彼此輕觸，悄聲說取笑「便車客」的笑話——說的就是他這位陌生人。沒多少時間他就成了一個傳奇小丑。或性變態。他不知道他們還有什麼可以說他的，也不想知道。

「嘿，醫師！」一位海豹隊員說。他的同袍想要讓他閉嘴，但是他掙脫了他們。「我的好友今早死了。」

「是哪一位？」亨利問。

「下士傑克・柯提斯。你告訴他他會好的。」他說。

在這個年輕人的臉上，亨利可以看見憤怒與哀傷。「我很遺憾，我無能爲力。」他說。

「那麼你他媽的在這裡做什麼？這個他媽的病正一個又一個地幹掉我們。」

「我們沒有可以治療它的辦法——」亨利正開始講話，但是那個年輕人還沒說完。「我在這裡，因爲我知道怎麼執行我的任務，」這位海豹隊員說：「但是你只是占空間而已。」

亨利無言以對。

38 赫南德茲太太

「你還要再來一點番茄醬湯嗎?」海倫問泰迪。她討厭伺候弟弟,但是家裡真的沒有人可以說話了。她可以用媽媽的手機打電話給朋友,偶爾有人會在門廊放下一些食物,但是不夠吃。扁豆已經吃完了。廚房櫃子裡空空如也,讓她想起小時候唱過的童謠——廚房櫃子裡空空如也,哈伯德老奶奶沒東西餵狗。

泰迪沒有回答。他埋首於媽媽的電腦。

「你在做什麼?」海倫問。

「我想找媽媽的密碼。」

「幹什麼?」

「提款卡的。」

「它們不會在電腦上的。」

「我想我已經知道了。」

「是什麼?」

「妳的生日。0325。」

「你怎麼想出來的？」

「媽用生日當密碼，所有的密碼。有時她會寫下來，例如這裡，」他讓她看吉兒一張信用卡的網頁，「密碼是March25，個人身分識別碼就是0325。」

海倫看著泰迪。他眞是個古怪的小孩，她想。也許是天才，或近乎天才。他怎麼想得出這樣的東西？他們一點都不像。泰迪個兒小，棕色皮膚，自己個兒高、膚色淡。他聰明、自足，自己漂亮又有人緣。過去海倫喜歡列舉他們之間的差異，鉅細靡遺，以強調他們沒什麼共同之處。現在家裡只剩兩人相依爲命，每一件東西都是共有的。

雖然亞特蘭大的疫情已過了頂點，大家仍然不太敢外出。有些商店重新開張，但是餐館大部分關著，日用品店的貨架上幾乎是空的。海倫一直在準備採購清單，只要有辦法就會去買。例如花生醬、餅乾麵團冰淇淋、通心粉和起司、蜂蜜堅果麥片、早餐麥片、衛生紙。

兩個孩子在家裡翻箱倒櫃，尋找現金。吉兒的錢包是空的。手提袋裡有信用卡，不知道是否還能用；不過他們未成年，也不會授權他們使用。吉兒死前那幾天，心裡迷亂得無法爲孩子做一些打算。

他們騎腳踏車到城裡最時髦的商圈，那裡有一個美國銀行的提款機。戶外很奇怪，令海倫聯想到一場大暴風雪，所有街道都空無一人，像中了什麼妖法，學校也停課。現在就是那樣，缺了雪而已。提款機裡的錢已經提光了，另一條街上的也一樣。

「我們可以偷，」泰迪說：「每一個人都這麼做。」

「我怕被抓到。」

「但是，要是被抓了，他們就得照顧我們，對吧？」

那似乎合乎邏輯。附近街上就有一家商場，但是海倫一見到武裝警衛就害怕。泰迪想進去，但是海倫回到停放腳踏車的地方，騎車回家。

「現在我們要做什麼？」泰迪問。

海倫再度翻箱倒櫃了一番。家裡剩下的唯一東西在酒櫃裡：爹地的波本威士忌。海倫盯著它看。

「我們要拿它換東西，」她告訴泰迪，手裡揮舞著那一瓶酒，「赫南德茲太太是個酒鬼——就是一種很糟糕的人，她爲了這個什麼都願意換。」

泰迪做了個鬼臉。

「我也不想做這個，」海倫說：「但是我們必須有所行動！」

兩人站在樓梯間下面。「赫南德茲太太？」海倫呼喊，聲音小了一點。沒有反應。

「也許她不在樓上。」泰迪悄聲道。

「她的車仍然在家裡，反正她也從來不到哪裡去。」

樓梯間的燈泡還沒有換，樓梯發出陰森可怕的嘎吱聲。到了樓梯盡頭，海倫敲門，沒有答應，也沒有腳步聲。海倫等了一會兒，然後重擊那扇門。「赫南德茲太太！」接著泰德加入，兩人一齊大喊，「**赫南德茲太太！赫南德茲太太！**」

門是鎖上的。海倫惴惴不安地看著泰迪，然後以酒瓶打破門上的玻璃。她伸手進去把門打開。有一隻死貓，在起居室發出惡臭。

兩個孩子站在那裡，不知進退，心砰砰跳。

「赫南德茲太太？」海倫的聲音簡直就像耳語。她開始喪失勇氣，但是泰迪向前一步，走在她前面。通道盡頭是赫南德茲太太的臥房。門半開著。一股濃重的臭味從裡面飄出，那個氣味他們現在熟悉的很。

「赫南德茲太太？」

泰迪把門推開。起先，很難弄清楚究竟發生了什麼事，然後海倫尖叫。一隻黑貓正在啃咬赫南德茲太太的臉，牠迅速轉過身，發出嘶嘶聲。泰迪立即把門拉上，兩人拔腿跑向樓梯。

突然，海倫停下。心裡有個比恐懼更強大的東西掌控了她。她堅持要活下去，她要泰迪也活下去，她無論如何都要活下去。她絕不放棄。

她強迫自己回到赫南德茲太太的廚房，檢查食物櫃。其中有一些大人吃的麥片粥、果醬、走味的麵包，以及大約二十罐貓糧。冰箱裡有幾瓶酒、牛奶、三罐飲料、紅蘿蔔，還有半盒蛋，說不定壞了。海倫找了個購物袋，把所有東西都裝進去。「找她的手提包，」她告訴泰迪：「也許她還有錢。」

他們翻箱倒櫃，不管什麼東西，只要他們認爲可以吃，或用來交換，就沒收，但是沒找到手提包。最後他們回到臥室。這一次那隻黑貓衝了出去。他們沒有查看赫南德茲太太的屍身。泰迪在桌上找到了手提包。錢包在裡面，還有一把梳子與一把小手槍。泰迪什麼都沒有說，他把錢包給了海倫，將槍放進自己的口袋。

39

撒旦出世

美國總統立即宣布在中東——與俄羅斯的攤牌——獲勝。以巡弋飛彈奇襲俄羅斯戰機駐紮的空軍基地，消滅了至少一半蘇愷-57，而且摧毀了跑道，使俄羅斯的空軍戰力退出戰局。俄羅斯太平洋艦隊在馬爾地夫轉向北上時，被一隻美、英艦隊攔下。對普丁，這是一場顏面盡失的撤退。在克里姆林宮內，已有普丁將下台的耳語。

對瑪蒂達·尼欽斯基，那是她這輩子最甜美的時刻。總統信任她的建議，而結果那樣的美好。總統告訴她打算請她擔任新政府的國家安全顧問——對熟悉政壇內幕的人來說，這是一個訊號：懷柔俄羅斯領袖的日子已經過去了。

最後，國安單位判斷在氣象山避難的總統可以出關，回到白宮。他與大部分閣員都逃過了大疫。商業部長死了，還有兩位大法官。國會議員至少四十位死了。基本的交通服務還要幾個星期才能恢復。民眾也需要那麼多時間才會覺得安全，願意離開避難處所。然後，不用說，有太多喪禮得參加了。

就在這個當兒，大部分國家的通報病例數開始下降、復原指日可待的時刻，燈光都熄滅了。蒂迪醒來時已經晚了，因為她的鬧鐘沒有響。她去刷牙的時候，發現自來水停了。廚房的瓦斯爐也點不著。她撥打白宮總機，但是沒有訊號，什麼都沒有，桌機與手機都一樣。總統宣布她的新職後，她家還沒有安裝安全電話。

她沒有沖澡，把頭髮向後紮起，戴上一頂休士頓太空人隊的球帽，出門到白宮去。她沿第七街走向國家廣場，風勢很大，她的傘都拿不穩。有亂跑的狗。她注意到遭過洗劫的店，而且沒見到警察。街上只有看來很危險的青少年，也許就是報上說的「孤兒幫」成員。她常常聽到槍響。那一夜，有好幾次爆炸。蒂迪提醒自己現在她是美國最有權力的人之一，但是在自己的公寓裡，一個人的時候她覺得自己像一名嚇壞了的老太太。

雨很大，地上的坑窪都積了水。任何地方都沒有燈光，也沒有交通燈號。三輛消防車攔在D街的十字路口上[79]。一角的連棟房子現在成了一堆瓦礫。「瓦斯總管爆炸，」一位打火弟兄解釋道，雨水從他的頭盔四濺，「城裡到處都有這種事。」他們正在挖掘屍體。

至少還有消防員，因此政府還在，因此文明還在。想這些事情真教人感到荒唐。

白宮已啓動備用發電機，因此外表一切如常，但是內部每一件事都處於交接之中。前總統的大部分閣員仍在位，只要健康無虞，但是新總統要自己聘用的人待在身邊，於是新上任的幕僚長出面招呼她。

「我知道他會想見妳，」幕僚長說：「我們聯絡不上人。妳直接到這裡來，是正確的決定。」

她遞給蒂迪一條圍巾，披在肩上。幕僚長已經創造了歷史；她是美國第一位女性白宮幕僚長——如果還有人繼續創造歷史的話，蒂迪不懷好意地想。實際上，在華府只有一個小圈子裡的人知道眞相。網路不通。沒有電視、廣播。只有一些報紙能夠印行。現代性的牆腳一塊一塊地鬆動。

蒂迪在等待，裹著圍巾瀏覽前幕僚長的家庭照片，它們仍在辦公桌後面的書架上。她知道照片裡的一個孩子已經死了。她推測，未來大家看集體照片的方式是：誰活下來了，誰沒有。

幕僚長回來、招呼蒂迪進入橢圓形辦公室。

總統站在窗前向外凝視，手裡拿著黃色記事本。辦公室是空的。前任總統的存在感完全清理乾淨了；甚至辦公桌都換掉了。這一張是老羅斯福桌。「蒂迪。」總統輕柔地說，示意她坐到金色的長沙發上。他們坐下，面對面。「如何？」[80]

「俄羅斯人。」

總統點點頭。「他們有這個能耐。」

「多少系統停止運作了？」

「各地不同，但是也許一半地區停電。德克薩斯州沒問題，他們是獨立電網。自來水、瓦斯，這裡、那裡，是眞正的問題。病毒癱瘓了大部分網路。雲端儲存的資料全都抹掉了。私有企業遭破壞。股票市場關閉。經濟已經陷入蕭條，是三〇年代以來最糟糕的情況。我不知道什麼時候我們能讓每個人都返回工作崗位，也不知道怎麼做。這是全面性的一團亂。」

---

79 國土安全部位於那個十字路口附近。

80 那一張辦公桌是一九〇三年老羅斯福總統在任時訂製的，以桃花心木製作。至於長沙發，歐巴馬任內使用棕色椅套，川普上任後改爲金色。

「你最擔心的是什麼？」她問。

「我非常擔心我們的核子發電廠。我收到報告，說阿拉巴馬州柏芳提核電廠的安全機制已經被破解。我們還沒有聽說其他的核電廠。大古力水壩被完全打開，所有東西都沖到下游去了。其他水壩也可能遭劫。民眾會淹死。房屋會爆炸，因爲瓦斯管線負載過重。醫院裡沒有電。他們眞會挑時間發動攻擊，算得眞準。」

「我們要怎麼辦，總統先生？」

「我們必須有所反應。但是還要好幾天才能理出頭緒，建立某種安全通訊機制，好讓我與我的指揮官說話。」

「萬一他們先發動怎麼辦？」

「我們的緊急系統大致完整，發動反制易如反掌。我們可以消滅俄羅斯。但是那是我們想要的嗎？老實說，除非全球定位系統恢復上線，我們什麼都不能做。我們處於受嚴重威脅的境地。」蒂迪看見他已開始在記事本上列出一張待辦事項的清單。頭一項就是核攻擊。

她對於如何伺候有實權的大人物早有心得，因此她不主動獻策，只是靜候垂詢。總統正在苦思對策，尋找答案。她從未發自內心地尊敬他，但是現在在她眼中，他是一個眞正有道德原則的人，必須負起自己從來沒有期望承擔的重責大任——發動報復，造成慘烈的人命後果。一個人的一個決定可能殺死那麼多人，史無前例。他就任總統之後的第一個行動。

最後，他終於問了：「妳認爲我該做什麼？」

「你有能力癱瘓俄羅斯的公用設施嗎？」她問。

「不如他們對付我們的全面，我恐怕因此我們現在看起來處於弱勢。普丁占了一個便宜，他們的系統不像我們那麼依賴高科技。」

「而且，還有流感。」

「妳也認爲是他指使的？」

「看起來俄羅斯對恐溝里的免疫力比較大，其他地方就沒有。這意味著他們也許早就爲這一病毒準備了疫苗，然後才將病毒釋放出來。」

總統盯著蒂迪看，下顎稍微張開了一些。然後他搖搖頭。「我相信世上有邪惡。但是他們會卑鄙到做這種事？撒旦出世？」

「我不知道，長官。」

「我們也必須爲未來打算。我不知道還要多久各地社會才會恢復原狀。我聽說的估計是世界人口已下降百分之七左右。現在不可能測量經濟衝擊，但是姑且假定在美國，我們的GDP下降了大約四成。我們已經進入一個新的時代。我們敢踏出下一步嗎？」

蒂迪認識普丁。他總是在試探界限、擴張疆界、埋設陷阱。癱瘓電網就不知規劃了多少年。這是他出奇制勝美國的機會，他可不會白白浪費那樣的機會。這是報復他在伊朗受到的羞辱。那位板著一副撲克面孔的俄羅斯領袖，布下的局總有層層騙局與煙幕包裝，但是美國必須有所回應。

「首先，你應該將他殺了，」她說：「短期而言，這是最經濟的反應。」

總統想了一下，然後在清單上再添了一筆。

40 蘇伊士

亨利聽到尖叫的時候，正在藥房。他衝到尖叫聲的來源——寢室裡。一名驚恐的水兵正在極力擺脫幾個試圖壓制他的同袍。「放開我！我病了，我病了！」其他人立即後退。

他叫賈克森。亨利說服他到藥房做檢查。他沒有發燒，沒有腫大的淋巴結，沒有任何症狀，只有窘迫造成的血壓升高。「我沒有病？」賈克森不可置信地問：「我覺得怪怪的。我喘不過氣。我以為我會窒息而死。」

「目前看起來，你的生命徵象都正常。」

「你是說我只是嚇壞了？」

「每個人都嚇壞了。」

賈克森搖搖頭，眼睛盯著地板。「我真窩囊，」他說：「我想我早就知道。現在每個人都知道了。我不認為我能夠面對其他的人。」

「最讓人害怕的是失去控制、無能為力，」亨利說：「我也怕。也許我比你還怕，因為我受過訓練，是對抗這種敵人的專家，可是我不知道怎麼辦。」

亨利再度輾轉反側，隱約傳來的金屬撞擊聲使他無法入睡，都怪那個壞掉的活塞。他想起狄克森船長的懇求：想辦法救救那些驚恐的船員。還有悲痛欲絕的海豹隊員，以及可憐的賈克森。每一天感染人數都在增加，冰盒子裡屍體越來越多。這些人都健壯、年輕，他們應該是抵抗力最強的人，但是，與一九一八年大流感一樣，他們死於自己強有力的免疫反應：肺裡充滿了對抗感染的體液，但是身體卻在這個過程中窒息。

亨利搜索枯腸，一件件清點他對於治療流感的知識，哪怕只是附會。例如採集病人鼻腔分泌物，以微波爐殺死病毒，再以拭子將失去活性的病毒轉移到健康船員的鼻孔中。但是其中的病毒顆粒充其量只有一微升一千萬個——即使注射到體內都不可能引發免疫反應。

他想起天花的例子。天花是人類疾病史上傳染力最強的疾病之一，也是最無情的一個。病毒一旦吸入，就會從肺和淋巴結轉移到血液與骨髓。一開始症狀像流感：咳嗽、發燒、肌肉疼，接著是噁心、嘔吐。感染後兩星期，紅疱出現在舌頭、喉嚨、與黏膜上。那些皰長大、脹破，同時額頭開始出現病灶，然後遍布體表各處，形成凹凸不平的膿皰，看起來像是身體表面布滿了蜜蜂。膿皰乾了後會結痂。在倖存者身上，這些病灶最後成爲天花特有的瘢痕，有時令人面目全非。

一七九六年，英格蘭醫師簡納聽說了一個免疫傳說：擔任擠奶工的婦女不會得天花。當年簡納對天花病毒一無所知——事實上那時根本沒有人知道。但是他熱切相信免疫的關鍵在她們先前感染過牛天花。牛天花是類似天花但是症狀比較輕微的疾病，主要在動物之間流傳。乳牛感染後，乳房會出現膿皰，擠奶工接觸膿汁也會感染。那一年五月，擠奶少女莎拉感染了牛天花，手上出現膿皰，簡納將膿汁接種到自家園丁八歲的孩子詹姆斯手臂上。這個過程簡納稱之爲 vaccination「種牛痘」，這個單字來自拉丁文vacca（乳牛）。六星期後，簡納再以天花患者的膿汁種到孩子身上。詹姆斯沒有發病。不顧後果、不合倫理、傳奇性濃的行動創造了醫學史的轉捩點。簡納不惜拿孩子的性命冒險，因爲當時的人面臨很高的天花風險：光是歐洲一年就有四十萬人死於天花。有一度，世界人口大約有一成死於天花。逃過一劫的人，三分之一失明。

牛天花是歐洲的疾病，美洲很罕見。爲了控制在美洲殖民地廣泛流行的天花，西班牙國王查理四世派出船隊將牛痘運到新大陸。那時並沒有可行的辦法運送牛痘，國王的宮廷醫師建議，將一名感染牛痘的人，與一群沒有感染的人一齊帶上船，然後將感染者身上的膿汁接種到從未感染的人身上，在航程中這樣一人傳一人地傳遞牛痘。因此抵達美洲時，牛痘仍然是新鮮的、有活性的。那位宮廷醫師推薦軍醫包米士負責這一任務，國王招募了二十二名八至十二歲的男性孤兒上船做生物培養器。包米士醫師完成美洲任務後，率領船隊越過太平洋前往菲律賓、澳門、廣州，仍然以招募來的孤兒做生物培養器。

亨利覺得自己就像兩百年前的包米士醫師，身在一艘載著感染疾病的船上。但是包米士醫師帶了特效藥同行。

亨利漸漸入睡，幾個小時後因爲勃起的疼痛而醒來。他夢見了淋浴間的女人。在他心裡，有一幅清晰如照片的影像；不可磨滅的記憶，三個年輕女人，美麗的胴體，尤其是墨菲。直到那時，他看見她的身體多麼的養眼，她的四肢、她的乳房、她的後腰多麼的勻稱，他才眞正察覺她是性感尤物。他抗拒那個影像，想把它推開。然後他才恍然大悟，他心中的影像不是墨菲的身體，而是吉兒的。

他失去吉兒了嗎？一定是這樣，她一定死了，隨之而去的是與女人的親密感——他這個醜男所能期盼的與另一個女人的任何親密經驗。還有，孩子呢，還活著嗎？一想到他們，想到失去他們，就引起錐心之痛。對他有意義的每一件東西都不存在了。他傷心寂寞又無能爲力。這是第一次，他覺得死亡是一種出路。

「早安，先生。」墨菲把餐盤放下，亨利臉紅了。

「今天是大日子，我們要通過蘇伊士運河。」

「聽來很刺激。」亨利無精打采地說。

「我是說我們會浮出水面。新聞。體育比賽結果，那一類的事。新鮮的空氣。」

亨利立刻來勁兒了。「我能打電話嗎？發電子郵件？」

「海員可以收簡短的電子郵件，但是我們不能回信。這是安全考量。當然這種情況會讓人亂猜，但是一兩個月之後，你就會封鎖那些想法。因爲徒勞無功，他們是這麼說的。」

早餐後，亨利花了幾個小時，盡全力延緩流感的傳染速度。他想起一個實驗，在紐約市西奈山醫學院以天竺鼠做的。研究人員將病鼠的籠子放在健康鼠籠附近，使空氣由病鼠籠流向健康鼠。研究人員發現如果提高氣溫、溼度，傳染率會下降。要是氣溫提高到攝氏三十度，傳染便不再發生。那一招在潛艦上也行得通嗎?亨利調高暖氣，將加溼器開足。每個人都汗如雨下。「這是他媽的蒸氣浴！」一位軍官向他厲聲說。但是人人知道亨利有船長罩著，只好祈求自己的汗水能夠遲滯流感的無情進展。

亨利回想自己的童年疾病。缺乏陽光中的紫外線，身體無法製造維他命D，血液中對抗感染的白血球數量因而不足。然而潛水艇本就是缺乏陽光的空間，每個人都白得像紙一樣。雖然亨利不願意鼓勵肉食，他說服大廚研發新菜色，利用乳製品中的維他命D，還有蛋黃、鮪魚、添加了維他命D的豆漿、牛肝。並將魚肝油拌入熱醬汁與沙拉醬裡。

亨利在安排這些新措施的時候，感到「小船」正在晃動，磕磕絆絆的，相當陌生。船長下令打開艙蓋，亨利才知道潛艦已經浮上水面。空氣，眞正的新鮮空氣，灌了進來。

亨利登上飛彈甲板。船員在那裡集合，接受有療癒效果的埃及陽光衝擊。他覺得有點噁心，也許是暈船，身體對船身的搖晃仍然很陌生。

「醫師！」

亨利回頭，看見狄克森船長正在他頭上的船橋上。「上來吧！」

亨利登上狹窄的樓梯，擠出艙口，心想巨人狄克森是怎麼鑽出來的。「你把『小船』的氣味弄得好香，」船長說：「像一間他媽的更衣室。」

「是你要我設法阻止感染散布的。」

「那個嗎，你可不會在女士淋浴間裡找到的。」狄克森輕聲笑了，但是看見亨利很明顯地不自在，就改變話題。「你是平民，我不該告訴你的，但是你已是船上的一員，所以告訴你也無妨。到處都是壞消息。每個地方的網路都癱瘓。我們不知道還要多久。是針對美國與西歐的基礎建設發動的網路攻擊，範圍很廣。這艘『小船』也許會受命出擊，要是情勢惡化到對我們非常不利、一些大人物開始想按下按鈕的話。」

「你認爲他們會嗎？」

「可能。要是你能找到其他的門路回家，我會讓你在塞得港下船。」

「有其他的路嗎？」

「天知道。」

「我想我還是待在船上吧，只要你願意收留我。」

亨利盯著前方平坦的埃及地景。蘇伊士運河畫過沙漠，像一條藍色的高速公路，筆直得不自然。運河裡，前方是一艘俄國軍艦，狄克森船長說那是驅逐艦，是一個護衛艦隊的成員。

「你怎麼看待那個事？」亨利問狄克森：「眞的發射核子彈頭？」

「我嘗試不去想它。」

「但是你想過。」

「我有宗教信仰，或者說，至少我想要成爲有信仰的人……」他的聲音越來越小。亨利等著他說完。最後，船長說：「我眞的想知道我會不會下地獄。」

「你會服從命令。」

「我非常懷疑聖彼得會把那個考慮在內。我很高興現在這已不是我的事。這些戰斧飛彈是非常棒的武器，但是它們不會造成世界末日。我在一艘『大傢伙』上做過副艦長。就是配備了核彈的三叉戟潛艇。每一枚飛彈都能抹掉半個文明，毋須其他助力。我們訓練再訓練，但是無法確知要是你果眞拿到了那個命令你會想什麼。[81]」

「我不信仰宗教，」亨利說：「但是我常常想，要是上帝把我們造成這樣，祂等於造了一種可能

81 這裡是用《新約．路加福音》第二十二章中「彼得不認耶穌」的典故。

消滅祂所有創造物的動物。另一方面，要是自然造就了我們，我是這樣相信的，我們已經演化成一個幾乎在每一方面都像是上帝的物種。我們擁有的所有力量，所有的創造力，所有的智慧！但是我們體內有一組基因碼，想要把一切都毀掉。」

潛艦進入地中海，再度下潛的時候，亨利在研究倖存者的組織標本。過去二十四小時船上有五人死亡。冰盒子裡都是以被單裹著的屍體。長此以往，在抵達喬治亞州海岸之前，大多數船員都死了。

亨利必須做些什麼。

他再度清點了藥房裡的藥品。墨菲使用過克流感，完全無效。他注意到一些剩下的霧流感，一種噴鼻式疫苗，使用的是減弱的活病毒，可以對付兩種A型流感（H1N1——西班牙流感的後裔，與H3N2），以及兩種B型流感。如果恐溝里是其中任何一種，亨利也許會希望霧流感中的病毒能與恐溝里交換基因，創造一個新的品系，有競爭力又——他會希望——致死率低。但是恐溝里無法以我們熟悉的分類系統分類。

亨利沒有他習以爲常的那些實驗室裝備，無法從事二十一世紀的醫學研究，他必須回到過去，幾百年前，二十世紀那些神奇的疫苗還沒有問世，人類仍受傷寒、水痘、破傷風、德國痲疹、白喉、痲疹、脊髓灰質炎等流行病的荼毒。那時的醫師缺乏後世用以揭露許多病源祕密的資源與科學，必須依賴本能執業。他們學會了以病源對付自己的訣竅。

亨利忖道，在十九世紀，微生物學之父巴斯德提出了微生物致病說的證據。他自己就有三個孩子死於傷寒。一八七九年，巴斯德正在研究雞霍亂，實驗室助理忘了將新鮮病菌注射到雞身上就去度假了。一個月後他返回實驗室，病菌的毒性已經在夏季的高溫中減弱，但是他仍然爲雞注射了那些病菌。幾天之後，巴斯德注意到雞發病後病情很溫和，而不像過去那麼致命。雞康復後，巴斯德再爲牠們注射新鮮病菌，但是牠們沒有發病。巴斯德推論，減弱的活菌喚醒了免疫系統，讓它有時間學習如何對抗病菌。後來巴斯德開發了第一個炭疽病疫苗（一八八一），然後是狂犬病（一八八五），成了國際英雄。然而巴斯德在十九世紀的巴黎高等師範學院所擁有的研究資源，亨利在大西洋海面下三百米的二十一世紀核子潛艦上，只有驚羨的份。甚至十八世紀末的簡納都有可用來製作天花疫苗的牛天花病毒。亨利的所有資源，只是這一場大疫的病源，以及他的直覺。

世界各地的醫師都觀察到一個重要事實：罹患天花而康復的人，終生免疫，不必擔心二度感染。中國在明朝時就會使用叫做人痘的技術誘發免疫，就是取天花患者的痘痂，磨成粉，吹入未感染者的鼻腔。通常他們發病之後病情比較溫和。在美國革命戰爭時期，華盛頓下令他的軍隊，以及他的妻子，都要接種人痘。他十九歲感染天花，是幸運的倖存者（後來他感染炭疽病，也逃過一劫）。那時的種痘法是在手臂上劃一刀，將從患者身上取下的膿皰痂塞入傷口，再以綳帶包紮。通常，接種人痘之後會發作毒性比較輕的天花，但是仍然可能需要休養一個月以上才康復。美國第二位總統亞當斯在婚前也接種過人痘，他的經驗是「頭痛、背痛、膝痛、噁心的胃灼熱、發痘痕。」接種人痘的人，大約有百分之三死亡。儘管有風險，亞當斯前往費城協助草擬獨立宣言的時候，他的太太帶著四個孩子到波士頓去種人痘。當時四歲的么兒必須接種三次才成功——顯然他體內已有先天免疫。[82]

82 當時九歲的長男後來當選美國第六位總統。

亨利推論，流感病毒通常從口腔或鼻腔進入身體——都是直通肺的超級高速公路，肺才是病毒作怪的地方。要是病毒改走其他管道呢？例如不走呼吸道，而直接注射到靜脈裡，不就會通過心臟、啓動免疫系統？等到病毒抵達肺，身體的防衛也許已經強大到足以驅逐入侵病源。不用說，這只是一個假說，而且得冒著生命危險才能證明。

亨利曉得厲害，但是想不出替代方案。他一旦決定了做法，便知道不能浪費時間。他在艦長室找到狄克森，正睡得甜呢。艦上全員輪班執勤，因此每隔一週狄克森都得改變睡眠時間，使下一輪值班的官兵找得到他。他與所有潛艦人一樣，已經習慣了只要門上輕敲一聲就會醒來。

「亨利？」仍然昏昏沉沉地。

「請幫我一個忙，」亨利說：「我實在不願開口的。」

「幫什麼忙？」

「我要做一個實驗，但是風險很大，你必須承擔很大的犧牲。」

「犧牲什麼？」

「我必須殺掉你的鳥。」

41 彩虹雀

亨利與墨菲探視了最近才感染的海員。他們的病情都很嚴重，發燒直逼攝氏四十度。很明顯，病毒並沒有變弱。其中之一是傑西．麥考阿利斯特。

「你的牙齒怎麼樣了？」亨利問。

「都很好。」麥考阿利斯特說，如臨大敵。

「別擔心，我不是來動手術的。我來只是爲了從你鼻腔採取一個檢體。」

墨菲將鼻咽拭子交給亨利，他用來在麥考阿利斯特的鼻孔裡挖出一坨鼻屎，然後回到診間。船長的彩虹雀正在那裡，撲打著翅膀從一根棲木跳到另一根，生動活潑，不啻顏色的萬花筒。牠們又叫古德雀。古德是英國十九世紀的偉大鳥類學家，達爾文隨小獵犬號環遊世界一周在各地採集的五百個鳥類標本，就是他鑑定、分類的。那些鳥兒即將爲科學犧牲。由於數量有限，亨利決定以皮下注射法感染牠們，與種人痘的技術類似。

要是亨利在眞正的實驗室裡，他會先過濾鼻屎懸浮液，將細菌濾掉，但是他在一艘潛艦上，無所謂實驗室可言。他選擇麥考阿利斯特採集檢體，理由之一是他仍在服用抗生素，預防下顎的創傷發炎。因此檢體中的細菌可能比較少。亨利將懸浮液稀釋十倍，爲第一隻鳥注射。再稀釋十倍，爲第二隻鳥注射。如此這般，每一隻鳥的劑量都是前一隻的十分之一。那些鳥色彩繽紛，任兩隻都不一樣，亨利只消對墨菲大喊「紅頭、紫胸」或「藍背、黑頭」再注明劑量即可。在理想狀況下，注射了最高劑量的鳥兒會死；劑量最少的不會感染疾病；中間的鳥兒則會感染、生病，但是會康復。

然而二十四小時後，六隻鳥有五隻死了。牠們躺在籠底，毫無生氣，但是羽毛依舊光鮮亮麗。只有查奇仍然站著——無精打采、眼睛紅腫，分明病了，但是活著。墨菲以滴管餵了查奇一點水。實驗結果再度提醒亨利恐溝里的自然毒性有多麼強，因爲劑量一再稀釋後仍然會致命。那使他的下一個決定更爲困難。

狄克森船長悶悶不樂，因爲亨利只帶回了一隻鳥。「這個結果告訴了我們什麼？」他問。

「我認爲也許是：查奇的免疫系統動員得非常及時，保住了牠的性命。」

「你『認爲』？」

「我沒有辦法驗證這個結果。如果我們有更多鳥、更多時間，我會用查克的病毒感染牠們，看看病毒是不是已經演化了。但是我們沒有鳥也沒有時間。」

「那麼現在要做什麼，醫師？」

「我已經選了一個人類志願者當白老鼠，感染那個病毒。要是他活下來了，我們就假定我們發現了一個方法，可以降低死亡率。不瞞你說，那是我們能夠期望的最佳結果。」

「我來當那個志願者。」狄克森說。

「你不夠格。你的免疫系統已經受損，不能提供基準線。」

「告訴我那個志願海員的名字？」

「實際上呢，他不是海員。」

「你瘋了嗎，亨利？」

「是走投無路，半小時之前我就注射了。」

「安全嗎？」

「沒有試驗資料我無法知道正確的劑量。要是我活下來了，我們就給其他船員注射。換一個環境的話我不會做這樣的事。我可能害死本來可能存活的人。只是我想不出任何替代方案。」

身體很快就開始發燒，還會發冷。肌肉迅速收縮、舒展是身體產生熱能對抗感染的法門，但是顫抖是他從未經驗過的。免疫系統已動員，身體裡風雲變色，颳起細胞激素風暴，無論他會因此而獲救或死亡，他只能認命。

對亨利來說，在潛艦內時間一直是不可捉摸又令他不知所措的維度，而現在他完全失落了，不知過了幾個小時還是幾天。他記得清醒的時候看見墨菲的面孔，她來採集鼻咽檢體。

再一次，亨利感到了祈禱的衝動。現在這種感覺出現得越來越頻繁，亨利對它的魅力戒慎恐懼。有時他心中充滿喜樂，想向宇宙或某個上天的力量或一位熟悉的神祇表示感激，因爲他自認不配獲得那麼大的幸福。他希望某個超自然力量能夠給他人生指引。此外，他也渴求原諒。

他不信神恩。宗教詞彙如罪、惡、下地獄都是神學建構物，對他沒有意義。他也不接受只要信仰上帝就會成爲新人——過去犯的錯一筆勾銷。亨利心裡有一本功過簿，但是何謂功何謂過有時挺費思量。他想起馬吉德，他是如何權衡科學與他的宗教的？宗教像是他身上的輕薄禮儀袍，沒有爲他增加任何負擔，可他與亨利一樣講究證據，只要科學提供了解釋，就會懷疑任何超自然解釋。

想起馬吉德就想起他的禮物，亨利跳下波斯灣海面時浸溼了的英譯《古蘭經》，現在是他手上唯一的私人物品——很美的一個版本，紙頁邊緣都鍍了金。他正在發高燒，他想讀它，在一本他不信的書裡尋求指引。書頁已變形、脆弱，但是只有幾頁黏在一起。第一章只有七個句子。第一句：「奉至仁至慈的眞主之名。」第三句重複了一遍。接著是第五句：「我們只崇拜祢，只求祢佑助。」[83]

「我求祢佑助，」亨利說：「我求祢佑助。」他不知道如何祈禱，但是他沒有其他的想法，沒有其他的地方可去。他心裡充滿愧疚、責備與絕望。這場大疫爲什麼會發生？他早就知道，像黑死病一樣的災難性流行病一定會出現，他訓練自己成爲對抗它們的戰士，他失敗了：流感已經橫掃全球，世人一籌莫展。他蜷縮在自己的鋪位上，不聞世事，只能想像各地的情況。他不知道人類遭遇的浩劫，即使他想像得到的最陰暗的恐懼都比不上。一定是人爲的，亨利想。大自然有時非常殘酷，但是他的經驗顯示：人也能幹下致命禍事，而且手段精妙。我們眞的像上帝一樣，他忖度。那是禍根。

他想祈禱讓他覺得自己一無是處，而且虛僞。《古蘭經》充滿了關於末日的警告，儘管亨利懷疑宗教的一切，他還是繼續讀下去，只爲了尋找……某個東西。他不知到底是什麼。他身負重任，是國家以科學的名義賦畀的。他想贖罪；他想對得起自己的良心。那可不容易，像飛往火星一樣的渺茫。

亨利避免使用宗教語言與概念，因爲它們起源於迷信與一廂情願，但是他從史懷哲的哲學汲取了一句格言：所有生命都神聖。亨利從來沒有使用過「神聖」一詞，但是這個詞表達了他的世界觀。生命本身是奇蹟——另一個亨利從未使用過的詞，卻是他打從心裡承認的眞理。

聖典說：「善行必能消除惡行。[84]」亨利一直想當人生的模範生，這個句子立即簡記在心。他仍然為進入聖城、假冒穆斯林而內疚。在他陷入譫妄的時刻，他對馬吉德爭辯道：「這是我相信的。成為穆斯林不就是要說真話？我只能做這樣的穆斯林。」他很好奇馬吉德會如何回答。

亨利被自己一直要避免的想法逼入困境，他想起所有他以科學之名折磨過的動物。猴子、小鼠、天竺鼠、豬、雪貂。彩虹雀。他一直告訴自己，他拿動物做實驗是為了更高的目標。高貴的目標。但是接著他的記憶讓他面對了一張猴子的面孔——他在牠體內注射了伊波拉。當時亨利穿的是太空裝一樣的隔離衣。他是一個巨大的充氣鬼魂，看起來像米其林輪胎的吉祥物。他按下一個鈕，籠子的後牆向前移動，將猴子擠在籠子前端，動彈不得。亨利記得牠的表情——哀求，像亨利一樣，向某個殘酷的神祇哀求。但是那隻獼猴祈求的神祇相信自己是在為更高的目的服務，硬是將牠殺了。最後，亨利不再吃肉，開始穿帆布鞋——就像傑根。他的結論是：他以科學之名殺了那麼多動物，不需要再吃牠們了。

他祈禱。他要求上蒼——不管是哪一位神祇——讓他與家人團圓。那是我唯一祈求的事，他懇求道。他沒有盡到身為父親、丈夫的責任。面對死亡讓他看出自己的自私與弱點。他只想補償，使愛他的人對自己另眼相看。他已抵達抗拒的終點，甚至可說理性的終點。他只有一個目標：再度擁抱家人。

---

83 這裡譯文來自馬堅譯本。

84《古蘭經》十一章一一四節。

亨利蜷起身子想保護自己，冷顫、發燒，以及不斷錘打著他的記憶，都使他萎縮乾枯。他沉入一個非常黑暗的地方。他感到臉頰上有潮溼的東西，把它抹去。然後，又來了，他以爲又流血了。但是他沒有流血。他在哭泣。

42 叢林中

早晨，他們登上一艘淺底漁船順著如魯耶納河[85]而下。河很寬，景色極端美麗，接近岸邊的地方有睡蓮，空氣中都是蚊蚋，以及教人眼花撩亂的昆蟲。即使在這麼荒僻的地方，仍可以看見文明的表記：河邊突堤碼頭上有鐵皮小屋，屋頂上有衛星天線。一個原住民男孩向他們招手。一條鮮綠色的蛇繞在他肩上。現代性的進展到此爲止。

亨利一直很怕進入叢林。他的懼怕有幾個層次，像一棟公寓建築。在較高的樓層，他沒事，其實應該說很快活，很少想起黑暗、潮溼、以及糾結、喘不過氣來的感覺——那就是叢林給他的感覺。說亨利大半輩子都處於恐懼症的較高樓層，絕不會錯。他像一個害怕飛行的人，可是從來沒有眞正飛過。他去過野外幾次，讓他對叢林產生了比較清楚的認識。例如他到隆巴黑內訪問史懷哲醫院那一次，他不敢離開村子，擔心自己迷路。在那些時候，亨利不再處於較高的樓層，但是情況並沒有失控。他橫下了心。他面對自己的非理性恐懼，覺得好多了。叢林其實與森林沒有兩樣；森林不過就是

---

85 在巴西亞馬遜盆地。

樹而已。

在夢裡，他才會走下地下室，赤裸裸的恐懼在那裡發威，他嚇得全身發抖。亨利覺得自己像一個一頭栽進恐怖片裡的小孩，無法打破咒語。他想醒來，讓陽光逐走黑暗，現實驅散幻想，那樣他才能再度呼吸。

他們聽見槍聲。嚮導停下船，以無線電對講機與ＡＧＴ任務指揮官通話。他在恐怖份子宿營地督導巴西突擊隊員的行動。是的，他說，亨利的「作用劑」已經按計畫噴灑了，但是只發揮了部分功效。有些恐怖份子還活著。

「那是什麼意思？」亨利說：「他說了什麼？」

「他說許多人死了，但是風把作用劑吹偏了。」

亨利驚恐地看著傑根。「它不會傷人性命才對。」他說。

「但是，任務成功了，」嚮導說，笑咪咪的，「抵抗微不足道。」他以眼神向亨利道賀——對他驚羨不已，他還記得傑根誇他是偉大的天才。

一會兒之後槍聲就停了，嚮導再度啟動引擎，向營地前去。突擊隊員戴了面罩、手套，看來像醫師，正一一檢查小屋與帳篷，確定每個人都死了。他們根本沒打算生擒任何人、解除武裝。有些屍體血跡斑斑，是槍擊致命，但是大多數都以扭曲的姿勢躺在地上，兩眼直瞪，舌頭吐出，死前正在尖叫。一兩名還活著，但是全身抽搐，由突擊隊員射殺。

我幹下的好事，亨利忖道。

傑根神色如常——更切確地說，是純粹的好奇。他開始檢查屍體，採取檢體。他不怕叢林。

「你說風把作用劑帶走了，」亨利問嚮導，「往哪個方向？」

嚮導問指揮官，他不耐煩地指向東方，朝著剛爬上樹冠的太陽。

「那個方向有任何人家嗎？」亨利問。

一位巴西突擊隊員承認，那附近有一個原住民村落，他們是深居簡出的辛塔拉嘎族[86]。他吐露這些訊息的方式，就像那只是微不足道的事。

「帶我到那裡去。」亨利要求道。

嚮導轉向傑根，但是亨利再說了一遍，態度堅決，「帶我到那裡去，現在就走。」

傑根點點頭。

嚮導載了亨利沿如魯耶納河北上，直到阿里諾斯河匯流處。舷外引擎留下一股藍煙。亨利強迫自己集中思慮。人必須一次又一次地學習這個教訓：動物模型並不總是能預測在人身上的後果。一九五〇年代末，沙利竇邁問世，動物吃了沒事，但是孕婦吃了會造成可怕的先天缺陷。一九九三年初，非阿尿苷（FIAU）看來是非常有希望的抗病毒藥，可治療B型肝炎。以小鼠、大鼠、狗、猴子、土撥鼠做試驗，劑量是後來人體試驗的幾百倍，沒有一隻動物出現中毒反應。但是在人類志願者體內，即使極微小的劑量都會致命：十五名B型肝炎病人死了五名，另外兩名必須換肝才倖存下來。亨利自己以混種病毒做的動物試驗，沒有任何跡象顯示可能對人體有致命傷害。但是那正是人體試驗的目的。

---

86 辛塔拉嘎族（Cinta Larga）生活在巴西亞馬遜河流域深處，直到一九六〇年代，媒體對他們的報導仍然側重於：「在二十世紀仍生活在石器時代的族群」。

在兩河交會處，亨利看見十幾條獨木舟固定在岸邊。嚮導將船開到一個權充靠岸點的地方，讓亨利帶著醫療包下船，然後掉頭，不發一語，留下亨利一人在岸上，孤零零地置身叢林。

草木蓬蓬勃勃，茂密、靜止、安靜，一條狹窄的步道蜿蜒其中，只有金剛鸚鵡的威嚇聲。亨利記得那聲音彷彿來自夢境。他聽見自己隱約的腳步聲，同時參天大樹下的植被逐漸稀薄，他縮成了地景上的一個孩子。實在太熟悉了。他咳嗽，可是聲音是在寂靜的森林庇護所中迴盪著。他也認得那寂靜。亨利的呼吸變淺，可是聽得見，那幾乎是唯一的聲音，除了蚊子——牠們正熱烈歡迎自個兒送上門來的血液大餐。他幾乎可以聽見汗液在皮膚上沸騰。

他發現了一個廢棄的火塘。一把短柄小斧。風乾的魚吊在兩樹之間的繩子上。那時亨利才發現自己正在一個村子裡，都是泥磚小屋、茅草屋頂；它們與周遭融爲一體，幾乎隱形，直到他走進村子。有些小屋出入口在兩側。那時他聽見了蒼蠅。

那好像夢境——幾十人躺在地上，姿勢扭曲。都死了。就像瓊斯鎮。

他看見婦女頭上簪了鮮豔羽毛。男性有藍色刺青。一個青少年男孩穿了硬石餐廳[87]的T恤衫，右手刺向空中。

「哈囉？」亨利開口，聲音傳入虛空，然後變得更大聲，「**哈囉？**」

蒼蠅。一個雞籠，全死了。

他的心砰砰地跳，走進一間小屋又一間，搜尋活人，可心裡明白：他的舉動除了表現他的困窘，無濟於事。他從小一直排拒的影像硬是浮上心頭：他的父母攤在叢林地面。就像這樣。他們被殺害了，全因爲某個瘋人的幻想。屍體或集中在一起，或散布各處，或孤獨或三三兩兩。完全就像這樣。

一家人堆在一起，極度痛苦地抓自己的臉。一個死掉的孩子躺在父親的手臂下，失神的眼睛瞪著上方。我可能像你一樣，亨利忖度。該死的是我。

一隻死老鼠躺在椅子下面。

在一間小屋裡，有一個臉上有刺青、看起來有權勢的人側躺在地上，手伸向他的妻子。他最後的手勢。表達愛意，表示保護。伸向她裸露的便便大腹。兩個孩子死在他們身旁。亨利默默地祈求他們的原諒，感到自己不配原諒，無地自容。就在那時，他看見孕婦的眼睛眨動了。

亨利差一點魂飛魄散。她仍然活著，盯著他看。她知道這都怪我嗎？她眼睛流露的是責備嗎？與自己的凶手面對面，單刀直入的問責，教人無計迴避，感受如下油鍋、如上刀山；亨利知道那個表情會長相左右，不思量自難忘。他無能爲力，救不了她。

就在那時，孕婦的肚子有了動靜，像池塘水面因一條魚的擾動而起的漣漪，亨利恍然大悟她的眼神要求的是什麼。

他不假思索——沒時間了——從醫療包裡拿出一把手術刀，切入她腹腔壁，順手把肝臟拉到一邊，另一手伸入體腔。那位母親從喉嚨深處發出喊叫。亨利可以感覺到她體內有動靜，好像胎兒正在找他，求生。他的手指摸到了繩索似的臍帶，拉住它，但是母親的身體仍然緊抓著孩子，於是亨利切開子宮壁打開子宮，切開恥骨聯合中的軟骨。母親身體像一本書一樣地打開了。她沒有辦法再抓著孩子。孩子離開她、出生，像是獻禮。

87 Hard Rock Café，一家美國連鎖餐廳。

胎兒仍然包在羊膜囊內，看起來像血跡斑斑的褲襪。男孩，很小，但是已經有濃密的黑髮；手臂交錯抱在胸前，亨利看著他的時候，他打了個哈欠。亨利輕輕下刀，切開羊膜囊，胎兒四肢胡亂擺動，掙脫了羊膜囊，發出生命的吶喊。他將孩子抱給死去的母親看，心中忖度著不知如何向吉兒交代。

43

三四・二七美元

吉兒死了之後，海倫就與一個像猴子一樣的填充玩偶睡，管它叫喬伊・巴吶吶。她小的時候就與它一起睡。夜裡是唯一的時間，她容許自己沉溺於童年的無責一身輕，想像爸媽還在世上、照顧自己，她只是在等他們來，哄她上床睡覺，親吻她道晚安。但是她知道爸媽永遠不會再哄她上床睡覺了，因此她抱著喬伊・巴吶吶，像小時候一樣向它悄聲訴說祕密。泰迪睡在她身邊，地上有張床墊。

海倫驚醒了，她聽到玻璃打破的聲音。泰迪正要說什麼，她要他別出聲。他們聽見腳步聲與不只一個男人的聲音，他們根本不在意驚動他人。海倫將泰迪拉進衣櫥，輕輕將門關上。他們藏在海倫的衣服後面。

那些人破壞東西。他們咒罵。他們不怕別人聽見。不久他們進了海倫的房間。手電筒的光掃過地面，照亮了衣櫥門下的縫。海倫停止呼吸。泰迪緊靠著她，抱住自己的膝蓋貼著胸膛。然後光線移開。海倫聽見衣櫃抽屜打開了。有個人笑了，聲音高而陌生。「我們到樓上去。」一個人口齒不清地說。

「還沒完。」

「他媽的好臭。」

「那還用說。」

海倫聽到有人搖了搖她的小豬撲滿。那些人笑了。接著撲滿碎了，那些人咒罵起來。她可以聽見他們在撿撲滿裡的硬幣，那是她僅剩的錢。海倫開始在腦子裡清點那些硬幣，至少可以分心，不容恐懼稱霸。在心裡她將硬幣按部就班分開：二十五美分、五美分、十美分（一角）、一美分。還有一枚一美元的硬幣，是爸爸給的十二歲生日禮物，去年十月的事。二十五美分的背面有不同的紀念圖案：坎伯蘭隘口——第一個通往美國西部的門戶；艾力斯島。她一一細看過許多次。

「我的手指他媽的割到了。」一個人說。

海倫想像她的硬幣上沾了血，她希望他血流乾了才好。

「算了，我們走吧。」

腳步聲。向外移動。然後停下了。光線又照亮了衣櫥門的下方。

「算了！」

腳步聲。朝他們來。門打開了。光線射入上層，很快地橫掃吊掛的衣服。然後停在泰迪的腳上。

「媽的，看這裡。」

衣服被撥到兩旁，兩個孩子瞪著刺目的光線。

「他媽的，是女孩。」

光線使海倫看不見眼前的人，但是她聽得見男人的呼吸聲；聽起來像是喘息。一個男人抓住她手臂將她拽出來。她想尖叫，但是發不出聲音。她反而聽見了泰迪的喊叫，然後是一個可怕的噪音，她知道那是一個成年人正在揮拳打泰迪，一拳又一拳。就在這時，她發現自己的睡衣已經被扯掉。她被拋到泰迪的床墊上。一個男人壓在他身上，手電筒光束的一角照見他棕紅色的鬍子邊緣，嚇得她魂飛魄散。他的手在她身上亂摸。海倫想把他推開，但是這人塊頭實在太大。他用力將她的腿分開，她終於發出了聲音。

她尖叫，聲音大得自己都不確定是不是聽見了槍響，但是壓住她的男人在她耳邊發出一個聲音，就軟癱了。像是一台冰箱壓在她身上。她聽見有人跑走，門猛地關上。她認爲自己會死掉，被這一個她移動不了的惡魔壓死。接著他又開始動了，卻不是自己在動。

「放開她！放開她！」那是泰迪的聲音。

「泰迪！」

「妳還好吧？」

海倫說不出話來。她抽噎不止，既害怕又憤怒。然後她想起自己身上沒穿睡衣，非常難爲情。她抓起一個枕頭抱在胸前，離開床墊。

「妳還好吧？」泰迪再一次問她，聲音急切。

她一定得說她還好。一定要讓他覺得安全，即使任何地方都不安全。「我還好。」她以第三者的聲音說，不動聲色。手電筒掉在地上。海倫撿起來照著躺在床墊上的男人。他頭上滿是鮮血。海倫以爲那一定是流感造成的。但是她看見了泰迪手上的槍，想起那聲槍響。

「泰迪！你做了什麼？」

「我很抱歉！」他說。海倫可以聽出他聲音裡的迷亂。

「不必抱歉，沒事！做得好！」
「我殺了他。」
「沒錯，你殺了他。沒事。還有一個……？」
「他跑了。」泰迪說。
每一件事都變得非常陌生。泰迪有一把槍。床墊上有一個死人。她遭遇了一件她根本不願意去想的事。然後她想起了：「他們打你，我聽見他們揍你。」
「我還好。」他堅持道。
她拿手電筒照著泰迪的臉，然後跌坐地上哭泣，再哭泣。她不夠堅強。她無法成爲泰迪需要的人。
泰迪睡在長沙發上，海倫坐在爸爸的椅子上，盯著電視機看，沒有人知道電視台什麼時候恢復運作。槍放在咖啡桌上以備不時之需。黎明之前，她有了主意。
他們必須離開。那就是她的主意。
赫南德茲太太的屍體仍在樓上。也許貓已經將她吃剩了骨頭。誰知道。誰在意。海倫絕不想再到樓上，但是赫南德茲太太當然有辦法讓人知道她在樓上。總有一天臭味會消散，但是海倫不能再等。何況她臥房裡的死人不久也會開始發臭。
到處是蟋蟀，製造教人煩躁的喧嘩，最後化成一支嗡嗡曲調，在海倫的腦子裡搏動。等到天色已明，她在廚房裡看得見東西，便打開抽屜找出一把切肉刀。然後回到臥室。

她知道那個人已經死了，但是她絕不冒險。他的身軀沒有她想的那麼大。屁股露出了一部分。他看起來非常愚蠢。她用刀戳他。她聽見一聲很大的呼氣聲，嚇得退了一步，才知道她聽到的是自己的呼吸，不是死人的。

她拿出他的皮夾。裡面有一點錢。她再掏褲子前面的口袋，找到一些硬幣與紙鈔。那個一元硬幣在其中。她算了算。一共三四．二七美元。有一個二十五美分硬幣仍未找到。

幾個小時後，天已晶明，陽光直射泰迪的眼皮，他醒來，看見海倫坐在餐桌旁，錢堆在桌上，分門別類。他以眼光詢問姊姊。「你去整理行李。」姊姊說。

「到哪裡去？」

「到瑪姬阿姨家去，他們會收留我們。」

「但是我們要等爹地。」泰迪說。

「爹地已經死了。」海倫平和地說。

「你怎麼知道！」

「要是他還活著，早就回家了。」

泰迪開始哭了，但是海倫很堅決。「泰迪，我們必須走了！」

「我不想走！」

「泰迪，我們需要大人照顧！」海倫不耐煩地說，改換了語氣，每次媽媽覺得爸爸不切實際的時候，就是那種語氣。她現在必須扮演媽媽的角色。

「我們怎麼去？」

海倫夜裡大部分時間都在想這個問題。

「我們開車去。」她說。

44 讓她說

八月二日，白宮西廂，蒂迪在她的邊間辦公室開了一連串的會。在國土安全部，她的辦公室在地下室，很窄小，哪裡像這裡，有大窗子讓房間充滿陽光。她離橢圓形辦公室只有幾步路而已。她與總統的親近關係賦予她的權力，她的正式官銜——國家安全顧問——根本不足以展現。

她還沒花多少時間重新裝潢新辦公室，但是她已擺進了一尊季辛吉的半身像，是從儲藏室調出來的。一旦局勢穩定下來，她就會換地毯，也許回復萊斯[88]那時的黃色，那是令人愉悅的顏色。蒂迪相信她必須盡快宣告自己的勢力範圍。要是有人被她寸土必爭的態度冒犯了，只會為她的權力光環增輝，那可是她經營了許多年才贏得的。

上午，蒂迪與新任的中情局副主管做過簡短的會談。這次會談沒有預約，也沒有紀錄。她的前任埋在阿靈頓國家公墓。她的面孔緊繃、輪廓分明，年紀較大，頭髮一側白得亮眼，另一側仍是黑色。像電影《一〇一忠狗》中的那位大反派古萊拉[89]。蒂迪很好奇那是不是刻意為之的時尚聲明。但是在

88 指小布希總統的國家安全顧問 Condi Rice。
89 「古萊拉」這個名字，字面意思是「殘酷的惡魔」。

中情局，時尚並不時尚。

「找到普丁可不容易。」她說。中情局刺殺小組已經抵達莫斯科，發現那裡一團亂。「陰謀論與眞正的陰謀競爭，加上爲掩飾普丁對我們的網路攻擊而發出的錯誤訊息。偏執到無以復加的程度。」普丁的行程很少公布，因此很難發現他的下落。刺殺小組配備了諾維喬克，是蘇聯化學家研發的神經毒劑，現在已是各國安全機構最中意的暗殺方式。美國從德國獲得這一毒劑的樣品，再加工、使可能的解毒劑都無效。蒂迪認爲，以俄國人發明的藥爲普丁扎上一針，以其人之道還治其人之身，誰曰不宜？

接著國防部、國務院加入會議。他們還不知道暗殺計畫，即使知道了也不可能會反對。新總統一直在拔除「對俄軟弱」派餘孽，不遺餘力。現在每個人都知道大政方針了。俄羅斯軍隊集結於烏克蘭邊界。沒有人比蒂迪更了解普丁的策略了：自蘇聯解體以來，他的目標就是恢復帝國。「伊朗的開局只是障眼法。」她說。

國務院同意。「我們在波斯灣管的事太多了，他想重新攫取東歐便容易得多。」問題是如何回應。「庫斯克一家電廠發生了一件不幸的意外。」國防部說，沒有承認任何事，但是他的冷言冷語傳達了訊息。那裡有十一座老式核子反應爐，一九八六年在車諾比同一型反應爐因爐心熔毀、造成核災。國防部報告，雖然反應爐在事發後三十一小時關閉，「放射性氣體雲緩慢地向北飄散，朝向莫斯科。首都已陷入恐慌。」全國接近人口中心的同型電廠都受累。輻射落塵造成的恐懼比使用眞正的核彈還要有利。這是個使俄羅斯以自家核子設施毀掉自己的辦法。更好的是，世界上大部分國家都會怪罪俄羅斯，說他們沒有好好管控核物質，這可不是第一次了。蒂迪認爲整個行動可圈可點。

但是一波未平一波又起。

那天下午，巴特列少校前來做每日的例行簡報。「我希望是好消息。」蒂迪冷淡地說。

「流感季節在七月初攀上高峰，通報病例已降至初春以來的最低點。」巴特列說。

「那麼，那的確**是**好消息。」

「是的長官。我們正在用三種不同的疫苗做試驗。我們希望秋天病毒捲土重來之前有一種疫苗可用，而且開始量產。」

「又來了，妳一直在說捲土重來。爲什麼病毒一定會捲土重來？」

「因爲流感就是那樣。我們不知道確切的原因。到目前爲止，這場大疫都很像一九一八年西班牙流感的模式，要是相似性一仍舊慣，我們預測第二波會比第一波還要糟，糟很多。現在它在世界各地都播下了火種。你可以預期到了十月就會死灰復燃。」

兩個月後。

「是同一個流感嗎？」

「或是它的一個變種。那是我們疫苗部門的人最擔心的。我們嘗試預測這個病毒會怎麼變，但是只是有根據的猜測。我們已經定序了幾千個這個病毒的基因組，但是疫苗問世的時候，病毒是不是還是原先的病毒，沒有人有把握。有些年，我們針對季節性流感的疫苗配方就完全無效。」

「那麼這個俄羅斯疫苗呢？」

「那是季節性流感疫苗，不是恐溝里的疫苗。」

「但是我一直聽說這只疫苗有一個神奇的成分。」

「聚氧化氮。」

「好吧，聽妳的。」

「就我們所知，它會誘導干擾素生產，干擾素會造成可觀的副作用。我們無法證實它的療效。我們不知道爲什麼恐溝里的發生率在俄羅斯比較低，比鄰國都低。可能可以用病毒的正常變異範圍來解釋。」

「你們什麼時候才會有能眞正剋制恐溝里的疫苗？」蒂迪問。

「要是我們眞的開發出有效的疫苗，也要到十月中才會量產。」

蒂迪不願憎恨帶來可恨訊息的傳訊人，但是巴特列少校無異在考驗她的耐心。蒂迪必須對當務之急有清楚的想法。說恐溝里流感在兩個月後會捲土重來，毒性甚至可能更強，不過是理論而已——心裡沒有其他主意的人把它當做最壞的情況到處宣揚。但是這一場與俄羅斯的新型戰爭正在開打，不容她分心。

巴特列似乎會讀心術，看穿了她的心意。「妳仍然不懂，對吧？」她問。

蒂迪對她的無理大爲光火。「懂什麼？妳是說我們理論上要面對另一波疫情嗎？我們挺過來了，我們大多數人。我們繼續向前行。我們一向如此。」

「我不是在說一次挫敗，」巴特列說：「要是妳注意過疾病在人間事務上的角色，妳就會知道我們的處境有多麼危險。因爲我們在二十世紀克服感染疾病的成就，我們洋洋得意。但是大自然不是穩定的力量。它會演化，它會變化，它從來不自滿。現在我們沒有時間或資源做其他的事，只能全力對抗這個流感。世界上每個國家都要投入，無論妳當他們是敵是友。如果我們想拯救文明，就必須一齊戰鬥，而不是互相鬥爭。」

蒂迪讓她說。讓她發洩，然後蒂迪可以告訴她她已經盡人事。一般人都以自己狹窄的透鏡觀看世界，蒂迪必須眼觀全局。另一個大疫，也許比這一個還要嚴重，的確駭人聽聞，但是還有更大的事——戰爭——箭在弦上。

會議後，蒂迪回到橢圓形辦公室與總統私下會談。她一走進辦公室，就注意到總統也做了一些重新裝潢：桌上放了一本《聖經》，櫥櫃上一些家人的照片，一幅林肯肖像，還有一尊邱吉爾的半身塑像。[90]

「戰時的領袖，」總統解釋道：「我從來不想成為其中的一個。但是我發現他們現在總是在我心頭。」

90 小布希與歐巴馬在任時都有林肯像，川普保留。但是歐巴馬在任時，邱吉爾的塑像放在總統的居家空間裡，川普上任後把它移到橢圓形辦公室內；拜登上任後再度移出。

45 駕訓

吉兒的車在車庫裡，二〇〇九年的豐田Camry，油箱不滿一半。小偷還沒有把它吸乾。海倫不知道她能開多遠，但是她認爲能開到瑪姬阿姨家附近。她手上有三十四塊二十七分。泰迪還有槍。

他們知道不會再回來，各自帶了兩只手提箱，塞滿衣服、玩具、學校課本。海倫還拿了媽媽的首飾盒與爸爸的手錶，那隻錶遲早是泰迪的。她把兩樣東西都藏在備胎窩裡。帶不走的東西太多了，但是走得那麼匆促，不可能想得清楚的。

「也許我們應該帶上腳踏車。」泰迪說。

「我想我們沒有空間了。」

海倫笨拙地坐上駕駛座。她只坐上來過一次，那是坐在爸爸腿上，假裝自己在開車。那時她五歲，腳根本搆不著踏板。現在她的腿卻太長了。海倫這才恍然大悟：她不知道如何移動座椅。她按下門上一個可能的按鈕，結果一扇玻璃下沉了。泰迪在手套箱裡找到《車主使用手冊》，弄明白了如何調整座椅。

「妳必須調整後視鏡。」泰迪建議。

「我知道。繫上安全帶。」

但是車外後視鏡一直摸不清門路，令人喪氣，她轉而調整車內後視鏡的角度，直到剛好可以看到車子正後方綿延幾公里的車道。

現在，她必須做的事只剩兩件：學開車，找到去瑪姬阿姨家的路。

「你來導航。」她告訴泰迪。

「那簡單，」他說：「七十五號州際高速路（I-75），北上。」

「那是哪一條路？」

「儘管往城裡去，我們就會看見。」

海倫轉動點火開關上的鑰匙，毫無動靜。她仔細查看了一下，確定「啓動」位置，再轉動鑰匙，一直轉、不鬆手，直到一個教人嚇一跳的巨大噪音響起。她一鬆手，那個噪音就戛然而止，但是她的信心已動搖。她深深吸一口氣，準備倒車，但是排檔桿就是不動，無論她使出多大力氣都拉不動。同時，引擎在運轉，浪費汽油。

她將引擎熄火，讓泰迪查閱《使用手冊》。也許車壞了。赫南德茲太太的小福特車也在車庫裡，但是必須到她房裡找車鑰匙，海倫可不願再上樓。她的整個計畫有賴離家出逃、到瑪姬阿姨家去，而現在她連怎樣把車倒出車庫都不知道。挫折讓她臉都漲得通紅。

「妳應該同時踩煞車。」泰迪宣布。

「是嗎，那眞蠢。」

她再度啓動引擎，踩下煞車。她也輕踩油門。她一排入倒檔，車就衝出車庫，像一隻野獸。海倫把煞車踩得更重，但是她也踩下了油門。

「煞車！煞車！」泰迪喊。

「我在煞車！」

等到她終於鬆掉油門，車已撞上車道兩側花圃高出地面的垣牆。

海倫下車查看車子受損的狀況，手仍在顫抖。吉兒的車從來沒有刮傷過，一絲都沒有。海倫一向對媽媽的開車習慣頗不耐煩，嫌她太小心，開得太慢，慢得沒有道理。現在看看我幹的好事，她想：難看的刮傷，大凹陷，車尾燈損壞。車子以一個古怪的角度卡在車道上。海倫查看剩下的車道，發現車子距街道還很遠。她必須通過門廊，下雨天媽媽總是把車停在那裡，可是現在它赫然像一扇崗哨樓的門，她得擠出去。

「我來開車。」泰迪說。

「開玩笑！你太矮，視線還掃不到方向盤上方呢。而且我需要你導航，記得嗎？」

海倫回到車裡。她轉動方向盤，車胎發出長而尖的聲音，然後排入前進檔。她非常輕柔地踩下油門，幾乎立即就煞車。重複了幾次，踉蹌踉蹌，磕磕絆絆，她第一次覺得開車也許不那麼難。最後她把車身方向調整妥當，將車筆直開入車庫。

現在她要再次將車倒出來。

她必然看過媽媽做這個，不知有多少次，但是她想不起媽媽怎麼做的。她會轉身看著後方嗎？還是盯住後視鏡？「泰迪，你下車指引我。」她說。

「好，但是別把我碾過去。」

「別說傻話。」

泰迪站在車子與爸爸的工作台之間。沒有犯錯的空間。泰迪直接盯著海倫的眼睛，然後舉起手，像是握著方向盤似的。

兩人從來沒有過那麼親密的時刻。

海倫排入倒檔。她踩著煞車的腳一鬆，車子便開始移動。她向下查看踏板，確定兩腳在正確的位置上，接著不知怎的車身又歪斜了。她抬起頭，泰迪在搖頭，正轉動他的手，海倫隨著轉動方向盤。然後泰迪逆轉手的方向，海倫跟著做，踩剎車、鬆開，車子極緩慢的移動，她視線沒離開過泰迪。一個陰影籠罩了車子，她才知道她已倒入門廊，但是她不容許自己想那個。泰迪正在導引她。然後他突然高舉雙手，海倫煞住車，因爲她已到了車道盡頭。

泰迪回到車裡。兩人看著他們生長、生活的房子好一陣子，裡面有太多美妙的記憶。現在房子裡充滿了死亡的氣味，他們絕對不會再回來了。「好吧。」海倫說，車子倒入街道，朝田納西州納士維前去。

46 舒伯特

薩克斯風把亨利驚醒。墨菲站在他身旁俯視他。「嗨，哈囉，」她說：「先生。」

亨利有反應，但是他的聲音嘶啞而冷淡。他覺得頭昏眼花，不清楚那是他眩暈，還是潛艦在搖晃。墨菲拿著一根湯匙伸過手來，裡面有聞起來非常棒的東西。「雞湯，」她說：「仍然是靈丹妙藥。」

「我吃素。」他說。

「我知道，但是此時此刻你是我的病人，喝吧。」

別討價還價。亨利暗暗感謝那隻雞所做的犧牲。墨菲餵他，讓他覺得自己像個孩子。

「我沒有流血，對吧？」他問。

「沒有，先生。」

亨利沉吟不語，讓這個事實的意義慢慢顯現。「我們應該開始感染船員。」他說。

「我已經做了，先生。希望你別介意。」

「我要大大感謝你，墨菲。」

「我們又死了兩個人，我們真的想放棄你了，先生，希望你不介意我這樣說。有些人病情很嚴重，你名列病危榜不只一次。但是最後只有七個人病勢沉重，必須送入小福利社，我相信他們大多在幾天之內就能出來了。」

「我們現在在哪裡？」亨利問。

「北緯三十四度十七分，西經四十五度十四分，」她說：「大西洋正中，先生。」

「深度？」

「在海面上。你覺得身體夠好可以呼吸點新鮮空氣了嗎？」

能夠眞的出去？這主意太誘人了，反而令人覺得奇幻。「妳能讓我先沖個澡嗎？」

「你得自己站得起來才行。」

墨菲扶亨利坐起，再幫他站起來。他搖搖晃晃。「你行嗎？」墨菲問。

「我覺得我等不及了。」

墨菲給了他一條浴巾，扶他走過走道。桃莉．芭頓貼在淋浴間門上。兩人都笑了。「我進去看看。」墨菲說。她一會兒就出來。「狀況解除。」她說，順手將桃莉．芭頓轉過來：約翰．韋恩。

有太多問題他還沒有想到要問。他昏迷了多久？片段的記憶浮上心頭。它們是眞的還是想像的？他喪失了時間感。他忖度著這些事，一面讓熱騰騰的水沖洗全身。潛艦人都受過節水省水教育，但是亨利顧不得那麼多，盡情享受皮膚上頭髮上鬍鬚上的熱肥皂泡沫。他感到病情被沖洗掉了。只是身子仍虛弱。

擦乾身體後，他注意到鏡子裡的病容：憔悴、蒼老。他的鬍子是有斑點的銀色。他接受鏡子裡的證據：他殘存的青春已如大江東去。但是他仍活著，一種感覺如靜脈灌流般散布全身，好久沒有這種感覺了。那是喜悅。

「你在裡面好嗎？」墨菲問。

「我很好！」亨利說。他將浴巾繞在腰上，一瘸一拐地走入通道。墨菲扶著他的光膀子，引導他回到自己的鋪位。她已將他的床單換過，爲他拿出了洗好的衣服。亨利必須強忍著淚水。他並沒有強大到經得起人間溫情的感動。

梳洗整裝完畢，他上飛彈甲板找到墨菲。微風送上溫暖的擁抱，陽光更熱烈，讓他幾乎什麼都看不見。他只好瞇著眼。幾十個潛艦人跳入海洋，在宜人的空氣中笑鬧。亨利好幾個禮拜沒有聽見這麼興高采烈的聲音了。

「我們叫這個『鋼鐵海灘』。」墨菲說。

亨利躺在飛彈甲板的橡膠地磚上，在大西洋裡嬉耍過的潛艦人也在那裡曬乾身體。墨菲指指站在指揮塔上的軍官，他手裡握著自動武器。「對付鯊魚。」她若無其事地說。

「我是不是聽見了薩克斯風，或者那只是我發燒時作的夢？」亨利問。

「是的，先生，那是船長。他復原得很好。」

他的試驗奏效了。他立即開始思考用什麼方法將規模放大，但是他必須考慮潛在的責任問題，讓全國人民——也許全世界？——注射史上最致命的流感病毒，即使已經「減弱」，實在太駭人聽聞。拯救幾百萬人的代價可能是幾千人的性命。救幾十億人，就要犧牲幾百萬人。誰會允許這樣的賭博？另一方面，要是試驗證明極端「減弱」的病毒仍有保護力，就可以當做權宜之計，以等待更好的疫苗問世。亨利凝視海洋，海洋之大令人不由得興起永恆、寧靜之感。

91

「有些船，」他若無其事地說，指著東方，「就在那裡。」
「沒錯，先生。出了蘇伊士之後它們就一直在後面跟蹤。」
「跟蹤我們？為什麼？」
「我說，醫師，你還陽了！」那低沉的聲音來自船長狄克森。他站在兩人頭上，健康十足，巨大的身影籠罩著兩人。
「就我看來，你也一樣，」亨利沙啞地說：「抱歉，我的聲音仍然很弱。」
「要是你行的話，也許可以與我共進晚餐，五點正。」
亨利在太陽底下小睡了一會兒。他作了一個非常棒的夢。其中有吉兒。孩子還小。他們到某個地方度假。群山。也許外婆也出現了，他不確定，無論如何另外還有一些和善的人。他的父母，而且媽媽還跟他說話。她戴的墨西哥寬邊帽遮住了臉。她說：「好美。」他不懂媽媽的意思。父親喊他名字。在夢裡，亨利覺得自己很小，但是有時又不是。那是一個想像的世界，死去的人都活著。他感到皮膚要灼傷了，醒了過來。
夢見失去的家人消耗了他的感情。他知道情緒波動是康復的徵象，但是他仍然想知道如何控制極端的情緒——因為失去親愛的人而悲傷，因拯救潛艦人的性命而欣喜。那麼多情緒在心裡激盪，讓他

91 亨利發明的療法，點子來自天花的疫苗「人痘」。人痘指天花病人體表痘瘡中的膿汁。中國人大約在明代就使用人痘作為預防天花的手段。人痘技術先傳入伊斯蘭世界，最晚在十八世紀初傳入英國。一七二二年，當時的王儲夫人還讓兩位小公主接種。但是後來人痘引起了爭議，因為有風險，估計種痘的死亡率可能高達百分之五到十。

感到混亂而悶悶不樂。

走進軍官廳，看見一個眞正的弦樂四重奏樂團，美妙的音樂立即感染了他。年輕的麥考阿利斯特是其中的小提琴手。

「來點音樂好嗎？」狄克森問道：「我相信會幫助消化。」

「這是舒伯特！」亨利驚呼。

「我爲你點的，你是有教養的人，」狄克森說：「我比較偏愛爵士樂。公爵艾靈頓。孟克。邁爾斯．戴維斯，那時賀比是鍵盤手、韋恩．薛特是薩克斯風手。韋恩是我的偶像。」

「是的，我聽見你演奏了。你不妨說是你的音樂使我復活的。」

「你這樣講，聽起來十分窩心。」狄克森指一指四重奏樂團，「我花了好幾年才組成這個團體。我仍然在找一位單簧管樂手。我喜歡演奏班尼．古德曼的一些曲子。」

亨利笑了。「我在高中就演奏單簧管，〈月光〉、〈肉與靈〉。」

「噢，老天！」狄克森說，看起來眞的很痛苦，「你爲什麼不加入海軍？也許還不晚呢！」

「我想我的單簧管還在，只是不知塞在壁櫥裡的什麼地方。」亨利說。

兩人逐漸陷入沉思，跌入舒伯特營造的心境——低沉、傷感、深奧。「我想你還沒跟上新聞。」狄克森說。

「幾乎沒有。」

「我們得到的消息相當糟糕。政府癱瘓。暴民橫行。我們是在說美國，一個充滿機會的國家，你能相信嗎？」他停了一下，咀嚼一塊丁骨牛排，「這是誰幹的，亨利？我不相信這是偶發事件，你呢？」

「有可能是偶發事件。」亨利審慎地說。

「以我來看，這是一個模式中的一個部分。我不能告訴你我從我們的內部通訊中獲得的資訊——不過也不是什麼都不能講——但是有強烈的跡象顯示，有一隻外國的手在其中搞鬼。」

「你是指俄羅斯？」

「他們一直在我們的社會中尋找弱點。攻擊我們的基礎建設。因此，沒錯，我說的是俄羅斯。但是他們並不孤單。我們遭到攻擊已經很多年了，伊朗、中國、北韓。而且，沒錯，我們犯了許多錯，挑起根本不需要打的戰爭。現在它們聯合起來。它們感覺到我們的弱點。像一個狼群。我們非得採取行動不可了。」狄克森再度住口不言，讓亨利意會他的意思。然後他說：「你想在我這裡待多久都成，外面的世界非常危險。」

「我必須去找我的家人，」亨利說：「我想知道他們是否還活著。」

「那當然。我不知道我爲什麼那樣說。」狄克森似乎很不好意思，因爲他的邀請意味著亨利是個只顧自己安危的人。「無論如何，我們必須到金斯灣去修理那該死的活塞，」他以慣常的粗聲粗氣說道，「說到活塞，你也許看見過那三艘船吧？俄羅斯的。他們在蘇伊士偵測到活塞的哐啷聲，就一直跟蹤我們。我決定浮上海面弄清他們的意圖。現在很清楚了。他們只是守候。繞著我們打圈子再逼近。他們一直在等，現在他們知道遇上了一隻受傷的鴨子。我打賭，他們也想取得我們的核燃料棒。全世界最有價值的東西，因爲石油生產已經停頓。旅行再也不……。吃吧，你一口都還沒吃呢。如果你還想吸一口新鮮的空氣，吃完飯後上去一趟。不久我們會再下潛。」

47 派對即將開始

噹！噹！

亨利猛然醒來。那個噪音似乎在他頭骨中砰砰猛擊。接著傳來人聲：「**戰鬥崗位！戰鬥崗位！現在就位戰鬥崗位！**」他匆匆穿上衣服，但是想到他不知道自己的戰鬥崗位在哪裡，甚至不知道他究竟有沒有戰鬥崗位。

他等周遭的緊急行動平息下來——他最不想發生的事就是被一米八的壯漢撞倒，成爲潛艦官兵的負擔——然後走進通道，找到前往控制室的路。其實他不確定他是否該在那裡。他看見了狄克森與其他軍官。亨利小心地站在房間後方，希望沒人注意到他。

「我另外還有兩個目標，『敵軍』四，正西二七〇，距離五萬五千米；『敵軍』五，正南偏西一八五，距離六萬九千米。」聲納操作員說。

「原來那就是它們一直在等待的，」狄克森說：「派對即將開始。」

所有船員各就各位、一動不動。沒有人花時間解釋現在的情況，亨利也不敢問，但極度的危險像令人窒息的氣味瀰漫於指揮中心。唯一的噪音是聲納的嗶嗶聲，它已發現俄國戰艦正在形成偵蒐編隊。一個小時過了。儘管緊張，亨利卻覺得飢腸轆轆。

「長官！有魚雷！」

「改變航向！北緯三十度！」狄克森說。

「北緯三十度！是！」

「全速前進。」

一個迅速移動的光點朝聲納錶盤正中心而來，在接近潛艦的時候發出搜尋聲波。魚雷的乒聲越來越大、越來越快，像亨利的心跳聲——他眼看著死神正在迫近。接著乒聲慢了下來，光點停止。

「長官，更正，那是『無人水下載具』。」聲納操作員報告，意思是一具水下無人機。

「他們想探聽我們的動靜。」狄克森說。他轉向航海官，「打開一號、二號魚雷管。我們先準備好。」

「是，長官，一號、二號魚雷管打開。」

「潛航官，潛望鏡深度。」

潛艦一上升到水下二十米，狄克森便以超高頻天線向維吉尼亞州諾福克美國潛艦部隊大西洋總部發送緊急訊息：「喬治亞號正在防禦狀況二，戰爭一步之下。」他以潛望鏡迅速掃描地平線。雷達發現俄羅斯反潛直升機，也許是來布置水中運動感測器。這是一場遊戲嗎？俄羅斯人總是挑釁美國軍艦、軍機，到最後一秒才放手後撤。但是這個艦隊的一切行事都表明他們有意開戰。

美國炸毀伊朗的俄羅斯戰機，封鎖俄羅斯太平洋艦隊，他們必然要有反應。也許俄羅斯參謀本部算計過，幹掉一艘美國潛艦是適當的反應。或者，更大規模的戰爭已經爆發了。

俄羅斯艦隊有五艘船。喬治亞號有十四枚魚雷，但是一次最多只能發射四枚；無疑那是俄羅斯指揮官等待增援的理由。狄克森的最佳機會是儘可能拉開潛艦與俄羅斯艦隊的距離。海面怒濤洶湧，俄國人捕捉喬治亞號聲訊更加困難，但是受損的活塞令她幾乎無法使用靜默避敵的招式。

「打開主浮沉箱閥。」狄克森告訴潛航官。

巨大的聲音突然響起：嗚嘎嗚嘎！突如其來的嘈雜聲非常刺耳。「下潛！下潛！下潛！」那是命令。

「潛航官，深度二四〇米。」

「二四〇米，是。」

潛艦突然鼻朝下傾斜，亨利連忙抓住一個可以抓手的東西。海水喧嘩地灌入主浮沉箱。他的耳膜脹痛。每個人都向後傾，斜角非常大，好像被強風吹倒地面。

下潛，下潛。

艦長向導航官說：「報告潮汐與洋流。我們要找一個溫躍層藏身。」狄克森忖度，地中海航空母艦戰鬥群的F/A-18超級大黃蜂戰機現在應該已經起飛。要是能逃過水下無人機，在深海突然停下保持靜止，他也許有脫逃的機會。否則喬治亞號就完了。

「長官，俄國人已接近武器射程，三十六公里。」聲納操作員說。那些船放慢了速度追蹤潛艦。速度越快、引擎噪音越大，越不容易捕捉潛艦的聲訊。那就是它們派出一艘水下無人機跟蹤喬治亞號的原因。狄克森命令副艦長針對俄艦解算攻擊參數。

「啓動反制措施。」狄克森下令。

使用避敵裝備——噪音器與氣泡——目的在甩脫無人機，但是它沒有上當。俄羅斯的科技在最近幾年簡直突飛猛晉。三號、四號魚雷管也打開了。

「長官，『無人水下載具』正在上浮。」聲納操作員報告。

無人機打算上升到通訊距離，報告喬治亞號的方位。無論俄羅斯指揮官的意圖爲何，不久就會見眞章。那位指揮官當然知道狄克森想幹什麼——潛入深處、躲到溫躍層之下。兩人都分秒必爭；成敗在此一舉。

「長官，我們已解算完畢。」副艦長報告。

狄克森船長有短暫的優勢。一旦無人機順利發送情報，俄國人就能發射魚雷。他就有苦頭吃了。另一方面，狄克森可以先開火。水面軍艦不可能逃得過喬治亞號的MK-48魚雷。它們有線控導引，也有自己的偵測器。在它們衝擊軍艦龍骨、爆炸之前，敵人幾乎偵測不到。但是他不能同時幹掉五艘敵艦。

突然，聲納接收到響亮的撞擊聲。錶盤螢幕上蒙上一層光點，像香檳的氣泡。

「長官，奇怪的東西！」聲納操作員說。

「來源？」狄克森問。

「到處都是，長官！」

「頻率？」

「兩百分貝，長官！」比槍聲稍高一些；在聲納上，它聽起來像在平底鍋裡爆開的培根肥油。那個噪音會製造出聲學迷霧，迷惑喬治亞號的魚雷。當然，它也會迷惑俄羅斯的武器。

狄克森突然開始笑了。潛艦上的每個人立即恍然大悟——只有亨利還摸不著頭腦。「正西，全速。」狄克森下令。就在那時，他注意到亨利大惑不解的表情。「蝦子，亨利！」他說：「鼓蝦救了我們。」

後來，狄克森下令為海員配給啤酒，那些啤酒本就是他為特別的時刻準備的。亨利聽到他們的潛艦歌：

潛艦一！
潛艦二！
天啊看我們抖擻老二！
我們浮（翹起）
我們沉（垂下）
偏偏我們不亂打砲！
嗚嘎！嗚嘎！[92]

在軍官室，狄克森拿出「彈藥琴酒」，調成馬丁尼與軍官分享。官兵都那麼興高采烈，亨利從來沒見過。他們如釋重負的神情，令亨利更明白剛才的情勢多麼危殆。

「我仍然不懂究竟發生了什麼，」亨利說：「那個噪音全是蝦子發出來的？」

「鼓蝦[93]，讓人驚嘆的生物，」狄克森說：「我們認為人才擁有最好的武器，但是鼓蝦有一隻巨螯開闔得非常迅速，甚至會產生能殺死獵物的震波。你聽到的噪音是蝦螯開闔激起氣泡的聲音。牠們製造的熱微爆流，溫度接近太陽表面。用不著說，牠們會讓聲納螢幕燃起來。那時我們在找一個聲音傳不出去的口袋躲進去，卻來了一個重金屬樂團！」

軍官開始唱潛艦歌，歌詞變得更褻瀆，也更有創意。不久他們就要到家了。

---

92 主浮沉箱閥打開的聲音——潛艦下沉。

93 關於鼓蝦，請參考臉書專頁「Hello，海洋（海生館活動頁）」的介紹：鼓蝦又名槍蝦，擁有一對一大一小的蝦螯。鼓蝦會快速合上牠的巨螯，噴射出一道高速水流將獵物擊昏甚至殺死來獵食。這道高速水流會觸發空穴現象，形成一個極微小的低壓氣泡，氣泡會崩裂並發出劈啪聲，鼓蝦因此得名。據說鼓蝦能製造約兩百分貝的聲音呢！

第四部

十月

48 海豚

金斯灣潛艦基地司令聽說了亨利在喬治亞號救了官兵的功績，矢言他要爲他申請「海軍榮譽勳章」——海軍頒發的勳章以它等級最高。亨利覺得受之有愧，卻也推辭不得。「我只有一個請求，」他告訴上將司令：「我必須回亞特蘭大，越快越好。」

「恐怕現在交通極爲不便。」司令答覆。他出身鄉村，可是精明，亨利一度不信任那種人，後來才開始欣賞他們的牢靠。「路上不安全。即使我們也不安全。我們要成群出海。以現在的威脅等級而言，我們幾乎都蹲在基地裡。他媽的。」上將說道，若有所思。「這樣好了。有一個海軍航空站在瑪莉艾塔，就在亞特蘭大城外。我會讓他們飛過來接你。我要想個絕妙的藉口。因爲從任何一方面看，這都是違反規定的。同時，今晚你到海豚屋來晚餐，梳洗完畢就來。」

梳洗是命令。潛艦官兵入港登岸時都臭氣熏天。潛艦的固體廢棄物要先壓縮再拋棄海中，避免產生會洩漏潛艦行蹤的泡沫，但是廢氣會滯留船上。消毒劑能部分中和廢氣，可是消毒劑也有濃烈的氣味。結果，整艘船聞起來就像一個巨大的芳香屁，只是那是個漸進過程，船員不會注意到。但是他們的配偶一定會，見到他們的第一印象就是：蒼白又臭氣熏人，像腐爛的魚。

亨利被送到海軍賓館，就在基地大門之外。那是一棟不起眼的公家建築物，煤渣磚牆，位於松林中，和氣的經理叫泰瑞莎，她立即指點他洗衣機在哪裡。在軍事基地之外，幾乎每一個電器都停擺，但是海軍賓館有發電機，每天啓動四小時。

回到陸地上，亨利覺得陌生，主要是視覺。在潛艦上的幾個星期，視野中的東西都不過幾步之遙。但是坐上接他到司令官舍的廂型車後，他覺得很難聚焦看東西。每一件東西都很遙遠。在高速公路上，向外張望綿延不絕的道路讓他失去方向感，還會引起頭痛。他渴望再度看見的天空，太明亮又太遙遠，只好迴避。乾脆凝視儀表板。

海豚屋——司令官舍——是一棟杜鵑圍繞的紅磚房，位於一條棕櫚夾道的死巷子裡。亨利覺得有些尷尬，因爲其他軍官都穿著正式的白色制服，而他充其量只有墨菲爲他修改過的藍色工作服。酒的供應充分，滿堂都是歡笑，儘管亨利與眾軍官在一起很開心，他心裡明白自己是圈外人。這是一個社群，成員都獻身軍旅，而他獻身的志業不同。軍官間的弟兄情誼使他更渴望回到自己的生活，實驗室與同事，還有，更重要的，自己的家。家還在嗎？

他知道他在與時間賽跑。十月要到了，那時恐溝里會捲土重來。亨利現在對它有更好的理解，但是他一直處於極爲不利的情境中——遠離他的實驗室。他在海面下待了六星期，對馬可與世界各地研究人員的進展一無所知。

司令的確爲亨利帶來了最後的驚喜。「這個我們只頒給立了功的潛艦人，」他說，一面將一枚潛艦部隊徽章別在亨利的工作服上：一對海豚。「現在你是眞正的潛艦人了，先生，」司令說。每個人都向他敬禮。

晚餐後，亨利與狄克森船長在基地裡散步。美麗的夜晚，月色溶溶，溫暖，地面溼軟，但是夜空明淨。螢火蟲在前面的小路上起舞，引領他們走向一個黑色的池塘。唯一的聲音是基地發電機的嗡嗡聲。亨利走路有困難。在潛艦上容易太多了，因為走道窄，處處有扶手。有時他必須扶著船長的手臂。

「有時上岸後，不如先前走得俐落。」狄克森說。

「我從來就走得不俐落。不像你！」

「不錯，怎麼說呢，那是我好運，好運，眞的。小心鱷魚。」

亨利以爲狄克森在說笑，但是接著他注意到池塘邊緣有一隻鱷魚。牠似乎在打盹兒，於是兩人繼續走下去。

「看來我的退休派對已經延期了，」狄克森傾訴道：「高階軍官損失了不少人，上面要我留下來等下一趟任務。因此船在整修的時候，我會待在金斯灣。」

「這裡很美啊。」亨利說。

「嗯嗯。」

船長心裡有事，但是不知如何表達。亨利靜靜地等；佛南．狄克森可不是需要催促的人。最後，他說：「我要讓你看一些東西。」他們繞過池塘到了飛彈展示場，各種尺寸的都有。「在你面前，是彈道飛彈潛艦的歷史。」船長指著一枚矮小的飛彈，上面有粗短的翼。「這一枚是戰斧對地飛彈，或巡弋飛彈，喬治亞配備的就是這一種。我知道它看起來相當馴良，但是自第一次波斯灣戰爭以來，它在美國介入的衝突中都扮演了決定性角色。我們的戰斧飛彈是傳統武器，但是我們可以部署配備核彈頭的戰斧。這些其他的飛彈，」他指一指戰斧後面的較大飛彈，「都是攜帶熱核子裝置的洲際彈道飛彈。」三枚白色飛彈包括最初幾代的北極星。「那裡的第一枚在一九五六年服役。想想那個年份。超過半個世紀以前的事了，我都還沒有出生。」接著就是海神，稍微大一些、矮胖、彈身有銅色環圈，狄克森說是第一代由潛艦發射的多彈頭飛彈。「老傢伙，仍然在我入伍之前。我來的時候是這些小娃兒，三叉戟。」最新最大的是D5型，磚紅色、超過四層樓高，它的前輩相形見絀。它居然能裝進潛艦裡，太教人驚訝了！「我在田納西號服役的時候，我們配備了二十四枚三叉戟，滿艙，」狄克森說：「每一枚有八個彈頭，毀滅力量合計超過一千一百萬噸。廣島那顆只有一萬五千噸。一艘就有那麼大力量，何況美國現在有十四艘呢？超過十五萬顆廣島核彈！你能想像嗎？我們的彈道飛彈核潛艦是有史以來威力最強大的作戰機器。它們甚至不必出港就能攻擊我們感興趣的大多數目標。但是我們的對手也有這種武器。一旦核戰開打，這個地方是首要攻擊目標。」狄克森住口不言，凝視星空。他再度開口的時候，聲音低而語氣猶疑。「我想說的是，而且我不能對你完全坦誠，不久之後也許你會發現地球上唯有海面下是安全的地方。」

「我們那麼接近？」亨利問，指核戰邊緣。

「一旦發生，我們許多人認爲回家已沒有什麼意義。」狄克森說，讓他的言外之意發酵。狄克森向亨利提出了救命方案。「我這麼說吧，有些人正在探索，」狄克森繼續說，幾乎語帶歉意，「尋找一個安全的港口。他們指出我們現有的給養可以撐上一年，因爲我們的船員已經減少了。我們有食物，溫暖的床鋪，加上滿載的戰斧，無異警告『別動手！』但是重點是，我們需要一位醫師入夥。我就需要，不管怎麼說都需要。」

「那倒是眞的。」

「有人也許會誤解我的意思，」狄克森說，語音輕柔得亨利幾乎聽不見，「在這個單位裡，他們對叛變看得非常嚴重。要是你必須對任何人說任何事，我們只是閒聊而已。對，就是那個。閒聊。」

「我絕不會對任何人說任何事。我發誓。」

「我們會在這裡待幾個星期。要是你沒有找到你在找的，我們總有用得著單簧管樂手的地方。」

墨菲在基地醫院裡有個棲身之處，亨利前來道別。「他們缺人，我認爲我能幫忙，」她解釋道：「你要回亞特蘭大？」

「明天。」

「那麼我不會再見到你了？」

「我們不知道人生還有什麼等著我們。在威斯康辛他們沒有教你嗎？」

「明尼蘇達。」

墨菲伸出手說再見，但是亨利沒放手。她的拇指搓揉亨利的手背指節。「我希望你回來的時候他們還在等你，」她說：「我希望你的家人熱烈歡迎你回家，每個人都安全、快樂。」

亨利吻了她的手，那是世上最自然不過的事。

他回到海軍賓館，一頭倒在床上，情緒亂成一團。他終於要回家了。家裡會是什麼樣子？他害怕知道眞相，但是他無法忍受不知。他安全，但是處境危殆。欣喜若狂又惴惴不安。有人敲門，他非常驚訝，原來天已亮，是他睡熟了。佛南．狄克森站在門口。

「他們派了車送你到機場。」狄克森說，看來有些驚訝，因爲這時亨利還沒穿好衣服、準備停當。

「我可以刷牙嗎？」

亨利匆匆沐浴更衣，仍然不敢置信。有車等著。他就要飛回亞特蘭大。回家。

亨利正要坐進車裡，狄克森交給他一張名片。「要是網際網路恢復運作，或手機再度通了，你要與我聯絡。」

亨利在皮夾裡找出一張浸過水的名片回贈。他在背面寫下了一個號碼。「這是吉兒的手機，以備萬一。」他自己的手機在跳入波斯灣後就當了。

「噢，還有一件事，」狄克森說：「昨晚我看你走路有些不方便。」

狄克森交給他一根製作精美的手杖。

亨利感動得說不出話來。「你哪裡……？」他勉強地說，不成句子。

「基地工具間的人什麼都會做。這是喬治亞州的山核桃木，很適合製作警棍。萬一有必要你就當警棍防身。甚至打高爾夫球，當推桿可能也不錯。」

手杖柄上鑲了一只黃銅潛艦。

49 墳墓

那一架比奇單引擎螺旋槳雙座機，馬力大約與割草機相當，現在滑上了跑道。亨利坐在後座，那是學員的位子。他凝視自己投射在駕駛員頭盔後面的影像。駕駛員的話很少，最多只是：「你一定是非常重要的人物。」

「一點也不。」亨利答道。

小飛機緩慢地加速，然後騰空而起。氣泡形的座艙罩是透明玻璃，因此可以看見喬治亞的地景在下面攤開，廣袤、綠色。道路上沒有車輛往來，田地裡也沒有動靜。亨利自忖當年原住民克里克族生活在這裡的時候，喬治亞一定就是這個樣子。

那早已逝去的過去現在成了未來嗎？亨利搭機飛行，那架飛機幾乎可算古董，將亨利載回了過去。他讀的歷史夠多，知道文明的進展並不穩定，進步了幾千年之後，總會陷入大劫。他對文明崩壞的故事一直很感興趣。二〇一八年一月，德國馬克斯．普朗克人類歷史科學研究所的團隊找到一種腸道沙門氏菌的古ＤＮＡ，研判那是十六世紀中在墨西哥殺死八成原住民的罪魁禍首，可能是西班牙征服者帶到美洲的，阿茲特克帝國因而覆滅。亨利與吉兒到過埃及的路克索，以及希臘邁錫尼憑弔廢墟，也在西班牙花過幾天考察堂皇的阿罕布拉宮。偉大的文明，現在已經死去。他們兩度造訪過龐貝——西元七十九年八月因附近火山爆發而被熔岩封埋。這些廢墟如果有什麼教訓，亨利忖度，那就是：文明建築在因進步而產生的自負上。我們相信人智巧奪天工，人能馴服自然。龐貝提醒我們：人自然的凶殘無與倫比，永遠不可能完全馴服。

因此亨利不該為在他下面展開的景象而驚訝——大自然正在回收大地上的文明標記。雖然疫情已經緩和，但是社會經過這場蹂躪後變得失能、喪失互信、瀰漫絕望。棄置的農場住宅與路邊加油站爬滿了葛藤，將人類歷史吞噬掉的緩慢過程開始了，也許一發不可收拾。

然而還是有稀疏的生命跡象。來自灌叢火的煙表示有個農人下定決心要重整田地。飛機飛過州際高速公路，側身轉向，朝亞特蘭大飛去，亨利可以看見一些車子。城市本身看來沒受到什麼損害，但也杳無人跡，儘管進城的高速路有如蛛網。門戶大開，毫無自衛能力，亨利忖度。下一波恐溝里就能令亞特蘭大滅絕。

至少軍事部門仍然運作。司令為他考慮得很周到，發給他一個星期的糧食，裝在背包裡——主要是鹹餅乾、花生醬、水果、堅果、以及穀類加工品，因為亨利吃素。但是司令也塞進了幾包牛肉乾以防萬一。還有新的內衣褲、襪子、T恤。亨利皮夾裡有一百沙幣（合二十七美元），信用卡、轉帳卡各一張，有沒有用並無把握。此外，亨利手上還有《古蘭經》與新手杖。

小飛機像蚊子一樣降落跑道，滑過一隊巨型C-130運輸機，停在一巨大機庫旁的停機坪上。

「你要從這裡到哪裡去？」駕駛員問道。

「亞特蘭大。」

「那麼就祝你好運啦，先生。」

「請等一下，」亨利說：「我怎樣去亞特蘭大？」

「走路的話，我認爲那實在很遠。聽我說，」駕駛員說道，指著東方，「要是你沿這個方向走三、四公里，就會走到州際高速公路。從那裡到城裡還有三十公里。現在大家都很小心，而且交通稀疏，但是，要是運氣好你也許可以搭便車。你看起來並不會讓人有戒心。」

九月的太陽下，空氣悶熱又潮溼，亨利花了一小時才走到州際高速公路的交流道。好在背包裡有三瓶水，喝了解渴又減輕負擔。他汗流浹背，衣衫溼透。只要有車經過他就豎起大拇指，但是車太少，而且都開得飛快，像逃犯一樣。

儘管如此，他還活著。他走在明亮的高速公路路肩上，對「活著」的特權別有一番感受，他從來沒有過那麼強烈的感受。活著。多美的高速公路，亨利忖度，是奇蹟，眞的，是一度令人敬畏的文明留下的標記。未來的人——如果未來還有人的話——要是偶然發現了這條壯麗的道路，會想什麼？也許它已埋在藤蔓或沉積層之下。[94]

在一條高架路的陰影下，他將背包放下，吃起杏仁來。附近有一隻人字拖鞋，一個空的洋芋片袋子卡在地面縫隙裡，一有車子經過就顫動起來。他忖量昨晚與狄克森船長的談話。末日，眞的會發生嗎？亨利兒時對於冷戰與核子大戰的記憶栩栩如生。末日的威脅總是在、但不眞的在，所有生物都滅絕的可能是一個幻想，晚上外婆哄他上床後，有時他會以那個幻想殺時間。他經常爲了萬一外婆也死了他怎麼辦而發愁。一個巨大的小昆蟲雲團籠罩住他，打斷了這些清醒的思緒。他揮動雙手，徒勞無功，又不能屏息，苦不堪言。他將T恤領口向上拉起，擋住口鼻，再用手壓得嚴嚴的。

另一輛車疾行而過。

爲了避免胡思亂想家人的下落，他忖度回到ＣＤＣ實驗室後，會得知哪些關於恐溝里的研究進展。馬可與他的團隊必然已經開發出疫苗了。他渴望聽到他們的想法，渴望在熟悉又刺激的場域——實驗室——工作。實驗室才是與病源公平交戰的地方。時間不多了。

他看見一輛大型拖車向他的方向駛來，那一天的第一輛。亨利將手伸進背包，拿出兩包牛肉乾在空中揮動。卡車與其他車輛一樣，立即加速，接著氣動煞車發出長而尖的噪音，卡車在前方五十米處停下了。亨利談好的交易是：把他送到亞特蘭大城中心，換三包牛肉乾——素食者享有經濟優勢的情況不多，這次還眞的給他碰上了。

司機是一位年長的西班牙裔，留的山羊鬍子已白了，說起英語口音很重。他正在聽一個西班牙語的廣播節目，雜音很大。「電台在墨西哥。」司機解釋道，他說成**梅—溪—叩**。

「他們在說什麼？」

司機笑了。「他們說墨西哥人出來！來梅—溪—叩，我們的弟兄！外國佬瘋了！」

「有美國的電台嗎？」

「有時我聽得到紐奧良的WWL。我想他們那裡有電，不像這裡。」

司機轉動旋鈕，大部分是空的，只找到美國佛羅里達首府塔拉哈西的一個電台，位於亞特蘭大南方四百五十公里，正在播放著名陰謀論者瓊斯（Alex Jones）的節目。「我們一直在說會發生這種事，

---

94 有興趣的讀者不妨參考英國詩人雪萊（Percy Bysshe Shelley, 1792-1822）的詩〈阿西曼達斯〉（*Ozymandias*, 1818）。

對不對？」瓊斯說：「老大哥一直在想辦法搞全面控制。這是一個消滅基督徒的陰謀。你看哪些人捱過了這場大疫。對了，猶太人黑手黨。猶太人和共產黨——一個全球的、集體的結合。他們告訴你這是疾病，叫恐溝里的這個玩意。別信！那是謊言！他們在水裡下了化學劑。他們要對付的是善良的美國基督徒……」

司機想找其他的電台，但是瓊斯是唯一說英語的聲音。

卡車運送的是緊急輻射線偵測器，司機不知道爲什麼需要這種儀器。他讓亨利在北街出口下車，那裡距ＣＤＣ不到九公里。

亞特蘭大依舊光彩照人、華麗，但是行人稀少。摩天樓似乎空無一人。亨利的視線可以透過它們的窗子、直達建築物後面。儘管有這些陌生之處，他還是爲這個城市的輝煌、矗立在自然美景中的雄偉建築而傾倒；亞特蘭大奠基於自然之美。環顧世界，亞特蘭大只是一個小巧玲瓏的城市；它是文明的紀念碑，出色之處是小而美。在城市風光後方，正値黃昏，彩霞滿天，令人沉醉。夕陽令他想起孟克的名曲〈與奈莉共度黃昏〉。佛南．狄克森一定喜歡那首曲子。也許有一天他們會一起演奏——要是大家都有明天的話。路上沒有交通，空氣特別清新，而且非常濃醇。亨利覺得他呼吸的是純氧。

他越過通往卡特總統圖書館的林蔭大道時，月亮已經出來了，是上弦月，金星即將落入彎鉤之內——星星加新月是伊斯蘭的符號，他們仍在一場沒有意義的戰爭中自相殘殺、自我毀滅。夜很黑，人行道也不可靠，因爲偶爾有落下的粗樹枝攔路。亨利的眼睛必須適應朦朧的星光。現在他已快到家了。他抄道穿越公園，經過遊樂場，海倫、泰迪小時候，他常帶他們來；經過社區花園，吉兒一直想在那兒認領一塊花圃。快到家了。他的心開始砰砰地跳。

然後他聽見了狗。

牠們藏在樹的陰影裡，一開始他看不見牠們，但是突然間他看見了，一群，有八、九隻，不是吠叫，而是咆哮，只是聲音低沉，幾乎不可聞。一隻比較小的開始尖叫，激動得又跳又轉，但是體型最大的那隻緩緩移動，頭低著，悄悄逼近。亨利舉起手杖以示警告，那頭老大——一隻德國牧羊犬——因而逡巡。但是另一種智慧在起作用——眾志成城。狗分散開來，改由兩側逼近。亨利必須第一擊就幹掉那頭老大。

那隻牧羊犬一進入躍起攻擊的距離，亨利就以杖擊地，大喊：「坐下！」

那隻狗立即坐下。其他的狗大多數有樣學樣。牠們都是被拋棄的寵物，還沒有忘記過去的訓練。亨利慢慢彎下腰，避免眼神接觸，盡可能顯得不帶威脅。他撿起一根小樹枝，在牧羊犬鼻子前面揮動。然後將樹枝拋入林子裡。所有的狗都搶過去撿那根樹枝。

亨利開始趕快走開，但是狗回來得太快，牧羊犬咬著樹枝，準備繼續玩這個遊戲。亨利再拋出樹枝，一遍又一遍，希望消耗牠們的體力，但是狗兒越玩越來勁，簡直忘我了。也許牠們也想起了另一種生活。狗兒不讓他走。最後，他打開了最後一包牛肉乾，盡全力拋到遠處。那引起狗的內訌，讓他有機會趕快離開，穿過林物街，五百米後，抵達麥基耳大道的家。

所有的房子都沒有燈光，窗子黑黝黝的，充滿了祕密。他害怕。他想呼喊鄰居，但是他發不出聲音。他不知道爲什麼。似乎靜謐那麼美好，破寂成了褻瀆。

他站在房子正面磚砌的走廊上，孩子不知在那裡遊戲過多少時間。花箱裡的金盞花盛開著。他從一面窗戶窺伺自己的書房。儘管沒有燈光，看起來井井有條。他認出自己的書桌，牆上掛著的外公外婆照片。椅子扶手上有一本小說，他動身到日內瓦的時候還沒讀完。情況沒有那麼糟，他忖道。我是自己嚇自己罷。

前門玻璃打碎了。

亨利走進屋裡。地上的碎玻璃更多。他靜靜地站著，傾聽，什麼都沒聽見，只有蟋蟀的嗡嗡聲，沒聞到什麼氣味——除了死亡。家裡沒有人，毫無疑問，但是他仍然喊了出來，「吉兒？」他的聲音變嘶啞了。「吉兒？」

他不敢叫出孩子的名字。

他走過客廳、餐廳到吃早餐的地方，那裡放日常家用品的抽屜裡有一只手電筒。沒有。現在他可以看見廚房地上的平底鍋與破碎的盤子。食品儲藏櫃的門是打開的，裡面黑漆漆，空的。亨利記得火柴在哪裡，擦亮了一根。他在早餐桌後面的窗沿上找到了蠟燭。有時孩子睡了之後，吉兒會點起蠟燭，他們就在家裡享用了一頓浪漫的晚餐。他點起蠟燭。

他一手護著小光錐，走過走道到他們的臥房去。一片凌亂。血跡斑斑的床單拉起了一半，床上什麼都沒有，不是好兆頭。他的衣服仍然在衣櫃裡，吉兒的也在。沒有信，至少也該留一張字條吧？或是一條線索，讓他知道家人到哪裡去了。但是他們爲什麼會相信自己一直都活著呢？爲什麼他們會假定有朝一日他會回家解救大家呢？

泰迪的房間是空的。亨利檢視他的抽屜。沒有內衣褲或襪子。背包也不在。他一定很安全，亨利忖道，他必然正在安全的地方。泰迪的機器人在桌上。我希望它能告訴我它的主人現在在哪裡，亨利忖度。

海倫房裡，燭光下，地上有個男人。亨利突然止步，然後悄悄靠近他，直到他確定這人已經死了。他面朝下趴在床墊上的一灘血中，血已凝固，褲子脫了一半，背上插了一把刀。蛆從他頭上的傷口爬進爬出，亨利判斷是槍傷。地上玻璃碎片更多：海倫的小豬撲滿。搶劫，亨利結論道。但是沒有一件事合理。梳妝檯下有一枚硬幣。二十五美分。

也許他們在樓上，他想。

他一打開樓梯間的門，衝出好幾隻貓。亨利嚇壞了，只是站在那兒，屛息以待。到處都是貓的便便，還有尿騷味，辛辣得他的眼睛直流淚。巡視後，再沒有什麼讓他驚訝的。

他回到樓下，走進廚房，到紗窗陽台上。暗淡的月光下，亨利看見了後院裡的墳墓。兩個。

他到車庫去拿鏟子。吉兒的車不在。赫南德茲太太的仍在原位。吉兒必然已經離開了。她帶著孩子逃了。有事發生，闖進來的人死了，於是吉兒帶著孩子離開以求安全。也許到她妹妹家。

但是那無法解釋墳墓。

亨利開始挖比較小的那一個。造這個墓經過深思熟慮：以石頭與磚封頂，防止動物將它刨開。他將石塊放一旁，開始挖掘，他的心砰砰跳，不想找到他非找到不可的東西。

有不同的東西了。他丟下鏟子用手挖，小心，溫柔。他伸手到泥土裡摸索，最後接觸到了屍體。他將泥土撥開。原來是皮伯斯。

亨利跪在狗墳旁，啜泣，筋疲力竭，傷感，因爲心裡放下一塊大石頭而顫抖。但是還有一座墳。他掩埋皮伯斯，重新鋪上石頭，又開始挖了。

挖了幾個小時。誰挖出這個墳的？他不由得想。不會是小孩。必然是吉兒。她的車不在。她必然還活著。但是那麼多事無法解釋。海倫房裡的死人。兩個墳墓。他一面挖一面覺得這些事實在想不通。石頭與一根大樹根堆在洞裡。樹根已砍斷，成爲兩截。吉兒做得到嗎？

深夜，不知哪兒傳來了青蛙的合唱，低沉而嘶啞。他的背因爲用力過度而痠疼，但是他不願放慢速度；他不容許強勁的運動韻律遭打斷：以右腿將鏟子壓進土裡，再提起鏟子將泥土送到左肩之後，一遍又一遍，停都不停。然後他摸到泥土下面一個堅硬東西的輪廓。他將蠟燭拿到坑邊，再度改用手挖。他可以感覺到：有一具屍體就在泥土下面幾公分。他用手將土舀出去，摸到了一個硬物，像是金屬或塑膠製品。他狂暴地將土推開。那是泰迪的美式足球頭盔。

一聲喊叫衝出他雙唇。泰迪死了。泰迪，他的孩子，唯有「奇蹟」才能解釋的孩子。

亨利坐下，背靠著坑壁。他以爲泰迪是安全的，他的衣服都不在，他的背包不在。海倫死了。吉兒的車不在。

他強迫自己把泥土從頭盔裡的臉上拂開。那是吉兒，沒有生氣的眼睛凝視著他。

這裡到底發生了什麼事？

吉兒死了，不是泰迪。亨利完全麻木了。

亨利把妻子重新埋了之後，坐在他爲孩子做的小遊戲屋門廊內。他將蠟燭放在吉兒墓的頂上。他的家人遭遇了極爲糟糕的事，他卻不在他們身邊，沒有盡到照顧他們的責任。他試圖逃避悲傷，但是悲傷猛敲他的意識之門，不放過他。吉兒死了。她戴著頭盔，她的車不在，孩子也不在。他必須找到孩子，總有辦法吧。這些片段鬥不攏，但是吉兒死了。

沉溺在羞愧、傷心之中，腦子混亂不知所措，他爬進了遊戲屋，睡了幾個小時。

50 宇宙俱樂部

街道上沒有燈光，交通燈號也停擺，銀行不再貸款，日用品商店唱空城計，網際網路仍然當機，華府熱得難受，但是高級旅館、餐廳還是有辦法重新開張。文華東方酒店、川普國際酒店、棕櫚牛排館、米蘭餐廳——一家又一家，有影響力的綠洲，甦醒過來。有錢有權的人擁有常人——例如《華盛頓郵報》的記者——無法觸及的安全岩架。

流感對東尼．賈西亞造成嚴重打擊：妹妹與妻子死了，自己死裡逃生。他住在珍味樓的樓上，在一個叫做亞當斯．摩根的社區裡，位於白宮南方兩、三公里。現在他孑然一身，只有一隻吉娃娃為伴，屋裡水電瓦斯全停擺，還必須忍受另一波創紀錄的秋季熱浪。流感倖存者仍在復原中。有些人身體垮了；幾乎每個人都因悲痛而萎靡。

網路攻擊破壞了新聞事業。幾個電視台恢復了營運，但是報刊只能零星出版。《郵報》的情況比較好，多虧它有一位身價幾十億的老闆，但是它與同業面臨同樣的困難：政府突然間噤聲不語，記者到哪裡去找答案？謠言與想像的陰謀成為主流，真正的新聞被擠到一邊，少人聞問。結果美國成了一個情緒大煮鍋——沸騰的情緒中，以偏執獨占鰲頭。

雖然每個人都知道網路攻擊源自莫斯科，仍然沒有清楚的證據顯示那是事實。俄羅斯發動的新型態混合戰，高明之處不只是容易否認。還有它幾乎可說是魔法的力量——激發叛亂。例如「美國愛國者大軍」，由俄羅斯網路機器人煽動，然後形成眞正的團體，集結了幾百名武裝美國公民從事顛覆政府的活動，他們根本不知道自己的行動無異俄羅斯的第五縱隊。普丁創造了「美國愛國者」運動，再怪罪它發動了網路攻擊。同時，他也指控美國破壞俄羅斯的核電廠。就那一點而言，至少他說的是眞話。ＣＩＡ刺殺小組只有一名隊員倖存，普丁讓他交代蒂迪的暗殺計畫，他說得入情入理。

這是一場病毒之戰，有生物病毒也有虛擬病毒，兩方面美國都屈居下風。美國的生物武器計畫已解散，在俄羅斯則轉入地下。要是恐溝里是高明的生物工程研究累積多年經驗的產物，誰知道俄羅斯祕密實驗室裡還有多少撒手鐧？天花、馬堡熱、伊波拉都在整裝待發。這幾個月是「奇幻熊」的收穫季節，在西方電腦裡播下的病毒種子終於成熟了。

賈西亞被召喚到宇宙俱樂部，位於白宮西北兩公里，那是總統、諾貝爾獎得主、聯邦大法官一齊現身慶賀自家地位的場所。一走進來，他最深刻的印象不來自這個地方的堂皇寶相，而是冷氣，那種揮霍的放送令他第一次興起感激之情。一種懷舊情懷油然而生，他怎麼從來沒有好好珍惜過他曾經有過的生活呢？他滿腦子失落感。

俱樂部的餐廳很大，餐廳領班立即以鄙夷的眼光打量賈西亞。這些日子裡，隨身帶著鋪蓋捲、背包的人他看得多了，賈西亞不比他們好多少。但是賈西亞一提理查．克拉克，領班高傲的眉毛一聳，立即應承，對女侍說：「五十二號桌。」

即使在這裡，權勢人士的祕密藏身處，賈西亞都能觀察到流感的後遺症。裝潢繁複的大廳裡幾乎沒有人。花式吊燈的燈亮著，但是昏暗。地毯髒了，到處是棉絨線頭，像是法蘭西帝國的工藝品，早已過了輝煌年代。甚至女侍的襯衫也是皺的，也許好一陣子沒洗了。她打開一扇鑲了磨砂玻璃的拉門，裡面是一間小餐廳，一張兩人桌。

「你眞的很在意隱私。」賈西亞評論道。

「在這個城裡，隱私是最有價值的商品，」克拉克說：「你要喝點什麼？瓶裝的吧，你不能相信冰塊。」

賈西亞看得出來，克拉克在打量他，評估損害。他知道自己現在的樣子，憔悴，恐溝里的蒼白臉色仍然盤桓不去。另一方面，克拉克不只身體健康，他變年輕了，隨時可以應戰。他點了蝦肉餅。賈西亞則是扇貝。

「明天上午，俄羅斯軍隊會開進愛沙尼亞，」克拉克說：「這是普丁大戰略的下一步。首先是克里米亞。然後烏克蘭。現在是波羅的海。」

「你怎麼知道愛沙尼亞的事？」

克拉克聳聳肩。「早上查看外電。法新社報導。太遺憾了《郵報》又沒趕上。再一次！」

「那麼總統會做什麼？」

「他**該**做的事，是擊沉他們的艦隊。轟炸他們的煉油廠。在他們的港口布雷。發射巡弋飛彈，攻進克里姆林宮每一扇窗子。我們都知道他們在幹什麼。我們已經交戰許多年了，只不過我們並不承認。我們沒有把網路攻擊當做眞正的戰爭，我們並不認爲恐溝里是大規模毀滅性武器。」

「你確定是他們嗎？」

「你怎麼解釋：一種新興疾病蹂躪了西方，卻讓俄羅斯……不是『沒受影響』，而是『沒被毀滅』。我們的電網當掉、我們的通訊中斷、我們的經濟已成廢墟，你認爲全是巧合？而且就在這個時候俄羅斯進軍波羅的海？」

「俄羅斯死了幾百萬人。你眞的認爲普丁會對自己的人民做那種事？更別說全世界死了幾億人？」

「要是史達林還活著，你會問這個問題嗎？」

「不會。」

「好吧，他就是史達林。」

51 吻別

亨利敲鄰居的門。那棟房子是馬喬莉的，亨利與吉兒還沒有搬來她就住在那裡了。沒人應門。他還沒見過任何鄰居；整條街似乎一個人都沒有。對街的房子已經燒掉了。

他轉身離開，門突然開了。「亨利。」一個聲音在叫他。

「哈囉，馬喬莉。」

「我沒想到還會見到你。」馬喬莉站在紗門後，穿著一件褪色的家居袍，抓著門把，就像那是一個柵欄，可以保護她不讓災難近身。「我以爲你們都走了。好吧，我不知道要想什麼，坦白說。告訴我你不是唯一倖存的人。」

「我也不知道，」亨利說：「吉兒死了。有人把她埋在後院，我不知道是誰。孩子不在家，我不知道在哪裡。我本來希望妳能告訴我一些事情。他們來找過妳嗎？妳知道他們遭了什麼事嗎？」

「我幫不了你。」馬喬莉言簡意賅。

亨利認得她十五年了，但是現在她像是一個陌生人。

「馬喬莉，車子不在。有人偷了嗎？或是某個朋友把孩子帶走了。」

「我怎麼會知道。」她滿臉痛苦，「過去一段日子實在糟透了，亨利，」她脫口說道：「我躲起來了。我很抱歉，我應該是一個更好的人才對。我很害怕。我不能原諒自己，千眞萬確。」

亨利凝視她半晌，轉過身要走。

「有一聲槍響，」馬喬莉朝他說：「其他的我就不知道了。」

左鄰右舍還有其他人家，有的有孩子，但是應門的人都說沒有見到海倫與泰迪。他寫了幾張海報，註明孩子的姓名，要求提供訊息，並留下他的地址。電線桿上已經有許多同樣的海報。到處都是。

他走到三公里外的消防救援隊隊部，查看死亡、失蹤者名單。他自己的名字入列「死者」欄，他把它劃掉，並添上吉兒的名字。孩子不在名單上。

有人帶走了他們，他確信。他希望那個人是朋友。他們會到哪裡去呢？

「他們可能在運動場，」一位消防員說：「那裡爲孤兒設了臨時避難所。一家人的話，就到會議中心。」

亨利的車還在亞特蘭大機場，當時以爲日內瓦之行不過幾天而已。他找到赫南德茲太太的車鑰匙，開車前往二十公里外的勇士隊運動場。一根柱子上有一張手寫的海報，註明「登記處」，並有一根箭頭指向「一壘門」。亨利走進看台時停下片刻，往事湧上心頭：這是我遇見吉兒的地方。三殺，她擁抱我，我的人生就變了。

運動場已經轉化成兒童難民營，外野區是一排排整齊的白色帳篷，鐵絲網後面的空間裡有一群群孩子。一位體型很大的中年婦女正在用雙筒望遠鏡看那些孩子。她聽見亨利走過來便抬起頭。

「我來找我的孩子。」亨利說。

「好啊，我們有三百一十二個，」她說：「你要幾個？」

「兩個。」

「你就挑兩個，然後在這一張免責聲明上簽字。」

「妳不了解，我是來找我自己的孩子。」

那位女士嘆了一口氣。「名字？」她問道。

「海倫與狄奧多．帕森斯。也許寫成泰迪而不是狄奧多。」

她看了看她的名單。「啊，不是按頭一個字母排序的，我們這裡一切都必須用手寫。」她沾溼了指頭翻過一頁，再一頁，分明就是告訴亨利他是來找麻煩的。

「我到那裡去，自己找好嗎？」

「那需要有人陪你過去。」那位女士不情願地說。然後，「噢，好吧。」她費力地站起來，緩慢地走下台階，到地主隊座席旁的門。他們走入球場，經過投手丘到外野的草地上。鐵絲網高三．七米，孩子都在裡面。

「我們將他們按性別、年齡分開，以減少問題，因此要是他們在這裡，也不會在一起。」

「這是監獄。」亨利評論道。

「那個嘛，可能你還沒聽說，我們有個非常麻煩的問題——孤兒幫派。倒不是說這些孩子是問題，但是絕望導致不良的行動。在這裡至少他們有得吃，在健康的環境裡，有得住，要是有麻煩我們會處理。請不要太快下判斷，這是我的意思。」

亨利沿著男孩營的鐵絲網，一面走一面呼喊泰迪的名字，然後再找海倫。孩子們期盼地看著他，好像亨利也會喊自己的名字似的。一個女孩也叫海倫，但是不是亨利的海倫。亨利走開的時候，她突然哭了起來。我也是個孤兒，亨利想告訴她。同是天涯淪落人。

會議中心也是同樣的故事。傷心寂寞的家庭依靠微薄的善心過日子，亨利在龐大的居住區裡穿梭，沒有引起什麼好奇，只見各界捐贈的一箱箱食物衣物。一位魔術師正在爲孩子變紙牌戲法，還有穿著迪士尼世界表演服裝的演員列隊遊行。一位聯邦緊急事故管理總署的人坐在一張牌桌後面，面對一條筋疲力竭的人龍，全是申請住屋的。但是海倫、泰迪不在那裡。到處都找不到他們。

海倫、泰迪的學校遭了洗劫。門開著，亨利走進走廊，費力地透過窗戶往一間間空蕩蕩的教室裡張望。彷彿龍捲風過境，紙張、書籍散落，桌椅橫七豎八。泰迪的二年級教室中間，還有人拉了一坨屎。

亨利聽見一個有韻律的聲音，突然認出那是籃球。他循聲前往體育館，孩子都在那兒。他沒看見海倫、泰迪，但是在場的二、三十人說不定有人知道他們的下落。有幾個已經過了十歲；大多數比較小，海倫、泰迪的年紀。大人用毯子與鋪蓋捲爲他們將體育館改成宿舍。較大的男孩在投籃。

孩子們終於發現他的存在。體育館靜了下來。亨利想找個大人說話，但是沒有見到一個人。他倒是看見一張熟悉的面孔，海倫的同班同學。「勞拉？」他說。

那女孩走向亨利。她是海倫的足球隊隊友。她站在亨利面前，一會兒之後才突然抱住亨利。幾個孩子圍了上來。

「妳的父母呢？」亨利問勞拉。她開始哭了。

「每個人都死了。」一個較大的男孩以一種令人反感的口吻說。

「爲什麼你們不到運動場去？別的孤兒都在那兒。」亨利問。

「那裡是監獄。」另一個孩子說。

「而且我們聽說了那裡發生的事。」勞拉說。

「我們在這裡過日子不成問題，靠自己。」那位大男孩說。他指了指腰上別著的那把刀。

沒有人知道海倫、泰迪的下落。亨利準備走的時候，那位大男孩大膽地向他要錢。亨利把所有的錢都給了他。「這是什麼，遊戲代幣？」男孩說。

「不是，那是沙烏地紙鈔。我只有那麼多了。」

男孩將錢丟到地上。「眞他媽的。」他說。

亨利整個下午都在處理房子裡的屍體。他埋了赫南德茲太太，貓與她作伴。海倫房裡的死人他埋在遊戲屋後面，再也不想見到，眼不見心不煩。他的後院成了墳場。其餘的時間他用來打理屋內。此外他無法想任何事。他從一個房間到另一個房間，像個苦行僧，打掃、清理，想恢復秩序——他的人生也許再也不會有的東西。

他把垃圾、廢棄物打掃完畢後，便開始搜尋線索。他在吉兒的手提包裡找到 iPhone 。電池還有一些電，但是電量圖示已是紅色。她最後一通電話打給了瑪姬，兩個星期之前。亨利試著打給瑪姬，沒有反應。他不敢多想。

他在臥房裡換床單的時候，屋裡響起了奇怪的聲音，接著便恢復生氣，原來是電來了。但是收音機只有靜電聲，沒有廣播節目。那是吉兒愛聽的電台。她死的時候必然在聽那個電台。亨利忖度，從現在起生活會逐漸恢復正常，還是只是暫時解脫？

晚上，他換上剛洗好的衣服走到三公里外的繁華區。有幾家店開著，那家墨西哥餐館也開著，以前亨利與吉兒常帶孩子去。恢復供電後，生活恢復得那麼快，實在令人驚訝。他甚至能從提款機提取一些現款。他選了靠人行道的桌位，看著人來人往，大家都步行，因爲街道上仍然沒有多少車。他們的表情洋溢著幸福。他可以讀出他們的想法：最糟的情況已經過去。我們回來了。我們受過不少罪，但是現在一切都沒事了，我們活下來了。

亨利也想那麼相信，但是他知道他們面對的是什麼。流感從來不會只有一擊。他一面吃番茄乳酪沙拉，就著一杯墨西哥啤酒，一面忖道：這個和平時刻只是中場休息，暫時的，因此也是殘酷的。

明天他會回ＣＤＣ的實驗室。他好幾個星期沒有與他們聯絡了，誰知道他們的進展？他必須找到孩子，但是他還能到哪裡去找？孩子會到哪裡去呢？他們有人照料嗎？他們遭遇麻煩了嗎？

那麼多問題沒有答案，但是此時此刻他必須說再見了。他向侍者點了一杯「灰皮諾」[95]——那是上一次他們來的時候吉兒點的。他將酒放在桌對面吉兒的位置上。走之前，他喝了一小口酒，像吻別。回到家，屋裡仍然沒人。但是處處都有記憶。

52 現在是我們了

一九一八年流感大疫的歷史，都提到：倖存者事後很少談論他們的經歷。要不是那麼多墓碑都註明了一九一八年，你幾乎會相信那場大疫根本沒有發生過。**我們活過來了**：是他們的心態。與「經濟大蕭條」或世界大戰或恐怖攻擊都不同，那些事件的倖存者都不會忘記自己的經歷，即使大步向前走，仍然有一隻眼睛盯著過去。他們寫書，他們結社，他們舉辦紀念團聚。他們帶孫兒參觀戰場。他們接受心理治療。但是一九一八年大流感的後效卻是從記憶中刪除這段經歷——因此，也刪除了歷史。這是時代造成的。二十世紀初，霍亂、白喉、黃熱病、傷寒等流行病不是仍會發生，就是存在於最近的記憶中。病死是司空見慣的現象，歷史幾乎不會評論。一九一八年流感造成的死亡，是第一次世界大戰四年戰死人數的兩倍。然而戰場的無情暴力卻令我們對大疫的慣常恐懼失色。

現在亨利忖度著，人類是不是再度糊裡糊塗地走進一場沒有意義的衝突，造成毀滅文明的後果，特別是還有一場大疫助陣，以超高效率隨機地消滅人群。仍然纏著他不放的問題是：恐溝里是以人工

95 一種白葡萄酒。

動過手腳的病毒——「戰爭行動」——還是自然發生的？因為他知道美、俄劍拔弩張，已經接近開啓軍火庫釋放末日工具的那一刻；世上只有幾個人知道。

亨利騎自行車到CDC，抄小路的話不到八公里，多年來他都這麼上班的。那是一輛結實的紅色登山腳踏車，很笨重，距最新的車款已有幾個世代，但是亨利看上它的結實。他抄小路進入艾默利大學校園。沒有學生，但是有些清潔工正從沒有人的宿舍裡拖出家具與私人物品。生活幾乎看來正常。

他從來沒見過軍人把守CDC的大門，但是現在他們全副武裝在柵欄內巡邏。亨利接近時，兩名軍人擋下去路。他取出識別證，但是一位嚴峻的年輕軍人告訴他那已失效。

「但是我在這裡工作！」亨利驚訝地說：「我是感染疾病的主管。」

「先生，那可能是真的，但是已經改用新的識別證，你的名字並不在名單上。」

亨利氣急敗壞，要求他們通知主任。軍人的反應冷漠，令他氣憤。他大聲理論，突然間聽到下令的聲音，「讓他進來。」

「凱瑟琳！」亨利說。

門打開了，「亨利，我們以為你死了，」凱瑟琳．羅德說：「我們太久沒有聽到你的消息了。老天，我們需要你。」

研究設備安全無恙，但是凱瑟琳解釋道，大部分的事都變了。「我是新主任。我們失去湯姆。你的團隊還在，但是縮小了，很抱歉。馬可還在。我們重新調度了人，補充必要環節。你必須走樓梯，電梯故障了。我會為你準備新的識別證，下班前就會好。」

亨利走進他的老實驗室，每一張臉都轉向他。要解釋的事太多了，但是不著急，來日方長。馬可走向他，一語不發，他們擁抱。接著馬可爲他介紹每個人的工作，告訴他已發現恐溝里的許多變種，有一些比較毒，但是都沒有趁手的療法與疫苗，短期前景也不樂觀。「我們有一個突變群，」馬可說：「同時，國衛院已經製造了一種ＲＮＡ複製子疫苗。」複製子製造的是病毒的蛋白質，愚弄身體相信自己被感染了。要是成功，這種疫苗會促使細胞製造抗體。「我們正在以雪貂做實驗。檢驗結果顯示這種疫苗也許有效[96]，但是我們仍在嘗試驗證。此外現在我們沒有任何值得報告的進展。」

亨利解釋他在潛艦上的試驗，使用的是人痘技術。馬可無限驚奇地看著他，「你是在**潛艦**上想出這玩意兒的？」

「那個嘛，我總得做些什麼吧。」

「你必須立即公開你的人痘技術。」馬可說。

亨利點點頭，但是心神不屬。

「亨利！你做到了！你等於做出了一個疫苗！你不明白自己成就了什麼嗎？」

但是他還沒有找到自己的孩子。接下來一個星期，他早晚都在城裡尋找他們，下午到實驗室。城市變得古怪、破損、縮小了。別人也像他一樣，到醫院、墳場尋找家人的紀錄或面孔。在奧林匹克百年公園裡，有幾百張尋人海報貼在牆上。張張都是家庭破碎、喪失親人的故事。有一些還有照片。那

96 影射莫德納的傳訊核糖核酸（mRNA）疫苗。

麼多快樂的面孔。

城裡最顯著的特色是沒有任何正式的秩序。沒有警察、沒有軍人，都是一般大眾。亨利忖度，無政府狀態看起來不就是這樣？沒有他先前預料的那麼混亂，但是幫派份子與乞食的人充斥街道與公共空間。他們舉止粗魯，而不是令人心生畏懼。亨利心中暗忖：每一個人都驚魂未定。

百年公園裡，他貼海報的時候，有個婦人走過來。「你的孩子？」她問。

「是的。」

她笑了，說他們太可愛了。接著她說：「我的孩子死了。」

亨利看著她，猜測她有三十好幾，但是她的面孔像其他的倖存者一樣，不復原貌。她的手紅通通，還有沒癒合的傷口。亨利說對她的喪親之痛感到遺憾。

「我希望你能找到孩子。」她說。

「謝謝妳，我會的。」

「我眞的希望你找到他們。」然後她傾向他悄聲說：「你想親吻我嗎？」

亨利迅速後退，然後意識到他的無意識反應像飛鏢一樣、直鑽她的心。「我很抱歉，」他說：

「我仍在哀慟中。現在不是時候。」

婦人現在哭了。「我只想有個人跟我說話。」她脫口說道。

「我能跟你說話，」亨利說：「妳要我說什麼？」

「告訴我我很美。」

亨利看著她滿是斑點、坑坑窪窪的面孔。「對我來說你很美。」

最令亨利在意的事實是：恐溝里流感的第一位人類病人是誰，至今還沒有確認。找到「首例」[97]有助於解答一關鍵問題：病毒到底是來自動物宿主、還是基因工程？他仍在大西洋海底的時候，他的實驗室已經追蹤到中國先前的感染病例，都是零星的，而且可能由禽鳥傳染。感染途徑顯示恐溝里起源於滿州或西伯利亞。他請馬可調查那個區域在中國出現感染病例之前發生動物相繼死亡的案例。那一資訊也許能提供病毒起源的線索。

「演化史分析有任何新的發現嗎？」

「仍然找不到直接的演化途徑。」南蒂說。她是實驗室的技術人員，與亨利一起調查過伊波拉。她的電腦螢幕上有一幅恐溝里病毒的系統樹——看起來像家譜，用來表示病毒演化的步驟。根據她的分析，印尼爆發的恐溝里根本不知打哪兒來的。

「要嘛從天而降，外太空來的；要嘛是人工改造的。」馬可說。

「你說的對，」亨利說：「也可能……」

每個人都停下了手上的工作。亨利總有離奇的點子，大家都知道：「假定它是個老病毒——非常老的病毒。」

「某種病毒元祖？」馬可問。

---

97 首例（primary case）指第一位將一種感染疾病帶入一特定群體的病人。許多感染疾病的首例至今不明，例如愛滋病。而「〇號病人」指令公衛專家警覺疫情已經在特定群體中爆發的病人，正式名稱是「指示病例」。

「那仍然會出現在我的樹狀圖上，」南蒂堅持道，「我的分析涵蓋了一百年以上的流感病毒突變，一直追溯到一九一八年大流感。」

「妳能延伸時間尺度，把古老的病毒也納入比較的對象嗎？」

「那我必須進入不同的資料庫，」南蒂說：「我在公共醫療檢索系統的某個地方看過一個演化樹，是作者對流感病毒的前世所做的推測。」五分鐘之後她問：「延伸多久？」

「試試一千年。」

南蒂鍵入參數。她發現了A型流感、B型流感的共祖，但是沒有與恐溝里相似的。

「五千年。」亨利說。

C型流感出現了，它與A型流感、B型流感本是同根生。

「我們接近了，」亨利說：「現在試一萬年。」

南蒂的上身突然自螢幕向後一傾。「噢，哇噢。有發現了。」

實驗室每一個人都集合在她的電腦螢幕前，擋住了亨利的視線。「發現什麼？」他說。人群分開了一些，讓亨利也看得到。與恐溝里頗爲相似的基因組序列。「這一標本的來歷是什麼？」亨利問。

「來自冰島，」南蒂說：「根據紀錄，一個古生物學團隊在一九六四年採集的。從凍在冰河裡的一頭猛瑪象的組織裡分離出來。從來沒有分類過。」

意會到這個發現的意義後，整個團隊都驚訝地盯著那一古病毒的電顯照片。「我們正在看的是整個流感家族的元祖，」亨利說：「它必然在猛瑪象身上找到了家，牠們也許共存了一百萬年之久，然後一齊滅絕。現在，不知怎的它再度回到地球生命圈。」

「它怎麼辦到的？」南蒂問。

「有人把它挖出來，在實驗室培殖。」馬可推測。

「蘇聯人幹過那種事，把一九一八年流感病毒變成他們生物武器庫中的一員，」亨利說：「你必須用你找到的各種序列，試圖重建整個流感基因組。這也能在實驗室以試誤法進行。或者，大自然可以自己來，在她的基因武器庫中以舊瓶倒出新酒來。」

「猛獁象滅絕會不會是它造成的？」南蒂問。

「當然有可能。」

「那麼尼安德塔人呢？他們與猛獁象同時生存在地球上。」

研究人員面面相覷，然後南蒂一語道破了大家心頭的陰影。「現在是我們了。」

53

尤斯提諾夫變種

亨利的生物防護衣，俗名太空裝，上面有潦草的名字，掛在除汙室的牆上，那是幾個月前的事了。進入了熟悉的連身塑膠衣後，他將一根黃色軟管接上胸前插口，空氣就將整套防護裝吹脹起來，像個氣球似的，隔絕了外界的聲音。進入生物安全最高等級的實驗室（BSL-4）都必須這樣披掛上陣，因爲那是地球上最危險的地方。亨利從來沒有習慣這一過程，因爲對他而言著裝實在太痲煩。

他走進待命室，一面鬆脫空氣軟管，一面走進空氣鎖。門在他身後嚴嚴關上，太空裝因爲洩氣而癟了下來。通過另一道鋼門就是BSL-4實驗室。他打開門，接上另一根空氣軟管。

研究人員都在自己的崗位上，有的操作離心機，或孵養器，或以微吸管將病毒樣本轉移到載玻片上，專注於手上的超危險任務。他走進實驗室裡的一個小房間也沒人注意，那裡有兩個巨大的冷凍櫃，就在液態氮鋼瓶旁邊。亨利在一個冷凍櫃的鍵盤上鍵入密碼，綠燈亮起。他打開門。

裡面都是已知毒性最強的病源：伊波拉、馬堡熱、拉薩熱。每一種病源都仔細封存在微量離心管裡，插在結冰的架子上，各就各位毫不含糊，無異災難圖書館。亨利知道爲病源賦予意識或意圖毫無意義。病源並不無情或狡詐，病源只是病源，它們的目的是生存。但是他也知道疾病會不斷重新發明自己，大自然用來攻擊自己子民的武器，花樣繁多千奇百怪，沒有一個冷凍櫃容得下。恐溝里也在這裡，新來乍到，保存在註明字號的管子裡，它手上已沾滿血腥，未來還會有更多人送命。

亨利覺得，就對抗恐溝里而言，他已盡力。他的人痘技術會獲得緊急使用授權，迅速在全世界施行。看來頗有希望的恐溝里疫苗總算即將進行人體試驗。這是一場救人競賽：多多益善。但是冷凍櫃裡有那麼多其他的病毒。他有不祥的預感，從未停歇的對抗疾病之戰終究會失敗。人類已經徵用微生物當武器。他能想像有朝一日冷凍櫃裡的所有疾病都被釋放出來。

包括他的疾病。

亨利發明的疾病。病毒懸浮液看來像一個粉紅色的冰塊。多年來他一直苦思惡想，大惑不解。它在叢林裡殺害了那麼多人，在實驗室卻無害，爲什麼？他研究它，想揭露它的祕密，想找一個理由原諒自己。亨利忖度，我們想控制自然，其實我們根本不夠格。我們相信我們能夠操縱疾病殺人，而不是治療，又是多麼輕率。我們像玩火柴的小學生。遲早會燒毀自己的房子。

亨利回到實驗室的時候，南蒂有發現了。「記得西伯利亞白鶴嗎？」她說：「現在幾乎滅絕了。牠們從西伯利亞繁殖地遷移到華東的鄱陽湖，那裡接近我們找到的一位先前的恐溝里病人。仍然活著的白鶴，大約有二十隻裝了衛星發射器以追蹤牠們的遷移模式。我們知道牠們是恐溝里的帶原者。好，我已經確定五隻裝了發射器的白鶴在遷移途中死了。我不知道那是不是不尋常，你必須請教鳥類學家。但是我因而想到其他的瀕危動物族群，因爲其中有許多物種世界自然基金會（WWF）與其他保育組織都在監控牠們的行蹤。

「於是，我發現在二〇一九年，北極熊侵入俄羅斯北冰洋的這個小群島。那裡有一個人類社區，叫做『新地』。據說那些熊是乘著浮冰漂流到島上的，然後牠們發現了人類的垃圾堆。牠們在街上遊蕩，侵入公寓建築——爲居民添了很大的麻煩。好了，最後那些熊被注射了鎮靜劑，裝上頸圈，用船送到這個叫做『十月革命』的環礁島。它在『新地』東邊的北冰洋中，西伯利亞北方。我要說的重點是，牠們全死了。牠們的ＧＰＳ頸圈顯示牠們一頭接一頭地不再移動，大約是在牠們抵達後的一星期。」

「也許牠們在強制遷移的過程中受到創傷。」馬可提出看法。

「可能。或者用來捕捉牠們的鎮靜劑受到了汙染。我的意思是，我們發現了一個動物大量死亡的事例——北極熊，而且沒有明確的理由。」

「發射器傳送了任何資訊嗎，心率、呼吸，任何也許可以解釋症狀的線索？」亨利問道。

「很遺憾，各位，我已說過了，他們用的是ＧＰＳ追蹤器。它只能顯示你在哪裡移動——或者不再移動。」

馬可看著亨利。「你在想什麼？」他問道：「我看得出來你想到了什麼。」

「一些過去的記憶，」亨利說：「『十月革命』島是蘇聯生化戰計畫的前哨基地。我正在想，要是他們眞的造出了這個病毒，那裡是合理的製造地點——偏遠，做生物實驗相對安全。完全沒有居民，直到人把北極熊送上去。」

上午，亨利開車到泰迪一個隊友的家，他叫傑利．巴恩威。要是泰迪想找個安全的地方投奔，也許會設法到傑利家去。他們住在亞特蘭大市區之東，位於ＣＤＣ東南五、六公里。對孩子而言，走那麼遠的路是難為他們了。因此亨利沒有早一點去向傑利打聽。

他一面開車一面回憶傑利父母的名字。球隊訓練完畢後，好幾次是亨利送傑利回家的，與他父母聊天也不只一次，但是現在卻想不起他們的名字。他記得傑利有兩個姊姊，一個也許比海倫大一歲。巴恩威一家人住在一棟維多利亞式的藍色平房裡，門窗的框刷了白漆。乍看之下亨利以為屋裡沒有人。巴恩威這家人有潔癖，但是現在門前院子雜草叢生，葛藤蔓衍；這兒只是郊區，可不是野外。郵箱裡還有幾個月前的郵件。湯瑪斯與珍奈特，那是帳單上的名字。亨利敲了敲門，人都到了，盡人事吧。

立即有腳步聲響起，門開了。是傑利。

「哈囉，帕森斯醫師。」傑利說。金髮小男孩，彬彬有禮，談吐大方，身材比亨利記憶中的還小。他似乎並不驚訝。

「傑利，你一個人嗎？」

傑利點點頭。「現在我一個人在家，但是我姊姊瑪西亞有時也在這裡。」他說。

亨利沒有問候他的父母。

「泰迪好嗎？」傑利問。

「我不知道他在哪裡，」亨利說：「我本來希望你也許見過他。」

傑利搖搖頭。「現在一直沒有人來看我。」他說。

「誰在照顧你？」

「瑪西亞在賺錢。」他住口。「有時男人會到這裡接她，第二天送她回來。我以爲你是那些男人。」

「不是，我來找我的孩子的。」

「我很想念泰迪。」

「我也是。」

凱瑟琳．羅德一聽說「十月革命島」的事，立即致電國土安全部，儘管亨利不願意，他還是被送進一輛政府公務車，火速開往ＣＤＣ西北方二十五公里的多賓空軍預備基地。亨利理解這是緊急狀況，國家正需要他，但是他急著找孩子，非常痛恨被迫擱置家事的境遇。

一架空軍灣流型飛機把他送到首都華盛頓。空中交通繼續全面停擺，他是機上唯一的乘客。下午四點，他已抵達中情局蘭利總部一間小而無窗的會議室，與瑪蒂達．尼欽斯基以及另一位女性會面，她看起來很像一部迪士尼電影中的壞人。她們對他的研判非常感興趣。

「可能那裡還有一些耐久的毒素，教態偶然撞上了，」亨利說：「我可以想出十多種符合這個條件的毒素，特別是在北極圈內，氣溫低，是良好的保鮮劑。」

「也許俄羅斯改裝了舊的生化工廠，搞出一些新玩意兒，」蒂迪表示：「在一個只有一小撮人知道的地方。」

「**我們**就不知道。」中情局的女主管承認。

「我們就在那個地方，」蒂迪說道：「北大西洋公約組織爲了愛沙尼亞已經枕戈待旦。什麼才是妥當的反應？一開始，先擊沉俄羅斯艦隊。美國一七三空降旅移防拉脫維亞。但是，那只是阻遏進一步的挑釁。要是我們能夠確定普丁是釋放恐溝里的主謀，就太好了。全世界都會對抗他與他草菅人命的政權。他們會將他抓到海牙國際法庭受審，吊死他。這是我的夢想。但是情勢變化得實在太快。媽的。我希望我們能把你送到那個島上。取得標本。向全世界證明我們都知道的事。」

門開了，一個男人走進來，黑眼鏡、銀頭髮。亨利吸了一口氣。沒有人費心介紹他們。

「總統需要選項，」蒂迪繼續說：「我們能夠否認的東西。不會透露是我們幹的。」

「換句話說，就是化學武器或生物武器。」中情局主管說，直接看著銀色頭髮的男人。

「但是現在我已經歇手了。」傑根．史塔克說。

「據說美國從尼克森時代起就歇手了，」蒂迪說：「但是我們知道九一一之後你在迪特里克堡維持了一個機密計畫。」

傑根贊許地看了亨利一眼，亨利無法迎向他的目光。

「他們說你以前是最棒的，」中情局主管補充道：「現在我們所有的生物武器都毀掉了。沒有人留下任何配方、製作技術。你們兩人代表當年的機構記憶。現在國家需要你們。你們兩個。」

「總統真的願意殺死數以億計的人？」傑根問。

「那已經發生了，恐溝里幹的。」蒂迪說。

傑根喝了一小口他在地下室星巴克買的飲料。「你怎麼知道俄羅斯必須負責？」

「我們不能透露情報來源。」中情局主管說。

「我換一個說法，」傑根說：「請問，妳如何評定這份情報的信賴水準？」

「中到高。」

「那個評估中有很大的不確定性。」

中情局主管承認情報並不完美，但是你能怎麼辦？大家心照不宣的是：普丁殺了我們的暗樁，我們成了瞎子。

亨利旁觀這場對話，彷彿身在夢境。往日的情感令他心煩意亂，忠誠、不堪勝任，不一而足。他仔細端詳眼前這位年長的人，他第一次發現他們已變得多麼相像，兩人都對他們當初一起從事的工作退避三舍。一如既往，傑根走向一個極端，利用他獨有的天賦使瀕危與絕種生物復活。他公開說所有的生物都平等，因此他複製脊髓灰質炎病毒，使多多鳥重生，一樣地興高采烈。亨利認識的人之中，他仍然是最危險的那位。

「我們要回覆總統，必須提出建議，」蒂迪說：「他不能袖手旁觀，坐視這一個對美國的攻擊——不只美國，是整個世界！普丁製造了這個病毒——」

「臆測。」傑根插嘴。

「——讓大疫降臨全人類，接著他使電網癱瘓，不是臆測。事實。在我們最脆弱的時候攻擊我們。已經死了幾百萬人，不管是無意的還是出自謀劃。經濟實質上成爲一潭死水。我們必須反擊。總統必須行動。他沒有選擇。他不能對這一攻擊毫無反應。」

「國與國如何彼此鬥爭，我不感興趣，」傑根說：「而且妳對禽鳥族群的殺戮罪不可赦。妳已經陷入戰爭，不過不是與俄羅斯。有一個更大的敵人，那就是大自然。妳不會贏的。」

「那是我們自找的，是的，我們自找的，」蒂迪說：「我們做了壞事，不只是對禽鳥等等。有些決定很糟糕，是的。但是事情就是那樣完成的。大家進入一個房間，就像我們現在，我們四個人。選項攤在桌上。政治在外面的世界製造出非常大的噪音，但是在這個房間裡，在不敢恭維的選項裡我們只有幾個選擇。會是什麼呢？假定我們決定選項一。」她轉向中情局女主管，「俄羅斯核了武力目前的戰備層級是什麼？」

「最高等級——一級戒備。」

「典型的普丁，」蒂迪說：「他很快升高戰備層級，使我們投鼠忌器、動彈不得。然後他降低一點戰備，讓我們認爲我們贏了某個東西。我們與他的每一個限武協定，他都要詐。那麼中情局的判斷是什麼：他有多大的可能會發射第一枚核彈？」

「只要俄羅斯的安全可能受到損害，哪怕只有微小的跡象，他都會那麼做。」

「我們正在討論文明的存亡，不只是爲了美國、俄羅斯，而是爲了管他哪一國的全人類。看來你並不關心那個，我意識到了。」蒂迪對傑根說：「也許沒有人類的話大地之母的境況會更好。但是你告訴我，全面核戰爆發後世界會是一副什麼模樣。你的動物呢，比如說？」

傑根拒絕被捲入。他只是盯著蒂迪看。

「選項二。無休無止的網路戰。對進步頻頻發動攻擊。不足以決勝負，沒有清楚的結局。很少人會死，我承認。但是我們處於不利的境地。俄羅斯向我們發動網路戰許多年了。我們活下來，他們也活下來。但是普丁太過分，他傾全力打擊我們的基礎建設。這是他蓄意已久的招式。是的，我們可以使同樣的招式，以其人之道還治其人之身。但是這不會傷他那麼多，你明白嗎。他可供打擊的家當並不多。不像我們。因此我們必須找到另一個反應手段。那就是找你來的目的，史塔克博士。選項三。」

「妳要我製造一個病原?」

「沒時間了。我們現在就需要這個玩意兒。現成的。看來像是從俄羅斯實驗室溜出來的。但是反噬我們的可能性很低。」

「根本沒有那種東西。妳看恐溝里，它三個星期就散布到全世界，成爲全球流行病。妳可以選一種非傳染性作用劑，例如炭疽病。但是，那麼一來妳就必須散布它。使用毒素也一樣。用噴灑農藥的小飛機釋放，或安裝在飛彈彈頭裡，但是那就不能推說是意外了。它們不會像病源那樣『從實驗室溜出來』——恐溝里才可能。這騙不了人的。」

蒂迪對傑根刮目相看，因爲他對於擺在面前的應變手段都不感興趣。他對蒂迪分享的知心話無動於衷——那可是最高機密呢。孤傲冷酷的傢伙，清瘦，細長，英俊，至少引人矚目，瞧他五官分明，像雕出來的一樣，加上銀色長髮，誰不印象深刻?而且教人不寒而慄。時移境遷，他一定是出色的納粹黨員，蒂迪自忖。她注意到帕森斯博士變得非常安靜。她的簡報要點註明：兩人是舊識，一起工作過。

「那麼你會怎麼做，史塔克博士?」蒂迪問道。

「我會選一個不一樣的作用劑。」

「你會選什麼?」

「我只知道一個，簡直天造地設。據我們所知，它只會殺人，而且致死率極高。它是在座的帕森斯博士研發出來的，想來妳一定知道。」

終於發生了。亨利一直擔心他的祕密會被揭露。他想像過自己被逮捕、受審。他也想過家人會怎麼看待他。他看見過自己關在牢裡。但是他從來沒有預料到傑根會公開出賣他，以及自己的國家會因爲他的獨門殺人利器而向他求助。

「你向我保證過我的病毒全數銷毀了。」亨利說，不露聲色。

「沒錯，在那個時候。我們在巴西的那個小試驗用光了你生產的那一批，」傑根說：「我們又沒有你的實驗紀錄，無法重新創造。」

「你們說的這個作用劑，可以在莫斯科或聖彼得堡祕密釋放，完全追查不出來源嗎？」蒂迪問道。

「如果它的感染性像我們預估的一樣，在很短時間內它就能消滅大量俄羅斯人口，」傑根說：「他們束手無策，別想遏制疫情。話說回來，我們也無能爲力。」

「在你的試驗中，死亡率是多少？」蒂迪問。她冷冰冰的語氣透露了他們已經走出道德藩籬，深入人文荒原。

「幾乎全滅，」傑根說：「有些受試者死於其他原因，但是他們很可能本來就死定了。」他看著亨利，「我們知道的倖存者只有一個，但是那是一個還未出生的孩子。」

「聽起來簡直太完美了。」中情局女主管說。

「我還是要強調，你們根本不知道你們要釋放的是什麼。」亨利說。

「我們必須在不敢恭維的選項裡做選擇。」蒂迪說。

「也許帕森斯博士還不知道芝加哥爆發疫情的最新消息。」中情局女主管說。

亨利環顧房間。其他人似乎都知道。

「普丁把恐溝里的帳算在我們頭上，」蒂迪說道，「你看他多麼厚顏無恥。總之他已採取了下一步。我們接獲報告，在芝加哥，過去兩天出現了五名馬堡出血熱死亡病例，西雅圖也有一名疑似病例。這是甲級生物恐怖攻擊作用劑。」

「尤斯提諾夫變種。」傑根說。

亨利感到自己的抗拒瓦解了。不同的思緒都指向同一方向。這是第一次，他容許自己將憤怒與責難聚焦，那些情緒在他心裡沸騰已久，但是沒有出路。現在清楚了：他們殺害了吉兒。他心裡閃出了影像：兩眼無神的吉兒躺在墳墓裡。這是我們極力想防範的世界，傑根與我，他忖度。從一開始我們就知道這可能會發生。我們做好準備，他們也做了同樣的事。我們負起道德代價。沒錯，我們多少會渴望自己的成果能夠問世，只爲了見證我們儲藏在生物武器庫裡的毀滅奇觀。現在可說心想事成。

但是，什麼是正確的反應？更多的死亡？

「對了，你們怎麼叫這個？」蒂迪問亨利。

傑根爲他答覆了：「我們叫它帕森斯腸病毒，以發明家的名字爲名。」

54 伊甸園

海倫發現屍體的時候，她與泰迪已經在瑪姬阿姨家住了一個禮拜。他們正在採收姨丈提姆在春天種下的玉蜀黍。瑪姬的食物儲藏櫃已經有人搜括過，乾燥棚裡的大麻也洗劫一空，但是賊人沒發現儲存地下根莖類的地窖，裡面還有馬鈴薯、蕪菁塊根。田納西州這一區域還沒有恢復供電，但是有瓦斯爐可用。「我們能在這裡活一輩子，」海倫說。

那一天她在玉米田裡被一只靴子絆倒，察覺靴子裡還有人的腿骨。她想尖叫，但是她身子裡的尖叫已擰乾了。當家的是一種動物性本能——除了活下去對什麼都提不起勁。

那條腿孤零零地，有些部分已經被吃掉了。海倫認得靴子，因此知道那條腿是瑪姬的。她放下裝玉米穗的籃子，在高大的玉米莖之間搜尋。她不想讓泰迪看到瑪姬的屍體。她聽見附近沙沙作響，知道那是泰迪。

瑪姬的遺骸散布在四周。海倫發現了獵槍，因此也知道了頭在哪裡。她撿起獵槍，因爲可能會用得上。瑪姬的衣服已碎裂，有些破布纏在玉米莖上，像勞作作業的花式棉布旗。軀幹已經撕開，內臟都讓郊狼或野豬吃了。瑪姬與吉兒，妹妹與姊姊，都死了。姨丈提姆的墓在房子後面，挨著藤架。坎朵兒也在那兒。他們爲了那個電視節目栽種的花、樹都開花了。那裡眞美。海倫不想讓瑪姬阿姨暴屍於野，任憑禿鷹結果。

她注意到瑪姬殘餘的衣服上有一只鼓起的口袋。她的手機。

海倫走出玉米田，站在大門那兒，呼叫泰迪。他循聲過來，提籃滿載地現身。他一看見獵槍就瞪大了眼睛。「我發現的，」海倫說：「還有這個。」她舉起瑪姬的手機。

「她在田裡面？」

海倫點點頭。

「電池還有電嗎？」

「一點都沒有了。」

他們走進屋裡。他們住在瑪姬與提姆的房間，因爲泰迪不願意一個人睡覺。他又看見那個南軍幽靈了。他不像過去那麼怕那個幽靈，但是那個幽靈讓他想起過去：他爬到媽媽的大腿上，媽媽把她抱在懷裡讓他感到安全。

在臥房的桌子抽屜裡，泰迪找到了一條手機充電線。

「你找那個做什麼？」海倫問道。

「我有個點子。」

他們到車庫，提姆的小卡車停在那裡。鑰匙仍插在點火開關上。泰迪坐進駕駛座。

「不行，你不會開車。」海倫說。

「我不是要開車，我要給手機充電。」

他啓動卡車，將充電線插入儀表板上的ＵＳＢ插座。不一會兒，屏幕保護程式亮了起來：一張全家福照片——瑪姬、提姆、坎朵兒在牲口競賽場，還有一隻坎朵兒得獎的豬。他們看來多麼快樂、美麗、有生氣。

「我查查看網際網路是不是通了。」泰迪說。瀏覽器閃爍、回神、復活。有好幾封還沒打開的電郵，八月發出的，還有幾十封開始下載。然後泰迪輕觸電話應用程式。他盯著手機看，伸長手臂把手機往外推，好像裡面有什麼東西，不是很可怕，就是很費解。

「看見什麼了？」海倫想知道。

「媽媽打過電話，好像是兩天以前。」

傑根．史塔克的實驗室在一個阿米許社區裡，位於賓州中部一個偏遠的地方。偶爾有輕型馬車的馬蹄聲走過大門前。那裡唯有抄錄《聖經》的告示牌，都是教人無計迴避的經文。清新的空氣，細心照料的農田，沿著圍欄種了矢車菊。這是前工業世界的願景，在那個世界裡人扮演的角色小多了，只是土地的管家。傑根狂熱地支持這個社會願景，除了宗教。

公務車轉入州道，停在一鐵門前。裡面那塊地四周有鐵圍籬，由於安排得非常巧妙，看起來不像監獄，也不像一個聯邦要塞。鐵門通往消毒室，汽車與底盤都要噴消毒液。然後他們進入第二道門，亨利與司機必須站在一邊，由警衛用眞空吸塵器清理行李廂、車廂，再以高壓水柱清洗引擎室——亨利明白，這一切都是爲了防止病源入侵。那些病源可能會摧毀傑根在這個地方重新創造的獨特生物。

出來接待亨利的是一位飽經風霜的中年婦女，短髮，戴了註明「地球保衛者」的帽子。她的名字──海蒂──繡在襯衫上。「很榮幸，」她告訴亨利：「史塔克博士經常提到你。你們眞是一對好朋友。」

這裡的建物位於四周，都是低矮的石頭建築，反映傑根的極簡美學。中間的園地充斥了不常見的花、蔬菜。風信子、百合、顏色新奇的鬱金香，布置在鋪了護蓋層的花床上。「光是這一區，就有將近一百個南瓜變種，是我們使它們重生的，」海蒂說：「你看它們，驚豔吧？今晚在湯裡你會嘗到一些。」他們穿越一個蘋果園，果實的顏色與大小都不尋常，與習見的不同。「無腦的文明讓我們失去了那麼多。」

一部分園地可算是動物園，不過海蒂提醒他不應該使用那個詞。「我們把牠們留在這裡，等牠們的族群壯大起來，就讓牠們回歸野外，安置在牠們一度繁盛的棲境中。我們希望牠們會再度成功。這裡是我們最大的成就之一。」海蒂指著一個鐵絲籠子，大約有火車貨運車廂那麼大，其中有五十隻紅眼灰鴿。「牠們是旅鴿，」她說：「一度是美洲最常見的鳥，然後滅絕了一百年。傑根使牠們復活了。你沒想到吧。上帝創造了這些生物，我們再度創造了牠們。這可是上帝的天工。」

「海蒂帶你參觀了實驗室嗎？」傑根問，那時只有他與亨利兩人。

「還沒有。」

「比不上迪特里克堡，但是必要的設備我們都有。」傑根面帶笑容，實在很難得。他眼神裡的深情也是新鮮事。「你知道嗎，亨利，我經常夢見這一刻，就是我們可能會再度合作。」亨利沒有回應，於是傑根繼續說道：「我們設法取得了你製作雜種病毒用的脊髓灰質炎病毒與腸病毒 EV 71，都是同一品系的。你要使它重生應該不會太難。那就是我們要在這裡做的事，你大概已經想到了。」

「『但是，取人性命也許也在我的能力範圍內。面對這一令人敬畏的責任，必須十足謙遜，並充分意識到自己的脆弱，』」亨利說：「『最重要的是，我絕不假扮上帝。』」

「你在背誦什麼東西嗎？」傑根問道。

「那是我成爲醫師時的誓詞。」[98]

傑根詫異地看著他。「我不會爲我們在這裡的工作道歉。要是我們想拯救地球，假扮上帝是我們唯一的選擇。你想想人類對這顆行星幹下的好事，你的精彩發現會協助恢復平衡。」

史上最大的罪行就是這樣開始的，亨利忖度，就是行凶者自以爲得計，互相稱道。「有些事我想過，」他說：「我製造的混種病毒在實驗室裡從來不會致死。」

「小鼠不會。」傑根說。

「對，小鼠不會。那個事實仍然困惑著我。我經常想在印地安人營地的那一天。一間小屋裡，除了人還有死掉的小鼠。」

「不同的物種，毫無疑問。」

「話是不錯，可是。你叫做『田野試驗』的那一次是不是有什麼不同？那麼多變數。困擾了我很久。於是我決定重做我原來的試驗，看看會不會複製先前的結果。我重新創造了同樣的混種病毒，感染小鼠。牠們喪失意識，但是完全復原，跟過去完全一樣。沒有任何驚奇。以雪貂、天竺鼠做試驗，同樣的結果。我一直認爲也希望發現：我創造的混種病毒不會致命。」

---

98 這是現代版的醫師誓詞，由美國醫師拉薩尼亞（Louis Lasagna, 1923-2003）撰寫，一九六四年發表。

傑根不發一語。

「我花了一些時間才想通你是怎麼做的，」亨利繼續說道：「只有擁有你這種天分的人，才想像得出來，將看來無害的——你叫它什麼？失能劑？——改造成致命的大疫。只有你擁有那些技能，修改病毒的基因控制元件以改變毒性。我試驗了許多次才從實驗動物身上得到同樣的結果。因此我知道你是怎麼做的，但是我仍然不懂爲什麼。一次又一次你告訴我，受試者不會受傷害，這是清除世上邪惡的人道手段。」

傑根凝視外面的橡樹，紅葉似火，正開始飄零。「那不是顧客要的。」他輕柔地說。

亨利想了片刻，說：「這不是**你**要的。」

「也許吧，你說的對，我同意，」傑根說：「對我來說這也是一個試驗。我在找一個消滅大多數人的完美辦法。我知道我說出那個句子的時候你想的是什麼。但是我們面臨一個選擇，亨利。拯救地球，或任憑人類繼續毀掉它。我已做了選擇。要是你對我們的處境做完全客觀的評估，你會同意這是正確的選擇。我知道像你這樣的人，有家人有朋友，不可能看清楚我們的處境。看清楚了反而不合人性，這是你的想法。當然，的確不合人性。但是這只因爲你**是**人。要是你家裡白蟻成災，房子會垮掉，你就不會覺得滅蟻有什麼不對。因爲你不會像白蟻一樣評估處境。這就是我們不一樣的地方，就是你我兩人。對我來說，白蟻與人類，兩者平等。他們都值得活下去。我爲其他生物發聲。我保衛牠們。許多人說他們也在做同樣的事，但是他們沒有一個願意強行推動一個唯一可行的方案，就是減少人口，直到珍貴的生命形式都能保全的程度。」

「保全生命有更好的方案，」亨利說：「甚至在這裡——他們讓我看了——你使滅絕的生物復活了。」

「那不夠，」傑根說：「地球遭到的洗劫是生物滅絕，每一小時都在發生。我們不能希望造成眞正的改變。」

「你並不眞的期望我加入你這個瘋狂的嘗試，對吧？」亨利問道：「我不知道你爲什麼邀請我來。」

傑根尷尬地笑了。「我不能瞞你。那一直是個問題。你是對的。再做一次那個病毒，不是不可能。我已經做出來了。但是我需要你，因爲世上沒有其他人能擋在我面前，阻止我前進。沒有其他人對病毒知道得那麼深入，沒有其他人可能製造疫苗或解藥。因此你必須待在這裡，直到我們完成大事。」

亨利走到門口。鎖了。

「亨利，你不能說走就走。這裡完全封鎖了。」

「扣留我沒什麼道理。」亨利說。

「我似乎很冷酷，我知道。如果眞的有上帝，我會下地獄，我很明白。但是我們沒有上帝，有嗎，亨利？我們，擁有創造與毀滅的終極權力，必須代祂們行動。」

「我們創造的是一個錯誤，」亨利說：「永遠不該讓它重生。」

傑根輕蔑地搖搖頭。「我說過，你會留在這兒，直到大疫完成大事。我這是幫你的忙，亨利。身爲囚犯，你不必承擔道德罪責。所有的賬都算在我的頭上。我不覺得你了解，但是我爲了這個決定輾轉反側。我沒有瘋，你知道。因爲我們做的事，世界會變得更好。」

「你操弄了我的病毒，我發現你的手法之後，就知道你可能會再度出手，」亨利說：「因此，我花了許多寶貴的時間研究它的祕密。我成功了，傑根，我能夠治療**帕森斯腸病毒**。現在我的名字不會與你打算發動的種族滅絕有任何瓜葛。」

「不可能，」傑根說：「這個病毒非常複雜。」

「我已經在網際網路公布了詳情。現在，你應該已收到馬莉亞．沙鳳納從世界衛生組織發的電子郵件，描述病毒與治療方法。」

傑根遲疑地看著他，然後查看電子郵件。世界衛生組織向全世界發布了公衛通告，馬莉亞的信是其中的一部分。傑根快速瀏覽了那些技術細節，不發一語。一會兒之後，他抬起頭。「精彩的研究，亨利。我眞希望你沒有成功。」

傑根走到玻璃牆邊，默默地站了一會兒。「我想我該把你幹掉。」他說，幾乎像是要求許可。

「你要怎樣對付我，隨便你。但是我不會回到實驗室。」

「他們會繼續做下去，有沒有我們都一樣。」傑根說。他的表情意外地安詳。「你應該接受這個的，亨利。我們的參與無足輕重。在我們談話的時候，病源就釋放了。這是人類選擇的自殺方式。」

傑根拿起電話打給海蒂。「帕森斯博士現在要走了，」他說：「讓他走。」

55 十月革命島

訊息非常短：35.101390, -77.047523, 10/31, 0630。

十月三十一日的晚上是萬聖夜。那天黎明，亨利與海倫、泰迪坐在公園的野餐桌旁。那裡是特倫河注入紐斯河形成的沙嘴，對岸就是北卡羅來納州新伯爾尼市，訊息裡的GPS坐標告訴他們在那裡等待。看樣子會是清爽又美麗的一天，好久沒有見過這麼好的天氣了。亨利不想讓孩子不安，沒告訴他們那個消息，即使他們已經不是他記憶中的人了。他們更堅強。他忖道，未來的孩子會像他們一樣。

第二波恐溝里正在橫掃全球，醫師緊張忙亂地學習亨利的人痘技術以阻遏疫情。同時，在實驗室裡製造出來的病毒已經亮相，首當其衝的是恐溝里蹂躪過的族群，以及脆弱的族群。第一場生物大戰正在進行，而且與其他的戰爭全都不一樣：沒有人能讓它停下。

天空變亮了。紐斯河河口外是一串離岸沙洲島，叫外灘群島，它們形成一個巨大的潟湖。潟湖之外的大西洋，廣袤又冷淡，待命中。海潮湧入，海水越過防護牆四濺，也難怪，牆是在很久以前修築的，那時沒人注意到大氣暖化、海平面上升。海岸附近的社區都在撤退，就像這一個。亨利想像世界上的大城市，一個又一個，像亞特蘭提斯一樣沉入大海。

泰迪走到水邊，開始拿石頭打水漂。

日出。「看見那些雲嗎？」亨利問海倫：「層積雲。通常它們是告訴我們強烈暴風雨要來了。」

海倫仔細端詳那些有朱紅色條紋的雲。「眞好看。」她說。

「記住這一天。」亨利說。海倫點點頭，沒有問爲什麼。

泰迪正要丟另一塊石頭，河裡有東西在動。他退了一步。突然間，一個巨大的形體升上水面。它似乎把整條河都塡滿了。原來是美國潛艦喬治亞號。

一群海豹弟兄划著一艘橡皮艇到岸邊，狄克森船長也出現在船橋上。亨利告訴孩子只能帶一些換洗衣物，以背包容量爲限。他帶了一個歷盡滄桑的皮袋，裡面是他高中練過的單簧管。

「額外船員？」狄克森說。

「他們相當能幹。」亨利說。

「好吧，他們也許會派上用場。我們缺人手。這是一個全部都由志願者執行的任務。」

潛艦從紐斯河航向大西洋這一程，約四、五十公里，狄克森讓孩子站在船橋上。等到抵達大陸棚，日頭已高，該下潛了。

墨菲在藥房裡等他們。亨利向孩子介紹她，稱呼她「墨菲」，但是墨菲告訴他們：「你們可以叫我『莎拉』。」

喬治亞號駛向北方，在加拿大拉布拉多省附近拐彎，繼續北上，小心穿越從巴芬灣通往北冰洋的淺海。進入北冰洋後，藏身於冰塊之下，距西伯利亞海岸三百二十公里處。北冰洋的現況令狄克森船長大吃一驚。兩年前他穿越過極冠，現在北冰洋海面破碎得厲害，有大片的無冰區——開放的水域——潛艦可以上升到潛望鏡深度，接收以簡短的編碼叢傳送的訊息。現在訊息都來自國家空戰中心，表示總統與政府其他重要官員都在末日空戰指揮所發號施令。生物戰正打得如火如荼。

美國只有兩艘俄亥俄級潛艦配備了海豹運載器（ＳＤＶ），喬治亞號是其中之一。ＳＤＶ就是潛航艙，可以運送突擊隊到遠處執行祕密任務。它使用動力電池，小而安靜，幾乎不會被察覺。

亨利與同行的海豹突擊隊會面。「我們不是到這裡來作戰，而是見證歷史，」他告訴那些戰士，「遲早有一天，大家會問：『是誰對我們下的毒手？』我們會找到證據。歷史會根據我們的發現下判斷。」

魁梧的庫克希上尉是突擊隊的指揮官。他坦率地表明他對亨利與他們一起出勤並不看好。「我們受過訓練，就為這個。」他說。更別說他們看來都能上場打美國美式足球聯盟的比賽。

「我是唯一知道我們要找什麼的人。」亨利頂了回去。當仁不讓、義無反顧，他去定了。

在突擊隊進入ＳＤＶ之前，亨利去跟孩子話別。泰迪的腿緊張得抖動，他一擔心就會這樣。

「海底很冷，」泰迪說：「我怕你會凍僵。」

「他們有特製的潛水裝，」亨利說：「我會回來吃晚餐。然後我們就在海底待著，直到戰爭結束。我們會安然無恙。」

海倫沒說什麼，但是她熱淚盈眶。她擁抱爸爸，然後牽起泰迪的手。

墨菲悄聲說：「我會照顧他們。」

亨利與十一名海豹弟兄走進鎖出艙。他上一次戴水肺潛水，是很久以前的事。那一次是在熱帶的巴哈馬群島，他連溼式潛水裝都不用。在這些寒冷的海域，潛水員需要乾式潛水裝——比一般的潛水裝更爲複雜。亨利跟從庫克希上尉亦步亦趨地著裝。入艙前所有人員已穿好有襯蕊的連衫褲與厚毛襪。庫克希爲他示範如何打開潛水裝上半身的拉鍊，有兩條：一條從一側肩膀下斜，直到肚臍；另一條從肚臍到另一側肩膀。與法醫驗屍的例行切口幾乎一模一樣。亨利艱難地擠進潛水裝，將手臂穿入袖子，再把手深深插入合成橡膠手套內。最麻煩的是他的大頭——費了一番工夫才將頸封套上。庫克希幫他配戴氧氣瓶與呼吸調節器。然後亨利戴上潛水面罩，拉起潛水裝兜帽，面罩與兜帽密合後，水就不會滲入。亨利感覺自己好像是在一個氣球內。他向庫克希豎起了大拇指。

大家拿著蛙鞋，爬上放置水下運載器的乾載艙。駕駛與副駕駛坐在前端，開啓舷窗，北冰洋的海水流入艙內——即使乾式潛水裝的絕緣層都擋不住海水的冰寒。大約四十五分鐘後，艙內已注滿海水，艙門開啓，兩具運載器駛出，進入大海。它們懸在水中像一對年幼的鯨魚。喬治亞號在它們下方，像一條沉沒在海底的古帆船。然後它們開始移動。

那裡有生物：飄動的巨藻床，懸在浮冰底部的海藻搖曳生姿，只有痕跡魚鰭的小魚像蛇一樣扭動身體前進。一頭海象看了一眼便匆匆離去。亨利思忖大自然的豐滿，不免擔心此時此刻人類對於大自然的作爲。

一小時後他們才抵達預定登陸地點。駕駛互通訊息後，一齊停下。突擊隊員一個個游出去，亨利殿後。他游進了一群鱈魚中。他的頭一冒出水面，兩位隊員便將他架上狹窄的岩岸。

將面罩脫下，他看見遠方有低矮的冰河山。海岸與山之間是一片光禿禿的凍原——冰河退卻後才暴露出來的。亨利思忖，這裡是世界上最荒僻的地方，難怪蘇聯會選中這裡。他的地圖註明生物戰工廠位於內陸八百米處，在一個小冰丘後面。海豹突擊隊員花了一點時間整備武器便出發。

那是下午三點左右，北極的太陽很低。秋日薄暮中，他們在半融的凍原上跋涉，發出窸窸窣窣的噪音。亨利拖磨了大家。庫克希打出手勢，全隊散開隊形從不同角度接近工廠。抵達小冰丘時，亨利與庫克希爬上高處，跪在掩蔽體後方。庫克希拿出望遠鏡張望了一下，再交給亨利。

工廠半埋在雪堆裡。三根高聳的煙囪沒有東西冒出。附近有舊的鐵軌道，沿線有電話線桿，但是沒有電線。

庫克希做手勢要隊員前進。

他們到了入口處，類似穀倉的大拉門大開著。裡面，實驗室的殘餘物品仍然各安其位：暖爐與大桶，也許是裝過炭疽菌或天花病毒的。搞不好現在病源還在。很清楚的是，他們沒有在這裡製造恐溝里。這個實驗室已經棄置了幾十年，也許從蘇聯解體以來就沒使用過。

庫克希看著亨利。「我們的任務完成了吧，醫師？」

亨利走出破舊的建築物，站在昏暗的北極光線中。庫克希揮手讓隊員撤退。「你走吧，」亨利說：「我還有其他的東西非看不可。你可以等我。」

「你不可以獨自到任何地方，醫師，」庫克希說：「你要去的地方有多遠？」

「恐怕還要走一千六百米。」

「我們要找什麼？」

「死掉的北極熊。」

潮溼的凍原上，薄暮即將消失，他們走了一個多小時。亨利的GPS導航儀上標明了北極熊停止移動的座標。牠們彼此非常接近，而且在這樣的氣候中，就算永凍層正在融解，屍體應該保存得下來。除了北極熊，這裡幾乎沒有獵食動物。

起先，亨利沒有看見牠們。牠們的白色毛皮看來像地面的雪堆，但是一旦他辨認出一個，整群都映入眼簾，大約十頭。牠們躺在地上，死亡讓牠們洩了氣。

「天哪，那是什麼？」一位海豹隊員說，指著看來像是一根圓木材的東西。

在一灘雪下面，亨利看見一件大的東西，是從融冰裡冒出來的。不是圓木材。是象牙。

亨利用他的地圖將雪拂開，一張巨大的臉露了出來。毛皮包裹的軀幹已經被北極熊開膛破肚。

「這是猛獁象，」亨利說：「別碰它。有恐溝里汙染。」

突擊隊員立即後退。他們是世上唯一知道真相的人。

「好吧，醫師，我們要告訴歷史什麼？」庫克希問。

亨利抬頭看著天空。最後一群西伯利亞白鶴已經升空，飛向中國。

「我們會說我們是自作自受。」

致謝

這本書的完成，多虧許多公共衛生領域知識豐富人士的幫助。在我進行研究初期，獲得傑出微生物獵人伊恩・立普金（Ian Lipkin）助益甚多，他也是哥倫比亞大學的感染暨免疫中心主任。立普金最大的貢獻是讓出他的研究助理、現任 Stony Brook 大學的科學家連寬（Lan Quan），書中許多關於研究室程序的細節，都是由連女士提供細膩解說。其他還有許多人慷慨地與我分享他們的專業，包括了愛荷華艾米斯市的國家動物醫療服務實驗中心醫事官 Jamie Lee Barnabei、醫學博士 Guy L. Clifton、動物流行病學專家 Sally Ann Iverson、LeadingAge 公司執行長 Larry Minnix、英屬哥倫比亞大學理學院教授 Curtis Suttle。

我要特別感謝一群耐性絕佳的資訊提供者，他們不僅坐下來接受我長時間的訪問，還幫我審讀初稿的全部或局部，核對確認。僅在此記下他們的名姓，以表達我不盡的謝意：哥倫比亞大學法律教授 Philip Bobbitt、Good Harbor Consulting and Good Harbour 國際公司總裁 Richard A. Clarke（書裡還借用了他的名字）、輝瑞（Pfizer）公司病毒疫苗科技總監 Dr. Philip R. Dormitzer、位於馬里蘭州貝賽斯塔的國家衛生研究中心病毒免疫學家暨疫苗專家 Barney Graham 博士、達特茅斯大學吉賽爾醫學院的助理教授 Kendall Hoyt、動物流行病學家 Sally Ann Iverson、馬里蘭德特里克堡國衛院與國家過敏暨傳染病研究所綜合研究員Jens Kuhn、羅寧研究機構（Ronin Institute）的動物流行病學家Emily Lankau，我在書中也安排讓她登場、退役海軍上將William H. McRaven、史丹佛大學科學新聞學與全球健康報告的Seema Yasmin教授。

我還要特別感謝喬治亞州國王灣海軍基地第十潛艦群的公關室主任Katherine A. Diener中尉，感謝她願意讓我在指揮官Paul Seitz的監督下，參觀田納西號潛艇USS Tennessee（SSBN-734），並認識一群能力出色又親切的海員。Tyler Whitmore中尉與副艦長James Kepper少校帶我了解這艘強大的戰爭武器，並得以和潛水艇中的一些軍官暢聊他們在水底下的生活，這些軍官分別是：助理作戰官Steve Hucks中尉、伙食班長Santos Alarcón、資訊系統副技術長Ryan Doyle、資深主任軍醫Ricardo Parr、作戰指揮官Justin Kaper、副參謀指揮官Chris Horgan、康乃狄克州德羅頓的潛艦博物館的Mike Riegel艦長。還有，退休副海軍上將Albert H. Konetzni Jr.也不吝向我分享許多專業的知識。

一如既往，Stephen Harrigan閱讀初稿後給予我有用的文字指導，而整個故事的源頭來自拍電影的雷利．史考特向我所提出的合作。感謝他與Michael Ellenberg在最初給我創作的啟發。

在我走向寫作這一行的路途中，我一直幸運地擁有最好的合作夥伴，其中當然包括了我的經紀人Andrew Wylie、我的編輯Ann Close，以及Knopf出版社全體才華不凡的同事們，和Vintage出版社的Edward Kastenmeier和Caitlin Landuyt。

文學森林 LF 0145

十月終結戰

The End of October

作者

勞倫斯・萊特（Lawrence Wright）

一九四七年生，普立茲獎（Pulitzer Prize）得主，暢銷作家、電影編劇、劇作家，於《紐約客》（*New Yorker*）雜誌擔任撰稿人，同時在「WhoDo」藍調樂團擔任鍵盤手。著有多本非小說作品，其中《末日雙塔：基地組織與通往9/11之路》（*The Looming Tower: Al-Qaeda and the Road to 9/11*，暫譯）獲得二〇〇六年安東尼・盧卡斯圖書獎（J. Anthony Lukas Book Prize）、二〇〇七年普立茲非小說類獎。

萊特與獲獎紀錄片導演艾力士・吉伯尼（Alex Gibney）合作，吉伯尼執導了萊特的單人秀《我的基地組織之旅》（*My Trip to Qaeda*，暫譯）與他的著作《通向清晰》（*Going Clear*，暫譯）紀錄片版本。

現與妻子定居於美國德州奧斯汀。

譯者

王道還

生物人類學者，科普作家，現已退休，曾譯書十本，如《第三種黑猩猩》、《盲眼鐘錶匠》，另有散文集《天人之際：生物人類學筆記》。

封面設計　徐睿紳
責任編輯　巫芷紜
編輯協力　詹修蘋、宋慧如
行銷企劃　羅士庭
版權負責　陳柏昌
副總編輯　梁心愉

初版一刷　二〇二一年六月二十一日
定價　新台幣四六〇元

ThinKingDom 新経典文化

發行人　葉美瑤
出版　新經典圖文傳播有限公司
地址　10045臺北市中正區重慶南路一段五七號十一樓之四
電話　886-2-2331-1830　傳真　886-2-2331-1831
讀者服務信箱　thinkingdomtw@gmail.com
FB粉絲專頁　http://www.facebook.com/thinkingdom/

總經銷　高寶書版集團
地址　11493臺北市內湖區洲子街八八號三樓
電話　886-2-2799-2788　傳真　886-2-2799-0909
海外總經銷　時報文化出版企業股份有限公司
地址　桃園市龜山區萬壽路二段三五一號
電話　886-2-2306-6842　傳真　886-2-2304-9301

十月終結戰／勞倫斯．萊特（Lawrence Wright）著；王道還譯. -- 初版. -- 臺北市：新經典圖文傳播有限公司, 2021.06
424面；14.8x21公分. --（文學森林；LF 0145）
譯自：The End of October
ISBN 978-986-06354-9-2（平裝）

874.57　　110009078